立潮头 书春秋

结缘史学七十载

张宪文 著

九州出版社 | 全国百佳图书出版单位

图书在版编目（CIP）数据

立潮头 书春秋：结缘史学七十载 / 张宪文著 . — 北京：
九州出版社，2023.8

ISBN 978-7-5225-2050-6

Ⅰ . ①立… Ⅱ . ①张… Ⅲ . ①回忆录–中国–当代Ⅳ . ① I251

中国版本图书馆 CIP 数据核字（2023）第 148527 号

立潮头 书春秋：结缘史学七十载

作　　者	张宪文 著
责任编辑	张万兴　姬登杰
特邀编辑	吕　晶 李　敏　倪腊松
封底篆刻	杨　休
装帧设计	李永刚
出版发行	九州出版社
地　　址	北京市西城区阜外大街甲 35 号（100037）
发行电话	（010）68992190/3/5/6
网　　址	www.jiuzhoupress.com
印　　刷	鑫艺佳利（天津）印刷有限公司
开　　本	710 毫米 ×1000 毫米　16 开
印　　张	29
字　　数	412 千字
版　　次	2023 年 8 月第 1 版
印　　次	2023 年 9 月第 1 次印刷
书　　号	ISBN 978-7-5225-2050-6
定　　价	138.00 元

目 录

第 一 篇

学术留影

　　先后独立完成或主编了《中华民国史纲》《中国现代史史料学》《抗日战争的正面战场》《蒋介石全传》《中国抗日战争史（1931—1945）》《中华民国史大辞典》《中华民国史》《南京大屠杀史料集》《南京大屠杀全史》等一系列具有广泛影响的学术著作。

　　承担并完成国家"六五""七五""九五"社科规划重点项目、教育部重大委托项目、国家社科专项工程项目、国际合作项目和两岸项目近20项。

　　曾赴美、英、德、法、意、俄、澳、日、韩等国及我国台、港、澳等地区参加学术会议。担任一些大学兼职教授和研究机构顾问。

1. 出生于抗日战火纷飞的1934年。着典型的时代童装，在母亲的怀抱中。

2. 父亲在外地教书，寄上小家合影，以慰思念之情。左一为宪文，左二为宪梅妹，中为母亲，右一为宪魁弟。

3. 考入高中一年级的照片。

4. 中学时代喜爱体操运动。杠上左一为张宪文。1953年，代表山东出席华东六省一市体育运动大会。

5. 1959年结婚，1962年12月与妻子合影。

6. 摄于1966年。张宪文夫妻受命赴常德建设南京大学湖南分校。妻拟先行，在鼓楼大钟亭留影纪念。"文革"开始后，湖南分校停办。

7. 长子张昕一岁半时。

8. 次子张榕一岁半时。

9. 大家族全家福，摄于1975年。

10

10. 不擅长歌舞，却在南京大学历史系学生歌舞剧《跑马灯》（江浙民间剧目）中出演角色（右五）。

11. 一生钟爱考古学科。不仅参加考古田野发掘
（左一），大学毕业论文也是研究新石器时代
晚期遗址，受到考古学界重视。

12. 1958年大学毕业时照片。

13. 1958年南京大学历史系毕业，师生合影。第二排为当时系里主要教授。有：胡允恭（左二）、陈恭禄（左三）、王栻（左四）、蒋孟引（左五）、王绳祖（左六）、孙叔平（左七，副校长）、韩儒林（左八）、聂启坤（左九，总支书记）、李仲融（左十）、刘毓璜（左十一）。

14. 大学毕业50年，耄耋之年的同窗学友重聚母校。

15. 系主任韩儒林教授（前排右二）、党总支书记聂启坤（前排右三）等，听取张宪文1958年初登讲台前的试讲。

16. 20世纪50年代，南京大学历史系中国近现代史教研室只有6位教师。大家留影中山陵。后排左起，陈恭禄、茅家琦、王荣先、张宪文、王栻。前排中为丁金平（女）。

17. 这是20世纪60年代南京大学历史系教职工唯一的全体合影，十分珍贵，摄于1966年2月。当时许多教师还是中青年。老一辈的教授坐在第二排，王栻（左一）、王绳祖（左二）、蒋孟引（右四）、胡允恭（右二）、刘毓璜（右一）。可惜照片中缺赵理海教授、韩儒林教授、陈恭禄教授等。

18. 1978年，全国大学恢复招生统一考试。张宪文（前右一）奉调赴青岛参加教育部历史试卷命题组。

19. 1982年，为适应全国高校教学需要，南京大学张宪文、马洪武、王德宝、奚金芳四位教师，在测绘出版社支持下，编制出版中国革命史教学挂图。为此，教育部在北京召开审稿会。参与者有中央宣传部、文化部、中央党史研究室、军事博物馆等部门领导，还有著名党史专家胡华（前右五）、马齐彬（前右四）、廖盖隆（前右六）、缪楚璜（前右三），彭明（前右二）等。

20. 中共中央党史研究室副主任李新，遵照周恩来总理指示，于1973年组织中国社科院近代史研究所，开始组织中华民国史研究。1974年，多次联络张宪文，南北共同开始研究工作。这是两人于1986年12月出席"唐绍仪历史研讨会"期间，在珠海市海滨散步。

21. 1984年，胡乔木指示中国人民革命军事博物馆修改其抗日战争馆历史陈列，改变学界忽视和否定抗战正面战场的状况。与军博时任副馆长阮家新、军史专家阎景堂共同商讨改革方案。这一变化，显示国内抗日战争研究的重大转折。2010年12月4日，三人再聚北京，回顾历史，畅述友情。照片中，左为阮家新，右为阎景堂。

22. 在胡乔木的启示下，1987年，率领南京大学众弟子查
阅了抗战正面战场的大量档案，完成了《抗日战争的正面
战场》一书，这是国内首部研究抗日战争正面战场的著
作。作者从右至左，第一排汪利平、张宪文、朱宝琴，第
二排陈红民、陈谦平，第三排张益民、高红光，第四排李
继锋、高华、贺军。

23. 20世纪80年代，两岸学者出席台儿庄战役研讨会后，转赴曲阜，拜谒孔子墓。拜谒者左起：张宪文、唐德刚、张玉法、蒋永敬夫妇、张黛、熊宗仁。

24. 吴相湘教授（拄拐杖者），是史学界前辈学者、著名军史专家，后侨居美国。他在高龄之年，访问南大，并探望病重亲弟，助其成行。吴教授晚年病故于芝加哥老人院。

25. 1985年，主编出版了《中华民国史纲》，在海内外引起强烈反响。这是作者合影，前排左起高秋萍、方庆秋、张宪文、史全生；后排左起丁永隆、孙宅巍、范崇山、蒋顺兴、陈谦平。

26. 《中华民国史纲》书影。

27. 台湾"中央日报"反响。

28. 1981年，纪念辛亥革命70周年，江苏省召开意义重大的学术讨论会。

29. 首次中华民国史讨论会，由中共中央领导人杨尚昆、乔石批准，于1984年5月5日在南京举行，全国各地学者近200人出席。它开创了中华民国史研究的里程碑，具有重大的政治和学术意义。

30. 1987年10月10日，国务院副总理万里、田纪云批准，在南京金陵饭店举行了第二次中华民国史国际学术讨论会。会议以"民国档案与民国史"为主旨，研究探讨包括抗日战争在内的多个主题。会议首次邀请20多位各国著名历史学家出席。张宪文在闭幕式上作了学术总结。

31-1

31-2

31-1 31-2. 1994年12月，第三次中华民国史国际学术讨论会在南京大学举行。校长曲钦岳院士致开幕词。140余位中外学者出席。会议的最大特点是有一批台湾著名学者出席，双方进行了深入的学术交流。张宪文主持大会开幕式。

32. 2000年，江苏省政协和南京大学共同主办第四次中华民国史国际学术讨论会。开幕式在总统府大礼堂举行。会议讨论民国时期各类议题。闭幕式上，张宪文就民国史研究的若干问题作学术总结发言。照片为张宪文主持大会报告，左为张玉法院士。

33. 第四次民国史学术讨论会期间，与台湾学者合影。前排左起：张玉法、李国祁、陈鹏仁；后排左起：周惠民、张哲郎、李恩涵、张宪文、陈三井、邵铭煌、吕芳上、张力。

34. 2006年7月底，在奉化溪口举行了盛大的第五次中华民国史国际学术讨论会。出席会议的学者达150人。南京大学党委原书记陆渝蓉教授（右）致开幕词。左为中共中央文献研究室常务副主任金冲及教授。国务院台办、浙江省台办派员出席会议。

35. 在第五次中华民国史国际学术讨论会闭幕式上，张宪文就"民国史研究的若干重大问题"作学术报告。会后，该报告发表在《江海学刊》和《新华半月刊》上。

36. 2010年8月，南京大学联合哈佛大学、剑桥大学、牛津大学、东京大学、莫斯科国立大学等世界一流大学，在南京共同举办第六次中华民国史国际学术讨论会。会议的中心议题为"民国社会转型研究"。南京大学党委书记洪银兴教授（右四）致开幕词。出席会议的有江苏省副省长李小敏（右五）等。会议结束，张宪文作了学术总结。

37. 2005年7月底，南京举行"纪念同盟会成立100周年暨孙中山逝世80周年学术研讨会"。这是一次有重大政治意义和学术价值的研讨会。照片为张宪文在大会上作学术总结发言。

38. 江苏省政协、南京大学等单位联合举办纪念辛亥革命100周年大型国际学术研讨会。一大批台湾学者出席。张宪文在会议上作了主旨发言。

39. 1993年6月18日，南京大学中华民国史研究中心正式成立。校党委副书记陈文保（居中位置）与各地学者40余人出席。陈铁健研究员（发言者）代表李新教授致贺词。张宪文担任中心主任、李新担任名誉主任。

40. 2008年南京大学中华民国史研究中心全体人员合影。

前排右起：陈谦平、朱宝琴、崔之清、张宪文、朱庆葆、陈红民、申晓云；后排右起：顾芗、吕晶、陈蕴茜、姜良芹、张生、马俊亚、李玉、曹大臣、翟意安。

41. 中华民国史研究中心初创时期运行困难，台湾企业家陈清坤先生（左一）曾给予经济支持。右为陈清坤母亲，中为陈清坤夫人。

42. 台湾"中央大学"化学系校友郭俊鉌先生（右），多年来赞助民国史研究中心研究日本侵华历史，并将其收藏的全部珍贵图书赠送给本中心。图为张宪文在台北郭先生住宅表示感谢。

43. 著名史学家、复旦大学资深教授姜义华（右）受聘担任中华民国史研究中心第一任学术委员会主席。委员有李文海（中国人民大学原校长）、章开沅（华中师大原校长）等。

44. 著名历史学家、台湾"中研院"院士、山东枣庄人张玉法教授（左），长期推动两岸学术交流与合作，誉满海内外。同为山东同乡，结下深厚友谊。

45-1　45-2.著名历史学家、台湾政治大学教授蒋永敬，学术成就享誉两岸，深受学者尊敬。每年两次到南京大学讲学，与南京大学师生感情经久弥新。

46. 南京大学出版社常年支持民国史研究中心和张宪文个人的学术研究。
右一为前任社长左健，左一为社长金鑫荣，左二为资深编审杨金荣。

47. 1996年，在《中华民国史纲》基础上，编著《中华民国史》（4卷本），是国家社科"九五"计划重点项目。经十年艰苦努力，2006年出版，并举行发行式。出席新书座谈会者有江苏省出版局局长徐毅英（右二）、江苏省社科联党委书记孙艳丽（左二）、南京大学党委书记洪银兴（左三）。该书获评为江苏省社会科学一等奖和南京大学标志性成果。

48. 2006年11月，张宪文与杨金荣向全国人大常务委员会副委员长、民革中央主席何鲁丽赠送《中华民国史》。

49. "纪念同盟会成立100周年暨孙中山逝世80周年学术研讨会"期间，陪同两岸几位著名史学家参观南京总统府旧址。其中有金冲及（左二）、李云汉（左三）、萧致治（左四）、林家有（右二）、冯祖诒（右一）。

50. 2000年，南京大学中华民国史研究中心被教育部评定为高校人文社会科学重点研究基地。南京大学蒋树声校长与江苏省政协常务副主席胡福明为基地揭牌。出席仪式的还有江苏省政协副主席胡序建、省政协秘书长卜承祖、南京大学党委书记韩星臣、南京大学副校长洪银兴。

51-1　51-2. 教育部原社科司、人事司司长张东刚教授多次指导
南京大学中华民国史研究中心学术发展与人才培养。图为其在
2016年10月15日视察南京大学时照片。

52-1

52-2

52-1   52-2. 2019年4月19日，教育部副部长翁铁慧到南京大学民国史研究中心视察，并给予高度赞扬。校党委胡金波书记、校长吕建院士主持接待。

53. 海峡两岸新加坡"汪辜会谈",达成"九二共识"。唐树备与邱进益为"九二共识"的形成作出了贡献。邱进益提出来南京大学攻读博士学位。在宪文师指导下,完成博士论文写作,通过答辩。从左至右为:崔之清、张磊、张同新、邱进益、姜义华、张宪文。

54. 南京大学校长陈骏院士，代表校学位委员会，授予邱进益博士学位。

55. 2016年10月21日，多家学术单位共同举办"纪念孙中山先生诞辰150周年学术研讨会"，主旨为"孙中山与现代中国"。张宪文会上作主题发言。

56-1

56-2

56-3

56-4

56-5

56-1　56-2　56-3　56-4　56-5. 2010年8月启动的海峡两岸暨港澳合著的《中华民国专题史》18卷，于2015年4月20日完成，并在南京紫金山庄举行新书发布会。教育部社科司司长张东刚与南京大学党委书记张异宾教授出席会议并讲话。海峡两岸暨港澳学者100多人出席。该书是在教育部社科司指导下，两岸最大的学术合作成果，有重大的政治意义和学术价值。

57

58

57. 日本右翼及官方一直否认南京大屠杀罪行。为了证实这一世纪大惨案，南京大学组织海内外学者100余人，大量搜集史料、证据，分批出版了《南京大屠杀史料集》（72卷），并多次举行"史料集"出版发布会。中共江苏省委常委、宣传部部长孙志军（右二），南京市委常委、宣传部部长叶皓（左三），南京大学党委书记洪银兴（右一），多次出席新书发布会。

58. 为了进一步加强南京大屠杀历史研究，江苏省委宣传部、南京市委宣传部决定于2016年在南京大学共建研究所。出席成立仪式者有孙志军（中）、叶皓（左二）、洪银兴（右三）、张异宾（右一）、张宪文（左一，担任所长）。

59. 2007年11月24—25日，在南京大学召开第二次南京大屠杀史料学术研讨会。与崔之清教授（右）合影。

60. 2007年12月13日，著名诺贝尔奖获得者杨振宁与南京大学师生举行南京大屠杀研究座谈会。右一为洪银兴书记，左一为陈骏校长。会上，张宪文向杨振宁赠书。

61. 日本外务省第一次于2006年4月，派遣两名女领事；第二次于2008年1月，派遣两名副总领事和一名军方代表，到南大与我等对话。事后，日本外务省官网公开表示说："不能否定日军进入南京后，对城内非战斗人员进行的杀害和掠夺行为。"照片中左三为日方官员，右一为张生。

62. 《南京大屠杀全史》（3卷），在北京举行首发式。南京大学党委书记洪银兴主持会议并讲话。中央有关部门领导和北京著名历史学者出席。

63.《南京大屠杀全史》全体作者照。该书后被评为教育部人文社科优秀成果一等奖及南京大学标志性成果。

64. 2014年12月4日，"南京大屠杀国家公祭公众读本"在南京举行新书发行会。图为张宪文与时任南京大学宣传部部长的王明生合影。

65-1

65-2

65-1　65-2. 2016年3月1日，江苏省委宣传部决定，与南京大学和南京社会科学院共建"南京大屠杀史与国际和平研究院"。张宪文任院长、张建军任执行院长。图为研究院成立大会。省委常委、宣传部部长王燕文向张宪文表示祝贺。

66. 美国《基督教科学箴言报》资深记者于2007年12月11日、2015年4月29日，就南京大屠杀问题，先后两次采访张宪文。

67. 2015年，日本共同社上海支局负责人与成员专程赴南京就中日关系采
访张宪文和张连红、王卫星。

68. 2013年9月编纂出版《日本侵华图志》（25卷），书中选用照片2万余
幅，全面反映日本侵华罪行。

69. 2014年12月4日，南京大屠杀史学术论坛在南京举行，此为会议代表留影。

70. 2016年1月21日，在教育部指示下，南京大学领衔建立"中国抗日战争研究协同创新中心"并举行成立大会和揭牌仪式。教育部社科司张东刚司长及南京大学党委书记张异宾、校长陈骏院士出席大会并致辞。出席会议者有150余人。

71-1

71-2

71-1　71-2　71-3. 2017年7月6日，在南京中央饭店举办"全面抗战爆发八十周年暨抗日战争研究国际大学联盟筹建会议"。一批国内外学者受聘担任该联盟委员会委员。

72-1

72-2

72-1　72-2. 2015年6月28日，在南京举办"纪念抗日战争及世界反法西斯战争胜利70周年"博士论坛与新书出版发布会。

73. "抗日战争主题研究"项目编委会成员合影。

74. 2020年暑假,编委会及部分审稿老师连续审稿。

75

76

75. 1988年7月，首访东京庆应大学，并作学术报告。山田辰雄教授主持会议，日本许多著名史学家出席报告会。

76. 1988年7月访日期间，在东京多次作学术讲演。这是报告会后与学者们合影。前排右四为日本著名史学家野泽丰教授。

77. 1988年赴日本神户讲学，这是讲学后与学者们合影。

78. 在日本时任首相村山富市建议下，国务院副总理兼外交部部长钱其琛批准成立中日历史研究中心。中日学者多次进行互访。这是中心成员在京都岚山留影。后排右五为刘大年。

79. 2001年3月13日，赴日本大阪讲学，作"中华民国史研究的新视野"学术报告。出席者有西村成雄教授（后排右三）、田中仁教授（后排右五）等。

80. 在东京和日本学者合影。前排左起：横山宏章、山田辰雄、张宪文、山极晃；后排左起：七田哲夫、高田章男、久保亨、张昕。

81. 1988年，赴德意志民主共和国（东德）出席中德关系史研讨会。不久，东德与西德合并，成为统一的德国。

82. 1988年访德期间，受东德著名史学家费路教授（左一）邀请，赴其家中做客。中为章百家，右二为丁名楠。

83

84

83. 1996年，受邀赴德国图宾根大学历史系为欧洲学者讲授史料学专题。

84. 德国两位原驻华使节，在柏林学术研讨会上对中国人权问题发表不当言论，受批评后，向中方学者表示友好。右一为中国第一历史档案馆馆长徐艺圃。

85. 学术会议结束后，在柏林自由大学罗梅君教授陪同下参观德国文化遗迹。

86. 1999年，在意大利威尼斯大学主办的学术研讨会上主持学术讨论。

87. 意大利罗马城的大量废墟，是人类丰富的文化遗产和艺术瑰宝。与陈红民教授（左），校友、美国西雅图大学梁侃教授（右）参观古罗马遗址。

88. 1990年8月，在广东翠亨村举办的"孙中山与亚洲"国际学术研讨会上，初会韩国著名历史学家闵斗基教授（中）及其弟子裴京汉（左一）。

89-1

89-2

89-1　89-2. 1991年6月14日，中韩两国尚未建交，章开沅、骆宝善、张宪文受汉城大学（今首尔大学）闵斗基教授邀请，赴韩国出席中国近现代史史料学国际研讨会。会议打开了两国史学界学术交流大门。

90. 史料学会议后，与章开沅（中）、骆宝善（右）参观、游览汉
城市容、历史景观。

91. 韩国汉学界前辈高柄翊（时任韩国放送委员会委员长、部长
级），在韩国的国宾馆"朝鲜宫"宴请章开沅、骆宝善和张宪
文。闵斗基教授等陪同。

92

92. 闵斗基教授因重病不能出席第四次中华民国史国际学术讨论会，派出8位弟子来南京参加。他们都是研究中国近代历史的韩国中年学者。不久，闵斗基教授逝世，张宪文著文悼念。

93-1 93-2. 美国伊利诺伊大学历史系教授易劳逸，是享誉国际的民国史研究专家。1984年来南京大学访问半年，并受聘为兼职教授。1991年，他与于子桥教授联合向美国政府富布赖特基金会提出申请，邀请张宪文赴美国讲学半年。易劳逸教授于1993年不幸逝世，是美国与国际学术界的重大损失。

94. 柯伟林教授原任职美国圣路易斯·华盛顿大学，研究中德经济史。费正清教授逝世后，柯伟林转任哈佛大学，其学术地位迅速上升，在美国学术界、教育界产生了重大影响。

95. 2019年3月，柯伟林再度来南京大学访问。

96. 1991年赴美讲学期间，不习惯西方饮食，乃自做中餐。

97. 1991年访问美国斯坦福大学，受到著名学者范力沛（左一）、马若孟等教授热情款待与宴请，并参访了收藏中国图书、史料甚丰的胡佛研究所。

98. 1991年，访问加州大学伯克利分校，作学术报告后，受到美国著名学者魏斐德（时任美国历史学会会长，前排左一）、裴宜理（前排右一）、叶文心（后排右一）等教授的热情款待。

99. 1991年，第一次访问哈佛大学，在费正清中国历史研究中心作民国人物讲演，受到学者们的热情欢迎。

100. 在哈佛大学门口留影。

101. 在伊利诺伊大学校园铜像前留影。

102-1

102-2

102-1 102-2 102-3. 1991年底，访问耶鲁大学，受到著名历史学家史景迁教授欢迎，在其住宅与研究生座谈。次年，史景迁访问南京大学，张宪文以系主任身份为其主持学术讲演。

103. 两次赴纽约访问，并参观著名的自由女神铜像。

104. 唐德刚教授早年赴美，在哥伦比亚大学和纽约市立大学工作。他才华横溢，口述史研究影响广大学术界。这是在纽约与唐德刚（左二）会面。左一为张海鹏。

105. 当年，美国总统在白宫二楼住宿、办公，一楼向公众开放参观。这是第二次赴白宫参观时留影。

106. 1995年8月，美国华人学界由唐德刚教授等主持主办"对日抗战胜利五十周年国际学术讨论会"。张宪文受邀赴会，并作学术讲演。

107-1 107-2. 在美期间，两次参访美国军事基地珍珠港。
1941年12月7日，日军发起偷袭，击毁、击沉美军多艘大型军
舰和军事设施。至今，港湾惨象犹存。

108. 1992年2月，受邀访问夏威夷大学，受到历史系主任蓝何理教授接待。左为蓝何理夫人，右为南京大学历史系校友陈忠平。

109-1

109-2

109-3

109-1 109-2 109-3.
1990年7月与蔡少卿
教授受邀访问澳大
利亚讲学一个月，
受到费约翰、安东
尼教授夫妇的热情
欢迎。其间，赴墨
尔本大学、悉尼大
学、拉筹伯大学和
澳大利亚国立大学
讲学，并出席亚洲
学会年会，参观悉
尼歌剧院。

110. 与好友复旦大学历史系前主任黄美真教授在出席意大利学术会议时留影。

111. 与法国著名历史学家白吉尔在美国哈佛大学合影。

112. 1998年访问巴黎，在香榭丽舍大街凯旋门前留影。

113. 在凡尔赛宫留影。

114. 2006年5月，受邀出席莫斯科国立大学著名的亚非学院建院50年庆典。与高念甫教授留影。

115. 参观莫斯科红场。

116. 再次会见苏联著名历史学家、中苏友好人士齐赫文斯基。

117. 访问俄国远东历史研究所，与著名的俄国汉学家会面座谈。

118-1

118-2

118-1 118-2. 2015年9月，中国中日历史研究中心受朝鲜社科院邀请，赴平壤就中日关系问题，联合举行大型学术研讨会。会后，参观中国人民志愿军和朝鲜重要历史遗迹。

119. 1994年7月，具有重大影响的"中国历史上的分与合学术研讨会"在台北举行。它是两岸史学界首次高层交流。前排右一为茅家琦。

120. 原籍江苏盐城的郝伯村将军，在台北与我方举行座谈会时，曾称大陆抗战史著作中80%观点是错误的，后郝多次参访大陆，改变了他的错误观点。

121. 2009年访台期间，专程赴国民党党史馆与馆主任邵铭煌商谈，建议在大陆设分馆，并复印档案供大陆学者使用。此议未获成功。

122-1 122-2. 1994年8月，首访台湾时，在张玉法院士（左一）、李云汉（右一）党史会主任委员陪同下参观蒋介石阳明山住址。三人均为山东老乡。

123. 1997年2—7月，应邀赴台湾"中央大学"讲学。一批著名史学教授设宴款待。自左至右：蒋永敬、刘绍唐、张宪文、李国祁、张朋园、王寿南。

124. 在"中央大学"讲学期间，校长刘兆汉教授在桃园市个人宴请。刘校长一家五位博士，在台湾传为美谈。

125. 在"中央大学"，为研究生授课后留影。

126. 沈怀玉女士在台湾"中研院"近代史研究所执掌口述史研究，1989年与张朋园教授首访南京大学，为推动两岸学术交流作出了重大贡献。

127. 台湾刘绍唐先生（左）独资编辑出版《传记文学》杂志，刊登民国史料和研究文章，名扬海内外。沈怀玉陪同，拜访绍唐先生。

128. 1994年7月，首访台湾"国史馆"，受到馆领导热情接待，并参观档案库房，作学术讲演。

129. 2009年再访台湾，赴台湾"国史馆"，与馆长林满红（中）和主要编研人员洽谈学术合作事宜。

130. 1989年8月，张玉法首访南京大学，受到茅家琦和张宪文的热情接待，游览中山陵等民国遗址。

131. 多次访问台湾"中研院"近代史研究所，受到所长陈三井等教授热情款待。

132. 1997年赴台湾"中央大学"讲学，适逢好友李云汉教授卸任国民党党史会主任委员职。云汉教授单独宴请，畅叙友谊。

133

134

133. 1994年8月访台，国民党原中常委、时任台北故宫博物院院长秦孝仪（左）设宴欢迎。出席者有国民党元老马树礼及著名学者蒋永敬、李云汉、陈三井等。

134. 2009年1月，访问台湾，受南京大学委托，邀请国民党荣誉主席连战（左）访问南京大学，照片中中立者为邱进益先生。

135. 2009年1月，访问台湾，受南京大学委托，邀请国民党荣誉主
席吴伯雄（右）访问南京大学。是年5月，南京大学授予吴伯雄荣
誉博士学位。

136. 在台北南港胡适墓前留影。

137. 宋美龄是近代中国著名女政治家，逝世时，全国政协主席贾庆林曾致唁电哀悼。南京大学开展宋美龄历史研究。图为与台湾妇联会主席辜严倬云合影。

138. 率女弟子教授赴台湾妇联会访问，共商合作研究工作。

139

139. 2009年9月，带领女弟子们前往台湾政治大学访问。后排左二为时任系主任吕邵理，右二周惠民，右一刘维开。

140. 2009年9月，访问台北"中研院"近代史研究所。与前任所长黄克武教授、陈永发院士见面。

141. 2019年9月，吕芳上受聘为南京大学讲座教授。

142. 妻刘可文幼教专业毕业，执掌南京大学幼儿园，悉心培育祖国花朵。

143. 2013年9月，全家人在台湾日月潭留影。

144. 大树下：相濡以沫的老两口。

145. 在北戴河疗养。

146. 与老伴一起受邀休假。

147. 与中国文学艺术界联合会主席、中国作家协会主席铁凝（左一）
合影。

148. 与中国人民解放军航天员大队特级航天员翟志刚合影。

149. 与好友彭明教授在福建永定土楼留影。

150. 与郭德宏教授同游于诸暨山林中。

151. 河南人民出版社出版《中华民国史》丛书，为推动民国史研究贡献良多。左一为责任编辑张黛，左三为社长杨凤阁。

152. 2003年，70岁生日时，洪银兴（站立讲话者）、郭广银（左一）两位校领导出席庆贺会。

153. 70岁，与夫人合照。

恩师七秩华诞祝寿纪念

154

154. 70岁，与弟子们合照。

155-0

155-1

155-2

155-3

155-4-1

155-4-2

155-4-3

155-4-4

155-4-5

155-4-6

155-4-7

155-4-8

155-4-9

155-4-10

155-5

155-6

155-7

155-8

*155*所有图：2013年80岁生日，学校、好友和学生前来祝福。

156-1

156-2

156-1 156-2. 在溧阳天目湖。与弟子们在繁重的教学科研工作之余，远离城市的喧哗，流连田园风光。

157. 2008年生日会。

158. 2015年生日会。

159. 与何友良、吴永明合影。

160. 与姜良芹、吕晶合影。

161. 与弟子们在南京郊区合影。

162. 与部分女弟子留影。

163-1

163-2

163-3

163-4

163-1至163-4. 与弟子们留影。

张宪文同志：

　　祝您新春愉快,身体健康,工作顺利,万事如意。

　　希望您在新的一年里,立足本职,创先争优,求实创新,勇攀高峰,以优异成绩迎接党的十八大胜利召开。

中共中央组织部
二〇一二年元月

164-1

张宪文同志：

　　值此新春佳节之际,祝您身体健康,工作顺利,阖家幸福,万事如意!

　　希望您在新的一年里,认真贯彻落实党的十八大精神,锐意进取,勇攀高峰,为全面建成小康社会作出新的更大贡献!

中共中央组织部
二零一三年元月

164-2

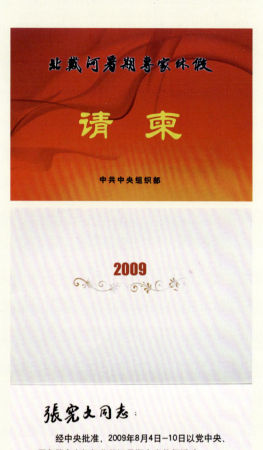

北戴河暑期专家休假

请 柬

中共中央组织部

2009

张宪文同志：

　　经中央批准,2009年8月4日—10日以党中央、国务院名义组织北戴河暑期专家休假活动。特邀您参加。

中央组织部
2009年8月4日

164-3

*164-1　164-2.*中共中央组织部每年都会寄来新年贺卡。

*164-3.*2009年8月，获邀参加北戴河暑期休假活动。图为中央组织部代表中共中央、国务院印发的请柬。

165-1　165-2. 2015年5月28日，江苏省委书记罗志军同志来民国史中心看望张宪文。

166-1

166-2

166-1　166-2. 2019年教师节，江苏省委书记娄勤俭同志来民国史中心看望我，校党委书记胡金波（左一）、校长吕建（左二）陪同接待。

167. 2009年教师节期间，陈骏校长专程来看望张宪文。

168. 胡金波书记关心民国史中心发展，2019年来中心考察。

169

170

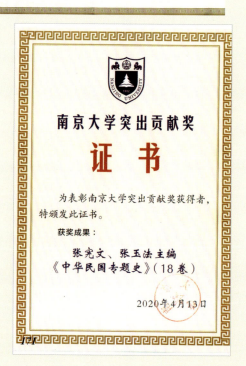

171

169. 2012年5月，获南京大学卓
越贡献奖。

170. 2017年4月，获南京大学人
文研究贡献奖。

171. 2020年4月，获南京大学突
出贡献奖。

高等学校科学研究优秀成果奖

（人文社会科学）

成 果 名 称： 《南京大屠杀史料集》
江苏人民出版社 2005 年 7 月-2007 年 10 月
主 要 研 究 者： 张宪文、张 生、张连红、杨夏鸣、王卫星、马振犊 等 著
成 果 类 型： 著 作
学 科： 中国历史
等 级： 一等奖

中华人民共和国教育部
二〇〇九年九月四日

教社科证字（2009）第 017 号

172. 2009年12月30日，教育部在北京人民大会堂举行颁奖大会。《南京大屠杀史料集》获得教育部第五届高等学校人文社会科学研究优秀成果奖一等奖。张宪文代表全体编者上台领奖并作大会发言。

173. 《南京大屠杀史料集》获得教育部一等奖证书。

第七届高等学校科学研究优秀成果奖
（人文社会科学）

成 果 名 称： 南京大屠杀全史（上中下）

南京大学出版社 2012 年 12 月

主 要 作 者： 张宪文，张连红，王卫星，张 生，姜良芹，曹大臣，

吕 晶，经盛鸿，孙宅巍，杨夏鸣，马振犊，夏 蓓

奖 项 类 别： 著作奖

所 属 学 科： 历史学

获 奖 等 级： 一等奖

教社科证字（2015）第017号

中华人民共和国教育部

2015 年 12 月 10 日

174

第八届高等学校科学研究优秀成果奖
（人文社会科学）

成果名称： 中华民国专题史（18卷）

南京大学出版社 2015 年 3 月

主要作者： 张宪文，张玉法，朱庆葆

奖项类别： 著作论文奖

获奖等级： 一等奖

教社科证字（2020）第0061号

中华人民共和国教育部

2020 年 12 月 10 日

175

174. 2015年12月，《南京大屠杀全史》（上中下）获得教育部第七届高等学校人文社会科学研究优秀成果奖一等奖。

175. 2020年12月，《中华民国专题史》（18卷）获得教育部第八届高等学校人文社会科学研究优秀成果奖一等奖。

荣誉证书

授予 张宪文 同志第二届南京"文化名人"荣誉称号。特发此证，以资鼓励。

中国共产党南京市委员会
南京市人民政府
二○一一年四月

176

榮譽證書

張憲文 先生：

鑒於您在歷史學領域取得的卓越成就和爲傳承中華文化作出的傑出貢獻，經江蘇省中華文化促進會主席團會議審議通過，授予您"江蘇省2014中華文化人物"榮譽稱號。

特發此證。

江蘇省中華文化促進會
二○一五年二月一日

177

178

176. 2011年4月，被南京市委、市政府授予南京"文化名人"荣誉称号。

177. 2015年2月，被授予"江苏省2014年中华文化人物"荣誉称号。

178. 2012年4月，获江苏省"五一劳动奖章"。

179-1

179-1 179-2. 2013年4月，获"全国五一劳动奖章"和证书。

179-2

全国五一劳动奖章

证 书

中华全国总工会

决定授予：张宪文 同志

全国五一劳动奖章。

二〇一三年四月

编号：20130447

180. 2013年5月，获得江苏省委省政府授予的"江苏社科名家"荣誉称号。图为上台领奖时的情形。

181. 与洪银兴教授同获"江苏社科名家"荣誉称号。

182. 2013年"江苏社科名家"荣誉证书。

183

南京大学人文社会科学
荣誉资深教授，是我校设立
的人文社会科学领域方面的
最高学术称号。

编号：R001

184-1

南京大学人文社会科学
荣誉资深教授证书

张 宪 文

二〇一四年五月当选为南京大学
人文社会科学荣誉资深教授

校长 陈骏

二〇一四年五月

184-2

183. 2013年，获得"江苏社科名家"荣誉证书与奖章。

184-1 184-2. 2014年5月，被评为南京大学人文社会科学"荣誉资深教授"。

185. 陈骏校长为荣誉资深教授颁发证书时的合影。

186-1

感　谢　状

张宪文　同志：

　　您于 1958 年 7 月加入中国共产党。
在迎接建党 100 周年之际，衷心感谢您为
党的教育事业和南京大学改革发展作出
的重要贡献。

中共南京大学委员会
2021 年 3 月 23 日

186-2

186-1　186-2. 2021年中国共产党成立一百周年之际，获得建党100周年纪念
章及学校颁发的证书。

第 二 篇

成长道路

　　1934年10月生于山东泰安，1954年考入南京大学历史学系，1958年毕业后留校任教至今。历任南京大学历史研究所所长、历史学系主任、教育部高等学校历史学科教学指导委员会委员。虽然已近耄耋之年，仍以极大的热情活跃在学术舞台上，担任教育部人文社科重点研究基地南京大学中华民国史研究中心荣誉主任、中国现代史学会名誉会长、中国近现代史史料学学会名誉会长、南京历史学会名誉会长、南京中华民国史研究会名誉会长、南京档案学会名誉理事长等多项职务，至今仍在学术道路上孜孜求索、笔耕不辍。

一、泰山之子

1. 可爱的家乡

1934年，我出生于山东省泰安县。泰安，寓意国泰民安，即"泰山安则四海皆安"，历史上曾设州、府，居五岳之首的泰山南麓。孔子"登泰山而小天下"，杜甫"会当凌绝顶，一览众山小"的名句，广为流传。泰山道观佛寺遍布，善男信女络绎不绝，文人墨客纷至沓来，更成为历代帝王封禅祭天的神山。山顶的碧霞元君祠，家乡泰安的民众尊之为泰山奶奶，其中殿、配殿均有铜瓦、铁瓦覆盖，显示祠殿的庄严肃穆。自1759年始，清朝皇帝每年登山祭祀成为定制。历代帝王所到之处，建庙塑像，刻石题字，古刹名寺留下众多文物古迹。泰山最高处的"玉皇顶"，立有秦始皇的"无字碑"，流传至今。著名的"经石峪"有大字经文刻在山河边地面的岩石上，成为人们诵读研习的模本。泰安城内的"岱庙"面积之大，几达半个泰安城，是人们朝山进香必到之处。庙内宋朝建筑"天贶殿"是国内著名的三大庙殿之一，已成为罕见的历史文物。殿内吴道子所作壁画"皇帝巡銮图"，有很高的艺术价值，一度受到北洋军阀驻军的毁坏。东院的汉柏、西院的唐槐，是生存一两千年的珍贵古树，加上众多的碑刻如李斯碑等，会使人们产生无限的历史思念和遐想。泰安是国内外知晓的历史文化名城，泰山更是举世闻名，以其古老名山的影响力，被联合国教科文组织列入世界文化与自然遗产名录。

泰安是津浦铁路线上的重要城市，但是在20世纪三四十年代，城市的面貌和社会经济仍较滞后。一条清澈见底的山河自泰山流经城区。上河桥、下河桥将城区连接起来。大关街、财源街是泰安县城的商贸中心，繁华的商店最集中的地方。城内有一个小型的火力发电厂，其烟囱细而长，在楼房稀少的年代，如鹤立鸡群，十分醒目。它维持着城区的照明和一些小型企业的用电。百姓家照明，多用菜油灯或点燃灯草，甚少有电灯或煤油灯（那时叫洋油灯）。夜晚多条街道都是一片漆黑，少有路灯。大户人家晚上外出或走亲访友，常手持"提灯"，烛光在身边一闪一闪的。如我家提灯，上面还书写着店号"宏吉堂"三个大字。手电筒在当年还是先进的照明工具，是很稀罕、珍贵的生活用品。有一年春节，我家在庭院里接了几盏电灯，一片光亮，家人都十分高兴。

　　泰安是著名的旅游城市，生产各种北方种类的水果。人们交口称赞的肥城佛桃，听说只产在一个村庄，桃体个大水多，用尖物戳个洞，桃水可直接吸入口内，十分香甜。在我的感觉上，它胜过无锡水蜜桃，不知何故，现在市场上已经罕见了。到了夏天，泰安的主打水果除西瓜外，主要有樱桃、甜杏、香瓜，特别是樱桃，小小的，圆圆的，红红的，十分诱人。和当今的大樱桃相比较，汁水完全不同。农民常挎着竹篮，走街串巷，叫卖声不断，至今仍留有深刻的印象。到了冬天，泰安天寒地冻，老百姓常围着火炉剥花生，吃山楂、核桃和栗子。花生是泰安的主要经济作物，其产量居全国首位。泰山苹果和烟台苹果，双双闻名全国。多年以后，我去南京读书、工作，父母常从家乡寄些苹果，我把它收藏在床底下，留着慢慢吃，满屋都是苹果的浓浓香味。曾几何时，泰山苹果和烟台苹果，被架枝改造成富士苹果，原来的知名品种香蕉苹果、国光苹果、金帅苹果不见了。它们那种诱人香味，再也闻不到了。不知何故，在苹果栽培技术方面，丢掉了中国自身优秀的传统技术，而将中国苹果改造为日本的富士苹果，令人难以理解。山东人的主食是馒头、煎饼和窝窝头。煎饼流行于鲁中和鲁南一带。依原料小米、玉米和高粱，将煎饼分为三种档次，即小米煎饼、玉米煎饼和高粱煎饼。大户人家多食小米煎饼，它细而薄，经过稍微发酵，小米煎饼香脆并带甜味。而高粱煎饼是穷苦人家用它填饱肚子而已。泰安煎饼是山东煎饼的代表品种，当今已成为广为人知的馈赠亲友的旅游食品。

泰安自古就是一座文化名城。宗教文化有悠久的历史和文化积淀。道教、佛教影响深远，道观多于佛寺，道士多于僧侣。老百姓烧香拜佛蔚然成风，外地民众手执黄旗登泰山"朝山进香"者，不计其数。泰山南天门以上的"天街"设有各类旅店，一个连着一个。他们都以各种物品、鸟兽命名，住店旅客有的为了观赏泰山美景，也有的是为了祭拜泰山奶奶（碧霞元君），以还心里的各种意愿。更多的是等待次日观赏东方日出。我幼时曾随家人三次登顶，均未观赏到日出。

泰安也是西方基督教重要的传播基地，信众遍布城乡。他们在泰城盖了较为雄伟的教堂，并开设西式医院和中小学。我记得小时候有翠英小学和育英中学等。当时，基督教对推进泰安文化教育事业的发展和开拓民智、中西交流发挥了一定的作用。

泰安民风朴实，民众待人敦厚，性格坦诚，代表了山东人品质最为优秀的一面。我于抗日战争后期离开泰安，先后在徐州、济南和南京读书、生活和工作。我常说南京是我的第二故乡，因为它是我成长和发展的地方。然而，我与家乡泰安有割不断的亲情，它是生我哺育我的地方。每次返乡探亲或登泰山父母的墓地祭扫，都会引起我无限的思念。每当乘火车经过泰安，我不会放弃机会，常常趴在车窗玻璃上，观望泰安的变化和一草一木，思念着我逝去的长辈和众多亲人，心情异常激动。有时候想，我能落叶归根吗？

2.家族的衰落

我家祖籍山东齐河，它位于鲁西黄河之滨，那里旱灾、蝗灾、水患连年不断。清朝末年，曾祖父携一家老小逃荒，后落籍泰安，在中药铺学徒。他思敏聪慧，艰苦创业，终自营中药店，名宏吉堂，在最繁华的大关街、财源街分别设店，名东柜、西柜，居泰城中药行业之首。那时，泰安除有小型的教会医院外，西医、西药均十分稀少。我家老小生病，都是到店里抓几服中药回家自己熬了吃。由于我家三代经营中药，家中老少对中药均略知一二。六爷爷和四爷爷家堂叔是泰安城著名的中药品质鉴定师傅。药品拿在手中经过闻观，便知品质好坏，或变质与否。

我家祖宅坐落在南关张家园街。因我家是当地的大户，宅院较大，故常被亲友、街坊称为张家园。三进房舍，每进都有独立的庭院。第三进两边另建有单独的房屋和院落。家的门头甚为高大，有两扇坚实厚重的大门，门框上挂着"张寓"的铁牌。临街对面，有大的照壁，两米多高，上书一个大的"福"字。大门内亦有小型照壁，上书"福"字。第一进主要有磨坊、佣人长工住房和拴牲口的地方。长工多半是乡下亲戚。上了二门台阶，有一个较小的门厅，进入第二个院落，有堂屋、西屋和南屋及一个较大的院子。院内有祭祀用的砖砌香台和一个很大的金鱼缸。记得我小时候常扶在缸沿观鱼逗鱼，印象尤深。院内左右两边有两棵大枣树。枣子成熟时，用竹竿敲打树枝，枣子落地一片，最吸引家里的小孩。

张氏在泰城南关是大家族。爷爷兄弟七人，一位妹妹下嫁东乡农村。祖父为长兄，在家甚有威望，在社会上服务地方，并参与慈善活动，是城区有影响的地方名士。祖辈兄弟七人除三爷一家单独住在宅外，其他各家都住在大院内。在二三十年代，老小四五十口，都在一个锅里吃饭，七家妇女轮流做饭。推磨、轧碾、磨面粉、摊煎饼，都是自家妇女的事。她们每天忙活三顿饭，十分劳累。到了农历新年，更是全家大事。进入腊月，各种年活儿一齐涌上来。要做大量食品，有馒头、豆包和煎饼，磨很多豆腐把它冻起来，还要准备祭祀的贡品，有鸡、鱼和水果等。大量的食品至少可吃到农历二月。馒头发生霉变，用笼布擦擦照吃不误，根本不讲求卫生。腊月小年期间，要烧香送灶王爷"升天"报告民间事务。民间的说法是灶王爷"上天言好事，下界保平安"。临近过年，我家附近的"粮食市街"成为年货大街，各种各样的年货充满市场，泰安人称之为"花花市"。记得有一次，家里的长工亲戚让我骑在他的脖颈上逛"花花市"。小孩子最喜欢买鞭炮和"滴滴筋"（是用木炭粉做成的可燃物，供小孩拿在手里燃放），那时候根本没有现时的大型鞭炮和烟花。泰安有一个重要习俗，就是要"请家亲"回家过年。一般是在旧历年除夕傍晚，在家门外的街上烧香燃纸，然后再在大门外，沿地边横一木棍或秫秸，表示已将逝去的亲人请回了家，在供桌上摆出家人的牌位。年后第三天再以同样方式"送家亲"回天，表示新年结束。那时，各家各户都以不同方式迎接新年。大年初一，全家都要吃一天的水饺，而且是素馅饺。小孩过年最为高兴，普通人家也要给孩子做件新衣，有钱人家男孩子都穿大褂或袍子。晚上，小孩将新衣放在枕边，晨起穿上，给长辈叩头拜年。长辈要给晚辈压岁钱。年后若干天，家里的唯一娱乐是打麻将或推牌九。我家不分辈分，在各房都会摆上几桌麻将取乐。每年的元宵节，各家各户会再热闹一番。泰城以大关街为中心，各店铺张灯结彩，挂上花灯。观灯民众扶老携幼，川流不息，热闹非凡。各区的龙灯、高跷走街串巷，特别在大户家门前表演一番。南关区的龙灯、高跷，每年照例都会在张家门前演示。我家老小都会聚在门前观看，热情鼓掌表示感谢。家长往往会给舞者以谢仪。

随着时间的推移，张家的人口日益多起来，四世同堂，我是张家第四代长孙。每逢家中有喜事或各种庆典，曾祖父常坐在椅子上，捋着胡子，十分高兴。然而，在20世纪30年代，泰安各地常有荒年，三代长辈们都生活在一起，经济负担日渐沉重。1937年，日本掀起全面侵华战争，在津浦路方面，日军步步南侵，中方第三集团军总司令韩复榘作战不力，先后放弃了德州、济南。日军已兵临泰安,泰城也遭受日军飞机的狂轰滥炸。我家人东躲西藏,曾躲到东乡和南乡的亲戚家或基督教育英中学的教室内。记得有一次傍晚,日机来袭,飞机从头上轰隆而过。二叔张鸿在我家宅院南边的空地上将我按倒,他扑伏在我的身上保护着我。这是我经历的第一次敌机轰炸。年龄虽小,记忆尤深,终生难忘。1937年12月31日,日军最终占领了泰安。

日军在七七事变后扩大侵华战争,使北方不少城市经济遭到严重破坏。我家药铺生意也日渐冷清。加上黄河流域灾荒趋重,蝗虫遍地飞舞,各种瘟疫不断流行,霍乱、伤寒、天花、鼠疫给广大民众带来沉重灾难。大家族生活也捉襟见肘,难以为继。老一辈们酝酿分家,以减轻大家庭的负担。老一代人分家,主要是分房产、分田地,各家自己开伙吃饭。药铺仍然是大家庭的共有财产,继续共同经营。田地不多,也不过有十多亩地,主要是分配住房。分家仪式由爷爷的妹夫主持,按照习俗,女孩出嫁后不参与分配家庭财产。分家是在非常和谐的气氛下进行的,实际上大家已经商量好,只是举行个仪式而已。我祖父作为长兄,分得后院(第三进)三间堂屋和两边的厢房,其他均各得其所。

泰安解放后,政府实施土地改革,由于张氏家族逐渐衰落,张氏各家除一家被划为中农外,其他均被划为贫农。泰安是城乡一体的社会,许多人也在郊区种田。土改对我家成分的划分没有实际意义,我从不认为是贫农出生。在填写简历表时,偶尔自称城市贫民。张家宏吉堂中药铺在对私改造时,改变为公私合营,搬往城南新市场。多年后是否存在或迁往何处、叫何店名就不得而知了。

3.祖父遭日军伤害

卢沟桥事变以后,八路军挺进山东,在各地开展游击战争,建立根据地和游击区。泰安南部数十里的徂徕山,众所周知有八路军游击队活动,日军无力对抗。盘踞在泰城的日军常在早上下乡扫荡，傍晚时分匆匆收缩回城，不敢在乡下久留。我多次见到日军骑着战马狼狈返城的惨象。

大概在1943年的春夏之交，即我9岁那一年，早上天才蒙蒙亮，就听见家里的狗一阵狂吠，我和祖父母等醒来，一群日本鬼子（那时我们都这样称呼日本人）持枪闯入我家，将爷爷和爷爷的五弟强行带走。事后得知被关进了元宝街上的日本宪兵队。日军对他们二人严刑拷打，用烧红的烙铁烫其胸背，要他们交代是怎样"通八路"的。我爷爷是地方名士，长期服务家乡，家族中虽然人口多，我父亲一代兄弟们多为知识分子，多服务于泰安中小学，担任教师。那时我年龄小，没有听说哪位家人与共产党、八路军有往来。日军抓不到把柄，13天以后将我爷爷放回来，大约过了几天，也将五爷爷放出来。我虽然年幼，对这件事记忆十分深刻。我清楚记得爷爷在放回家后躺在床上向我们叙述在日本宪兵队遭受的酷刑。

大约到了新中国成立后，从家人的口中才陆续听说泰安沦陷时期，常有共产党出入我家宏吉堂药铺，有时还住在药房内。药店作为生意场所，人员往来是很正常的，何况宏吉堂是泰安最大的中药房？

原国务委员、公安部部长、山东人王芳回忆这段历史时，指出在1940—1942年间，他长期负责山东地区八路军鲁中军区的对敌工作和锄奸工作，根据中共中央山东分局指示，相继建立对敌斗争委员会和敌工部。在他的影响带动下，他的许多王氏宗亲也积极地投入了抗日和锄奸工作。为了大量搜集日军政治和军事情报，以利于顺利开展对敌斗争，王芳精心策划、亲自指挥、秘密挑选派遣一批忠诚的共产党员，打入日军驻山东部队的最高机关。

王芳物色了原八路军山东游击队四支队募集队的队员、莱芜青年郭善堂执行这一任务。（郭在打入日本机关后，更名林洪洲。新中国成立后，又更名罗国范。）这是一项十分艰巨复杂的任务。郭善堂为了在敌人眼皮底下站稳脚跟，必须想尽一切办法获得日方的充分信任，同时也必须得到中国方面社会和广大民众的积极支持。

后来，郭善堂在朋友的帮助下，认识了我的五爷爷张玉生。五爷爷不太关注药店生意，他自己开了一座馒头铺，每天供应各商家。他在泰安参与主持"青红帮"。人们也称他为五爷，其手下有一帮徒弟。郭善堂加入"青红帮"，拜五爷为师，并以此为场所，方便广泛联系社会各方人士，有利于开展对敌斗争。根据郭善堂在新中国成立后撰写的回忆录，他在加入"青红帮"（泰安称"三幡子"）之后，常出入五爷爷家和宏吉堂中药店。郭善堂以此为掩护，在泰安地区深入日本特务机关，搜集情报，开展对日斗争。

日军及其特务机关，如何得知我家两位爷爷和中共之间的往来，并将他俩抓进宪兵队审讯，不得而知。10多天之后又将两人释放回家，显然日方并未弄清具体事实。

我们家当年风闻线索，实际情况并不了解。前几年，六爷爷家的小叔张鹏（在原莱芜钢厂工作），有意弄清这段历史，曾专程由泰安赴北京拜访郭善堂。恰年近百岁的郭善堂老人正因病住院治疗，而未能谋面，甚为遗憾！这位对革命事业和抗日斗争作出卓越贡献的革命老人，我们深切祝愿他健康长寿。[1]

4.我的幼年

我是家族第四代老大。听家里讲，母亲生我时难产，我把母亲折腾了三天两夜。按一般习惯，都是由家庭妇女接生，由于难产，没有办法，只好派人请私人西医医师来家接生。听说曾祖父（曾祖母已故）、外祖父母等都在家焦急不安。10月27日，我总算来到人间世界。我的降生把母亲折腾得筋疲力尽，是我一生最对不起亲爱母亲的地方。我出生时，父亲不

---

[1]上述材料均取于郭善堂回忆录。由李翔、叶家林撰写的《一个"日本特务"的传奇》，北京华艺出版社2015年4月出版。

在家，正在曲阜师范学校读书（原山东省立二师），因泰安没有高中，只好去外地求学。这是一所著名的中等师范学校。共产党人万里也就读于该校。算算年龄，大约与我父亲同时代读书。由于我是第四代长孙，曾祖父和祖父母对我特别宠爱，有时候半夜里闹着要吃饺子，大人也只好起床，和面，做馅芯。娇惯的孩子常常生病，一点也不假，我就是病痛不断。有人说到庙里认个师父，可免却病灾，家人带我去泰山斗母宫认了师父，排行正字辈，取名正海。又因族谱为宪字辈，取名宪文。我这一支弟兄四人，排序取名文武魁举，很有人文气势。我的大妹妹乳名红菊，出生于抗日战争时期，比我小两岁，自小讨人喜爱。我小时候好咬她膀子，是一种亲热的举动。小妹秀贞在抗战胜利时出生。我也喜欢咬她。妹妹膀子咬疼了就向母亲告状，让母亲察看被我咬的牙印。有时家人也开玩笑，说我是属狗的，故要咬人。令人悲痛的是，两位妹妹都已早逝。大妹妹五六岁时因时疫红白痢疾夭折，小妹妹病逝于1997年。弟弟宪魁也于2020年不幸病故。只有妹妹宪梅健在。

虚岁6岁时，母亲送我去附近的粮食市街小学念书。可是年龄实在太小，母亲前脚离校，我后脚跟着回家。家里没有办法，只好再等一年。后来父亲去县城著名的模范小学教书，当教导主任。他每天骑自行车带我去上学，在这里读了二、三年级，有父亲的督导，学习成绩还比较优秀。有一天，父亲带着我，在去学校的路上骑车摔倒，父亲受伤而我却没事。次年，父亲去惠民师范教书，母亲、妹妹、弟弟随行，而把我留在泰安，转离家较近的粮食市街小学读书。父亲把管教我的责任交给了姑母，姑母是中学文化程度，那时泰安没有大学，新中国成立后，姑母当过小学校长和中学教师。

张家人口多，小孩也不少，都是我的叔叔、姑姑辈，常常在一起玩耍。我虽然不调皮，但玩心重，不服姑母管教。有一次，我写信向父亲告状，说姑母的坏话，父亲自然不会相信，回信给姑母把我批评一通。

张家虽然是大家族，土地并不多，都是自家耕种，我常跟着家人去地里，也懂得了一点农活。我家在附近有一个菜园，有四五百平方米，种有各种蔬菜、瓜果，如茄子、土豆、白菜、韭菜、葱、蒜等，自己种、自家食用，并不出卖。园子里还开了一口井，上面搭了一个葡萄架。夏天，我常常在架下乘凉，欣赏晶莹的葡萄粒。由于有自家的菜园，我对各种蔬菜的生长规律也多少熟悉一点，不至于把韭菜当作小麦。

我自幼在泰安生活了11年，对各方面的印象深刻又透着些许模糊，后来不断返乡探亲，对家乡的思念的感情日益深厚。

我从模范小学转粮食市街小学读三、四年级，家里放松了对我的管教。在学校里下课后，常常和同学弹玻璃球、滚铁环、跳房子、玩弹弓。不认真读书，学习成绩下降，到四年级下学期的考试成绩降为丙等（分甲、乙、丙、丁四等，丁等就留级）。学校校长把这一情况告诉了我爷爷。经爷爷与父亲商量，决定把我送去徐州。那时父亲已由惠民师范转徐州工作。

5.艰苦的徐州岁月

1943年夏天，在铁路上工作的七爷爷送我去徐州念书。那时候是战争年代，火车分一、二、三等。七爷爷是车僮（相当于列车员），我们坐的三等车，木板座椅，没有花钱买票。火车抵达滕县（今滕州市）、临城（今枣庄西站）之间，突然停下来，听说前面的铁轨被八路军游击队扒掉了。火车停了几个小时，因是夏天，天气十分闷热，旅客苦苦等候。不久，路基修好，火车继续向前开行，眼见铁路旁倒着几节车厢，显然是游击队与日军斗争的"杰作"。新中国成立后，才听说这一带活跃着著名的铁路游击队，他们在枣庄、峄县和微山湖地区开展游击战争，给日军以沉重的打击。20世纪50年代，电影《铁道游击队》歌颂了他们的战争精神，影响很大。铁道游击队的原大队长还到南京大学给学生作过报告，介绍了他们当年英勇抗敌的事迹，学生都十分崇敬他们，把他们视为抗敌的民族英雄。

80年代，山东大学曾主办纪念台儿庄大战的学术研讨会，我介绍了几位台湾学者和外国学者出席。其中有台湾著名的历史学家蒋永敬教授[①]、张玉法教授[②]和美国著名华人学者唐德刚教授[③]。张玉法教授祖籍枣庄，唐德刚教授因撰著《李宗仁回忆录》而闻名学术界。众所周知，李宗仁作为第五战区司令长官，指挥了台儿庄战役，给日军以最沉重的打击，是抗战时期最杰出的一次反击日本侵略军的战役。会议结束时，张玉法教授邀请我们到其兄长家做客，并乘船荡漾在微山湖上。我们几位专职于抗日战争研究的历史学者，似乎听到了当年游击队员们"弹起我心爱的土琵琶……"的歌声，使我们产生无限的遐想。

我随父母在徐州生活、读书七八年，是人生旅途中难以忘怀的初步成长时期，也是和父母生活最艰难困苦的年代。1945年至1949年，我在徐州经历了喜迎中国抗战胜利和国共两党再次发生内战两个重大事件。

我从泰安到徐州后，先后在马市街小学和少华街小学插班念五、六年级。

由于我是山东人，说话的乡音重有些侉，个别同学就不断取笑我、欺负我，说我是山东侉子、北方侉子。实际上徐州也属北方，也应是侉子，我就对这个同学说，你是南方蛮子，两人多次作相互不敬的指责。我拗不过这个同学，就去校长办公室告状。一天，全校同学集合举行夕会，校长把我和这个同学喊上主席台，指令他当众向我鞠躬道歉。我也向他鞠躬回礼，此事也就了了。

---

①蒋永敬教授，安徽定远人，1949年后移居台湾，是著名的历史学家，已病故。
②张玉法教授，山东枣庄人，1949年后移居台湾，是著名的历史学家，台湾"中研院"院士，近代史研究所前所长。
③唐德刚教授，安徽合肥人，原就读南京中央大学历史研究所，后移居美国纽约，在纽约市立大学工作，是著名的历史学家，已病故。

1944年，父亲因工作变动，全家由马市街搬至少华街一带租房居住。我也改读少华街小学。这时，我的学习自觉性提高，不再要父母督促。我记得六年级全体100多个同学，我的考试成绩是第22名，总算有了较大的进步。

1945年，中国人民经过十四年艰苦奋战，终于迎来了伟大的民族解放。8月15日，听到广播，说是日本天皇宣布无条件投降，徐州虽然在汪伪政权统治下（汪已病故日本，由陈公博代理伪主席），人民群众无不欢欣鼓舞，到处举行庆祝大会和游行。我作为刚刚毕业的小学生，和全校师生一起，上街游行。每人手执三角小旗，振臂高呼欢庆抗战胜利的口号。满街都是蒋介石的戎装肖像，以及抗战将领们的照片和事迹介绍，蒋介石的威望达到高潮。许多抗战将领受到学生们的崇拜。

这时，父亲见我学习尚称努力、自觉，成绩也较优秀，决心培养我。家庭经济虽然比较困难，仍想让我读一所好的中学。天主教会办的昕昕中学在徐州首屈一指。学校高薪聘请各科教员，教学质量是高水平的。英语课多数由加拿大神父教授。父亲的两位老乡和同学梁东言、刘正纲在该校分别担任英语教员和生物教员。他们极力鼓动父亲让我进昕昕中学读书，并且表示由他们为我缴纳学费（学费很高，初中一年240斤小麦，高中300斤小麦，这是一笔不小的开支）。当然，父亲不会让朋友代缴，咬咬牙，还是让我进了昕昕中学。

可是，当时国家的政治形势和经济状况对我们这些贫困家庭来说，是灾难性的。日本侵华战争给中国国民经济造成的严重破坏尚未得到恢复，人民重建家园、休养生息、成了梦想。国共两党再次陷入内战。抗战胜利后，中央军纪律松弛，接收大员据国库财富为己有，政府官员掠夺、贪腐，扩大了政府与民众的距离。国统区经济不断下降，百业萧条，物价飞涨，货币贬值。国民党决定再次实行币制改革，发行金圆券。人们对这次改革曾寄予厚望，希望把金融、物价稳定下来。记得我拿着金圆券上街购物，还有点价值分量。然而，金圆券随国家政治、经济形势不断恶化而迅速贬值，最后几乎成为废纸，人们大失所望。工薪阶层拿到货币工资，迅速将纸币换成银圆或实物（如面粉或其他粮食等）。记得父亲用工资买了一些香烟，堆放在我的床头。战后国家的政治经济状况给我家这样的工薪阶层、贫苦大众造成了极大的生活苦难。

我和父母、妹妹、弟弟在徐州生活的岁月，是国家十分艰难动荡的年代。父亲曾多次就业、失业，光搬家就搬了9次，都是为了寻找价格最低廉的出租房。我们曾在建国路、少华街、统一街、大马路、顺河街、云龙路、梁庄、文亭街等处住过。父亲最初到徐州工作时，曾借住在建国路开货栈的老乡家。他借给我们一小间平房，面积只有七八平方米。后来我到了徐州，五口人（小妹尚未出生）三张床，整个房间已无插足之地。房内摆一张小方桌，吃饭只能坐在床沿边。那时根本没有衣橱、衣箱之类，衣服、被褥就塞在床头边，甚至用衣服做枕头。由于父亲的微薄工资要养活五口人，生活异常艰苦，经常吃廉价的绿豆粉面条，一个冬天全家只吃了一颗大白菜。

20世纪三四十年代，肺结核病是十分可怕的疾患，生了这种病，就像判了死刑一样，小说中多有描写。有一天，我咳嗽，痰液中有一点血丝，害怕极了。父亲带我去看私家医生，他用听诊器在我胸部一听，也未做其他任何检查，就判定我生了结核病。每天要我注射一种红色药水（当时也不知道是什么药）。大概注射了一个多月，医生再次用听诊器听我胸部，说是肺里通气了，病好了。父母有些怀疑，怎么病好得那样快，父亲托老乡带我去徐州东郊一家军人医院，做了X光胸部透视，结果什么病也没有。私人医生给我注射的红色药水，后来我怀疑是维生素之类，这类药治不了病，也害死不了人。

抗战胜利后我真正生的一场大病是伤寒病。日本侵华后，河北、山东、河南一带水灾、旱灾、蝗灾严重，相应的疫情也很普遍，霍乱、伤寒、天花、鼠疫多有流行。霍乱更是可怕的疾病，上吐下泻，死亡迅速。抗战胜利后，这些病在各地仍时有发生。我家住在统一街时，我得了伤寒病，发高烧，说胡话。这种病严重时，肠子溃烂。我病了13天，打地铺睡在地上。在淮海路一家中药店看中医，吃中药，头发几乎脱光，身体十分虚弱，去院内厕所也要人架着走路。由于家里生活困难，整个生病期间，我只吃了两个鸡蛋。

大约在1947年，父亲再次从位于大马路的私营天益公货栈失业。父亲希望借住在货栈的库房内，老板不允。当时，货栈后院很大，倚着墙搭着两间芦席棚，是工人堆放杂物的地方。棚子三面透风，棚顶部多处漏雨。父亲修整一下，全家搬了进去。既无电灯，院内也无自来水。黄河故道流经徐州市区，天益公货栈位于故道之滨。那年夏天，黄河故道发大水，天益公后院水深及膝，我们住的席棚，水及床沿，无处躲避。我和弟弟妹妹双脚泡得溃烂。一天夜里，一只蚰蜒爬到我的头上，被我打死，幸好未钻进我耳朵里。想想后怕，万一钻入脑内，后果不敢想象。那时，我家过着十分困难的生活，距离讨乞也只有一步之遥。货栈院内堆放着一些大木头，弟、妹铲树皮，晒干烧火用。货栈里曾住过军人，我母亲与其伙夫熟悉了，他们有意将饭锅巴送给我们，还将一些未烧透的炭块倒给我们。我是穷学生，善后救济总署在学校发的黑豆我也带回家里。我每天上学基本上不吃早饭，这样可以为家里节省一顿。有一次期考，我点着豆油灯，读书到半夜两点多钟，清晨仍空着肚子去上学。一天，昕昕中学的全体学生在老师的带领下，乘火车去三堡、曹村间的皇藏峪旅行，距徐州三四十里路，据说汉光武帝曾躲藏此处。我带了两只面饼（徐州称为馍）和咸菜，以作中午充饥。母亲给我五角钱，买水喝。我省着，晚上回到家，仍将五角钱交还母亲。平时在学校，一般是去学校附近的丸子汤店，把自带的面饼放在大锅里一煮，捞在碗里，倒上一点辣油，这就是一顿中饭。

货栈院内无自来水，需要到很远的地方抬水。每次都是我和妹妹弟弟三人抬水。那时弟弟年龄很小，个子也矮，我怕压坏他，都将水桶放在我这头。回想起来十分难过，弟弟那么小，就要挑重担。至今我对那根抬水用的略有弯曲的木棍还有印象。有一次抬水，在路边休息时，忽然发现地上有一个闪光的小物品，捡到手里一看原来是一枚戒指。我迟疑地等候了一会儿，周边始终无人寻找物品，我把戒指带回了家，母亲又去原处等候始终未见失主。那个年代，我没有拾金不昧的觉悟，也没有像儿歌中唱的"拾到一分钱，交到警察叔叔手里边"一样，倒认为是老天爷给我们的帮助。

1947年，处在国共两党激烈的内战时期。国民党由于政治腐败，军事上节节败退。学生们对国民党给国家民族造成的危害虽然严重不满，游行示威不断发生，但是对未来前途仍不清楚。

1948年11月初，决定国民党生死命运的淮海战役在徐州打响。战役进行两个多月，国民政府所辖的军队损失了5个兵团22个军，55万余人。其参战的精锐嫡系部队如黄百韬、邱清泉、黄维、孙元良等王牌兵团均被歼灭。"剿总"副总司令、战役最高指挥官杜聿明被俘。伤兵、败兵大量流落街头。战争虽然在徐州四郊进行，但城市也充满战争气氛。那时，我家已由天益公货栈后院转移到黄河故道东岸顺河街租房居住。在这期间，国民党做垂死挣扎，对广大民众加强控制，实行保甲连坐。规定每家每户都要排队照相，并编上号码。十分遗憾，我家这张照片不知散落何处，这是国民党罪行的铁证。顺河街住房地势较高，可以看到夜晚战场上腾空而起的照明弹，照亮徐州南部的上空，轰隆隆的作战炮声昼夜不断。

那天早上听邻居讲徐州解放了，街上已有不少八路军。当时我们还不知道八路军已经更名为中国人民解放军，仍习惯称其为"八路"。我一个人跑上街，眼见一队队军人走过。他们穿着不那么合体的黄色土布军装，显得有些土气。这一眼给我留下了永不消失的深刻记忆。国民党败退，对失掉的城市进行疯狂报复。记得有一天，我奉母命上街购物，忽听到警报响起，我拼命往家跑。这时敌机已临上空，炸弹像下元宵一样一串串丢下来，在阳光的照射下分外耀眼。回家后，听说飞机炸了火车站，我家住的顺河街距火车站不远，炸弹的爆炸声震耳欲聋。我一生经历过三次不同时间的飞机轰炸，一次是家乡沦陷时日本飞机轰炸泰安，炸弹就在头上飞过，二叔把我扑倒在空地上保护我；一次是抗战胜利前夕，中国飞机轰炸日本占领着的徐州，我和母亲、妹妹、弟弟每天躲到云龙山；第三次就是上述国共内战期间。

我在昕昕中学读书四年，后来考取本校高中。1950年，家庭经济状况再次陷于困境，4年间，我学习努力，成绩一直优秀，根本不用家里操心费神。我努力争取好的成绩，是为了免除学费，减轻家里的沉重负担。虽然我每学期的成绩都名列前茅，获得不少奖状，但是从未获得过第一名（学费可全免），最好的成绩是第二名（学费免1/2）、第三名（学费免1/3），我始终竞争不过同班同学邢金垣（第一名）。昕昕中学按天主教传统，实行男女分校，男生在青年路校本部上课，旁边是徐州最大的天主教堂，甚是雄伟。女生部则设在城南靠近云龙山一带。只有学校举行大的庆典或纪念活动，女生们才会整队到本部出席集会，平时男女生是不来往的。有一年，男女生通卷考试，我的历史课成绩是男女生中唯一的100分，历史教师在课堂上表扬了我。这是不是预示着今后我将走上历史学道路？那时，我对历史学没有感觉，报考大学也未填历史专业志愿，是糊里糊涂学了历史。

一天，父亲告诉我，家里生活极端困难，弟兄姐妹4人同时上学，负担实在沉重，要我帮助家里渡过难关，退学去商店学徒。我坚持不同意，哭着要求继续上学，母亲还陪着我去学校见了班主任（物理老师）。母亲流着眼泪陈述了家里的困难，班主任告诉我母亲，程慰先校长同意免除学费300斤小麦。那时，我和同学们关系很好，他们主动找校长反映我家困难，母亲感谢学校的关怀，但是免除学费仍解决不了家庭生活困难，必须退学。这样我被迫辍学，告别了热爱的母校。

过了两天，父亲带着我去开西医诊所的老同学梁洗尘家，拜托她的丈夫潘医生介绍我去彭城路复光大药房（西药）当练习生，实际上就是学徒。此时我才知道父亲早已与他们商量好。我在药房每天晚睡早起，整理店堂，打扫卫生，接待来店购药的市内、市外顾客，还要学着配制各种酊剂。每次吃饭，都是老板和账房先生们先吃，我们学徒则站在旁边侍候，如同下人，低人一等，心中很不舒服。父亲有意要我学习西药知识，重走我家药材行业的老路。殊不知，时代不同了，私人资本主义道路已经走不通了。抗美援朝轰轰烈烈展开时，上海西药界资本家的不法行为让人们十分震怒。而且我压根也未想继承祖上的事业。家族内真正懂得中药的是六爷爷和四爷爷之子张鸢叔父，1949年后张鸢成为泰安中药界的大行家。由于我是被勉强去复光药房工作的，母亲深感内疚，常带着弟弟、妹妹坐在复光药房对面的马路边（当时彭城路是徐州最宽阔的马路），远远地观望我工作。我有时看到昕昕中学的同学路过药房门口，心中总觉得不是滋味。

那时我十分苦恼，不知道自己的未来在哪里，感到困惑和迷茫。在无顾客时常常坐在那里发呆，没有任何主张。那时的徐州虽然是一座较大的城市，但是还没有一所大学，而我也还没有上大学的觉悟，只知道念书才有未来，念书后做什么也是茫然。后来回忆这段经历，心中无限感慨，眼睛也常常模糊起来。

新中国成立后，国家需要各种建设人才，20世纪50年代，参军参干在全国掀起高潮。许多年轻人响应国家号召，参加志愿军赴朝鲜与美军打仗。也有一些人，去机关工作当了干部。1951年初，山东省人民政府工业厅在徐州登出广告招收学生，拟经过短期培训后分配至机关和工厂工作。我偷偷地报名去参加考试，结果录取了。我告知药房经理洪兆祥先生，他也未阻挠，同意我离开复光。这样，我和同时被录取的一些昕昕中学的校友，一起乘火车去山东济南报到。那一天，父亲亲自送我去火车站，并且陪我进站，登上月台，看着我提着简单的行李卷走进车厢。那时我们家里没有箱子，是用背包带把被子、衣服捆在一起，背在肩上。父亲在车厢外的窗户边，不断地嘱咐我路上注意安全，到了济南别忘了给家里写信报平安，父亲一直望着火车远去。这是我第一次离开家独自外出，开始了个人的人生旅途和独立生活。父亲回家后告诉母亲说，我上车时有些慌张，更增加了他们的牵挂。从徐州到济南，再到南京，60多年来，除有两年在济南与父母、弟妹一起生活外，一直是我独自在外学习、工作。父母晚年多病，我和弟弟在外地工作，不能在身边尽孝，都是由妹妹照应。父母过世后，我们选择泰山上的公墓安葬，也算是落叶归根吧！

1951年1月，我离开了这座既难忘又不堪回首的城市。徐州是我人生旅途中重要的节点，我不会忘记它对我的培养，也忘不了在徐州那段艰难困苦让我心碎的生活。也许是经历了那段艰苦的磨炼，才使我变得坚强，以后工作上有种迎着困难上、不轻易放弃的劲头。多年后，我曾多次去徐州探亲访友或与同学聚会，总是去母校昕昕中学（今称徐州高级中学）和一些我曾经生活过的街巷寻访，回忆60年前的生活学习情景。徐州永远留在我的记忆中，点点滴滴不能忘怀。

6.国家经济建设的感召

山东省人民政府工业厅干部训练班设在济南经一路纬一路，离工业厅不远的一座有大院子的仓库中。训练班100多名学员，基本上都是由山东几个城市招募来的中学生。新中国成立初期，大学生很少，中学生就算是有文化的人才了。那个时期，全国各地仍有大量文盲，农村更多。经过若干年的扫盲运动，才将大部分文盲的帽子摘掉。干部中也有不少人文化水平不高，也就是初小的文化水平。各地都办了不少工农速成中学或工农高中等，以提高他们的文化素质。在训练班上，主要是听领导干部报告，学习政府文件，分组进行讨论。大约培训了不到一个月时间，2月1日开始分配工作，主要是去工厂、实业公司和工业厅有关部门工作。有10余名学员被分配至工业厅有关部处，我被分配到工业厅计划处统计科工作。处长、科长都是战争年代参加革命的30岁上下的老干部，基本上都是小学文化程度，领导着我们这批中学生出身的年轻人工作。记得1951年冬天，我的领导带着我出差去烟台、文登检查工作。我这个刚脱掉中学生帽子的小青年，代表工业厅做"指示"。我也记不清当时讲话的内容了，但是当地干部对我们两人十分尊重。第二天我们去文登检查工作，那时从烟台到文登没有铁路，公路也是碎石路。旅客都是乘敞篷大卡车，20多人在车厢内人靠人席地而坐。天气很冷，多数人戴着口罩御寒，因为哈气，眉毛上结了霜。天刚下过雪，路上都是冰雪，汽车爬坡时轮胎打滑，向后倒退，司机控制不住。路旁是较深的山沟，眼看有可能滑入山沟，司机助手迅速跳下车，搬路边的大石头挡住汽车不再下滑，真是危险的一幕。如果滑进山沟或翻了车，后果难以想象。1951年的文登还较落后，晚间路上没有路灯，人们都摸黑走路。在去金矿检查工作时，夜晚住在矿山两间空房内，没有电灯，只点一个菜油灯，微弱的灯光一闪一闪的，室内黑洞洞的，伸手不见五指，甚为吓人。床上虽然盖着棉被仍然冻得发抖，缩成一团。这次出差的经历至今难忘。

1949—1952年，是中国经济恢复时期。至1953年才开始实施第一个五年计划。党中央提出过渡时期总路线，大力开展"一化三改造"，特别是工业化，叫得十分响亮，认为"工业化"是通向共产主义的必然道路。全国都开始学习苏联，他们帮助中国建设156项工程，这些项目的实施，确实帮助中国打下了工业建设的基础。虽然苏联计划经济的原则给中国带来许多负面影响，但是建设成就是不可否认的，东北成为中国重工业的摇篮，到处都感受到"老大哥"的影响。电影描绘的苏联集体农庄，犹如天堂，是中国农村改造和追求的目标与榜样。共产主义什么样，大家都搞不清楚，只知道是没有剥削、物资极大丰富的美好幸福的社会。知识分子都阅读苏联小说，许多年轻人穿苏联进口花布做的衬衣。有一天，我和同事逛经二路纬一路商场，目睹一位年轻男营业员穿着苏联花布衬衣，我们大笑起来，弄得他很不好意思。

工业厅计划处和统计科负责管理和检查全省的工业企业生产计划和各方面的统计资料。当时，学习苏联把工厂生产计划看得十分神圣，如果工厂完不成生产计划，厂长要坐牢。到底苏联有没有厂长为此坐牢，我们也未看到这方面报道，人云亦云而已。我们年轻工作人员满脑子是生产计划和统计材料。工厂不管产品质量高低，只要完成生产计划，上级部门能把产品调拨出去，工厂是不管销售这个环节的。中国的计划经济也是从1951年开始的。它的负面影响和后果，到若干年后政府部门才有所认识和觉悟。

在工业厅计划处工作，每天与各地工厂报来的报表、数字打交道，十分枯燥、呆板。我这个刚刚走出校门的中学生对此并不适应。我生性好动，也不习惯整天坐在办公室。中饭之后，经常和同事们打篮球消磨时光。我经常自问，未来的出路在哪里？虽然没有当官的思想，难道就这样当一辈子的机关干部吗？那时也无处吐诉，父亲离我很远，也无法商量，精神上很苦闷。如果我一直读书没有辍学，应该于1952年高中毕业。那一年大学招生，全国招5万人，而报名者只有5万多人，还包括一些社会青年。听说考试成绩只要不是零分，都能录取。我的不少同班同学考进了大学，有的被录取进北京的八大学院（如北京钢铁学院等），这是为适应国家建设需求而新建的一批大学，我十分羡慕他们都成了大学生。

可以说，当时的教育形势和同学纷纷考上大学，对我产生很大的吸引力。我也决心上大学，而且学生的学习、生活费，都由国家供给，不会增加家庭的负担。因此，在1952—1953年期间，除白天正常上班外，晚上我则去夜校补习高中课程，或者在家自学。回想起来，这完全是个人的自觉行为，没有哪个人或家庭给我压力。但是坚持下来需要很大的毅力。我在努力实现自己设想的目标。

大约是在1952年，父亲通过考试进入济南铁路管理局设在徐州的下属单位做会计工作，并且全家搬进了铁路职工宿舍。当年，铁路、邮政都被人们称为"铁饭碗"，工资虽不高，但工作、生活有保障，不会因为国家经济动荡而失业。不久，父亲又被调到济南铁路分局车辆段工作，生活和工作更加稳定。父亲把母亲、弟弟、妹妹都接到济南。最初在镇武街租房居住，后来搬进白马山铁路宿舍，再调整到市区四里山（后称英雄山）附近的二七新村。

我在济南的这段时间，工作、生活虽较平淡，但比较稳定。在工业厅参加了"三反五反"运动。这个运动声势浩大，全国各机关、工厂都卷入斗争。那时，领导干部贪污者不多，贪污分子主要在财务会计领域。记得曾在千佛山下的济南人民体育场召开过全市性的反贪污大会。各单位都在现场围在一起批斗本单位有贪污行为的人员，要他们交代贪污罪行。我们这些刚参加机关工作的年轻干部，都要检查自己有没有这方面的错误行为。许多人都检查私自用了多少公家的信封、信纸或蘸水钢笔等，实际上，这些行为也算不上什么。"三反五反"运动声势很大，但实际效果甚微，不过，一些不法资本家在这一运动中都受到沉重的打击。

我在济南除工作和补习高中功课外，在业余时间喜欢体育运动。在昕昕中学读书时，两位体育教师的特长是体操运动，我受他们的影响，也爱上了体操。到济南后，工业厅没有运动条件，我和朋友利用晚上或星期日在体育场和公园练习体操。后来，经过省级机关运动会的选拔，参加了1953年在青岛举行的山东省体育运动大会，得了几枚奖牌。当年又代表山东出席了在上海虹口体育场举行的华东六省一市的运动会。山东的田径运动在华东地区首屈一指，但是体操水平不如上海。因此我们山东队的体操运动员未获得奖牌。我喜欢各种体育项目，包括田径、篮球、排球等，唯独不喜欢足球。在青岛海水浴场和济南的游泳池，多次学习游泳，始终未学会，这也甚为奇怪。

二、与历史学结缘

1.入读南京大学

　　新中国成立初期，经过三年的国民经济恢复，至1953年我国开始了第一个五年建设计划，进入大规模的经济建设时期。在这样的经济形势下，人才稀缺，高级人才更显急需。知识分子受传统思想影响，仍然相信"学而优则仕"，"学好数理化，走遍天下都不怕"。我在工业厅工作，更加感受到科学技术对国家建设的重大作用。因此，我想当一名工程师，对进工厂工作十分羡慕和向往。也曾经想当一名飞行员，可以飞向蓝天，保卫祖国。可惜我在飞行员招考时，体格检查到眼睛的深部时不合格，因而未被录取，成为我终身的遗憾。那时我们理想也很简单，认为只有上大学才有未来，经过一番思想斗争后，决定报考经济专业，认为学经济，与国家建设更为接近。因此，1954年我考大学报了财政经济专业，志愿填的是北京、上海、沈阳三所财经学院。我请假在家复习功课，日夜奋战，不断地挑灯夜战。幸好我的体质很好，尚能坚持到考试，但是到考试那天我只吃了一个烧饼即赴考场。那一届招生9万人，全国报考人数为13万人，差不多是3名考生录取2人，淘汰率为30%多。录取名单发表在各大区的主要党报上，华东地区六省一市的名单将刊登在上海《解放日报》上。1954年8月15日，终于等来了发榜的那一天。学生们都拥在邮局门口，争购当日的《解放日报》。我急速地查看三校的录取名单，没有我的名字。是不是没有被录取？听说志愿填报只供参考，国家需要才是主要的。我不死心，再查看其他学校的录取名单，突然发现南京大学历史系录取名单中有一名"张宪文"。这个人是不是我呢？是不是重名呢？狐疑中，又见当天《大众日报》（山东省委党报）刊登山东劳动模范张宪文发表的谈话。我想哪里来了这么多的"张宪文"。我闷闷不乐地回到工作单位，也不好意思向同事们讲未被录取。在沉闷中过了3天，单位人事部门才将录取通知书交给我，害得我那些天有些垂头丧气。为什么3天后才将通知书交给我，我在兴奋中也不管了。这样，我成了一名大学生，基本上实现了上大学的心愿。至于为什么学历史、学历史有什么用？我在高兴中也未加思考，也没有感悟，更无理性的认识。总认为上大学会有出路，前途是光明的。记得在若干年后，大约是1962年，北京大学翦伯赞①教授访问南京大学，在斗鸡闸会议室与历史系教师举行座谈会，青年教师马先阵请教翦伯赞，学历史有什么用？翦老也未给予明确的、有说服力的答案。

由于我喜欢体育运动，并曾代表山东参加华东区运动会，因此与山东省体育总会比较熟悉。他们得知我已考上大学，即将奔赴南京大学，便动员我别学历史，打算介绍我去上海体育学院学习。我爱好体育运动，但受传统观念影响，不愿意一辈子从事体育工作。同时，我的体型和172厘米的身高，做体操运动也无发展前途，因此婉拒了省体委的好意，仍坚持到南京大学历史系报到。

50年代，受经济条件的限制，学生离家上学，携带的生活用品都很简单。我打了一个行李卷，里面捆了一条不甚厚的被子、一条薄褥子、一条床单、一个枕头，几件换洗衣服和冬天穿的棉袄、绒裤。另外，用网袋装了一个脸盆、一个水瓶和喝水刷牙共用的搪瓷杯等。多数同学都是这种简单的行装。除家境较富裕的同学外，难得有人带箱子、穿皮鞋、戴手表。

---

① 翦伯赞，时任北京大学历史系主任、著名历史学家。"文革"中逝世。

我在二年级暑假回济南时，父亲亲手为我做了一个小木箱，箱外用一层绿色帆布包裹起来。这只箱子我一直用了20多年。

1954年8月24日，我由济南乘火车踏上了去南京的旅途，从此开始了我人生的新征程和漫长且不平坦的历史学探究道路。这一年我20周岁，对于未来，我充满期待和幻想，但是前景如何并不清楚，甚至有些困惑。作为20岁的年轻人，政治上、生活上并不成熟，更无社会经验，但我希望未来是美好的、幸福的。这些都需要个人的努力和奋发图强。

1954年，新中国成立后第一次发大水，影响的面积甚为广泛。我在火车上目睹沿途遭遇严重水灾。从安徽蚌埠往南，一片汪洋，许多乡镇、农田都淹没在大水中。洪水漫过铁道路轨。车过临淮关，其城墙也有半截浸在水里。当时尚未修建南京长江大桥，火车抵达浦口后，车厢被分段拉上长江轮渡，乘客依然坐在车厢内。经过差不多近两小时的折腾，轮渡把火车运至江南，到达下关火车站。候车室内有南京大学的一群老同学，举着学校旗帜，在迎接新生。我是气象系老生接待的，为首的是金汉良同学。他后来大学毕业也留校任教。

南京大学在1949年前原名中央大学，校址在南京成贤街，是南方最著名的国立大学。基本上与北京大学南北鼎足而立。1949年新中国成立，中央大学更名为国立南京大学，后来将"国立"两字去掉。中央大学设有文、理、工、医、农等8大学院，专业齐全，师资雄厚，在国内外享有很高学术声誉。据说当时在亚洲排名第一。

中国的高等教育，在1949年后有两次大动荡、大调整。一次是分，一次是合。1952年的院系调整，基本上是分。按照苏联的教育模式，对大学院系进行大规模的调整，动荡的幅度很大。工、农、医科等，调整的方向是独立建校或形成单科性的学校。这方面最典型、最具代表性的如清华大学、浙江大学、交通大学、同济大学等，都成为独立的、单科性的工科学校。这种做法影响了文、理、工等学科的相互渗透、相互融合。有些院系的调整是破坏性的、学科方向重构性的调整，甚至受意识形态的影响，如法学、社会学、经济学、心理学等人文社会学科等。这些学科的调整改变了研究方向和内涵，甚至使其研究水平有所下降。再一种调整是将众多的教会大学全部取消或合并。许多著名的、有很大科学成就且培养了大批高水平人才的教会大学，基本上被撤销或将其教职工并入公立大学。如燕京大学、金陵大学、圣约翰大学等。1952年的院系调整，有成功的一面，即对旧教育制度的改造与创新，也有不成功的一面，有值得总结的教训。但是由于1952年的院系调整已经过去60余年，人们似乎不那么关注。

20世纪90年代以来的院校大调整，基本上是一次大规模的院校合并和"升级"。放眼全国，几乎大多数学校都有第二校区或多个校区。许多耕地、良田都被划入美丽的、公园式的校园。在全国高校"合并风"浪潮下，南京大学也想与他校合并，但是找不到"恋爱对象"，只好"独善其身"，自己奋斗。

1952年，南京大学所在的成贤街原址地方狭小，无法进一步发展，决定将文、理学科的院系迁往地处天津路、汉口路的金陵大学，合并建立新的南京大学。金陵大学周边空地多，有许多菜地、农田、树林、高坡地，甚至还有坟地。依照50年代中国高等教育发展的设想，像南京大学这样的综合性大学要发展成万人大学。1954年我入学时，南大学生有3300人，其中光地质专修科就有800名学生。全校13个系，文科只剩下中文、历史、西语（英、德、法语）和俄语系。后来，中苏关系破裂，学习俄语的人少了，北京、上海等地的俄语学院也宣布解散，学生纷纷转学，南大俄语系也被迫撤销。当时，许多人认为心理学是唯心主义的，没有必要研究。原中央大学心理系的一些教师无所适从，整天在校园内闲逛。南大校长潘菽是著名的心理学家、九三学社的创始人，后来他调离南大去北京主持九三学社的工作，并且组建中国科学院心理学研究所，这批心理学系教师才随潘菽校长去了北京，继续心理学研究。

2.徜徉在六朝古都

南京是美丽的六朝古都，中国四大古都之一。我从稍带"土"味的山东家乡来到江南胜地、金陵古都，一切都感到新鲜。2500年历史的长河中，南京始终书香萦绕，一代代文脉相传，教育、文化发达。南京虽然具有明显的江南风光色彩，到处梧桐银杏交织，可是它的社会风气却是十足的江北人的气质，开放和包容的性格，能和我们这些典型的北方"侉子"共融共生。

南京大学历史系是1952年院系调整时，由中央大学历史系和金陵大学历史系合并而成。中央大学历史系在国内史学界享有很高声誉，曾有一批著名教授在此任教。院系调整后，南京大学历史系规模缩小，师资队伍只有9名教授，如韩儒林、王绳祖、陈恭禄、蒋孟引等，都是著名史学家。罗尔纲先生也曾在南京大学历史系教书。国际法学教授赵理海和金陵女子大学历史学教授王栻也并进来。当年，学生数量甚少，1951年级只有9名学生，以后逐年增加。我入学时，全系学生数量达到130余名。我们班上50多位同学，有应届高中毕业生，也有调干生。大家思想都很单纯，遵守校纪校规，听党组织的话。班上共产党员多，有党支部、团支部、班会。我在入学第二年加入了共青团。

我们入学时，生活水平都很低，伙食标准每月9元3角，应届高中毕业生由国家全包，各种费用全免。调干生享有调干金，一般是21元，也只缴纳伙食费。我曾在山东工业厅工作过，因此也是调干生。那时，我每月给家里汇5块钱，贴补家里开支。南京大学没有像样的学生餐厅，只在南园盖了两个特大草棚。学生用餐、全校师生大会，包括学生晚自习，都在这两个大草棚内。学生用餐，8个人一桌，每顿饭都由1名学生轮流值日分菜，每人1份。草棚中央放着若干大饭桶，学生自由取饭，从未感到不够吃的。

1952年高校院系调整后，大学教育全面学习苏联，否定欧美资本主义教育制度。当时两种教育制度优劣在何处，对刚入学的年轻人来说根本就弄不清楚。我们1954级新生每人收到一个小型的蓝布封面记分册，最后一页印着学习完毕"经国家考试合格，换取专家证书"。一个大学刚毕业的学生怎么会成为专家呢？没有哪位老师解释过，那个时候也未看到哪个系的同学参加过国家考试和获得专家文凭。这大概也是苏联教育制度的一个表现吧！

历史系除开设中国通史、世界通史和一些历史学选修课外，还开设了几门考古学课程。如梁白泉先生讲授的"原始社会史"，南京博物院曾昭燏院长讲授的"秦汉考古"。曾院长是中国著名的女考古学家，早年留学英国，终生未嫁，是晚清曾国藩之弟曾国荃的后裔。在阶级斗争意识泛滥的年代，这种无法选择的出身，成为沉重的政治包袱。她是第一届全国人大代表，因病未出席会议。1964年，她在南京东郊灵谷寺跳塔自杀，十分遗憾。我选修曾昭燏院长的课程，受其学术影响，也读过一些考古学著作，因而对考古学产生浓厚兴趣，以至于今天仍十分关注考古事业的发展。大学四年级时遇上南京博物院组织力量第三次发掘南京北阴阳营新石器时代晚期遗址。这个遗址距今约6000年，在江南地区具有代表性。南京博物院建议派师生参加考古发掘，以提高考古操作能力与学术水平。我和同班瞿季木、宋堃等7位同学参加了发掘实习，并组成考古队，于1958年4月3日在南京博物院著名考古学家尹焕章先生等的指导下，开始了发掘工作。土方工作由历史系、气象系同学以勤工俭学名义承担，每个同学负责一个坑位。整个发掘工作进行了大约两个月时间，我们学会了如何寻找考古遗址，如何判断历史文化堆积层，熟悉了新石器时代的各种器物。该遗址清理出大量文物，其中包括各种石器、陶器和珍贵的卜骨、卜甲等，还有若干具当年的人类骨架，我们都会小心翼翼地用特制工具将骨架挑剔出来。在实践中学会了考古发掘的一些基本技能。我们都以该遗址为主撰写毕业论文，我选定的论文题目是《新石器时代晚期遗址的特征》。这篇论文在我大学毕业留校任教后，曾被校方选送至北京参加教育部举办的全国高等学校勤工俭学科研成果展览。论文被《考古学报》看中，准备发表。我将论文校样送给博物院征求修改意见，他们却阻挠发表，说是要等他们将遗址发掘报告出版之后才允许我的论文发表。我作为初出茅庐的年轻教师也无可奈何。而北阴阳营遗址的发掘报告，在许多年后才整理出版。

那个年代，南京大学的学术气氛十分浓厚。各系都有一批享誉海内外的著名教授，他们很受同学们的尊敬和喜爱，并以此引为自豪。如中文系的陈中凡教授、方光焘教授、胡小石教授、罗根泽教授，外文系的范存忠教授、陈嘉教授、何如教授以及理科的一大批在自然科学领域有重大贡献的科学家。历史系的教授虽然不多，但是他们在史学界有重大的学术影响。如王绳祖教授是著名的国际关系史学家，蒋孟引教授的英国史研究在国内首屈一指，陈恭禄教授以其中国近代史的卓越成就为史学家称颂，韩儒林教授专长于蒙元史和西北少数民族史。20世纪60年代，中苏因边界问题发生冲突，韩儒林教授受我国外交部邀请专程赴北京，科学地解释了中苏边界的走向。

学生们对南京大学校长更是特别关注，议论也多。潘菽校长是著名的心理学家，在教育界有重要影响，但是书生气十足。兄弟三人，在政界、学界贡献尤为突出。潘汉年是中国共产党的重要领导干部，潘梓年是有名的哲学家。记得潘菽校长在出席第一届全国人大会议返校后，在南园大草棚学生餐厅向全校师生员工传达会议精神。他的宜兴方言十分浓重，一个多小时的报告，我只听懂了一两句话。副校长兼党委书记孙叔平，是我国著名的马克思主义哲学家。每逢周末在南园大草棚，为南京市高校教师讲授政治理论课。孙叔平校长擅于言辞，其一篇讲话言语干净，毫无废话，整理出来就是一篇好文章，很受教师们的崇拜。

1957年"反右"以后，中央决定加强高等学校领导，选调一批领导干部到大学工作。云南省原省长郭影秋调任南京大学校长兼党委书记。南京大学以及后来郭校长转任中国人民大学，都流传着他的许多佳话。他曾手持介绍信独自去中国人民大学人事处报到，惊呆了人事处的干部。他不仅关注国家政治和学校教育发展，也十分关心学生们的学习和生活。他常深入学生宿舍和学生食堂。我在担任学生会体育部长时，有一年国家运动队一大批著名运动员来南京活动，我通过熟悉的运动员，把他们请来南京大学与学生联欢，在灯光球场举行舞会。事后，郭校长知道此事，批评我说这么大的事情为什么不请他出面接待。我作为一名学生，既不懂什么礼节，更不敢惊动校长。1957年秋，他刚调来南京大学时，在大操场召开全校学生大会，学生们都争睹郭校长风采。我清楚地记得他穿着豆沙色的西式服装，肩背照相机。散会时，他请全体女同学留下来坐在操场中间，用自己的照相机给女同学照了一张合影。女生们十分高兴，热情鼓掌感谢尊敬的新校长。可是有的男同学对此有点"吃醋"。次年，在"大跃进"运动中，一位男同学给他贴大字报，问他为什么只给女生照相？郭校长十分幽默地回复说"我为什么不能给女同学照相？"郭校长在南京大学工作6年，在师生中威信很高。大家都很尊敬他。郭校长多年在国家机关工作，习惯于作长篇大论的报告，有的师生很不适应，也不耐烦，贴大字报批评他，郭校长立即改正。他在调离南京大学时，汽车开到校门口，他要求停车去校医院看望正在住院治病的校办工勤员老李。一批校部机关的干部去火车站送行，双方都流下了恋恋不舍的眼泪。郭校长在南京大学最大的缺失是不盖房子，包括教学用房和教职工宿舍，特别是在1960年到1962年间的困难时期，他在全校党员大会上说，"现在国家有困难，我们应勒紧裤腰带熬"，这句话我记忆很深。他1963年调离南京大学时，学校清理他的住房，发现政府照顾他的许多购物票据都放在抽屉里，根本未用。郭校长的治校风格和后任校长匡亚明完全不同。匡校长由吉林大学调任南京大学，他在第一次全校教职工大会上说，国家给你钱，你就应该花掉，否则是破坏国家计划。那时，南京大学校园没有围墙，是栽的绿篱，道路是碎石路，学生一下课，校园内尘土飞扬。南京大学没有像样的校门，是两根木柱子，中间钉一大块木板，上书南京大学四个大字，实在太简陋了。1959年才修建了今天的大门。匡校长一到南京大学，就决定修围墙，铺柏油马路，盖几栋教学大楼。然而匡校长的决定尚未完全实现，"文化大革命"就开始了。1966年6月2日，匡亚明校长首遭冲击。他以坚强的性格，拒不接受"莫须有"的罪名。郭影秋、匡亚明两位校长十分重视文科。郭校长喜欢历史，他在云南工作时，做过李定国的历史调查，编辑出版了《李定国纪年》。他多次与历史系师生研讨南明史。他用《李定国纪年》的稿费2000元，给学生会买了一套大型乐器。匡校长则主张学生不能只读革命书籍，研讨革命理论，应该"红黄蓝白黑"各类书籍都要阅读，这样才能经得起政治的和社会的考验。匡校长主编《中国思想家评传》200卷，在国内外学术界产生重大影响，他成为当代尊崇孔子的代表人物和有贡献的教育家。他在"文革"后提出把学生的生活交由社会管理，他建议将广州路一条街改建成学生宿舍和食堂、洗衣房，南京大学只管学生教学。他的意见得到教育部部长蒋南翔的大力支持，并发文件赞扬。可是，匡校长的改革意见没有得到江苏省委的响应。

我对学习历史的目的性虽然不那么明确，但是学习态度还是认真的。1955年5月20日校庆大会上，学校表彰了全校160名学习成绩较好的同学，我和历史系12名同学也在其中。是年12月10日，学校领导又在大操场召开全体学生大会，宣布1954—1955学年优秀生和优秀班级名单。学生都坐在操场上，会议由团委副书记陈炳湘主持，副校长李方训讲话并颁奖。全校共评选出甲级优秀生7名，乙级优秀生39名。历史系甲级优秀生为陈得芝，乙级优秀生为孙应祥和我。学校给每个人颁发奖章一枚和奖金若干（甲级30元，乙级10元）。当时，全校有3000多名学生，历史系也有100多名学生。当喊到我的名字让我到校领导面前领奖时，我再也未想到会获奖，一时间有些懵了。

1956年，中央制定了十二年科学发展规划，提出了"向科学进军"的口号，这在全国知识界引起强烈反响，对推动中国科学事业的发展发挥了动员作用。各高等院校学习苏联人才培养制度，开始招收副博士研究生（相当于欧美教育制度中的硕士研究生）。南京大学校园内到处张贴"向科学进军"的标语，历史系也在高年级选拔了几名大学生攻读副博士研究生。后来，1958年"大跃进"时，由于中苏关系破裂，否定了这种培养制度。南京大学的一些副博士研究生转为助教，留校任教。

1954年，我考入南京大学时，正好山东师范学院体育系的刘德池、马庆贺两位老师调来南京大学任教。他们认识我，并在体育教研室宣传历史系有一位新生体操练得不错，是山东省代表队的成员。这样，我就被拉到学生会体育部当了一名干事，高年级同学离开，由我担任了体育部长和校团委军体委员。政府决定在大学建立大学生体育协会，我又担任了南京大学大学生体育协会的主席。三年间，我常协助体育教研室组织学生参加省市的一些学生运动会和其他竞赛活动。那个时候，南京大学的体育活动十分活跃，同学们都十分注意锻炼身体，每天下午4点钟，操场上跑步的同学如潮水一般，少说也在千人以上。四年级时，我放弃了学生会的义务工作，回到班级，被选担任团支部书记。1958年7月4日毕业前夕，我加入了中国共产党，介绍人是同班共产党员丁金平和徐震秋。

南京大学历史上也发生过一次大规模的流行性感冒，时间大约在1956年春夏之交，迅速在全校学生中蔓延开来。由于传染性强，患病学生达数百名。学校临时将大操场西边的两个特大平房教室（每间可容200人）作为病房，用一部三轮小汽车往返于南园和北园之间拉送病员。我们班上也有许多同学病倒，我多次往返护送他们。大家痊愈多日之后，我也病倒了。我拿着铺盖离开宿舍找了个地方自行隔离了几天。

20世纪五六十年代，由于居住条件简陋，以及人们没有良好的卫生习惯，在集体生活环境中各种寄生虫很多。当时南京大学学生宿舍有很多臭虫和跳蚤，大家想方设法灭虫。除在床缝里抹上许多六六六粉等杀虫剂外，到了夏天学校多次集体行动消灭臭虫。总务处在南园空地上放一些大铁桶烧开水，许多同学把自己的草席投入滚开的热水中，将臭虫烫死。这种土办法确实有效。几次灭虫大战，南园宿舍的臭虫基本被消灭光。

20世纪50年代，人们的业余生活都很简单。社会上舞厅、茶馆被视为资产阶级生活方式都已被消除。各家商店大部分在晚上7点左右就打烊。南京马路上梧桐树独具特色，棵棵相连，十分茂盛，加上不那么明亮的路灯，道路一片漆黑，行人也稀少。人们的夜生活主要是看电影。学生每周周末有一场舞会，周日也只能是逛逛玄武湖公园或去中山陵游玩。

50年代，大学生未被禁止谈恋爱，校园内不乏成双成对的学生恋人。我班同学因调干生多，故在入学前已有多人结婚。1956年，我在体操队认识了化学系一位女同学。她比我低一个年级，体操水平虽一般，但学习成绩优秀，人品、性格都很好。那个年代大学生谈恋爱，只能一块逛逛马路，坐在公园里聊聊天或看场电影或一块坐在图书馆里复习功课，如此而已。我和她相处一年多，但最终分手。究其原因，在于两人的爱好不同。她十分喜欢跳舞，周末的舞会她很希望参加，而我这个人特不喜欢跳舞，也不会唱歌，甚至连歌谱也不认识。两人坐在校园的凳子上，耳闻舞场的舞曲，十分尴尬，最终是我提出分手。她家住南京，在我毕业前夕，她的母亲曾来校通过两个班级的党支部，希望保持两人的这段恋情。而我经过考虑没有接受。现在想来，两人因爱好志趣不同而不能牵手终生，也是十分遗憾的。

3.师生评论胡适、胡风

在民主革命胜利前夕，1949年3月5日，中国共产党在河北省平山县西柏坡村召开了七届二中全会，毛泽东在会上作了报告，全面阐述了中国共产党在取得革命胜利后的路线、方针、政策。这次会议的决议成为中国共产党1949年后在全国进行经济建设、继续开展政治斗争的十分重要的行动纲领。

毛泽东坚持以阶级斗争为纲，在政治、经济、文化、社会各领域中坚持进行资产阶级和无产阶级两条道路的斗争。在取得政权初期，实施清匪反霸、土地改革、"三反""五反"，以及抗美援朝运动之后，在知识界和干部队伍中开展了一系列政治运动。

第一炮瞄准了电影《武训传》。武训，出生于清道光年间的1838年，行七，山东堂邑县（今冠县）柳林镇武庄人。家境贫寒，一生靠乞讨兴办义学，在当时和此后相当长的时期受到社会的广泛关注和赞誉。清政府曾予表扬并封为"义学正"，建祠供奉。民国时期，其义学精神也广为传颂。1951年2月，全国各地上映了由著名演员赵丹主演的《武训传》，受到社会各方的好评。但是几个月之后，《人民日报》发表社论《应该重视电影〈武训传〉的讨论》（1951年5月20日），说这部电影"污蔑农民革命斗争，污蔑中国历史，污蔑中国民族"的，号召开展关于《武训传》的讨论，矛头直指编导孙瑜和演员赵丹。当时，江青还组织所谓的调查组去山东武训家乡调查。事后在《人民日报》发表了《武训调查记》，完全歪曲事实，把武训描写成向封建势力奴颜婢膝的"奴才"。

出于对资产阶级和无产阶级两个阶级、两条道路斗争的认识，中国共产党在1949年掌握政权后，在知识分子成堆的高等院校加强清理资产阶级思想，并试图消灭资产阶级思想。

大约在1951年秋后，周恩来作了《关于知识分子的改造问题》的报告。高等院校开展了最早的一场知识分子的思想改造运动。每一位教师都检查了自身的资产阶级思想及其表现。记得南京大学历史系王绳祖教授事后表示他检查了历史研究中的客观主义思想。这个运动留下的资料不多，在人们的记忆中也不深刻，说明这次运动并非疾风暴雨式的，还称得上是和风细雨，运动和参加者并未感到太大的压力。

1954年，即我们刚刚入学的那一年，毛泽东发动了"胡适思想批判"运动。而在这之前，中国共产党在开展"三大改造运动"的同时，就开始批判胡适，不过当时仅限于在知识界举行小范围会议。1954年，中国学术界掀起了一场全国性的、范围广泛的胡适思想批判运动。这年的10月16日，毛泽东就《红楼梦》研究致函中国共产党中央政治局委员及有关人员，号召开展"反对在古典文学领域毒害青年三十余年的胡适派资产阶级唯心论"。中国共产党认定胡适是五四运动以来中国最重要的资产阶级知识分子，是资产阶级右翼知识分子的主要代表人物。要清理知识分子的资产阶级思想以及资产阶级观点在学术界各领域的表现，就必须批判胡适。学术界发表了一系列文章，把胡适痛批一通。有关批判文章汇集成多卷本的《胡适思想批判》，在全国新华书店广泛发行。高等学校文科学生也卷入了这场批判运动。但是由于对胡适思想缺乏了解，学生自身更缺乏理论修养，所谓批判也只能起着呼喊口号的作用。经过这场批判运动，胡适的形象在广大青年知识分子中受到很大损害。

　　1955年，全国又发起了对胡风的批判。报纸上连篇累牍地刊出胡风和学界朋友间的往来信函，这些信函被批判为"反党反社会主义的大毒草"。很快，胡风和他的朋友们被打成"胡风反革命集团"。胡风事件不久发展成为全国性的内部"肃反运动"，在各党政机关和高等院校全面展开。南京大学也不例外，各系学生也投入运动，正常的教学科研受到干扰和冲击。有各种政治经历的师生员工，如参加过国民党、三青团者，都被筛选了一遍。当时我们年级多调干生，政治经历清楚、简单，因而无"反"可"肃"，全班同学被调到高年级去"帮忙"。记得我们班级"帮助"的一个老大哥同学，有一天忽然不见了，听说他在精神压力下交代是国民党"潜伏"人员。学校保卫部门将他隔离了。后来他得到平反，学校也无证据为他定性。"文革"后，学校有关部门为表示对他的政治信任，让他出国访问一次。他还高兴地从国外买回一台大彩电。我系调到北京大学工作的赵理海教授是著名的国际法专家，曾经为我们讲授世界中世纪史。他上课背诵自己的讲稿，犹如读法律条文一样清晰。他在北大"文革"中也是受压力交代所谓"潜伏"，受尽折磨，后平反。"肃反"中，我们班级在西平房教室学习文件，忽然听得教室外面大声呼喊，有一位中文系的女同学经受不了严厉的政治审查，跑至西园工厂跳井自杀，我班同学急速跑去把她从井里捞了上来。可以说，内部肃反运动是1949年新中国成立后，除"三反"以外，在党政机关、高等院校内部开展的一场较大规模的政治运动。

毛泽东在1949年召开的中共七届二中全会上说："夺取全国胜利，这只是万里长征走完了第一步……革命以后的路程更长，工作更伟大，更艰苦。这一点现在就必须向党内讲明白，务必使同志们继续地保持谦虚、谨慎、不骄不躁的作风，务必使同志们继续地保持艰苦奋斗的作风。"中国共产党夺取全国政权，由农村转入城市之初，确实社会面貌大为改观，出现一片清新气象；干部也比较廉洁奉公，密切联系群众，保持着艰苦朴素的作风，根本看不见大吃大喝现象，甚受广大民众好评，对共产党发自内心的一片赞扬声。可是，进城才几年时间，少数共产党干部的工作作风、生活作风开始变化，日益脱离群众，官僚主义严重，贪污腐败滋生蔓延。面对这一影响全局的严重现象，中国共产党在1956年决定全党开展"整风运动"，特别要求党外朋友帮助整风。中国共产党从中央到地方召开了一系列座谈会，许多群众也卷入"大鸣大放"。曾经和共产党长期合作的一些民主人士向共产党提出了较为尖锐的意见，流露了对官僚主义的不满情绪，有的也仅仅是向自己单位的领导提出了一些不痛不痒的缺点。对于这些推心置腹的善意的诚恳意见和批评，中国共产党确定了应对的方针和政策。

南京大学师生在"整风反右"运动中表现活跃。在"大鸣大放"阶段有几件事很有影响。一是南京大学部分师生在新街口新华日报社贴了一副对联："上天言好事，下界保平安。"当时，学生与市民群众堵塞了新街口的交通，这件事影响很大。另一件事是毛泽东批评南京大学党委书记陈毅人"右倾"（见《毛泽东选集》第五卷）。当时陈对妨碍群众"大鸣大放"的做法有些想不通。有一天晚上，省委几个书记坐镇南京大学北园戊字楼学生会楼上，当时我正好在学生会，远远望见几位书记坐在那里。书记们听说南京大学部分学生正聚集在校门口，要陈毅人去校门口平息事态。陈毅人勉强地站在南园校门口的台子上对同学讲了话，做了说服工作。再一件事是历史系讲师刘敬坤（中央大学时期中共地下党员），在南京大学校刊上发表了一篇文章，标题为"是什么东西害了南京大学"。文章开头称"六代豪华，春去矣，更无消息……"，接着向南京大学党委提了几条在今天看来都是微不足道的缺点。后来，《新华日报》转载了这篇文章。反右时，刘敬坤被打成"极右派"。历史系教师党支部3位支部委员均被划为"右派"，这3名支委在新中国成立前都是中共地下党员。其中支部书记郭勋没有任何所谓"右派"言论。该同志为人耿直，只是不满南京大学党委将支委刘敬坤划为"右派"，因而郭本人也被划为"右派"。南京大学的反右斗争至1958年初结束。3月29日召开全校大会，宣布对"右派"分子的处理。"文革"后，给"右派"摘帽平反，恢复名誉。北京只保留了民主党派中的几个大"右派"。南京大学也曾试图保留刘敬坤一个人为"右派"，遭到历史系党总支委员的一致反对。刘敬坤老师为人忠恳，生活简朴，热爱中国共产党，反右前在历史系讲授中国近代史课程。后来刘敬坤老师考取中国科学院（后为中国社会科学院）近代史研究所，在中华民国史研究室工作，担任副研究员，几年前逝世。

反右运动结束后，在全国范围内又大规模地开展了"交心运动"。南京大学的交心运动自1958年5月30日开始至6月下旬结束，差不多和我们毕业班的毕业教育时间相当。这次运动要求"把心交给党"，交出对党的领导、方针政策、对历次政治运动和国际问题的错误看法，交出反动的立场和资产阶级个人主义。许多人响应中国共产党的号召，听党的话，把这方面的所谓错误思想、不满情绪，思想深处的各种问题，用大字报、小字报，一条一条地写出来，或在会议上讲出来，学校还专门印制了大量空白小纸条供师生们使用。能把这些思想认识说出来、写出来，表示个人向党的靠拢和忠诚。南京大学校园内贴满了向党交心的大字报、小字报。南大1000多名师生还排着整齐的队伍，抬着一个画有大红心的大标牌去中共江苏省委献红心、表决心。运动后期，每人对自己的错误观点进行梳理，叫作"梳辫子"，然后在政治上"上纲上线"，将自己批判一通。南京大学的交心运动，师生员工均参与，基本上没有发生大的政治偏差。

1958年底，机关、企业的交心运动称作"整风补课"，也如前面一样，"把心交给党"，把错误思想讲出来、写出来，以表示对党的忠诚和靠拢。我父亲的工作单位济南铁路局济南车辆段也开展了交心运动。他担任会计室主任和总会计，工作一向积极认真，靠拢党组织，追求进步。因为是总会计，几乎每天都要将账目带回家继续做，以完善和结算当日本室的工作。在"整风补课"中，要求领导干部带头向党交心。他在干部大会上，共说了3条，其一是家中人口多，粮食统购统销，不够吃的；其二是儿女功课好，成绩优秀，但是因为家庭成分不好，小儿子本可以上清华大学，结果进了山东师范学院。交心后，父亲以为没有事了，三天后，车辆段突然宣布撤销他的职务，工资由70多元降为38.5元，离岗劳动。家里突然发生这一重大变故，生活立即陷入困境。母亲、弟弟、妹妹4口人其中2个大学生、1个中学生，母亲如何支撑起来？好在我已大学毕业，工资53元，每月寄回家30元，结婚后仍寄回家25元。结婚的许多开支都是由妻子刘可文承担的。父亲也从降薪后的38元的工资中每月寄回家20元。这样勉强维持家庭的开支。我当时是中共预备党员，政治表现和教学研究一直很好。历史系党总支和聂启坤书记对我很关心。在我祖父逝世时，家里只有母亲一人主持处理丧事，十分艰难。系党总支主动给我经济补助，让我寄回家，对此我十分感动。由于家庭经济严重困难，我的生活十分简朴，省吃俭用，穿着也差，同事王荣先老师把他的衣服送给我。我自认为身体还能顶得住，因此在教工食堂吃饭，每顿只吃最便宜的五分钱一份的青菜。茅家琦老师看在眼里，让我的同学、同事丁金平老师劝我注意健康。我真正感受到了党组织对普通党员的关怀。那时期我每月都要计划着用钱，几乎每月要提前向校财务科借钱寄回家。每次经办手续的一位年长女会计总是冷眼待我，让我十分难过。1958年毕业后留校工作的那几年，因为家庭变故给我造成了很大的压力，在生活上也经受了贫苦的考验，不敢也无能力乱花一分钱。次年底结婚，都是妻子花的钱，而我仅仅买了一对花瓶和瓷娃娃。婚后面对我家的困境，妻子与我共患难，使我既感动又愧疚。

回想起来，我的家庭虽然人口众多，却是一个政治上清清白白、祖父一代热心服务地方的和谐家庭。祖父兄弟均能友好相处，父亲一代都是知识分子，多从事中小学教育，没有参与社会上的不良活动。我的弟弟妹妹等，在抗日战争年代都还幼小。父亲后来政治上得到平反，恢复名誉和工作，弟弟、妹妹受到磨炼。弟弟宪魁、妹妹宪梅考取山东师范学院物理系和生物系。二叔家堂弟宪武成为一位有影响的干部和诗人。兄弟姐妹中最具代表性的是弟弟宪魁，自幼聪慧，报考清华大学未成功，被山东师院物理系录取，并结识了同班同学、弟媳田永秀。大学毕业时，弟弟以优异成绩在200多名同学中被确定留校工作，然而后来被排挤到曲阜师院附中。弟弟再以优秀人才被引进至济宁师专（今济宁学院），后任物理系主任、教授和校教务处长。几十年来，他首创物理科学方法教育，其足迹踏遍全国各省市高校和中学。他成为该学术领域的重要代表人物并被誉为奠基人。2020年秋，宪魁夫妇不幸先后病故。物理学界出版了宪魁的纪念文集，并在2023年7月举办了他的纪念会，其学术成就，济宁学院设专室陈列。我们全家都十分怀念他们夫妇。

三、留校任教

1.艰难的现代史教学

四年的大学生活结束了。1958年7月开始毕业分配，照例学政策、表决心，系里宣布分配方案，然后同学整理行装，办理离校手续。时间大约一周到10天。那时我们每人都要表示决心，服从分配到边疆去，到祖国最需要的地方去。这几乎成为全体毕业同学一致的口号。这时期政治空气仍十分浓厚，经过1957年"反右派"斗争，知识分子的政治地位有所下降。国务院提出，大学毕业生的待遇太高了，要降低一些。南京地区大学毕业生的工资由原来的每月59元降为53元。同时加强高等学校的领导力量，除调云南省省长郭影秋任南京大学校长兼党委书记外，另调中共江苏省委原文教部部长俞铭璜为南京大学中文系系主任，省委宣传部理论处原处长聂启坤为南京大学历史系新成立的党总支书记。同时，1957年的毕业生充实到高等学校政治理论课的教学队伍。我们1958年的毕业生到底去向何处，是毕业同学最为关心的问题。那个年代的年轻人以祖国需要为理想，很少有同学回原籍工作，只希望有一个专业对口的学术岗位。当得知我班的分配方案有4名去青海、3名去山西、2名去黑龙江等边远地区后，不知为什么我总认为自己可能被分配去青海，因此整理行李用品做了去青海的准备。有一天我走在校园内，遇到校团委书记潘洁老师，她向我打招呼（因为我曾任校团委军体委员，故较熟悉），告诉我说："你留校了。"听到这一消息，我很平静，内心并未荡起太大的波澜。

大学四年，我为南京大学的学生体育作了一点贡献，与体育老师相处较好。毕业了，体育教研室以全体老师的名义送给我一份礼物——纪念册。体育教研室主任钟季卿教授以浓重的宁波口音与我谈话，动员我去体育教研室工作。但我依然坚持自己的理念，体育运动是我的爱好，可我不愿意以此作为终生职业。我十分礼貌地谢绝了钟季卿老师的一番好意。

我到历史系报到，当了一名历史学科的助教。那个年代，高等学校教师的职称（也叫学衔）分实习助教（第一年）、助教、讲师、副教授、教授等。其中副教授、教授基本上都是1949年新中国成立以前的教师。1949年后培养的人才，绝大部分担任助教，只有少量的讲师。教师们对成为副教授、教授感到是十分遥远的事情。

报到第一天，系主任韩儒林教授找我班留校的4位同学谈话，宣布方积根做系总支党务工作，瞿季木教世界近代史，丁金平教中国近代史，而我教中国现代史。这样一下子把我从最喜欢的考古学拉到了比较艰难的现代史教学。这是我人生中第二次被安排。当时历史系中国近现代史教研室只有6位老师，即陈恭禄教授、王栻教授，他们两位都是我的老师。另外4位年轻教师中，年龄最大的是茅家琦，31岁，年龄最小的是我，24岁。用今天的年龄标准衡量，时年50多岁的陈、王两位，仍可说是中年教师，可是他们已是享誉中外史坛的著名史学家。我初登史学教学讲台，不知道应该如何授课。系党政领导为我举行了试讲活动，这算是我第一次登上讲台。我不知如何写讲稿，应该写哪些内容，思想上毫无概念。中国现代史教师就我和王荣先老师两个人，我刚毕业，王荣先由南京大学马列主义教研室调来历史系。他原来教中共党史，比我这个初出茅庐的新人有教学经验。我就向他借讲稿参考，哪知他的讲稿是把何干之编著的《中国现代革命史》抄了一遍，搞得我一头雾水，只好硬着头皮自己编讲稿。

在20世纪五六十年代，中国现代史是政治性很强的一门课程，大量涉及中共领导的革命运动。在政治上、观念上及教学体系、教学内容、课程设置等方面，存在很大的困难。

首先，在新中国成立初期，高等学校历史系不存在这门课程。1956年，当时的高等教育部决定组织班子编写"中国现代史"教材。并决定由中国人民大学李新教授担任主编，参编者有蔡尚思、陈旭麓、孙思白、彭明等教授，还有部分青年教授。一部书四册编成以后，叫什么书名，作者们产生极大的困惑。如果叫"中国现代史"，根据作者们的观点，1840年至1949年为中国近代史，1949年后为中国现代史。如此则中国现代史只有6年时间，即1949—1956年，怎么办？复旦大学的蔡尚思教授建议叫"中国新民主主义革命时期通史"，它既不是6年现代史，也不是中国新民主主义革命史，这里用"时期"两字以示区别。书于1959年出版，某领导人批评它是国民党的家谱，实际上该书仍是中国革命史的架构体系，只不过增加了一点经济、文化等内容而已。

其次，本课程和其他相关课程一样，必须坚持以阶级斗争为纲，整个课程架构、体系，几乎与中国共产党史、中国革命史没有区别。在教学体系中，要突出红线（革命力量）、批判黑线（国民党反动势力），要多讲中国共产党如何领导人民推翻国民党统治的，要讲清中国革命力量如何逐步壮大，国民党反动势力如何逐步走向灭亡。整个教学内容没有北洋政府的历史，最多是将其作为历史背景加以交代。为此，教员和学生对北洋政府的历史知识极为贫乏。

再次，中国现代史必须以毛泽东著作为教材。当时流行的何干之[1]著《中国现代革命史》和胡华[2]著《中国革命史讲义》只能作为教学参考书目。毛泽东的著作，大家都很熟悉，如何依此开展教学有很大的困难。

---

[1]何干之，中国人民大学教授，著名历史学家。
[2]胡华，中国人民大学教授，著名中共党史专家。

再次，开展中国现代史教学，没有丰富的教学参考资料。当时从中央到各省档案馆均尚未开放，第一手的原始档案无法看到。社会上广为采用的只有几套公开的资料书，如中共中央宣传部编印的《中共党史教学参考资料》（活页，装在三个档案袋内，俗称"三口袋"），只限中共党员教师阅读使用，实际上这套资料只是中共党内两条路线斗争反对"左倾"和"右倾"的文件，没有任何保密性。胡华编了一套《中共党史参考资料》（4册），内容稀少，远远不足供教学参考。20世纪60年代，中国人民解放军政治学院编了一套《中共党史参考资料》，10多册，增加了一些经济、文化和社会史内容，算是最大的一套教学参考资料。60年代，出版了几套有价值的回忆录，如革命回忆录《红旗飘飘》，革命战争回忆录《星火燎原》，以及全国政协和各省地方政协编辑出版的《文史资料选辑》。在史料十分缺乏的年代，这些材料的出版对中国现代史教学起了一定的作用。

然而，当时中国现代史教学最大的困难是如何才能提高学术水平。由于本专业学术内容的极度敏感性，教师们不敢做学术研究，因而甚少有学术文章发表。我记得，以北洋时期为例，只有孟荣源一篇关于北洋派系的文章，以及陶菊隐和来新夏的两部北洋军阀史话，学术性尚显不足。任教后，我尝试着做点学术研究工作。1959年5月4日是五四运动40周年纪念日，我写了两篇关于五四运动的文章，一篇为《谈谈五四运动的领导权问题》，一篇为《五四运动在南京》。两篇文章虽然都由系里印刷出来，但未正式发表，特别是第一篇受当时意识形态观念影响甚浓，对胡适的分析和评述欠妥当。60年代初，又写了一篇关于五四时期中国人民对帝国主义认识的文章，内容涉及孙中山、陈独秀和李大钊，文章交给《南京大学学报》后也未发表。几年后，南京大学党委原主管意识形态的戈平副书记在闲谈时告诉我，李大钊在1927年被北洋政府逮捕后有变节行为，因此那篇文章不能发表。同时，我也发现报刊上介绍李大钊事迹的文章也确实少了。"文革"后，1978年，我又写了关于李大钊的文章，题目为《李大钊同志是坚定的马克思主义者》，主旨是肯定李大钊对传播马克思主义的贡献，起着为李大钊恢复名誉、否定对他的污蔑的作用。文章发表在《南京大学学报》上。当时北京师范大学张静如教授也在《光明日报》上发表了关于李大钊的文章。这两篇文章是"文革"后，最早客观评价李大钊的文章，在有关李大钊的学术研讨会上，受到当时学术界的关注与肯定。

　　茅家琦老师从南京大学教务处调到历史系后，被安排在中国近现代史教研室工作，除讲授中国近代史主干课程外，还开设中国近代国民经济史。我们两人商量，他研究民族资本主义，我研究官僚资本主义。当时，我坚持在中国科学院历史研究所第三所南京史料整理处（即中国第二历史档案馆前身）查阅有关经济史的档案，也做了不少资料卡片。差不多做了一年多的研究工作，我感到自己缺乏经济学理论功底，最终没有继续下去。后来我与王荣先老师商量，合作研究中国共产党成立以前的历史，把研究的方向和范围放在五四时期文化运动方面。这段历史敏感度较小，而且南京大学图书馆有大量这一时期的期刊和报纸。为此，我们两人多次一起在图书馆里查阅史料。王荣先老师业务功底很好，中学时代与我同在徐州昕昕中学读书，由于他曾经参加过"三青团"，因此政治上十分谨慎。组织还是十分信任他的，曾被选为历史系党总支委员。记得"文革"快结束时，历史系一批教师在江北大厂镇南京化学工业公司为工人开设讲习班，王荣先老师在临上讲台授课前五分钟，还找我商量中共一大代表讲哪几个人。我说来不及了，就按书上说的讲吧！1978年，王荣先老师与其夫人王秀鑫老师一起由南京大学调往中共中央党校党史教研室，后来王秀鑫老师转入中共中央党史研究室抗战组。两位王老师是受其老同学的劝说调往北京的。临行前，我受茅家琦老师建议，再次动员他们不要调离南京大学，当时正在中央党校学习的徐福基副校长也不赞成他们夫妇北调。南京大学一直敞着大门，欢迎他们回归，但是最终没有成功。两位是南京大学十分优秀的教师，由于在那种政治严格的党校部门工作，他们两人十分拘谨，在学术上未能展现才华。女儿毕业于南京大学天文系，多年前早逝，十分痛惜，两位王老师也先后逝世。人生道路难以预料，如果两位老师听从劝告不北调的话，都会是南京大学高水平的史学教授，我十分怀念他们。1979年我和杨振亚老师赴北京查阅史料，王秀鑫告诉我，她持研究室主任胡乔木批准的介绍信，正在中央档案馆查阅1942年中共整风运动的档案。所查的档案内容都记录在"保密本"上，然后转送党史研究室的档案库，不允许带回家。她说，档案中讲的内容与党史教材中不大一致，怎么办？我说，你在必须遵循教材中的口径的同时，也尽量留有余地。查阅过整风运动档案的人，学界只王秀鑫一人。估计其后也不会有人能查阅这批档案。《红太阳升起的地方》作者高华教授曾告诉我，其史料来源，主要是采访一些老干部和运用海外材料，一手档案资料也是较为匮乏的。事实上，他评教授职称时也并不靠此书，对外也未作什么宣传。他原研究民国史，后转当代史，58岁时肝病严重复发，学校院系对他十分关心爱护，虽经医生奋力抢救，仍不幸逝世。

　　我从1958年毕业留校工作，历年主要给各年级讲授中国现代史。进入60年代，教研室的教师不断增加，先后有杨振亚、刘仲民（后调校部）、姜平、黄双宝（"文革"中更名为黄征，后调留学生部）等。那个年代，国内高校来往不多，学术交流也少，国际交流更谈不上，学术上十分闭塞。大概在70年代后期，我们发现南京大学有一批中央大学时期由重庆运回南京尚未开箱的图书，都堆放在北园东南角的大草棚内。既然自1946年后20多年无人过问，我们决心把它弄到历史系来。我和杨振亚、黄双宝老师花大力气打开一个个木箱，发现有些书不仅已经霉烂，而且虫蛀十分严重。我们用了好多天时间，选了一大批民国时期非常珍贵的出版物，可以说都已绝版。我们把它弄回中国近现代史教研室，编辑目录，上架陈列，供教师教学与研究参考。不久，校图书馆发现这件事，想将其中一部分珍贵图书要回去，我们"耍赖皮"没有给他们。那时，我担任中国近现代史教研室主任，十分重视史料的搜集与整理，对学科建设还是很重要的。后来，我离开该教研室，这批书缺乏管理，散失甚多，十分可惜。当年，为了加强与兄弟院校和科研单位进行资料交流，以促进教学和科研发展，我请南京大学印刷厂帮忙购买了一吨白纸，并雇了一位女打字员打印资料，以便对外交流。我们还经过图书进出口公司购买外国和港台图书资料。我们的研究资料慢慢丰富起来。

2. "大跃进"与"教育革命"

1958年，在中国共产党提出的"鼓足干劲，力争上游，多快好省地建设社会主义"总路线的号召下，农村掀起了建设人民公社的高潮，城市则开始到处大炼钢铁。面对总路线、"大跃进"和人民公社"三面红旗"，南京大学师生不能置身事外，必须要以实际行动积极投入。当时中共中央提出15年"赶美超英"的口号，全国要年产1070万吨钢。南京大学大炼钢铁，是由历史系我们班级开始的。

我们年级虽然面临毕业，在党支部的带领下，仍然最早投入了炼钢行动。这个钢材如何炼，同学一无所知，更无科学的炼钢知识。我们在南园8舍南面东南角的平地上挖了一个大坑，大约有一人多深，从化学系实验室借来一个坩埚，这种坩埚是用来熔化金属或其他物质的，它多用陶土或白金制成，能耐高温。我们把所谓的"炼钢材料"放入坩埚内，把坩埚放入大坑的底部，点着燃料，用鼓风机吹，其中的温度至少达到1000度。我们这些科技盲也不懂如何操作，总之，将原料都熬化了。班上指定我和周继中同学（体育干事）两人穿着耐火衣，手持钢钎在坩埚内搅拌。由于温度过高，在坑边也只能停留十多秒钟，最后用大金属夹子将坩埚提出来，把"钢水"倒入预先准备好的灰堆上，等待冷却。炼出来的是钢还是铁渣谁也搞不清楚，更无检验设备检测，当时我们没有想到要检测。这种行动获得校党委的充分肯定，历史系学生炼出了第一埚钢，有重要的政治意义，到了秋天，全市的炼钢行动进入"小高炉"时期。有一些工厂企业开始调配工人从事小高炉炼钢。这比我们学生们用坩埚"炼钢"向前跨出一大步，当时人们称之为土法上马。南京大学校方指定中文系和历史系的学生炼钢铁，中文系由政治辅导员陆锡书老师（后来调到南京建筑工程学院任党委书记）负责，历史系则有我和吕作燮老师负责。我们带领学生在上海路和金银街交汇处路西的空地上用耐火砖砌了一座小高炉。这些耐火砖主要是同学从校内民国时期建筑"小洋房"的壁炉中扒出来的，还拆了校内一些房屋的钢窗。当时孙叔平副校长住在小粉桥一号（原拉贝故居），同学们去他家拆壁炉时，听说他十分不高兴，也只好忍着。同学们还到一些厂矿弄来石英石、铁矿石等原材料，就这样敲敲打打炼起来，却也炼出一些"钢水"。由于把钢窗也拿来炼钢，大家戏称"以钢炼钢"。同学们高兴地抬着炼出的"钢块"，扎上红绸子，敲锣打鼓去校党委报喜。党委书记、校长郭影秋站在戊字楼党办前热情地给同学们以鼓励。有一天，炉子坏了，同学们已连续干了几个昼夜，十分劳累，我和吕老师决定让他们回南园宿舍睡觉休息。可是就在这天晚上，南京市政府决定第二天"放卫星"，要全市炼出××吨钢。南京大学也接到通知，要报告钢产量，而我们的小高炉炉膛坏了，怎么办？历史系党总支要求我们立即把同学喊回来修炉子。我说炉子修好也干不了啊？我勉强快步去南园学生宿舍大声喊同学起床，赶快去工地修炉子。当时，我和吕老师已几天几夜守在高炉旁，累得眼睛一闭就打瞌睡，我们只好买包烟吸，以刺激一下神经，坚持工作。

"大跃进"不光大炼钢铁，所有工作都要"大跃进"。工农业生产、教育事业，方方面面都要突飞猛进。最典型的是体育成绩也要"大跃进"，当时规定同学体育课的成绩都要达到劳卫制合格。劳卫制是学习苏联的一种体育制度，叫"劳动卫国制"，规定了各种达标的标准。其中100米的及格成绩是男子13秒8，许多平时缺乏锻炼的同学往往达不到。于是"挑灯夜战"，操场上拉上一排排电灯，一次一次地在操场上跑。有的干脆弄虚作假，当同学跑出10米以外，才开始掐秒表计时，成绩自然达到标准。

伴随着社会上各行各业"大跃进"，教育战线也开展"教育革命"。一方面，教师带着学生编教材，譬如历史系一年级同学编的中国现代史教材，给三年级同学学习，因为中国现代史课到三年级才开设。这些刚刚离开中学步入大学校门的一年级同学怎能编出像样的中国现代史教材。当时谁也没有认真考虑，每个年级每个小组都办"杂志"，由小组长把本组同学的课程作业、读书报告，汇集在一起，装订成册，起个名，画个封面，就是一本"杂志"。每个年级可以办许多"杂志"。全系还将其放在一起展览。历史系教师也不例外，也办了一份杂志，称《史学战线》，是铅印的，比同学们的"杂志"好一点。后来听说《史学战线》还流传到日本。

另一方面，学校开展了教育革命，实际上是对老教师们的政治大批判，对老教师的著述、学术思想进行批判。动员同学从老教师的论著和上课笔记中查找所谓错误观点，然后上纲上线，给每人都编辑一个大批判专栏。最具代表性的是1958年10月16日在学校大礼堂举行了批判陈恭禄教授的大会。陈恭禄教授是我国著名的中国近代史专家，他从大学时代就开始撰写他那部影响深远的《中国近代史》，后来成为国民政府教育部的部定大学教科书。他大学毕业后，从武汉转南京到金陵大学历史系教书，一生除做学问、教书外，未参与过任何政治活动，是一位知识渊博的读书人、学者。他未出过国或留学，戏称自己是土博士，王绳祖是洋博士（王教授早年留学英国牛津大学，与陈恭禄在金陵大学是同事、好友）。陈恭禄因那部《中国近代史》而遭难。陈伯达[1]批判他是"反动的资产阶级史学家"，导致陈老师终生不得翻身，在南京大学只被评为"三级教授"。对那次批判大会，陈恭禄教授并不服气。我清楚记得他由大礼堂返回教研室

---

[1] 陈伯达编写的几本小册子《人民公敌蒋介石》《中国的大家族》《窃国大盗袁世凯》等，几无史料价值，也无学术水平。这些小册子对中国政治和学术事业的发展，起了不利作用。

后，将雨衣（那天是阴雨天气）往桌上一摔，表示对批判会的不满。陈老师学术造诣深厚，1958年以后，他被迫不再讲授"中国近代史"，转而为同学开设"中国近代史史料概要"课程。他这门课，对我影响甚大。"文革"结束后，我开设了"中国现代史史料学"课程。陈老师对太平天国历史与史料十分熟悉。茅家琦老师经济系毕业，由校部调来历史系，也落脚在中国近现代史教研室。他后来研究太平天国史，也常请教陈恭禄老师。

"文革"前夕，1965年下半年，陈老师查出胃癌，我送他去鼓楼医院住院治疗，虽经手术，已难挽救。1966年"文革"开始后，大约是9月份，陈老师被红卫兵拉回学校批斗过一次，不久去世。这位在中国历史学研究中作出过重大贡献的史学大师，在政治的打击下，含冤离开人世。陈伯达给陈恭禄教授戴的大帽子，"文革"后没有人过问。南京大学在1958年为什么单独在大礼堂召开对陈恭禄的大型批判会？那时候的所谓"教育革命"还没有达到"文革"的严重政治形势。我们虽然无意追究哪个人的责任，但是值得思考的。陈恭禄老师是个非常本分、老实的学者，他除了在学术上曾经和清史专家萧一山有不同观点外，与人为善，就和普通和善的长者并无二样。唯一值得他欣慰的是，前几年有两家出版社分别再版了他的主要著作《中国近代史》（工人出版社和江苏古籍出版社）。

1958年后，高等学校开展"教育革命"，在历史学教学与研究方向上也发生重大变化，从中国古代史到中国现代史都强调写劳动人民的历史，研究劳动人民历史。中国古代史突出研究农民运动和农民战争。在近代史研究中，太平天国史和义和团运动史成为学者们研究的热点。曾经有人开玩笑说，研究太平天国的人比太平军还多。高等学校在教育方针上，提出了"两个结合"，即"教育与生产劳动相结合""教育与工农相结合"。在"大跃进"年代及其以后，我常常被系领导安排带领学生下厂矿、去农村劳动或编写厂矿史。我带领大学生及以后的工农兵学员先后去过贾汪煤矿、南通大生纱厂、无锡缫丝厂、盐城新四军根据地，南京南郊的湖熟水库和东郊的东流农村，以及栖霞山的十月人民公社等。时间少则十天半月，多者达两个月。

　　1958年11月7日，我带领1955年级的唐玉田、吴家坤、霍光汉、翟国璋、杨如林、王迅、曹惠民7位同学，去贾汪煤矿编写"贾汪煤矿史"。这个煤矿在近代中国有重要的影响。当时它隶属于徐州矿务管理局。徐州是矿区，周边多煤田，我们先到徐州市委、徐州矿务局作了汇报，带着介绍信乘短途火车直达贾汪。我们8个人住在一起，在工人食堂吃饭，每天到各科室搜集材料，找老工人和部分干部谈话。我们常跟着工人师傅去"掌子面"（采煤的地方）。我们不会使用采煤机，也只是站旁边看看，插不上手，下班后再跟着工人返回井上。工人最危险的工作是回收矿柱，当一些"掌子面"的煤采完后，支撑在那里的矿柱都要收回来，移往他处使用。而那些踩空的"掌子面"往往会塌陷下来，再也不能去那里。矿区地面出现下凹的现象，即是这种原因造成的。有一天，工人回收矿柱，我们8个人分配给8位八级工（工人最高技术级别）带领下井。带我的工人为防危险，不让我去"掌子面"，要我坐在巷道边等候，他去拖矿柱。除头顶上矿灯有一丝光亮外，周边一片黑暗，死一般的寂静。我当时想，如果工人把我忘掉或找不到我了，后果真难以想象。我当时坐在那里，动也不敢动。矿上生活留给我最不好的记忆是食堂满是苍蝇，说有数千只苍蝇绝不过分。我们就在这种环境中吃了50多天的饭，根本谈不上卫生。

　　12月30日，结束编写"贾汪煤矿史"的任务，回到了久别的南京，心情十分畅快。晚上参加教师元旦联欢会，地点在学校教师之家。已调往南京大学幼儿园工作的历史系原教务员戴淑庄老师也回系参加联欢会。戴老师是数学系系主任叶南薰教授的夫人，孙钟秀院士的岳母。那时，一个系的工作人员很少，历史系只有一个工勤员，一个教务员，一个系秘书。戴淑庄像大管家一样。她准备介绍南京大学幼儿园刘可文老师与我相识，我答应了，并约好元旦那天上午去幼儿园见面，中午在小桃园戴家用午餐。

1959年编写各种厂矿史和社会调查，遍地开花，进入高潮。这一年正值新中国建成立10周年，江苏省委宣传部拟组织学术队伍编写江苏十年史。早在1958年10月20日，省委宣传部部长欧阳惠林召集会议，动员南京大学历史系教师，其中有蒋孟引、王荣先、洪家义和我等人，先后集中在中山东路、洪武路口的江苏省历史研究所，和该所的研究人员以及从外地借调来的人员，共同进行江苏十年史的编写工作。这项工作花费几个月时间，后来编辑组搬到中央路历史研究所办公新址继续工作。经过多次修改，顺利完成了这部著作。

1959年，南京大学历史系中国史两个教研室商讨今后的学术研究方向。大家认为江南地区自古以来人文荟萃，经济最为发达，民族资本也起源于江浙一带，是中国社会发展进步的核心地区之一。研究中国现代化首先要研究江南。因此，决定历史系中国史学科的研究方向为"东南地区社会经济的发展"。是年秋，系里决定以1956年级同学，分两批外出做社会调查。事先由我和孟昭庚老师一起去苏州、南通两地做了安排。然后一批由洪焕椿老师带领明清史组去苏州进行明末资本主义经济萌芽史料调查。当时苏州市还保存着十分浓厚的小桥流水的原始面貌，到处手工织机轰隆隆作响。另外一批由我带领去南通唐家闸大生纱厂进行张謇企业历史调查。南通是我国近代民族资本主义主要发祥地之一，具有重要的典型意义。与我同行调查的有陈恭禄、王栻两位教授。同学们除参加部分劳动外，主要搜集、整理大生纱厂的企业档案。大生的档案很多，装在木箱内，堆满一房间，几乎到房顶。同学们翻箱倒柜，进行整理，做了大量卡片。那时候没有复印机，完全靠人工抄写。几十位同学抄了两个月的档案卡片，带回历史系，存放在系资料室，后来"文革"中不知去向，十分可惜。

在大生纱厂进行社会调查，对同学也是锻炼。工作结束前，陈恭禄老师要去上海师范学院探望朋友。南通、上海间只有轮船通行。茅家琦老师不放心陈恭禄一个人去上海，建议我与他同行，以便照顾。当时我们两人坐船抵达上海时，已经是晚上8点多钟，找旅馆住宿十分困难。陈恭禄有些抱怨，说如果只他一个人的话可以去朋友家住。我说委屈你，咱们只好住澡堂了。五六十年代，住旅馆很严格，上海住旅馆必须凭单位介绍信。所以，许多城市的澡堂在晚上洗浴结束后，接待旅客住宿，睡在躺椅上，价格也很便宜。陈恭禄唉声叹气，说一辈子第一次住宿澡堂，很不愉快。像他这样的大教授，哪里遇到过这种低层次的待遇？第二天，他也不打算看朋友了，说我们回南京吧！当时南京下关火车站所在地热河路正在翻修，马路上挖了很长的深沟，上面放了一些木板条，供路人行走。这些木板条颤动着，有点危险。陈恭禄胆小不敢走动，怕掉入坑内。我搀扶着他，艰难地一步一步走过热河路才上了公共汽车。后来，他在教研室教师们的面前，一再向我表示感谢，说如果没有我陪同帮助，他即使回到南京也无法回家，真让我有些哭笑不得。

"大跃进"时代，不断地搞"爱国卫生运动"，周末不是全校大扫除就是除"四害"。经过全校的集体行动，学生宿舍中的臭虫早已消灭殆尽，但是老师的集体宿舍，臭虫还很猖狂。有的老师不怕臭虫。记得我刚毕业时，校产科分配我与某老师同住一房间，我坚决不干。我知道他不怕臭虫，其房间臭虫到处爬，半夜里开灯捉臭虫。实在可怕。有一位理科老师，其父与他同住，房间墙壁上满是这位老爷子摁死的臭虫血，触目惊心。有一天，南京市统一行动，要消灭四害之一的麻雀。全市各家各户、机关、学校、商店，大家一齐在上午10点钟敲打各种金属物品，如脸盆等，吓得麻雀不敢落地而一直飞，最后累死坠地。全民动员，用这种土办法灭杀了大量麻雀。后来，发现麻雀还吃庄稼地的害虫，不是害鸟，因此为它"平反"，从四害中除名。

那个年代，我系教师除八九位老教师外，基本上都是年轻教师，有的夫妻还分居两地。系里总是设法把他们调来南京或南京大学，实现团聚。许多年轻教师结婚仪式都是我帮忙张罗。教师按习惯送份子钱，最初每人

5角，后来改为一元钱，加在一起也有几十块钱，还是很顶用的。青年教师结婚，学校可以分配一间住房，房租不到一元钱。校产科可以借给一张棕棚木床、一张双抽桌，两只木凳。结婚典礼很简单，常在晚间进行，一般将会议室布置一下，摆些糖果、茶水，由系领导讲讲话，致些贺词，教师们闹腾一番，最主要的节目是叫新郎、新娘讲恋爱史，让两人共啃吊在空中的一个苹果，然后送新人去洞房。南京大学的住房一向很紧张，青年夫妇生了小孩，家中来了老人帮助照料，常常是两家家属同住一间房，左右各一半，互不侵犯。

我和刘可文经过一年的相恋后，1959年底决定结婚。我们都是低工资水平，我53元，她35元，而我还承担着沉重的大家庭负担，一切的结婚准备都是刘可文做的。当时，我正带同学在南通做社会调查，婚前无法赶回南京。学校已经无床可借，只借到一张两抽桌和两个木凳。我们用老师们送的份子钱买了一张普通棕床。婚礼是在幼儿园的会议室举行的，婚后第一天中午，我们两人在汉口路东口一个小饭馆吃了一顿午餐，记得吃的菜是一份炒鸡杂，非常简单。虽然我们是在十分艰难的岁月结的婚，但是我们感到无比幸福。与刘可文组建家庭也非常满足。结婚60年，我们遇到许多困难，但她无怨无悔，与我共患难，共渡难关。我常常忙于工作，而她从内心中支持我为国为民为学术事业作奉献。自40多岁以后，她患上高血压，后又得糖尿病，一直饱受疾病的折磨，可她仍承担了大部分家务。无数事实证明，她是一个好党员、好干部、好妻子、好母亲。

3.三年困难

"大跃进"这种史无前例的盲动行为，是违反社会发展规律的。当时不断宣传"共产主义是天堂，人民公社架桥梁"，共产主义就是"楼上楼下、电灯电话"，共产主义似乎已在眼前。有的群众扬言"只要想得到，就能做得到"，"干部能下海，群众能擒龙"。有的干部头脑发热，说现在粮食亩产万斤，粮食多了，要赶快盖仓库。南京大学党委副书记陆子敏一天晚上在大礼堂召开的全校党员大会上说："南京大学明年吃饭不要钱"，全体党员热烈鼓掌。学校宣传城市里也要成立人民公社，大家都要去吃食堂。在教研室开会讨论时，王栻教授说，我有十二指肠溃疡，吃食堂不方便，怎么办？王栻是三级教授，工资为230元，能够养活8口人，他的子女很多，有6个儿子。他住小粉桥陶园宿舍区，平时饮食比较讲究，早上从珠江路买回的早点要师母先尝尝，如果好吃，王老师才动筷子。突然叫他吃食堂，他哪里受得了。王老师是浙江温州人，家庭养成的优越生活习惯，比生在镇江的陈恭禄老师讲究得多。实际上那时的生活质量远不如今天。老教师们的住房也不宽裕，家里有两个布质小沙发和华生牌的小电扇，就很使人羡慕。记得"文革"结束时，南京大学仪器厂为全校教职工做台式电扇，每人只许买一台，价格50多元。历史系刘毓璜老师的夫人舍不得花钱买，同事们一再说服刘师母买了一台。

1959年下半年，"大跃进"、人民公社造成的社会性问题逐步显露出来。彭德怀返回家乡湖南调查，将发现的诸多问题坦诚地报告毛泽东主席。可是庐山会议却批判彭德怀为右倾机会主义，攻击"三面红旗"，这种斗争按照以往做法必然会上挂下连。南京大学也批判了两位中层干部，在大礼堂召开全校党员大会，宣布他们的所谓错误。历史系经过摸底，两位老党员教师受到批判。一位被批判革命意志衰退，一位因妻子调动不当，被批闹个人主义。他们两人多次在党支部大会上做检查。实际上两人都是革命意志坚定的好党员，其中一位平时生活十分俭朴，后来在逝世前将仅有的两万元人民币捐给了雨花台革命烈士纪念馆。

20世纪60年，人们的生活用品供应开始紧张起来，各种生活必需品要凭票供应。除粮票外，食油、鸡、鱼、肉、蛋、布匹、棉花等，也要凭票购买。买家具要凭结婚证，高质量的瑞士手表市场上看不见，最低档的南京紫金山牌、钟山牌手表也要凭票供应。牛奶只供应病人和刚出生的婴儿，每人每天只有半磅一小瓶。不管刮风下雨，甚至寒冷的冬天，许多家庭妇女在天蒙蒙亮时，即上街排队买菜，有的用石块、破篮子作为排队的标志，蔬菜也常常限量供应。这种状况到"文革"后期还未改善，有一年春节我上街去，将全家唯一的一张家禽票丢了。这对全家过年影响很大。我骑着自行车去雨花台郊区打算向农民买只鸡，结果两手空空返回城内。

　　学生时代，我的饭量大，大家混在一起吃食堂显不出来。毕业留校后，教师每人每月28斤粮票，我一个月的饭票20天就吃光了。每个月都由系里的女教师和刘可文支援我。1960年以后，大家肚子里的油水都少了，连带粮食也紧张起来。结婚后，我和妻子刘可文每天计划着吃粮，有时晚上实在太饿，两人把第二天的早餐也吃掉了。老师们都在校园里或宿舍旁种菜，有的还种胡萝卜和蚕豆，作为主食的补充。各个系都把校园里的草坪挖掉，集体种蔬菜。我常常带着全系教师种菜，收割后，只能卖给南园食堂，不允许集体私分。我们把卖菜的钱积攒起来，抽空一起到街上的高级馆子吃一顿。一方面解馋，另一方面也是想增加点油水。困难时期，政府允许一部分餐馆高价供应鱼肉等荤菜，食品店也有高价点心销售。记得有一天，我系种菜已经攒了一些钱，决定全系教职工去中山陵博爱坊左侧的餐馆吃鱼。全体教师分别乘公共汽车，于下午3点多钟到达餐馆，先占好餐桌席位，在那里看书聊天。5点多钟吃完饭后，纷纷起身乘车回城。那一天特别冷，我因吃了荤菜，加上天冷受凉，回到家后半夜里上吐下泻。这顿饭营养没有补上，反而遭了罪，得不偿失。由于家家户户粮食紧张，副食品供应不足，许多人因为营养不良闹浮肿。校医务所为大家供应糠丸，以增加维生素。有人饿了就吃辣酱、喝酱油。当时说三年经济困难是帝国主义、修正主义反华大合唱加上自然灾害造成的。我们认为，天灾和苏联逼债是客观事实，那时大量优质农产品输往苏联，如花生、鸡蛋等，但是人祸尤为重要。"大跃进"、人民公社违背经济发展规律，破坏了生产力，搞乱了生产关系。

1962年，中央提出并实践了"调整、巩固、充实、提高"的八字方针，人们发热的头脑稍微降温。许多不顾客观事实的行为稍有改进。教育战线的教学研究也稍稍冷静下来。教学中的"抛纲教学"做了改变，各门课程纷纷补课。"八字方针"的贯彻对经济的整顿和提升，发挥了一定的作用。然而，"大跃进"造成的消极影响改变缓慢，人民群众的经济生活仍较困难。1964年各地开展"四清"运动，在农村干部中抓"走资本主义道路的当权派"，为即将到来的"文化大革命"做了铺垫。南京大学教职员工到南通地区海安参加农村"四清"运动。要求老师们与农民同吃同住。生活仍十分艰苦，粮食紧张，常喝很稀的稀饭，放上一些胡萝卜，老师们形容为"洪（红）湖水，浪打浪"，这种稀饭不用筷子，端起碗来一喝就光。有的老师熬不住，就跑到镇上加点餐。这时，江青也走向前台，借搞"革命样板戏"，否定传统戏剧，称传统戏剧宣扬帝王将相、才子佳人。在所谓的革命样板戏中，英雄人物被典型化、偶像化，描绘得完美无缺。这些英雄人物形象都是"高、大、全"，没有家庭，没有爱情，没有温情，没有七情六欲，只有空洞生硬的革命说教。人物的表情、面容、动作几乎从一刻画。党和群众都被抽象化、概念化了，那些所谓的英雄人物使人们感到可望而不可即。

1964年前后，戚本禹发表《评新编历史剧〈海瑞罢官〉》、学界掀起关于"李秀成自述"的批判，从而引发历史上的清官问题讨论。那时学术界、教育界谁也未想到一场激烈的、暴风雨般的"文化大革命"即将来临。我系有位老教授在会议讨论中，由于不同意戚本禹的观点，还表示要与戚"较量较量"。

1961年是辛亥革命50周年，董必武继周恩来之后，在纪念大会上再次号召重修清史，研究民国史。可当时举国上下不断强化阶级斗争，各类政治问题、社会问题，都要从阶级斗争的角度加以分析和认识。在这种政治形势下，无人敢于响应董必武的号召。中华民国史仍然是令人望而生畏的学术荒地和研究禁区。

4.走与工农结合的道路

为了贯彻"教育与工农相结合，教育与生产劳动相结合"的教育方针，南京大学1958年下半年在与十月农业合作社（后为十月人民公社，系毛泽东主席视察过的农村）相毗邻的栖霞山地区，开辟南京大学农场。建成后，将作为南京大学师生进行生产劳动的场所。这一带都是南京郊区荒山丘陵地区，无现成耕地。开垦的任务，交给了历史系的同学。由于该地到处杂草小树丛生，开垦十分艰难。同学们即将毕业，都认真参加劳动。半个月后返回学校，每人累得又黑又瘦。我当时被派和瞿季木等几位同学在吕作燮老师带领下去十月农业合作社撰写"十月农业合作社史"，没有参加上述劳动。后来，60年代初，南京大学农场被撤销，"南京大学农场"公共汽车站这个唯一的历史遗迹留存了很长一段时间。

60年代，还处在反帝反修的政治形势下。为了加强战备，中央决定将北京大学、清华大学、上海化工学院和南京大学四个学校的尖端专业内迁。南京大学内迁的有核物理、计算机等理科专业。四个学校新建校址都在京广铁路以西的省区，即所谓大三线地区。像安徽的大别山一带，叫小三线。四个学校的新校址分别称651、652、653、654工程。南京大学选定湖南常德市的郊区河洑，距市区约18里路，以654（1965年第4号）工程名义建设湖南分校。从1965年至1966年"文革"开始，差不多用了近两年时间在常德建成了一座相当于南京大学鼓楼本部规模的新校区。后来，我看到文件，湖南分校的建筑投资约为870万元人民币。江苏省委决定调刘子见（原在江苏一地任地委书记）、戈平（原校党委副书记）去主持校务。实际上刘子见并未到任，当时在南京丁山宾馆休养。1966年初，校党委决定调我去湖南分校校长办公室工作，暂留在南京管理湖南分校搬迁事宜以及有关专业师生的转移。参与这项工作的还有物理系蒋永兴和政治系兰敦喜（后更名为兰海）两位老师。党委还决定调刘可文去湖南分校筹建幼儿园。当时她已做好了去湖南分校的准备工作。我们夫妻二人对调离南京，远赴内地，从事行政工作，并未产生太大的思想波动。党委常委、组织部部长索毅然找我谈了一次话，我表示服从。那时交通很不方便，去常德要先坐火车经浙赣铁路到达长沙，换乘长途汽车到达常德，再乘郊区汽车到河洑，这样的折腾差不多需要两天时间。湖南分校在建设时是湖南地区的一号工程，也是保密工程。当地农民不知是什么单位，常有农民围在工程边上议论，后来挂出牌子才知道是个学校。当然他们不知道为什么孤零零地在农村建设那么大的一个学校，而且是远离江苏的南京大学的分校。

匡亚明校长思想敏锐，紧跟形势，提出另建一个文科分校，以发扬延安抗大精神，使文科更加坚定地走与工农相结合的道路。1966年春节后不久，匡亚明校长决定将文史哲三系调去农村办学。经与溧阳县政府协商，选定溧阳果园建立南京大学溧阳分校。果园距南京100公里，有三个小队，分别种苹果、桃子和梨，果树满园。在果园南边约3公里的村镇称"旧县"，历史上原本是溧阳县城所在地，后因此处无水源而南迁25公里重建了新的县城。1966年春，学校决定文史哲三系同时去果园建校，并决定由康贻宽、徐福基、胡福明三位主持校务，领导建校工作。果园没有水源，师生无法生活，匡亚明校长命令地质系著名的找水专家肖南森教授，必须在果园打出水来，不然不放他回南京。肖南森没有办法，只好在核心地点二队水塘边打了一口井，塘内有水，井里就有水，池塘干枯，井里也无水。历史系在去果园建校之前，全体教职工于2月28日合影留念。这是历史系历史上唯一的一张全体照，很有意义。其中，多数人已经过世或调离南京大学。至今退休或留校者甚少，特别值得珍惜的是历史系8位老一辈的教授，照片上就出现5位。当时韩儒林老师调往内蒙古大学担任副校长，陈恭禄教授患病住院，赵理海教授调往北京大学任教。这8位教授为历史系的发展作出了很大贡献。

5.师生赴溧阳农村劳动锻炼

1966年春夏之交，一场席卷中国大地、延续十年之久的"文化大革命"如疾风暴雨一样展开。6月1日，北京大学因聂元梓大字报爆发了"六一"事件，接着南京大学溧阳分校也发生了"六二"事件，矛头直指校长匡亚明。学校秩序开始混乱，两个分校的建设也停顿下来。学校的领导工作和教学受到影响。我提出回历史系去，党委领导让我留在校办帮助工作。

最初，南京大学师生分为造反派和保守派两大阵营。广大共产党员多为保守派，对造反派冲击党组织的行为想不通。在造反派"1·26"夺权后，保守派消失，造反派居于统治地位，成立了形形色色的"造反"组织。学校各级党政机构、各系各专业都陷入瘫痪状态，出现无政府主义局面。运动开始时，声称学校停课半年，搞"文化革命"，工人、农民不得介入。谁知越闹越大，工人、农民都陆续参与进来，局面越来越难控制和收拾，最终演化成为全校人员都参与的一场历史大闹剧。学生不上课，工人、农民不生产，严重地影响了国家经济。

果园水果成熟后，教师要在夜里轮流值班，守护桃子、苹果和梨，以防止有人来偷。教师们夜晚值班，穿着雨衣雨靴，以防虫蚊叮咬，听到树林里沙沙作响，赶快用电筒一照，大喝一声，小偷拔腿就跑。每天的政治学习，除学习时政外，主要是学《毛泽东选集》，背诵"老三篇"。我把毛选四卷当作历史来研究，还真提高不少。庐山会议后，毛泽东提出"要学点马列"，这样又指定学习马列6本书。其中像《反杜林论》许多人根本看不懂，更谈不上有什么学习收获。对大多数南京大学教职工来说，从来没有那么长的时间离开自己的家。在果园农场平时不放假休息，学校将每个月的4个星期天集中起来，放大家轮流回南京与家属相会或料理家务。教师们都盼着回南京的那一天，常常是学校大客车一进果园，休假的教师们都呼喊着"来了，来了"，接着蜂拥而上。那时，汽车司机是很神气的，背着手在车前走来走去，时不时会有教师递上支香烟。熟悉的教师常央求他们捎点农产品回南京，"臭老九"的颜面扫地殆尽。在农场，大家生活都很简单，几乎所有教师都穿过补丁裤子、老土布衣服。我系一位职工还在腰上围上一条自编的草绳，像叫花子一样大摇大摆地走来走去，老师们见状感叹不已。有的老师学会了理发，还有的老师学会做煤油炉，自己烧点好吃的。碰上休息日，三五成群去五里外的上新镇玩，在镇上胡乱转悠一趟，最远时可跑至南渡镇，在那里洗个澡，往返有30多华里。我们中国近现代史教研室的教师们同住在一间草屋里，晚上无聊常拿王栻老师开玩笑。他的胃不好，夜里要吃饼干，黑暗中常弄出响声。次日，有的老师说："夜里有老鼠！"王老师一笑置之。晚饭后，王老师常一个人跑到公路上吃东西，公路上无灯，黑灯瞎火的。老师们迎面而上，用手电筒一照，王老师两腮鼓鼓的，很不好意思。虽然是恶作剧，但因为王老师已经"解放"，相互开玩笑还是轻松的。有一天，我们发现草屋电灯的电线断了，而且断口十分整齐。有的老师十分紧张，认为一定是阶级敌人搞破坏，赶快报告学校保卫部门。保卫干部来检查后，认定是老鼠咬断的，不是阶级敌人的破坏。可见阶级斗争的观念对人们的影响有多深啊！军宣队有一位团政委负责管教历史系教职工，常把我们召集起来训话、教育。虽然我们多数教师没有"文革"要打击批斗的政治问题，但都是"臭老九"，都要接受思想改造和劳动锻炼。这位团政委有时候还给我们讲历史，讲到三国时都是《三国演义》的内容，老师们只好忍住不敢笑，否则将被认为不服管教。

"文化大革命"在斗争完"走资本主义道路的当权派"后，党的许多干部成了"死老虎"，红卫兵已对他们没有兴趣，开始深挖"五一六反革命集团"。这是由北京的造反派们凭空捏造的所谓"反革命组织"。南京大学师生再次从溧阳果园步行回校本部参加运动，斗争的目标转向

"'五一六'反革命分子"。不久又将历史系、气象系、天文系三系的教职工再次调去溧阳,一面劳动,一面搞运动。据运动后期统计,南京大学在师生中抓了1500名"五一六"分子,有些人因经受不住运动折磨而自杀。工宣队宣称,南京大学"林深老虎大,池浅王八多",说南京大学到处都是坏人,批斗大会不断召开。工宣队常在全体教职工参加的批斗大会上说:坏人就坐在你身边,搞得大家人人自危。

我的第二个孩子出生时,我和历史系教师都在溧阳果园劳动,学校只给了我一个星期的假期回南京。妻子一个人在南京照顾3岁的大儿子和刚出生的老二。白天,她必须参加校园内的劳动,挖防空洞,晚上还要政治学习。记得有些女老师在果园劳动,孩子在南京生病发高烧,急得团团转,不能回南京照看。

"文化大革命"期间,"四人帮"为了篡党夺权,把中国历史研究搞得颠倒、混乱。历史学成为"四人帮"篡党夺权的工具。每期《历史研究》杂志出版,中央人民广播电台都要播放该刊的"要目",作为一个专业刊物,这是很不正常的。中国现代史在高校教学中被取消,改为中共党史,后来又改为两条路线斗争史,进而改为十次路线斗争史。整个历史教学内容人妖颠倒,黑白不分。历史学成为政治说教,历史上的英雄、群众成为空洞的概念。许多干部、革命家被打成黑帮、坏人、反革命、走资派。他们在革命运动中的贡献不仅被一笔勾销,而且身心受到严重摧残。许多中学生不念书,不学历史,他们甚至连刘邦、汉武帝都不知道是谁,历史知识一片空白。中国优秀的文化传统、道德观念,人与人之间的友爱、互助,都被破坏殆尽。"文化大革命"造成的影响,不仅在国家政治方面,更重要的使人们丧失了做人的美德和发展方向,它的危害是无穷的,拨乱反正是艰难的。

"文革"中许多人无所事事,工作单位和社会上出现许多"逍遥派"。他们有的养金鱼,自我排解。社会上到处流行"鸡血疗法",或在瓷盆里培养"红茶菌",说是喝了可以治病。大家看不清国家的前途和未来,人们忧心如焚。俗话说,物极必反,"四人帮"作恶多端,1976年被扫进历史的垃圾堆。

四、学术研究的新征程

1.改革开放：历史学焕发青春

1978年，中国共产党召开第十一届三中全会，总结十年"文化大革命"的沉痛历史教训。全党、全国拨乱反正，解放思想。邓小平以伟大的战略眼光，拨正了中国共产党的发展航向。它标志着中国进入了一个新的历史时期。中国历史翻开了新的一页。从"文化大革命"的痛苦中走出来的中国人民和广大史学工作者都期望着中国光辉的未来。

历史学是受"四人帮"毒害的重灾区。历史学领域要清除"四人帮"的余毒和深重影响，是十分繁重的任务。众多历史人物和历史事件要恢复正常的、真实的面貌。学生们也亟待加强历史知识的学习和教育，使历史学研究真正走向正常的健康的发展道路。

改革开放初期，影响历史学发展的有几项重要活动：

1978年，在邓小平的指示下，高等学校恢复全国统一考试。之前，在1977年已在各省恢复统一考试，招收了一批在"文革"前学习较为扎实的高中毕业生进入高校学习。过了半年，也就是1978年，决定全国统一试卷、统一考试。据当时了解，全国有800万考生，招收40万名新的大学生，差不多20名考生中，录取一名。有一天，我接到学校通知，派赴青岛参加教育部的高考命题，时间两个月。行前，只有系党总支书记蒋克和系主任茅家琦知道我的行踪。我的秘密消失，引起同事们的许多猜测。我与参加命题的南京大学教师余绍裔、周勋初等，乘飞机先到济南，然后转乘火车去青岛。这是我第一次乘飞机，是苏式的安-24机型，螺旋桨，飞行速度较慢，票价57元。命题组教师都住在青岛著名的别墅区"八大关"（以长城8个重要关口命名各条道路，如山海关路、嘉峪关路等）。我们把行李一放，教育部工作人员宣布，自即日起，断绝与外界一切联系。如果给家里写信，必须交给教育部的工作人员，并不得封口。外出要两人以上同行，并不得离开"八大关"范围。我们花了一周时间，出了A、B两套历史试卷。各命题组都很紧张，因为这是"文革"后第一次全国命题，生怕出现错误，影响大局。外语组甚至数字母，以免出错。试卷送北京印好纸型后转各省分发。一天，教育部工作人员召集大家宣布，在浙江，历史科目试卷被分卷人员偷了一张，后被发现，幸未流出。弄得我们历史组教师十分紧张，如果真的泄露出去，我们还得重新命题。半个月后，命题任务结束，仍不得回家，教育部把我们送去庐山休息。那年七八月份，天气异常炎热，南京有好几天高温达40摄氏度以上。我们从青岛乘船，经上海，进长江，上庐山。途经南京停站时，向港口人员打听气候状况，对家里大人小孩很不放心，也不知任何情况。这次高考的历史试卷难度并不高，涉及的多是最基本的历史知识，如南昌八一起义、遵义会议等几个人人知晓的事件。然而，我们受教育部委托，在评卷后观察，历史考试成绩零分或10分上下的学生不在少数。可见，"文革"对中学历史教学破坏之严重。

次年，教育部两位干部来南京大学，把我喊到校长办公室，通知我出一套新的高考历史试卷，并交代了政策，不得向外泄露试卷内容，否则负法律责任。我虽然完成了任务，但也给教育部写了一个报告，指出这种命题方法不当，命题人责任太重大，万一有失误，影响巨大。

1979年3月底至4月初，在四川省成都市锦江饭店召开了第六个"五年计划"历史学规划会议。这次会议在中国历史学发展史上具有里程碑和划时代的意义。这次会议的指导思想有较大变化，开始纠正过去一些错误的观念。许多经历了"文革"磨难而幸存下来的老一辈史学家出席会议，这也是这些著名史学家最后一次大聚会。老中青三代共聚一堂。其中老教授有唐长孺、邓广铭、郑天挺、韩儒林、严中平、翁独健、蔡尚思、王仲荦、傅衣凌、黎澍等。南京大学出席会议的为韩儒林、洪焕椿、茅家琦和我共4位。我们4个人从南京乘火车，韩儒林有资格乘软席卧铺，我们3人乘硬卧，大致两天时间抵达成都。我和茅家琦老师参加中国近现代史组。由于新中国成立后学术界交流、互访很少，故许多学者都是第一次会面，互致问候。这次会议上，许多"文革"中的消极影响尚未完全克服。譬如，中国科学院（后为中国社会科学院）近代史研究所，遵照周恩来的指示，已经开始研究中华民国史，并制定了一批民国史方面的项目，纳入第六个"五年计划"的史学规划。在讨论时，复旦大学历史系蔡尚思先生质疑：民国史研究是哪个司令部提出的？因为他曾听说江青在中共中央政治局会议上表示要开展民国史研究。第二天，中国社会科学院近代史研究所孙思白先生就此事在会议上做了详细说明，指出民国史研究是周恩来总理在政治局会议上提出的，江青不过表示支持而已。这样，大家的思想才安定下来。在民国史研究的规划中有"蒋介石研究"课题，这在史学研究中第一次提出此类研究项目。在当时环境下，仍是十分敏感的话题。会上，我表示认领这一课题，同时建议南京、上海、浙江三地协同开展蒋介石研究。会后，茅家琦老师陪同韩儒林老师乘火车返宁，我和洪焕椿老师则经重庆乘长江轮船回南京。这次是我头一回去四川成都和重庆。我和洪老师在重庆由胡大泽老师陪同参观游览了红岩纪念馆、渣滓洞、白公馆以及抗战时期国民政府在重庆的一些旧址。那时，长江客轮开得很慢，途中可以欣赏雄伟秀丽的三峡风光。船过万县，乘客可以有两个小时登岸购买当地土特产。我买了一条竹凉席。洪老师善烹饪，他买了一个小石磨，拟带回家磨豆浆。船还未抵达南京，他左思右想，将石磨丢入长江。这件小事一直未忘记。

"文革"后，各高校历史系又重新开设中国现代史课程。但是，这门课被"四人帮"搅得十分混乱。从体系、内容到观点，都须清理。到底应如何开展教学，许多教师理不清头绪，亟待加强高校之间的学术交流。

1979年，在北京召开纪念五四运动60周年之际，几位中国现代史教师商量，建议成立中国现代史学会。之后，在安徽大学、郑州大学连续举行了两次筹备会议。我参加了在郑州大学举行的筹备会议。1980年5月，在河南郑州大学召开了成立大会。大家在会前商量请李新任会长，可是，李新却推荐黎澍（两人都时任中国社科院近代史研究所副所长）任会长，筹备会接受了李新的建议，因为学者们都十分敬重黎澍的道德和学问。黎澍是党内有影响力的马克思主义理论家和新闻事业的开拓者、奠基人。他为人敦厚，政治上从不随波逐流，深受学者们的敬仰。1988年他70多岁时，因心脏病发作，不幸逝世，我们深为惋惜。学会成立大会上，推选了几位国内著名的史学家任副会长，最初有彭明、孙思白、陈旭麓、魏宏运等。郑州大学校领导十分支持学会工作，表示如果将学会设在郑州大学的话，可以为学会提供办公用房、经费和专职秘书。为此，大家决定将学会挂靠在郑州大学，并以该校历史系蒋相炎老师为秘书长。相关高校的王维礼（东北区）、王桧林（华北区）、张建祥（西北区）、王宗华（中南区）、陈善学和我（华东区）为副秘书长，分管各大区会务。

当年，学会活动十分艰难。第二届学会大会于1981年暑假在大连辽宁师范大学举行。学会会员从全国各地汇聚大连。当时辽宁省各市县洪水泛滥，由沈阳去大连的铁路运输中断，许多会员滞留沈阳。我和我校党委副书记章德（学会顾问）及姜平、杨振亚老师住在辽宁大学招待所等候。部分高校老师转乘洒农药用的小型飞机（每次载,10多名乘客，乘客都在舱内席地而坐）飞往大连。章德书记指示我们不能冒险乘这种飞机，想办法绕路去大连。两天之后，由我带领滞留沈阳的一批老师乘火车到达丹东。我们乘机去鸭绿江边参观，江面不宽，没有行船。瞭望对岸，只见房屋低矮，城市甚为荒凉。我们在鸭绿江大桥边留影纪念。当年中国人民志愿军雄赳赳气昂昂地跨过鸭绿江大桥，血战美军侵略者，为保家卫国洒血异国他乡。这些英雄儿女，中国人民永远怀念他们。住宿一天后，再乘长途汽车赴大连。这是一次十分辛苦劳累的旅行。在大连辽宁师范大学，会员们都住在学生上课的教室内，将课桌拼在一起做床铺。时值暑期，无处洗澡，教师们用脸盆打水擦身。一日三餐，自带饭盒或碗筷，在学生食堂与学生共餐。在这样的食宿条件下，会员们没有怨言，共同研讨了第一次国共战争时期的历史。

第三届会员大会于1982年12月在福建厦门大学举行。会前学会秘书处在厦门大学举行了筹备会议。我如期乘火车经上海去厦门，次晨到达厦门车站。我是第一次去福建。我听不懂闽南话，当地人也不理解我的山东方言。登上公共汽车后，我请售票员招呼我在厦门大学站下车。就这样短短的时刻，下车后抵达厦大筹备会上发现我的上衣口袋被解开，钱包被偷。差不多一个月的工资150元被小偷窃取。当年国内市场商品紧张，东南沿海福建等地与台湾渔民间在海上相互交换商品。台湾渔民提供的物品有电子表、雨伞、布匹，甚至有各类电器等。厦门街头老百姓家门口都摆放着这些物品出售。内地人去福建出差都想买点这类物品。由于我的钱丢光了，自然很懊恼，也不可能买什么东西。筹备会结束后，秘书处的老师们一起前往泉州石狮参观。这里是对外开放的典型地区，市场上欺骗、偷窃现象更加严重。我帮着老师们选购物品，王桧林买了一大口袋桂圆，回到招待所发现都是如指甲盖大小的桂圆，根本不能食用。郑州大学的郭传玺老师买了四尺布，我还帮他丈量了，但回到招待所一看，只剩了一尺，是在市场上购买时被调包了。当时，我在厦门汽车上被窃的事，在许多会员间盛传。

出席第三届学会研讨会的会员很多，致使会议的合影也只好分为两批。华东区的会员单独照了一张。筹备会时，厦大后勤负责人询问本次会议有多少会务费。当他们得知学会只有1000元时大吃一惊。说这样少的经费怎能举行如此大规模的会议。学会秘书处也感到不好意思，只好请厦门大学帮忙了。厦大领导也很爽快，给了补助，使会议得以顺利进行。然而，会议伙食让我记忆犹深。不少教师用餐吃不饱，有的提出要求增加咸菜。这对学会来说是很难堪的。

会议主要研讨了第二次国内战争的历史。学会对中国现代史学科建设、教学内容的改进，教师学术水平的提高，发挥了重大作用，作出了极大的贡献。鉴于全国高校中国现代史教师迫切需要提高学术水平和教学能力，了解学科发展现状，学会经过认真考虑，决定举办中国现代史教师讲习班，邀请全国现代史学界一批有专长的教师作学术讲座。先后在西安、昆明、青岛举办了三次讲习班，并且得到教育部的大力支持，双方联合举办。每次参与学习的教师都十分踊跃。1982年9月11日，在西安西北大学举办的第一次讲习班，参加学习的老师来自全国26个省市及部队院校，或科研机关，达100余人。有的已经50多岁，最年长的为59岁。教师们住学生宿舍的双人床铺，在学生食堂用餐，食宿条件十分艰苦。三个月的时间全力学习，表现了教师们的求知欲望和高尚的学习精神。

在学习班上，有近20位老师作了专题报告。中国现代史学会副会长、中国人民大学的彭明老师担任学习班的班长，讲演的题目为《开垦中国现代史学领域中的处女地》；1986年以后被选为学会会长的中共中央党史研究室副主任李新老师讲演的题目为《北洋军阀的兴亡》；中国人民大学张同新老师讲演的题目为《国民党新军阀史》；北京师范大学蔡德金老师讲演的题目为《汪伪政权》；新疆大学许海生老师讲演的题目为《简论军阀盛世才》；华东师范大学黄逸平老师讲演的题目为《江浙财阀析》；中国人民大学全慰天老师讲演的题目为《中国四大家族官僚买办资本的形成》；北京师范大学王桧林老师讲演的题目为《中国现代政治思想史概述》；中国人民大学林茂生老师讲演的题目为《中国现代政治思想史》；

中国社科院近代史研究所丁守和老师讲了两个题目，分别为《马克思主义在中国的传播和发展》《瞿秋白思想研究》；中国人民大学杨云若老师讲演的题目为《共产国际和中国革命关系专题》；东北师范大学王维礼老师讲了3个题目，分别为《1922年至1924年前后的中国政治思潮》《九一八事变后的主要矛盾和二战史研究》《关于对抗日战争时期国民党评价的问题》；西北大学张杨老师讲演的题目为《陕甘宁边区财政经济史专题》；中国人民大学彦奇、王幼樵老师讲演的题目为《中国第三党研究》；杭州大学邱钱牧老师讲演的题目为《中国民主同盟史》；我在西安和青岛两次讲习班上讲了《中国现代史史料学专题》。这是"文革"后开发的新的学术领域，本书后面有专门叙述。

讲习班授课的老师，都是在该领域有成就者。他们的讲课对扩展学员们的学术视野，推动中国现代史教学发挥了重要作用。可以毫不夸张地说，80年代之后中国现代史领域的学术发展，中国现代史学会讲习班起了奠基作用。

中国现代史学会是改革开放后最早成立的全国性学会之一，40余年来学术研究和交流坚持不断。学会一大批知名学者为中国现代史学科发展作出了突出贡献。他们中的李新、黎澍、彭明、孙思白、陈旭麓、丁守和、董谦、王维礼、王桧林、王宗华、张建祥等教授，都已逝世。当年，在各方面条件十分艰苦的情况下，一起为中国现代史学科拨乱反正、创新发展、共同奋斗的诸多事迹，至今仍历历在目，我十分怀念他们！学会初成立时，成员多为中青年教师，学术追求积极迫切，当今学会已完成世代交替。80岁以上成员，只有我和南开大学魏宏运教授还担任着名誉会长。2021年夏天，魏宏运老师以97岁高龄过世。我们期望学会和年轻一代学者们为推动中国现代史学科体系、结构等方面的改革，作出新的贡献。

"文革"期间，"四人帮"把党史研究搞得一团混乱，许多历史事实被歪曲，真实的内容被掩盖。"文革"后，中共党史研究拨乱反正，中国革命历史博物馆、中国人民解放军军事博物馆历史陈列内容的调整和重新布展，发挥了积极作用和引导作用。陈列中，再现李大钊、陈独秀、林彪等人的历史作用、影响和地位，对中共党史上许多历史事件给予了恰当的真实评价。这一切有利于历史工作者打碎精神枷锁，解放思想。当时，许多省市的高等学校重新开展中共党史的教学研究。著名的中共党史专家，中国人民大学的胡华教授、彭明教授、向青教授等，不断地接受邀请分赴各地高校讲授中共党史上的一些重大问题及对这些问题的认识。他们的讲课几乎场场爆满，对于加强中共党史的研究、推动党史工作者的学术交流、扩大学术视野，起到了积极作用。

2.重建现代史学科 构建新的学术体系

改革开放后，史学界重新认识中国现代史与相关学科的关系。作为中国通史，划分为中国古代史、近代史和现代史三个不可分割的历史阶段。按照当时的认识，它不仅体现了历史阶段的时间远近，也是为了区分不同的社会形态和经济形态。但是，到若干年后，譬如，一千年或一万年后，中国现代史可能要划入中国古代史的范畴。因此，中国古代史、近代史和现代史的概念，是随着历史进程和时间的推移而不断变动的。上有历朝历代的历史，譬如秦汉、隋唐、宋元明清等是断代史，它的时间范畴是不可改变的。作为中国现代史，它包含着中华民国和中华人民共和国两个历史阶段。其中，中华人民共和国的历史尚在不断发展中。在中华民国历史阶段，也就是1912年辛亥革命之后，它又包含着若干专门史，譬如：政治类的专门史有中国革命史、中国共产党史、中国国民党史、中国各民主党派史等；经济类和文化类、政治思想类有经济史、文化史、政治思想史等。在一个很长的时期，我们将中国共产党史的架构体系和内容，代替中国现代史是欠妥当的。1986年，中国高校的政治理论课教学进行较大改革，将中共党史课改变为中国革命史，增加了孙中山领导的革命运动，它体现了学术观念的进步。

依照我们的理解，中国共产党史，应该主要研究党的形成、建设和发展，研究党的路线、方针、政策、战略、策略的发展变化，研究马克思主义与中国革命实践相结合，以及这一结合在中国的运用和发展的过程，也即是毛泽东思想在中国形成与发展的过程。当然，作为中国革命运动的领导者，我们不能忽视中国共产党带领中国人民推翻国民党统治，建设现代中国的奋斗功绩。

中国现代史是中国通史的一部分。它是中国现代社会发展变迁的历史。它的内容包含政治、经济、社会、文化、教育、思想等方面发展演变的历史。它构成了国家、社会的整体和网络。我们要立体地、纵横交错地观察现代中国。过去我们单纯从政治角度看待中国历史，是不全面的，特别是以阶级斗争为纲观察和构建中国现代历史的发展框架，是不恰当的。

由于帝国主义侵略和晚清社会历史的变迁，中国史学界将1840年鸦片战争发生至辛亥革命、五四运动这段历史称为中国近代史，而将这以后的历史称为中国现代史。随着时间的推移和学者们认识的变化，目前，将1840年至1949年历史称为中国近代史，而将1949年以后中华人民共和国的历史称为中国现代史，是恰当的。但是，近十多年来，有部分学者将1949年前的历史称中国现代史，1949年后的历史称为中国当代史。当代和现代两词，如何区分，难以理解。

3.赶鸭子上架：系主任兼所长

1983年，南京大学上报国家教育委员会申请建立中国史研究所和世界史研究所，当时规定部属院校建立研究机构必须报经国家教委批准。1984年春，国家教委批复同意建立历史研究所（相当于系一级，可以含中国史和世界史研究）编制20人。经学校研究，历史研究所下设六朝史、明清史、太平天国史和中华民国史共4个研究室（90年代，又增设了当代台湾研究室），由茅家琦任所长，蒋赞初、洪焕椿、茅家琦和我分别担任4个研究室的主任。世界史和元史的研究机构仍挂在历史系。2000年以后，由于历史系专业设置和研究机构不断变动，历史研究所员工、机构仍然存在，但是已有名无实。

民国史研究室初建，必须增加研究人员，先后有陈谦平、申晓云、张生加盟。陈红民、史全生虽然编制在中国近现代史教研室，但是一直参加民国史研究室的各项研究活动，陈谦平、陈红民承担了较多的科研事务工作。

从80年代后期至90年代，是历史研究所特别是民国史研究室国内外学术交流最活跃的时期，不少外国学者和台湾朋友来南京大学讲学。历史研究所没有办公和活动经费，一切科研活动和外事接待费用，全靠我和茅家琦两人的科研项目经费来维持。我们两人的项目经费大约各有四五万元。当时，在历史系教师中算是最多的了。甚至为教师订阅学术刊物、购买书籍、出国访问的旅费，都从我俩的经费中开支。

两年后，茅家琦老师向学校提出辞职，不再担任所长。1986年，曲钦岳校长来历史系召开全系教职工大会，批评了历史系存在的问题，宣布姚大力老师担任系主任，我担任历史研究所所长。那时，姚大力大约38岁，是全校最年轻的系主任。有一次，曲校长说，历史系矛盾多，换一个年轻人当系主任试试看。

历史研究所是教育部批准建立的实体机构，但是没有办公用房。当年，南京大学房屋很紧张，整个校园才有七八百亩地。在36所重点大学中，南京大学和南京工学院（以后称东南大学）一起，校园面积排名倒数第一、二名，这是历史遗留问题。五六十年代，郭影秋校长考虑到国家经济有困难，他在大礼堂举行的全校党员大会上说："现在国家有困难，我们要勒紧裤腰带熬。"因此，每年的基建经费都上缴，不盖房了，这就直接影响到学校的发展。1963年，匡亚明同志由吉林大学调来南大接替郭影秋任校长，担任党委第一书记兼校长。他在上任后第一次全校教职工大会上说，国家给你钱，你就应该花掉，不花掉就是破坏国家计划。不少教师听了匡校长的报告甚感不满，说后任怎么能在公开的大会上批评前任呢？

"文革"中南京大学有些教职工去中国人民大学采访郭校长，他承认在基建问题上给南大发展造成了滞后。南大在匡校长执政的1964年至1966年，修马路，搭建学校围墙，还盖了物理楼和校门正面的教学大楼。以前，南大校园内的马路都是碎石路，有许多泥土，学生一下课，马路上尘土飞扬。南大没有围墙，周边是绿篱或竹篱笆。1954年我刚入校时，南京大学没有校门，只是在北园入口处用两根大木棍撑起一块大木板，上书"南京大学"四个大字，真有些寒酸。当时，大家也没有觉得有什么不好。南京大学和匡校长雄心壮志，可惜1966年"文革"降临，一切教学研究和学校建设都停止下来。

1989年，南京大学总算盖了一幢不大的文科楼。文科各系除外语系外，都挤在这座只有8层的楼内。历史系获得两层楼。历史研究所作为扩建的科研机构，得到三间房屋作为办公场所。但是，历史所的外事活动在当时南大文科院系中算是比较多的。于是，花了18000元装修了一间办公室，里边放了两只小沙发，作为外事接待用。实际上也只是在房间内打了一个壁橱，铺了十多平方米的普通地板。历史系有的教师不断打听，装修花了多少钱？我也担心教师们攀比，不愿张扬。我任系主任时，公家安装空调是大事，在会议室装一台空调，要经南大5个职能部门审查批准。八九十年代，南大仍然很穷，各方面经费都很紧张。土地多的高校时兴卖土地。南大也学习兄弟院校"经验"，将北京西路二号新村旁边一块不大的土地，卖给了开发商建商品住房，出价2500万元。人家把房子盖好后，向南大索要土地证件，南大拿不出来。结果，土地给了人家，钱也没有拿到（一说，拿到一点点），还挨了南京市政府的批评。已退任的一位校领导，向教育部告了曲校长一状，说"我花了大笔钱把这块地买回来（此地曾办了一个'机电二厂'），你却把它卖了。"想想曲钦岳校长真可怜，在办学经费十分困难的情况下，将南大推到了全国高校第三名的位置。那时师生们都很骄傲，到处讲"南大是老三"。曲校长的功劳受人尊敬，成就永垂南大史册！

1984年，我50岁。这年下半年的一天，中共江苏省委常委找我谈话，告诉我经过省委与国家档案局研究，并征求国务院人事局的意见，拟调我去中国第二历史档案馆担任馆长兼党组书记，正厅级。对这一突如其来的工作安排，我毫无思想准备，也不知道如何答复。我说，让我回去考虑一下再做决定。这事也不便公开宣扬。我私下征求茅家琦老师的意见，他给了我模棱两可的回答。我在犹豫中。当时，我对当官没有奢望，也无感觉。最主要的一点是留恋南大，我在南大已经生活、工作30年，有难以割舍的感情。走在校园里，会有一种我将离开这个美好环境的情绪，那几个月我不知找谁倾诉。一天，历史研究所中共党支部改选，大家酝酿由谁担任支部书记。我观察除年轻党员外，老教师茅家琦、洪焕椿以及老革命、老党员胡允恭（30年代曾任过山东省委书记），都不方便担任支部书记，于是自告奋勇承担这一职务。我说："我来干吧！"茅家琦在会上说，张宪文放着党组书记不当，来做支部书记，大家问其何意。这样，我的工作调动问题就在全系和"二档"传开了。青年教师动员我去"二档"，说"屁股可以冒烟"（有专车上下班，那个年代只有领导干部才有专车），"南大教师去'二档'看材料就方便了"。"二档"的好友也欢迎我去工作，甚至来我家做动员工作。路上碰见"二档"在任的王副馆长，动员我说："来吧！我们一起干。""现在淮海路还有一套四室二厅的宿舍，您来吧！可以给您住。"一天，李新老师（中共中央党史研究室副主任，著名历史学家）和他的夫人来南大，我陪他吃饭。他说："我这次来南大，一是为你们的研究生讲讲课（李老师是我校兼职教授），二是动员您去二档工作。"我问，为什么？他说："二档这个地方过去看材料很困难，我们应该有人进去。"我说："我进去也不一定解决问题，说不定过了不久，我的屁股也坐到他们那边了。"这时，省委组织部给南大压力，要求学校放我离开，南大党委表示应征求本人意见。南大一位处长提出可否兼职。省里不同意，因当时无这种先例。我第二次向省委表态。我说："第一，我不会做行政工作，二档是个200多人的独立单位，评职称、分房子，矛盾很多，人事关系很复杂；第二，我还想做民国史研究，当馆长要陷入大量行政事务。"省领导说"我们为您配好副馆长，您还可以继续做民国史研究"，要我再考虑。这件事大约拖了一年时间，我最终还是谢绝了省委的安排。后来，听说省委组织部对我甚有意见，说："考察了那么长时间，不肯去，如果是干部的话，就下调令了。"言下之意，必须服从。

然而，其后我却有两次主动要求调离南大。一次大约是在1988年，当时历史系"文革"遗留的矛盾依然较严重。我非常不愿意在这种环境中工作。因此，通过南师大历史系党总支书记、我的朋友储镜明老师的关系，希望调往南师大工作。两校领导进行了接触。南师大归鸿校长亲自与曲钦岳校长会面，希望对我放行。曲校长表示坚决不放。我又找南大主管人事的副校长许廷官，希望他支持我的要求。曲钦岳校长在深夜电告许校长不要放我。次日上午，我在与许校长谈话时，许甚至以"士为知己者死"一词，恳切地劝说我珍惜曲校长对我的关心和爱护。这一次求调终未成功。

又一次，上海理工大学动员我和中国近现代史教研室两位教授同去该校工作，除有优厚的生活条件外，还可以建立科研机构。我们三人进行了认真的考虑，下决心去找校党委书记陆渝蓉教授。我们与她软磨硬泡，她始终以"免谈"两字将我们挡回。几次请求，均未成功，最终也只好作罢。

1991年，大约是6月份的一个星期一下午，南京大学党委主管干部工作的贾怀仁副书记，找我去他办公室谈话。他告诉我，经党委开会研究决定，让我担任历史系主任，并说先打个招呼，次日就宣布。谈话进行了一个下午，我一再表示不愿出任。因为历史系问题十分复杂。"文革"期间，以历史系党总支和时任系主任划线，造成的人际矛盾，到1990年尚未解决。如前所述，"文革"前夕，我在校长办公室负责迁校工作，接着我留在校办未回历史系，未介入历史系在"文革"期间产生的各种矛盾和思想冲突。而且回忆我在南大几十年，与历史系每位老师都相处甚好，没有发生过任何纠葛。如果一旦担任主要系领导职务，根本无法回避这些人际关系甚至人员冲突。我没有能力解决那些历史遗留和复杂交错的许多矛盾，更不愿卷入本与我不相干的众多是非。为此，我坚持不肯担任系主任，当时我一点思想准备也没有。另外，我已受到邀请，将于两个月后赴美国讲学半年，已在美国驻上海总领事馆办理手续。作为系主任，长期出国怎么行？按照南大任职惯例，教师到56岁就不能再被选聘担任系主任等中层职务。贾书记对我提出的三条理由，一一进行了"反驳"，反复劝说我服从大局，接受党组织的安排。直到谈话结束离开贾书记办公室，我也未表示同意。次日上午，党委就宣布了任命决定。

我就这样被"赶鸭子上架"当了系主任。当时心里想，省里调我去当厅级干部，不肯去，反而就此当了处级系主任，校内外朋友和教师会怎样看我，真有些"五味杂陈"。几个小时的谈话工夫，就被迫接受了系主任这个十分艰难的职务。接着，学校又任命钱乘旦、沈学善、陈效鸿三位老师为副系主任。我面对的是历史系多年积累的众多矛盾，刚上任，真有些不知所措，只好谨慎从事。系里有的人，桌面上递香烟，桌下面踢脚，我要如何解决这些问题呢？当年，系一级都要面对两大难题，一是职称评定，要解决一大批面临退休的老教师的教授职称问题。有的老教师还是讲师，他们希望解决教授职称后退休。二是创收，解决教职工的福利待遇。当时，历史系是最穷的系，我在全系教职工大会上，多次宣布我的工作原则是坚持公开、公平、公正，任何重大问题都由每周一下午举行的党政联席会议作出决定，由系主任执行，绝不掺杂个人私心杂念，并欢迎全体教职工监督。

当年，高校教师的工资待遇很低，没有其他收入。各院系都努力创收，增加教职员工福利。我系员工在山西路军人俱乐部商店租了一个柜台，买卖商品，结果没有赚到钱，1万元的本钱也打了水漂。历史上，人们对商人印象不好，称"无商不奸"。在20世纪90年代，不少人放弃公务员职务下海经商，目的是想赚钱。记得在80年代末，一听说某人是个体户，总会联想到其是从牢狱中放出来的。历史系是穷系，通过办班收点学费，给老师们增加点收入。记得90年代初，我在美国伊利诺伊大学讲学，一次与于子桥教授聊天，他问我工资多少？我说相当于四五十美元。他听后哈哈大笑。我说，您别笑，您虽然每月工资四五千美元，但扣掉住房贷款、税收、医疗保险，剩不了多少钱。而我三室一厅的住房，每月房租仅两元人民币，医疗公费不花钱，生活水平不高，但有保障。

历史系是老系，老教师多，由于"文化大革命"，十年没有评定职称，大批教师还是助教。南大出现许多助教爷爷、助教奶奶。能获得讲师称号，就已十分满足，当教授成了梦想。大约是80年代中期，茅家琦老师应邀访问法国，党委书记章德在全校大会上说："茅家琦出国给他戴上教授帽子，回来后再摘掉。"因此，有的学校出现所谓"名片教授"，为的是这些教师外出开会时有点面子。南京有一个科研单位的研究人员收到国外来信，对方在信封上写"××教授收"，这位先生拿着信封向单位要职称。这是真事，绝不是笑话。

南大历史系在一般情况下，每年评职称，学校给两个教授名额。由于竞争十分激烈，系里通过的名单上报学校后，经常会因本系的矛盾而丢掉名额。这样，职称积压的问题越来越多。1991年，我担任系主任时，几乎每年都有15位左右的教师提出申请，竞争这两个教授名额。另外，有一批中年教师申请副教授。许多老师在评审前展开活动，到处游说做说服工作，甚至连家属也行动起来。有一年就有四位教师夫人到我家做工作。当时，我采取的方针，只要经过全系教师民主测评和系评审委员会（一般是7位评审委员）通过的名单，我在校学科委员会和高评委会上，都会千方百计地保住上报的名单，防止丢失。为了避免教师猜测投票结果，减少教师间的矛盾，接受过去的教训，在评审投票结束后，由我和系党总支书记只宣布通过者名单，不宣布通过者和未通过者的票数，并当场将全部选票封存。然而我这种费尽心思以有利教师团结的做法，却受到未当选者的质疑，有的教师竟去学校告我。我心地坦白，并不在意。那时，全校每年文理各系共有25个名额，其中文科只有8个名额，其竞争难度可想而知。我在任系主任4年期间，历史系先后有5位教师的教授职称，在由20多位教授组成的高评委会上遇到很大麻烦，被要求重新审议。我积极努力，提出各种理由，说服理科教授占多数的高评委，最终予以化解。有一位海归博士，出国前是讲师，我说通了主管职称工作的许廷官副校长和曲钦岳校长，给他特批了教授职称，这在当时没有先例。有一位世界史教师，理科评委坚称其应在国际上发表文章，否则不能任教授。我在会上临时构想了三条理由，说服了曲校长。南京大学长期受副校长、著名英国文学家范存忠观点影响，他认为外文翻译著作不算成果，以此申报教授职称无效。历史系有一位教师，希腊文翻译在国内处顶级水平，他翻译的古希腊柏拉图、亚里士多德名著有重大影响，然而无法晋升教授。我在高评委会上强力解释他的学术地位和影响，终于取得了全体高评委的信任，让他获得了"到年退"（50年代毕业，58岁，担任副教授5年以上者）的名额，晋升教授退休。有一位教师，同专业者从政治上否定他的著作，我在向曲校长做了说明以后，又联合两位学术资深的老教授为这位教师的著作作了学术鉴定，使他在学科组和高评委上得以过关，获得教授职称。总之，4年间我尽全力为4位遇到阻碍的世界史教师在高评委评议会上解除职称矛盾，顺利通关。还有一位老教师在全系民主测评中，六次未通过。我专为他去人事处争取了"到年退"名额。

回顾我任系主任那几年，教师队伍处在新老交替时期，老教师陆续退出教学岗位，他们面临着解决教授职称的严重困难，其实也是为了在退休后有一个光彩的颜面，并不是为了再增加几块钱工资。我十分理解老教师们的追求，而大批中青年教师也迫切希望当上副教授。我承担着极大的精神压力，心情异常苦恼、烦闷，每天拖着疲惫的身躯返回家中。可以说，担任系主任的那几年是我的"艰难岁月"。学校也是一个小社会，人与人之间虽然也有亲有疏，但是我对全系的老少同事，并无任何恶意。那时，我的老师辈都已离世，而系里的同事多数是不同年级的同学或本人的学生。我为教师们获得晋升职称，尽了力所能及的最大的努力。在这个教师队伍中最大的、最严峻的问题上，我是对得起大家的。因而我在1995年离任系主任职务时，受到了校党委的公开肯定。一批批教师退下来，有的仍然是副教授甚至是讲师。他们并非业务不好或学术水平不高，基本是受名额所限未能晋升。我对他们表示深切的同情。

在我担任系主任后，为了解决历史系职称评审问题，人为造成的每年丢失名额的弊端，由系党总支和系主任共同决定改组评审委员会，调整了个别不适合的人选。这是正常的、合理的举措。然而，此举却"得罪"了某位未能再担任评委的教授。他以后借我申报博士生导师一事，私下搞了一系列小动作，当然最终没能得逞。

多年来，我在历史系和历史研究所除担任一些党政职务外，还承担较多的教学任务，并获教学奖。曾连续多年为历史系大学生开设通史课"中国现代史"，选修课"军阀派系史"和"中国现代史史料学"，为硕士生和博士生开设"中华民国史"和"中国现代化"研究方面的专门课程。"中国现代史史料学"是改革开放后，我独自设计的一门课程，曾引起教育部的重视，发布文件要我进一步加工后作为高校历史系教材。可惜我因为工作忙碌，一直没有好好编写这部重要的基础教材。1984年夏天，我在青岛中国现代史学会举办的第三次教师讲习班讲授史料学专题。课间休息时，一位东北地区某大学的教师问我，"中国现代史史料学"何时可以出版？我说近期很忙，尚无具体打算。他说，您要抓紧。我问，为什么？他说，他的两位教师朋友已将我在各地高校讲课的录音和我在南大上课的学生笔记搞到手，计划在此基础上整理出版，并且拉他一块干。我听后吓了一跳，东北的那两位教师怎么会这样干呢？这不是明目张胆的剽窃吗？他们拿我的讲稿出版，我将有口难辩。讲习班结束后，我经过济南，一方面回家探望年迈的父母；另一方面去了山东人民出版社请他们帮忙。我回到南京，匆匆地将讲稿誊抄了一遍，即迅速交给了山东人民出版社，于1985年正式出版。我当时的思想是先保住我的讲稿，根本来不及扩充和仔细认真修改。我始终对这部书未能很好地加工重写，完善其体系而感到遗憾。

4.培养硕士和博士

改革开放后，通过全国统一招考，逐步扩大大学生的招收规模，为国家建设培养人才。同时，也开始恢复硕士研究生和博士研究生的招考和培养工作。经过多次评比，至20世纪90年代初，全国共有8个中国近现代史博士点，南京大学的博士点有茅家琦、蔡少卿和我3个博士生导师。当时由于社会上一度对攻读博士生不感兴趣，而教育部又以各高校每年招收的研究生数额为依据，拨付培养经费。南大理科的博士生招收数量严重萎缩，学校乃将名额压给文科，文科各专业每年招生两次，即春秋两季都招生。在这样的大环境下，中国近现代史博士生的数量迅速增多。我作为系主任，经常去研究生院开会，常听他们调侃地讲，茅家琦、蔡少卿的博士生有一个排，这样如何保证培养质量。我说，这样的现象，还不是你们造成的吗？有一年明确每个指导教师一次招收8个人。当时，我坚持控制自己的学生名额，总数一定不要超过10个人。可是，控制不住，人数仍然不断增加。多年来，我共培养了硕士22名，博士53名，博士后4名，还有国内外的访问学者40余名。

我为博士生培养设置了两个研究方向，即中华民国史研究和中国现代化研究。在培养目标上，希望通过我的指导帮助和博士生个人的努力、勤奋学习，使其能够成为具有深厚造诣的学者，在中华民国史研究领域做出成就，在学术界成为有较大影响的领军人物。

从这一目标出发，我在研究生入学的选择上，坚持质量，坚持有学术潜力，因而要了解学生的学术背景、工作背景，考察有没有培养前途。有人考取后，入学第二天就想回家，这纯粹是想混一顶博士帽。曾经有两位在职人员，我善意地请他们离校；也有两位想跨专业，我二话未讲，请他们走路。

我对学生的要求十分严格。每学期不分年级，三次集体汇报学习状况、论文发表情况和博士论文的写作进展。我的目的是通过集体汇报，督促同学的学业，推动同学们相互学习，也增进不同年级同学间的友谊，一定程度上增加了同学们的压力和自觉性。我帮助同学制定研究方向和论文题目，我不要求同学们的研究方向与我一致。我希望发挥同学们的特长和研究基础，能在未来某一领域做出成就。有一位在职博士生，德文水平很高，文笔也不错，曾翻译过不少德国文学作品，并掌握大量德国文献。经过几年努力，完全可以在中德关系研究领域进入学术前沿。十分可惜，后来他当了10多年的外交官，失去了登上学术顶峰的机会。我曾经希望每一个同学都能做出学术成就，实际上是不现实的。有些同学适合从政，走仕途去为人民服务。我的几十位博士中，有一批当了学官，更多的在努力做学问，在国内外学界有了较大影响。

五、初探民国　学术研究转向

1.险学民国史

中华民国史的起止点为1912—1949年。它如历史上的宋元明清史一样，是中国通史的一部分，也是断代史。1912年，中国社会转型，清政府灭亡，中国进入武人专政的北洋时期。1927年南京国民政府建立，由于国共意识形态的分歧，从政治冲突，逐渐走上大规模的战争，国民党的残存军政势力退往台湾。数十年来，两岸处在对立状态。中华民国这段客观存在的历史，成为敏感的史学领域。大学历史学系，把北洋政府时期作为武人统治的历史背景向学生介绍；国民党执政的22年，则是中国共产党领导人民推翻国民党统治的历史，是国共两党激烈斗争的时期。大学历史系没有中华民国史这门课程。学生们对这段真实历史的了解，几乎是一张白纸。

1949年新中国成立后，经过三年的经济恢复，1953—1957年开始了大规模的经济建设时期，全面实施第一个五年建设计划。中国不仅要发展经济，而且要繁荣文化教育事业。在这一背景下，1956年，周恩来总理和聂荣臻副总理领导国务院制定了十二年科学发展规划，在中国历史研究方面，明确提出要研究中华民国史。当时，中国科学院近代史研究所的荣孟源①研究员，表示愿意承担这一研究任务。1972年，召开了全国出版工作会议，

---

① 著名的中国近代史学家，中共延安时期的老干部。

南京大学历史系还派了洪焕椿老师赴北京出席会议。当年，周恩来总理在中共中央政治局会议上提出要编写中华民国史，而且作为任务下达给人民出版社（后转中华书局）。

中华书局首先找了山东大学历史系孙思白教授。孙表示愿意接受这项编书任务，但是希望与中国科学院（后为中国社会科学院）近代史研究所副所长李新教授合作。当时，李新还在河南"五七干校"劳动。李新教授返回北京后，与孙思白教授一起，组织了一批学者，在近代史研究所成立了中华民国史研究组（室），并开始研究工作。他们计划先编写中华民国大事记、民国人物传，然后编著一部多卷本的中华民国史。最初，只有近代史研究所承担这项任务，显然力量有些单薄。李新教授决定吸收学术界广泛参与，有北京、天津的学者介入。1974年，李新派近代史研究所尚明轩、李静之两位研究人员先后到南京大学找我，希望我们也参与这项盛举。当时，南京大学在中央指示下，于1972年开始恢复招生，第一届工农兵学员入校。由于学生少，教学任务不重。我决定动员本教研室的教师研究中华民国史。与近代史研究所的研究任务对接，我们主要研究民国时期江苏地区出身或在江苏地区工作的政治人物、经济人物和文化人物等。由于刚刚介入这项任务，研究还不够深入。1974年，尚在"文化大革命"时期，大家仍未解除思想顾虑，担心将来再被批斗。因此，我们面对未来的发展，决定一手抓民国史研究，一手抓中共党史研究。我们与雨花台革命纪念馆合作，研究邓中夏、恽代英等一批牺牲在雨花台的中共革命人士。后来，姜平老师编撰出版了《邓中夏文集》，由人民出版社出版。

不久，李新教授又动员我和复旦大学历史系黄美真教授参与由他主编的《中华民国史》抗日战争部分的写作，我负责抗日战争前半部分，黄美真负责抗日战争后半部分。由于《中华民国史》各卷编者写作时间拖得太久，我和黄美真决定退出该项合作。李新教授直至逝世，都未看到该书的完稿。

2.开荒盛举：《中华民国史纲》出版

1982年，我们中国近现代史专业开始招收中华民国史方向的研究生。第一个硕士生是陈红民。老一辈学者的培养方式是让研究生读史料，譬如阅读没有标注的《资治通鉴》，由学生提出问题，老师做出解释。我们也让陈红民读《革命文献》丛刊，该刊物当时出版了77辑，都是档案文件。中国大陆收藏甚少。后来感觉单纯阅读这种干巴巴的文献史料，不是好办法，应该有一部民国史教材。于是，1983年，我和两位教师去北京拜访孙思白教授，协商合作编写一部简明的民国史。孙先生召集近代史所的民国史研究室全体研究人员开会，说明我们的意图。会上，合作编书的事被否决。他们认为当今的任务是整理资料，开展专题研究，编著简明中华民国史的时机尚不成熟。

返宁后，我们仍然认为必须编一部简明的中华民国史，以应研究生培养的需要。后来，在邓颖超的指示下，《人民日报》开辟了"学点民国史"专栏，刊登一些专题小文章，介绍民国史各类问题，以普及民国史知识。我邀请了中国第二历史档案馆、江苏省社会科学院和南京大学的几位老师合作，共同编著《中华民国史纲》（简称《史纲》）。中华民国史体系没有任何先例可循。过去，虽然出版过邹鲁的《中国国民党史稿》、张其昀的《中华民国史纲》、冯自由的《革命逸史》等名著，但是均无法采用他们的体系。为了与现有的中国现代史、中共党史体例有所区别，我们采取了一种"过渡性"的民国史体系，加强北洋政府和国民政府统治历史的内容，从而制定了一个较新的民国史体系。它虽然很不完善，但在中国大陆也算是初创。我们决心大量采用未曾公布过的新档案、新史料。我找了中国第二历史档案馆的施宣岑副馆长[1]，请求支持与协助。他带我去该

---

① 施宣岑副馆长，早年参加中国共产党，从事档案工作，对历史档案工作贡献很大。

馆的档案目录室，要求向我们开放全部档案目录，这在中国第二历史档案馆历史上是空前的，也是第一次开放全部目录。当时，管理人员睁大眼睛，以惊异的目光望着我。施馆长再次重复一句："给他们开放全部目录。"我们全体编书人员花了一个月的时间翻阅了大量目录，取得了我们所需要的各类档案材料。以至于《史纲》出版后，许多学者携带这本书去第二历史档案馆（简称二档馆）要求查阅书中引用的档案。因为书中许多档案文献是学者朋友过去从未见过的。当时，许多历史档案馆尚未对外开放，为了不给第二档案馆造成困难，我们在书中的引文没有注明档案的卷宗目录号。正在南京大学访问研究的美国著名历史学家易劳逸教授[①]对此十分不理解。回忆起我们在二档馆查阅档案的历程，应向施宣岑副馆长[②]表示深切的敬意。

1984年6月，各位编者陆续提交书稿，我也开始了艰苦的全书统稿过程。从当年6月至次年2月（春节前夕），我花了8个月的时间修改这部48万字（版面字数54万字）的书稿，基本上每天从早上7点开始直到晚上12点，均伏案工作，中午也不休息。好在那时我年龄50岁，精力尚称充沛。在当时中华民国史尚未被大多数人所接受，甚至有不少人还持异议的形势下，我必须认真思考全书的每一条史料、每一个观点是否站得住脚，是否符合历史真实，特别是面对许多不符合历史真实且早已被固化了的传统观念和政治认识；面对史料和观念的冲突，能否予以破冰和纠正，这需要有探求真实和坚守真理的学术勇气和历史责任感，这对我们来说是十分严峻的考验和挑战。为此，我坚持的第一个原则是：有真实史料为依据的历史事件、历史人物，该肯定的就肯定，该否定的就坚决否定，绝不能掺入作者的私心杂念。否则，历史认识不能进步，历史研究不能发展。第二个原则是：对历史认识的改进，采取"半步走"的方针，即反映历史真实应

---

①著名的历史学家，美国伊利诺伊大学教授，民国史研究有重大贡献。

"一步到位"，但是现实状况不能如愿。有些传统观念，一时还扭转不过来，只能慢慢地纠正。犹如一部汽车，在行进过程中，急转弯会翻车的。人们对历史的认识，也有一个逐步接受与改进的过程。

《中华民国史纲》提出了一个不够完善的学科体系和编写大纲。它是新中国成立后形成的第一个民国史学术体系。其框架、结构、内涵、发展脉络、历史变迁起伏等，都是新问题，都需要我们根据历史进程，深入地认真思考。

《中华民国史纲》采用了大量过去从未公布过的历史档案和其他许多重要史料，这为我们形成新认识、新观点，打下了坚实的基础。《史纲》的重要特色之一，是引用了中国第二历史档案馆收藏的许多重要档案，从而也引起了海内外学者对《史纲》的广泛关注。

《中华民国史纲》坚持纠正了一些曾经广为流传的受意识形态影响深远的错误观点或片面认识，这就推动了学术研究的发展。当然，在对待这些问题上，我们采取了既大胆又谨慎的态度，要改变某些不当的传统观点，必须有确凿无疑的史料根据。

《史纲》出版时，适逢全国高等学校政治理论课设置，由中共党史改为中国革命史，《史纲》内容配合了该课程的改革，许多高校的教师以此作为教学参考书。多年后，我在各地碰到一些中年以上的教授，他们都主动讲过去读过这部书，并受到它的影响。

《中华民国史纲》于1985年10月由河南人民出版社出版。第一次印刷就发行了12000册，迅速销售一空，北京王府井大街的书店出现排队购书的现象。

3.《中华民国史纲》受海内外关注

《史纲》出版后，受到国内国外史学界的好评，也受到中外有关方面的关注。据不完全统计，国内（包括香港、台湾地区）外有四五十种报纸、刊物和通讯社，发表了书评和报道。

中华书局总编辑、著名历史学家李侃，在中央宣传部等主编的《中国图书评论》杂志上，发表了长篇书评，认为《史纲》"是一部严肃认真的历史著作"，它的特点是"历史脉络清楚，叙事条理分明""史实力求准确、叙述注意事实""评论历史是非，坚持实事求是"。中华民国史资料与研究协作协调委员会和南京地区的各学术单位，于1986年5月、8月两次召开《中华民国史纲》学术讨论会，邀请北京、上海、天津、长春、武汉、重庆、昆明、杭州、郑州、苏州、南京等地著名民国史专家和研究有素的学者数十人出席。其中有李新、李宗一、来新夏、任建树、丁日初、唐彪、茅家琦、王桧林、黄美真、毛磊、金普森等。大家一致肯定《史纲》在体系上有创新，在内容上提出不少新观点，"摆脱了'左'的思想的影响"，"在民国史研究范畴内向前迈出了一大步"，认为《史纲》"是近几年来史学研究中的一件喜事"。

《人民日报》（国内版、海外版）、《光明日报》《文汇报》《北京晚报》《辽宁日报》《河南日报》《团结报》（英文版）、《中国日报》《新书报》《党史信息》《书林》《瞭望》（海外版）、《民国档案》《博览群书》《革命史资料》《中州书林》《南京大学学报》，以及许多省报、地方报纸、报刊文摘等做了报道。《北京日报》报道了《史纲》在1986年全国书展上受到读者欢迎而被争购的消息。《光明日报》四次报道本书的消息和书评。《文汇报》也做了两次报道。

新华社于1986年7月15日向海内外发出电讯，报道河南人民出版社出版了《中华民国史纲》。短短的一条消息，让敏锐的美联社好像从中发现了中国的政治动向。美联社总社指示北京分社立即采访。他们打电话给河南人民出版社寻找作者。电话又转到南京大学校长办公室。那时，我们普通老百姓都还没有家庭电话。就是公家电话，一个系也只有一部。校办与美联社记者约好，要我于次日（16日）上午去校办与记者通话。

记者第一句话就问我，写这本书有什么政治背景？我说，没有政治背景。他立即哈哈大笑。我说，您别笑，我们写这本书，是爱好，是兴趣，我们喜欢研究民国史；也是为了给学生编写一部教材。北京分社的记者叫顾天明，他一共问了我7个问题（由陈谦平在场做记录）。

这7个问题是：

（1）为什么新中国成立36年来没有一本民国史书？

（2）关于蒋介石和民国政府对国家的主要贡献有哪几个方面（你们认为）？

（3）书中对于国民党评价有无腐败的一面，反人民、腐化、堕落，抗日战争消极方面，有没有，主要有哪些方面？

（4）牵扯到美国政府对中国的贡献，主要作出了哪些贡献？

（5）书中有没有提到美国援华的大部分物资都援助了国民党？书中有没有对美国的做法加以批评？

（6）这本书对美国政府1945年—1949年的对华政策是如何评价的？

（7）我们想了解这本书的编写目的、背景与和平统一、与台湾对话有什么联系？

我对记者的回答是：

中华民国史是中国历史的一个组成部分。过去，我们研究不够。其原因，一方面，新中国成立以后，在较短的时间内，还没有条件开展这方面研究；另一方面，也是由于"四人帮"对历史科学的干扰，"左"的影响很严重，史学工作者不愿研究当代问题。故30多年来没有完整的、系统的中华民国史专著，应当是可以理解的。

粉碎"四人帮"以后，史学工作者遵循实事求是研究历史的基本原则，开展了中华民国史研究，并且有越来越多的学者对中华民国史感兴趣。

南京地区有研究中华民国史的优越条件。这里的中国第二历史档案馆完好地保存着自辛亥革命、北洋政府到南京国民政府时期的原始档案。南京图书馆和南京大学图书馆也保存着大量民国以来的书籍、报刊。我们已经接待过一些美国和其他国家的学者来南京研究中华民国史专题。1984年在南京举行的首次中华民国史学术讨论会，也有几位美国学者参加了会议，与中国学者共同讨论问题。

我们编写这本书，没有什么政治背景。我们的编者是一批历史学者，都对民国史有浓厚的兴趣。我们编写这本书的目的是进行民国史研究。由于广大群众也希望了解民国的历史，因此这本书可以使读者知道中华民国是怎样建立起来的，又是怎样经历曲折发展，直到最后衰败下去的。我们这部书使用了大量第一手的档案史料。我们从材料中形成观点，摆出了我们个人对历史事件和历史人物的看法。我们这本书是学术专著。它和国家统一、与台湾对话，没有直接的关系。但是，实事求是地研究这段历史，对沟通大陆和台湾学者间的学术联系与学术交流，对国家的和平统一，是有益的。我们希望通过这本书的出版发行，能够引起台湾学者的兴趣，促进海峡两岸的中国学者密切往来，我们将十分高兴。

我们这本书实事求是地评述了蒋介石和国民政府的作用和历史地位。蒋介石在辛亥革命以后，在孙中山的影响和带动下，参加了民族民主革命。后来，他反对中国共产党，反对人民革命。国民党的主要历史作用，是和共产党合作，进行了北伐战争，打败了北洋政府。和共产党合作，开展抗日战争，赶走了日本侵略者。

书中对国民党的腐败，也有足够反映。如孙中山改组国民党的原因之一，就是由于国民党的组织涣散，纪律松弛，几乎陷于瘫痪状态。抗日战争时期，多数国民党军队作战英勇，但是也有的军队腐败。如平汉线战事的迅速失败，就是和最高指挥官指挥不当，部队官兵贪生怕死，军纪废弛分不开的。津浦路北段作战不利，也是由于韩复榘害怕日军，闻风而逃，给这一地区的抗日战争造成严重损失。抗战中后期，由于国民党上层经商、吃空饷，并日益增多。到1945—1949年抗战胜利后，国民党更加腐败，如对日伪财产的接收，币制改革掠夺了大量黄金、白银和美钞。经济上和政治上的腐败，是导致他们崩溃的重要原因。

关于中美关系，书中许多地方都涉及了。在民国史上，主要是日本和美国争夺中国。本书对美国在抗日战争中的表现做了实事求是的评述。从

"九一八"到1938年，美国对日本侵华，主要采取中立政策、不干涉主义。美国通过经商供应日本一些战略物资，中美关系处在冷漠状态。1938年以后，随着日本侵华战争的扩大，美国在华利益受到较大影响，从而逐步改变了对日态度。中美关系出现了转机。美国在外交上对日本施加压力，在经济上给中国一定的援助。1941年太平洋战争爆发后，中美关系进入新时期。美国希望中国拖住日本，转而全面支持中国抗战。美国成为中国抗日的主要盟国。它们帮助中国训练军队，装备先进武器，指挥在华美国空军配合中国军队对日作战。指挥美军与中国远征军在缅甸对日作战。美国对中国抗战起了一定积极作用。

美国友好人士、美军观察组，如实地报道了中国抗日根据地的情况，支持中国共产党抗日。但是，到了1944年底以后，美国对华政策由太平洋战争初期的积极加强中国抗战力量，转变为"扶蒋反共"政策。

到1945年底，美国又采取调节国共两党争端的政策。杜鲁门要马歇尔"以适当而可行的方法，运用美国的影响"，来达到国民党领导下的中国"统一"。这就体现了美国在战后对华政策的实质是在"调处"的名义下，维护国民党的政治统治。而中国南京国民政府亦不惜以中国的大量主权，来换取美国的援助。

到1948年底，当蒋介石在军事、政治、经济等方面，都遭到严重失败后，美国对蒋介石失望了。他们又联合桂系李宗仁进行倒蒋活动，然而，也未能挽救国民党在大陆的败局。

本书是中国大陆第一部系统的民国史专著。由于成书急促，使用美方和国民党带往台湾的史料甚少。书中有许多不足之处，欢迎中国台湾和美国学者，给予评论。我们要求美联社在发表前，将稿子寄来看看，我们希望能如实地报道我们的观点。

记者答应了我的要求。7月17日，美联社北京分社将他们7月16日撰写并发表的三篇电讯，电传给南京大学校长办公室。

电讯稿的译文为：

中国重写历史

中国给国民党人、美国人以历史声誉

（美联社作家　吉姆·阿伯拉姆斯）

北京电（美联社）

在一本关于共产党掌权前，1912—1949年时期的中国历史新书中，曾被藐视的蒋介石已部分恢复名誉，长期被忽视的美国对华贡献得到承认。

《中华民国史纲》一书出现于这样的时刻：中国正进行给学术以更大自由的实验，并试图抹掉与国民党人旧有的仇恨，这些国民党人是蒋于1949年输给共产党人后带到台湾去的。

写这本书的九位历史学家之一的南京大学张宪文教授说：我们的书是学术性的，是根据史料得出自己结论的。

在一次电话采访时他说，本书与中国和台湾建立联系并最终重新统一的运动没有直接的关系，但我们通过历史研究从事实寻找真理的态度，可能有助于成为大陆与台湾之间的桥梁。

从事实寻找真理是邓小平的格言，他是中国实用主义者的领袖，首先提出了经济改革和中国对外开放的方针。

这本书是由官方出版社出版，但尚未有售。它记载了1912年孙中山领导的国民党推翻满清，以及国共的28年对抗，导致共产党的胜利。

（1986年7月16日13时09分）

中国重写历史（二）

北京电

张说，对蒋介石在20世纪20年代与共产党组成联军讨伐北方军阀，并经过十年内战在1937年中日战争开始时，与共产党联合，本书都给以赞扬。

本书指出国民党军队在抗日战争中大部分表现出色，但同时也写到国民党领导层的腐败、士气低落、不愿打仗。

本书对美国对华提供经济和军事援助、训练中国军队，表示赞成。对美国新闻记者据实报道共产党人在战争中所做出的贡献，表示称赞。

美军除在印度训练中国39师以外，在战争期间还越过喜马拉雅山脉的危险线路将补给品成吨的空运中国。曾任蒋介石的总参谋长的美国史迪威将军，曾一再敦促委员长停止对华北共产党军队的封锁，增强抗日力量，但均无效。

过去中国的历史书，例如1981年出版的党的手册，都只强调国民党的过错，认为国民党统治集团继续反对共产党的人民，抗日是消极的。

同一本历史评述中对曾在战争中发生过微不足道的作用的苏联表示感谢，而只字不提其作用重大的多的美国的活动。另一本1982年出版的书，忽视了杜鲁门政府曾努力（尽管是无效的）组织包括共产党在内的，以蒋介石为首的战后联合政府，而只谈美国本身只想把中国变成自己的殖民地而已。

（1986年7月16日13时13分）

中国重写历史（三）

北京电

负责出版张的新书的河南人民出版社杨凤阁表示，书的内容并不一定要反映政府的观点，但他说这是符合政府"百花齐放，百家争鸣"方针的。这是1956年毛泽东提出的口号。重新使用它就象征着中国学术和艺术界有更大自由的现有气候。

中国开始把头号敌人转化成为在历史上应享有一席地位的较优形象，这一点应回溯到20世纪80年代初期。当时北京用在以北京为首的统一政府领导下保持其社会制度和军队的诺言去诱惑台湾。台湾的国民党人拒绝放弃其与大陆不接触、不谈判的方针。

位于中国海边的村镇——溪口的蒋介石家乡的宅地和祖坟，均由政府出资整修一新，并向愿意观看蒋介石及其长子、台湾现领导人蒋经国的故居的旅游者开放。

去年纪念抗日胜利四十周年之际，共产党政治局委员聂荣臻元帅声明，许多国民党爱国官兵，和共产党人一起，在战争中为国家牺牲了他们的生命，他们将永远受到人民的高度尊敬。

中国社会科学院台湾问题研究所李文（音译）3月间写道，中国承认国民党是一个长期存在的政党，他已经为中国现代民主革命作出了重要的贡献。

他指出，谈到中国现在愿意和平的表示，历史证明，国共合作，国家繁荣兴旺，革命力量胜利，人民生活改善。

（1986年7月16日13时16分）

之后，中国香港和美国的一些著名报纸，如香港英文版《南华日报》，在显著的版面上刊登了美联社的唱片电讯。美国著名的《华盛顿邮报》也发表了评论。

1986年7月21日，新华社编发的《大参考》，刊登了美联社的电讯。9月20日，新华社以《〈中华民国史纲〉出版受到中外有关方面关注》为题，编了一期（第2209期）中央"内参"。香港《文汇报》《明报》均发表评论。《文汇报》在1987年1月16日的报道中指出，本书"对民国人物作了比较客观公正的评价，对民国时期的一些历史事件作出全面分析。这一实事求是的学术态度，引起海内外学者和读者的广泛兴趣"。

美国华人期刊《台湾与世界》，在1987年5月号上发表长篇书评，指出："《中华民国史纲》是目前所见大陆唯一一本完整的民国史通论著作，就这层意义而言，其重要性实不可小视。""它的特色是站在中共的立场介绍民国史。"书评将《史纲》与台湾"中研院"近代史研究所所长、著名历史学家张玉法教授的民国史通论《中国现代史》一书进行比较，认为《史纲》"有一些章节是《中国现代史》没有的"，"点出了一些大陆以外的读者不大注意到的历史现象和问题"，"在还历史本来面目上，功不可没"，"值得今后所有写中国现代史或中华民国史的人借鉴"。但又说《史纲》"恐怕有'宣传'上的考虑"。

美国、日本都有一些研究民国史的学者。被国际上誉为美国第一流的民国史专家易劳逸（Lloyd E. Eastman）教授、于子桥（George T. Yu）教授、陆培涌（Pichon P. Y. Loh）教授、迈克尔·韩德（Michael H.Hunt）教授、柯伟林（William C. Kirby）教授，日本著名的历史学家卫藤沈吉教授、野沢丰教授、山田辰雄教授①等，都写信或在会议上，对《史纲》给予好评。说《史纲》是中国"国内出版民国史的第一巨作"，"乃学术界一大贡献"。

《中华民国史纲》出版，在国内外也产生不同的声音。台湾《中央日

---

① 美国、日本都有大批研究中国历史，特别是民国史的历史学者。许多学者与中国有友好的学术交往。

报》以"本报记者"名义，发表电讯报道，说"中共最近出版了一本《中华民国史纲》，关于'先总统'蒋公的功业，重新受到中共的尊崇"。说"作者之一是南京大学教授张先闻（译音）"，"虽否认此书与中共和平统一的企图有关"，不过，岛内也有学者说，"中共恰在此时，出版此书，显然有其统战的意味。美联社电讯中亦指出，中共正企图消除与'中华民国政府'间的长久敌对；可见这仍是中共对我统战策略一个新的方式"。

台湾有一个官方出版机构，叫"国立编译馆"，据说，它专门出版一些反共的图书。1994年5月，该社出版了陈木杉编著的《中共编写"中华民国史"真相探讨》。全书站在反共反马克思主义立场，全面批判中国大陆自改革开放以后，实事求是地研究中华民国史的真实状况。书中多处针对《中华民国史纲》的内容，进行歪曲批判。由于涉及"史纲"内容和观点甚多，本书不作评论。而且，这位作者时年30余岁，是技术院校的一名年轻教师，实无必要与之争论。然而，有一位"大学者"，曾是国民党统治大陆时期的"国军营长"，赴台后，不知以何方法进入学术界，成为民国军事历史的"专家"。他写了一篇全面攻击《中华民国史纲》的长文。台湾朋友知晓后，问我是否请刊物不予发表。我说，让他发表，把我骂得越厉害越好。因为他的文章不讲道理，只是歪曲史实。记得后来他还想来南京访问，我们宣布他为"不受欢迎的人"。

《中华民国史纲》在台湾学者中深受好评。1990年，广东省社会科学院和日本孙中山纪念馆在中山市翠亨村联合举行"孙中山与亚洲国际学术讨论会"。我受邀自澳大利亚返回广州出席这次研讨会。台湾学者第一次组成了30余人的大型访问团参加会议。两岸学者交流甚为欢快。两岸学者经过多年的交流，学术观点、友情，都有很大变化。

《中华民国史纲》出版后，在大陆也引起反弹。有部分人长期受传统观念的影响，接受不了书中提出的新观点，特别是对蒋介石和国民党的评价不以为然。大约20世纪80年代中后期，有两篇文章分别送到《近代史研究》和《光明日报》。前者是东北两位老干部写的，说我违背"一国两制"，为国民党、蒋介石"树碑立传"。因为那个年代，既不能为"坏人"树碑，也不能立传。他们认为，我为国民党、蒋介石给予事实评价，是错误之举。杂志社不同意他们的观点，表示不予刊登。而《光明日报》那篇文章是中央某大单位下达的。《光明日报》对我本人甚为了解，而且曾对《史纲》发过几次评价文章。报社领导部门报告了上级，也没有刊登批判我的文章。那段时间，《史纲》的几位作者朋友，颇为紧张，表现沉闷。我对他们说，大家尽管放心，我是主编，如有问题，我承担责任。我自己也在思考，想想书中各种敏感的大观点、重要历史问题，都有史料根据，都是能站得住脚的。因而我自己心中比较踏实。这也是对我学术勇气和政治观念的考验。1996年，我赴台湾"中央大学"给学生讲课。我说，大陆方面要批判我，说我为国民党蒋介石树碑立传；台湾方面也批评我，说我是为共产党宣传。两面不讨好，大概我是对的。同学们哈哈一笑。我想，这就是政治，它会折磨人的。人们一生中，难免要经历几次磨难，特别是我们从事人文社会科学的人。它离政治和现实都很近，不同的政治认识，形成相反的观念。人们容易被卷入政治风浪之中。

20世纪80年代，教育部系统评奖还很少。那时候，著作出版也不多。1987年，国家教育委员会高教一司，组织全国高校编纂《全国高等学校社会科学研究成果选编》。各高校上报"六五"期间科研成果3321项。经过筛选，共选出202项成果，其中历史学方面24项，有《中华民国史纲》、唐长孺主编《敦煌吐鲁番文书初探》、韩儒林主编《元朝史》、章开沅与林增平主编《辛亥革命史》、季羡林等《大唐西域记校注》、马克尧《西欧封建经济形态研究》、冯尔康《雍正传》、杨国松《林则徐传》、姜义华《章太炎思想研究》、吴于廑《世界历史上的农本与重商》等。

在改革开放30周年之际，《中华民国史纲》又被南京大学评定为优秀纪念成果之一。

4.三次民国史会议的贡献

（1）民国史研究推向全国——首次中华民国史讨论会举行

1983年，《江海学刊》编辑、南京大学校友、我们的学术合作者丁永隆先生（已故），向我建议，我们不能光写著作，也应召开学术会议，动员全国更多的学者加入民国史研究的行列中来。那时，在全国范围内学术会议很少。我感觉他的建议很好，便开始与各方联系，并征询了中国社会科学院近代史研究所李新教授的意见，他十分赞同。于是，决定由南京大学、中国第二历史档案馆、江苏省社会科学院和北京方面的中国社科院近代史研究所、全国政协文史资料研究委员会、中国现代史学会共6家学术单位联合主办。那时，各单位经费都很困难，决定6家各出资2000元，作为会议经费。这样，首次中华民国史学术讨论会于1984年5月5日至10日在南京召开。由于民国史研究的敏感性，在此之前，从未召开过这类学术会议，还是上报国家政府申请批准为好。于是请中国第二历史档案馆，经国家档案局上报中央审批。首先，中央书记处候补书记乔石批示同意，又转报杨尚昆书记批准。这样，会议有了尚方宝剑，一切工作十分顺利。

会议举行前，2月3日春节那一天，台北"国史馆馆长"黄季陆先生在《联合报》上发表文章，说国民党在离开大陆时，许多档案都遗弃在大陆，表示要想尽办法补充、征集这些档案。据中国第二历史档案馆方庆秋研究馆员回忆，国民党撤到西南各省时，大量档案遗弃在那里，20世纪50年代初期才逐步汇集到南京。黄季陆的文章，大陆主要报纸《参考消息》和《人民日报》都转载了。我们会议的筹备委员会决定由中国第二历史档案馆施宣岑副馆长于4月7日通过中国新闻社发表广播谈话，表示欢迎黄季陆先生和台湾学者来中国第二历史档案馆使用档案，合作编辑蒋介石史料，并出席首次中华民国史学术讨论会。消息发布后，中国大陆、香港和菲律宾、新加坡等地报纸纷纷刊载，也引起了台湾方面关注。但是，在当时的环境下，这种美好愿望自然是不可能实现的。

由于会议举行前，各省市报纸都刊登了"首次中华民国史学术讨论会即将在南京举行"的消息，因此，全国各地自动报名出席会议的学者十分踊跃。会议场所白下饭店住宿容纳不下，不少学者住到南京大学和中国第二历史档案馆淮海路招待所。那时各机关单位都还没有宾馆一类会议场所。出席会议的学者达200余人，显示各地学者迫切需要了解、学习和研究民国史的愿望和热情。这些学者分别来自全国24个省、自治区和直辖市，一大批中国近现代史、民国史学界知名教授和中青年学者出席会议。其中，有李新、孙思白、李宗一、彭明、陈旭麓、来新夏、李侃、黄森、王桧林、王维礼、王宗华、王秀鑫、蒋相炎、张建祥、王学庄、李静之、杨天石、刘敬坤、蔡德金、黄美真、杨树标、王廷科、王建朗、苏智良、石源华、邱钱牧、郭彬蔚、何友良、余子道等。南京大学、江苏省社科院和中国第二历史档案馆的领导、教师、研究人员出席会议，并承担会务工作。

会议开始前，我收到美中文化交流委员会发来的电报，建议我们邀请正在南京大学访问研究的美国著名历史学家、美国数一数二的民国史研究专家易劳逸教授出席会议。经会议筹备委员会决定，邀请了5位美国教授参加研讨会。

5月5日上午，在原总统府大礼堂举行了隆重的开幕式。在这里举行首次中华民国史研讨会，具有重要的意义。因为这里是孙中山建立中华民国临时政府，就任临时大总统的场所。十分遗憾，当年孙中山在这里宣誓就职，没有留下一张照片。这是重大缺失。我们的会议也未注意影视记录和保存。开幕式也难寻找照片影像，仅保存了一张在二档院子里拍摄的与会学者的大型合影。这也算是民国史研究发展历程的珍贵史料。

在开幕式上，李新教授致了开幕词。

研究历史很重要。古人云："殷鉴不远，在夏后之世。"我们的先人很早就懂得总结历史经验，特别是总结前朝的历史经验，以探寻治国平天下之道。唐太宗在研究了隋朝覆灭的教训后，得出了"水可载舟，亦可覆舟"的结论，制定了一系列相应的政策。"贞观之治"的出现，是和唐太宗的这一认识分不开的。但是，古代的历史毕竟离我们远了，离我们最近的是民国史，可以帮助我们认识中国的昨天，从而更好地指导今天的工作和斗争，把我们建成为高度文明和高度民主的社会主义社会。

…………

研究民国史必须采取科学的态度。所谓科学的态度就是实事求是，如实的反映历史的本来面目，不能夸张，也不能比附。例如范文澜同志的《汉奸刽子手曾国藩的一生》是一篇好文章，但是有比附。它表面上写的是曾国藩，实际上指的是蒋介石。那样的文章和写法，在当时是必要的，今天就不必要了。我们是写历史，不是写政论。范文澜的文章实际上是以历史为题材的政论，而不是科学的历史文章。

以科学的态度研究民国史，还必须力戒主观和感情色彩。我们很多人都是在民国时期生活过来的。许多革命先烈被反动统治者杀害了，人们自然有仇恨。仇恨是应该的，但历史不是仇恨的科学，也不需要过多的感情色彩。文学家讲究"登山则情满于山，观海则情溢于海"，历史学家则不必。日寇、蒋匪一类的称呼在当时是必然的，不这样称呼不足以表达人民的义愤。现在，新中国成立已经三十多年了，事过境迁，可以冷静下来了，可以心平气和了，可以客观地、科学地来写这段历史了。

要使民国史成为科学，就不能离开马克思主义的指导。离开马克思主义，我们就会在迷离复杂的历史现象中失去方向。但是，以马克思主义为指导，绝不意味着把马克思主义当成教条，机械地搬用，任意贴标杆，而是要从客观存在的历史事实出发，实事求是的进行研究，正确的揭示历史的本相和规律。过去有所谓"以论代史"的说法，那是完全错误的。

要推进民国史的科学研究，必须充分展开百家争鸣。由于各人掌握的材料不完全一样，理论水平、学术修养不完全一样，因而同样以马克思主义为指导的历史学家之间，也会有不同的观点，甚至形成不同的学派。要敢于承认这个事实，在马克思主义指导之下的历史学可以有各家。不能认为我就是马克思主义，别人都不是。也不宜于充当学术上的法官，轻率地判断谁是马克思主义，谁不是马克思主义。学术的繁荣和进步依赖于百家争鸣，依靠于诚恳地、认真地切磋琢磨，容不得任何武断和粗暴。

（以上为讲话摘要）

江苏省副省长杨泳沂和南京市市长张耀华分别代表省、市政府讲话。张耀华在讲话中说："欢迎大家不远千里来到南京召开这个盛会，欢迎台湾史学界同仁来到南京使用档案和参加学术讨论，欢迎在南京成立民国史的研究中心，欢迎下次会议再来南京召开。"

研讨会的中心议题是1927年至1949年的民国政治史。会议进行了大会学术报告和分组讨论。中国社科院近代史研究所孙思白研究员作了《民国史上的若干特点》的学术报告；中国现代史学会副会长、中国人民大学彭明教授作了《关于评价民国人物问题》的专题报告；全国政协文史研究委员会办公室主任黄森在报告中阐述了文史资料工作和民国史研究的关系；南京市《侵华日军南京大屠杀暴行史》编写组副主编张允然介绍了南京大屠杀史的编写工作；中华书局总编辑李侃建议编写一本《民国简史》。会议分政治、经济、军事、外交、抗战及人物6个小组，围绕民国史上一些重大问题、重大事件和重要人物，诸如怎样评价蒋介石政权初期的内外政策、1928年国民政府北伐和东北易帜、1935年的法币政策、国民党在抗战中的作用、民国人物评价等，进行了广泛深入的讨论。可以说，在上述几个问题上，这次会议对其认识，都有突破性的进展，也带动了其他问题的研究。

会议最后在中山陵举行闭幕式。南京市人大常委会副主任房震讲话，热烈祝贺会议圆满结束。

这次会议是中国历史上第一次大型的民国史学术研讨会，具有里程碑式、划时代的开拓性意义。在学术上有创新性和解放思想的重要作用，对中华民国史起了"正名"的作用。民国史过去是禁区，人们对它了解甚少，通过这次会议明确它是中国通史不可分割的一部分。在会议住宿的白下饭店里，有一位女服务员，看着会议的会标，自言自语地读了两遍"中华民国史"，从她的神态和表情中可以看出，当时普通人对这个词汇感到陌生和惊讶。

会议食宿条件较差，大家没有怨言，都心向学术，心向民国史研究。白下饭店是一般性的市委招待所，房间小，设备差，不管年长或年轻学者，都是两人住一间。每间住宿费仅3元5角。伙食标准也不高。一天，主管会议的市政府领导人问我："伙食如何？"我说："大家反映菜不够吃的。"他说："那好吧！我让饭店给每桌加一只老母鸡。"那个年代，餐桌上能端出一只老母鸡，就很不错了，而且往往是最后一道主菜。

出席会议的代表，很多是相互熟悉的老朋友、好朋友。我们安排孙思白和陈旭麓两位老教授同住一间。5日中午，我在饭店大厅里遇见孙思白老师，他急急忙忙地告诉我："老张，陈旭麓午睡，把脱下的裤子搭在椅背上，醒来发现裤子不见了。我现在去会场作报告，您赶快去陈旭麓那里处理一下。"我当即报告了饭店负责人。饭店得知老专家的裤子丢了，十分重视。一方面，那个年代，人们的生活水准还不高，衣服还是比较珍贵的生活用品；另一方面，饭店负责人说，过去从未发现过丢失物品的现象。因此，饭店召集服务人员开会，宣布排查这一严重事件。折腾了一天，饭店上上下下未查出结果。晚上，孙思白老师准备脱衣就寝，发现自己穿了两条长裤，这才真相大白。孙老师的许多朋友知道后，都哈哈大笑，拿孙老师开心，特别是彭明老师，与孙、陈两位老师是多年的好友，以后每次开会，都会讲这个故事。

我们第一次主办这样一个大型学术会议，没有任何经验。经费由各单位分担，钱不多，勉强够用。我们成立了组织委员会，下设会务组、秘书组、学术组、票务组、外事组。北京方面有近代史研究所王学庄、李静之两位研究员参加会务，大量事务压在南京大学、二档和省社科院中青年朋友身上。我是实际上的主持人，学术、会议各方面的安排都要考虑到、照顾好，生怕哪个环节出现问题，造成不好影响，特别是那个年代，交通运输十分紧张，学者们往返本地区的火车票，成为大家关注"头等大事"。他们能顺利地拿到返程卧铺票，我揪着的心才能落地。开会那几天，我和二档陈兴唐负责会议各方面事务，并同住一间。每天晚上躺在床上，人很累，头脑里乱哄哄的，睡不着。

（2）民国史研究加强国际交流——第二次中华民国史学术讨论会召开

首次中华民国史学术讨论会的举行，在国内外产生了广泛的良好反响。国内学术界特别是中青年的研究兴趣大增，逐步涉足这一学术领域。虽然许多人的学术认识和学术观点的变动，还有一个渐进过程，然而，学术热情高涨起来了。国际交流也多了起来。我们适时地决定举办第二次研讨会。而且为了突出会议的特色，加强海内外的交流，打算邀请一批在国际上享有盛誉的著名国外学者出席。会议仍如首次一样，由6家单位主办，中国第二历史档案馆和南京中华民国史研究会承办。会议由二档通过国家档案局上报国务院，万里、田纪云两位副总理批准召开。财政部拨付了充裕的会议经费。会议成立了组织委员会，中国第二历史档案馆施宣岑副馆长担任主任委员，万仁元、李宗一和我担任副主任委员，并由我兼任秘书长。

会议在南京最豪华的五星级饭店——金陵饭店举行。会议主题研讨民国档案的开发利用以及和中华民国史研究的结合问题。由于抗日战争史研究在20世纪80年代中期进入新的发展阶段，因此，会议在学术问题上主要研究抗日战争问题。这次会议为了加强中外学者的交流，在本学科领域第一次邀请了20多位外国学者出席。在中国学者方面也是群英会聚。

受邀与会的中外学者达110多人。其中，外国学者有日本的卫藤沈吉教授、山田辰雄教授、石岛纪之教授、姬田光义教授、久保亨教授；美国的易劳逸教授、于子桥教授、柯伟林教授、麦金龙教授、李又宁教授、陆培涌教授；法国的毕仰高教授、白吉尔教授；加拿大的陈志让教授、巴雷特教授；澳大利亚的费约翰教授等，还有一些年轻的国外学者出席，如土田哲夫、高田幸男、安悟行等。

国内一大批著名历史学教授和有成就的中青年学者，受邀出席会议。其中有李新、孙思白、金冲及、章开沅、魏宏运、来新夏、丁日初、彭明、陈旭麓、李侃、李宗一、王明哲，以及尚明轩、耿云志、周天度、韩信夫、严如平、王建朗、王学庄、杨冬权、延永生、王宗华、黄美真、余子道、方式光、毛磊、刘继增、唐培吉、党德信、黄立人、孔永松、何理、陈瑞云、王国华、张同新、金普森、蒋相炎、郭绪印、谢本书、谭克绳、虞宝棠、焦静宜、崔国华、李炳清、周勇、蔡德金、杨凤阁、董长芝、吴广义、陈小冲、张圻福、范崇山、程麟荪等。

南京地区的领导和学者出席会议的有茅家琦、施宣岑、万仁元、胡立峰、姚大力、陈兴唐、赵铭忠、邰成琦、李玉生、李安庆、孙修福、方庆秋、杨斌、李祚明、马振犊、孔庆泰、陈鸣钟、张克明、郑会欣、刘冰、朱宝琴、陈谦平、陈红民、史全生、杨振亚、姜平、姜志良、孙宅巍、王家典、蒋顺兴、陆仰渊、李炳均、经盛鸿、费正等。

会议于10月7日上午在金陵饭店大厅开幕。大会组委会主任委员施宣岑致开幕词。国家档案局发来贺信，南京大学副校长冯致光教授代表南京大学致贺词。在开幕式上讲话的还有李新教授，他讲话的题目是"坚持和提高民国史研究的科学性"。中央档案馆馆长王明哲的讲话题目为"谈谈民国档案在中共党史研究中的作用及档案的开放和史档结合问题"。

会议共收到论文（或学术报告）93篇。会议分民国档案、政治与人物、军事与外交、经济与文化4个小组进行报告和研讨。各位学者都在分组会上阐述自己的观点，由评论人进行评论，相互交流切磋。这种研讨方式，在当年学术界还是比较新颖的。档案系统的学者，提供了一批关于档案研究或档史结合方面的论文，这对于推动民国档案的收集、保管、编纂、服务学术研究有积极意义。将民国档案与民国史研究联系在一起，在新中国成立后还是第一次，这是档案学界学术精神的体现。会议也收到大量论文研究抗日战争的新发展，对抗日战争的认识有了较大变化。

本人受组织委员会的委托，就会议研讨的众多问题在大会闭幕式上作了学术评述和会议总结。除档史结合的一些问题外，在抗日战争研究方面，指出会议从军事战略的高度考察了抗日战争的演变；对国统区的战时经济政策和政治制度进行了开拓性的研究；多方面探讨了抗战时期的中外关系；扩大了抗战文化史的研究范围；对抗战中的一些代表性的、有重大影响的人物，如何认识并给予实事求是的评价，也是本次会议研讨的关注点。

毫无疑义，民国史研究从20世纪70年代开创到80年代中期，以这次会议为标志，正健康向前发展。

民国史学界第一次在这样高档次的酒店举办学术会议，与首次研讨会的会场白下饭店比较，有很大差异。有的学者说，我这一辈子第一次恐怕也是最后一次住这样高级的酒店。改革开放后，南京金陵饭店是第一座外资饭店，楼高37层，顶层为旋转餐厅。它地处南京闹市区新街口。住客都是外国人。中国人要凭介绍信、缴费，可以登旋转餐厅参观，酒店提供一杯咖啡。会议为了节省经费，只安排了李新、金冲及、王明哲等几位副部级领导每人住一间。其他学者包括外国学者都是两人住一间。金冲及老师坚决要求两人住一间。他对我说："许多与会的学者都是我的老朋友，我怎能安心一人住一间。您不给我调整，我就走啦！"我们安排住房时，没有注意到有的老师睡觉会打呼噜。我们把上海来的陈旭麓和丁日初两位老专家、老朋友安排住在一起。哪知丁日初老师人胖，晚上睡觉鼾声如雷。陈旭麓老师不好意思喊醒他，想来想去，自己睡到卫生间的洗漱台上，一夜下来，受凉感冒了，发高烧直至会议结束。上海人民出版社的郝盛潮主任陪同陈老师返回上海，直接送进医院。陈老师在学术界享有很高的声望。许多学术会议都邀请他出席，甚至于有的单位买好火车票，在他家坐等。陈老师的著述，上海人民出版社不审，直接发排。就这样一位德高望重的著名学者，在其工作单位不能升教授，引起学界不满。陈先生逝世时，出席追悼会的友人、弟子达500余人，可见人们对这位有贡献的学界老人的敬仰与怀念。

住高级饭店，吃自助餐，在今天我国经济发达时期，已很正常，也较普通。可是当年出席民国史学术研讨会的许多老师第一次吃自助餐，不懂得吃完后可以再取。金陵饭店的自助餐很丰盛。老师们荤、素、冷、热，一起下肚，肠胃受不了啦！会议期间，有些学者，也包括外国朋友，拉肚子的消息不断传入我这个会议秘书长的耳朵，自然也不好多说，毕竟这非金陵饭店餐饮不洁所致。

1987年，台湾在蒋经国执政下，已经开放党禁、开放大陆籍老兵返乡探亲。在这一形势下，我写了几封信拜请美国北卡罗来纳大学齐锡生教授（后转任教于香港科技大学），赴台湾时，带给张玉法、张朋园、张忠栋[1]三位教授，邀请他们来南京访问和讲学。两年后，张玉法、张朋园两位教授首次来南京大学访问，而张忠栋教授却不久后离世。会议期间，二档馆从江苏省有关方面得知台湾官方十分关注这次会议。对此，我提出可以将会议

---

[1] 张朋园教授，"中研院"近代史研究所研究员，著名历史学家。张忠栋，台湾大学教授，已故。

的学术论文带两套送给秦孝仪①等台湾学界领导人。后来，1994年我去台湾参加学术会议，当时已转任台北故宫博物院院长的秦孝仪先生，请我吃饭，双方虽未谈及此事，但是我想可能有这方面的因素。

民国档案与民国史学术研讨会，已经过去近30年，今天看来它仍然是一次高水平的学术会议，发挥了它的学术贡献，与会者对它记忆美好而深刻。

记得会议闭幕时，国外的学者朋友为表示对大会的感谢，他们推荐易劳逸教授和卫藤沈吉教授两人作为代表致辞，发表感言。卫藤教授为东京大学名誉教授，时任东京亚细亚大学校长，出生于中国沈阳，一向对中国友好，在日本学术界、外交界有较高威信。他讲话幽默，喜欢开玩笑。他在我面前，还拿着日本教授开涮。在闭幕式上，他讲了蒋介石这个人，内容很随意。李新教授听了后较为担心，后来在内部总结会上专门谈了这件事。可见，历史研究在那时坚持实事求是，是多么不容易。

（3）开创两岸民国史深度交流——第三次中华民国史国际学术讨论会

金陵饭店会议之后，经过了7年，至1994年12月18日才举行第三次中华民国史国际学术讨论会。之所以相隔那么长时间，主要是会议经费没有着落。1993年南京大学中华民国史研究中心成立后，台湾实业家陈清坤先生表示愿意在经费上给我们以支持，这样会议才有条件召开。一天，我去曲钦岳校长家，请示这次会议邀请哪位省级领导出席。曲校长说，学术会议不请官员，届时由我代表南大致欢迎词。会议决定由南京大学中华民国史研究中心主办，会场设在南京大学北园知行楼。12月18日开幕那一天，曲钦岳校长代表南京大学致开幕词，热烈欢迎各国和海峡两岸学者来南京大学研讨中华民国历史。

---

①我国台湾地区著名学者、政治家，曾担任国民党副秘书长，台北故宫博物院院长等职。

由于自上次会议以后，已经过了较长时间，民国史学术研究进展较快，因此，会议决定从政治、经济、军事、思想、文化等方面，全面进行交流，以进一步推动民国史研究的发展。

会议依然受到海内外学者的广泛关注。收到论文132篇，出席会议的海内外学者近150人，其中海外学者达40余人。有美国、日本、德国、英国、法国、韩国、意大利、加拿大等国学者参加。如日本的野泽丰教授、横山宏章教授、中村哲夫教授、久保亨教授、奥村哲教授、土田哲夫教授、高田幸男教授；美国的唐德刚教授、李又宁教授；英国的汉斯·方德万教授；加拿大的徐乃力教授、巴雷特教授；德国的费路教授；意大利的萨马拉尼教授；以及澳门吴志良和香港的郑会欣两位校友。

中国大陆出席的学者占会议总人数的三分之二，其中有彭明、来新夏、茅家琦、蔡少卿、叶子铭、董健、张海鹏、尚明轩、陈铁健、杨天石、王学庄、韩信夫、林家有、吕伟俊、黄美真、郭绪印、王桧林、王维礼、吴雁南、黄彦、张同新、蔡德金、毛磊、杨树标、金普森、熊宗仁、焦静宜、何友良、陈荣华、严昌洪、杨光彦、吴景平、莫永明、田子渝、董长芝、张圻福、范崇山、张黛、武菁等；南京地区以及南京大学有较多学者出席，如万仁元、方庆秋、陈兴唐、马振犊、杨斌、蒋才喜、王春南、孙宅巍、徐梁伯、蒋顺兴、马烈、经盛鸿、顾宁、姜平、史全生、杨振亚、朱宝琴、申晓云、陈谦平、陈红民、高华等。

这次会议最重要的特色，是台湾地区的学者首次多人出席由大陆主办的中华民国史学术讨论会。他们出席会议，受到海内外朋友的热情欢迎。在大会上，台湾"中研院"近代史研究所前所长张玉法院士、"中研院"近代史研究所所长陈三井教授，都发表了热情洋溢的讲话，并阐明了他们对民国史的诸多认识。"中研院"近代史所沈怀玉女士在口述历史研究方面带领台湾学者做了大量学术研究，作出了出色的贡献，特别是在20世纪八九十年代推动两岸学者学术交流和合作方面，不遗余力，受到大家的推崇。她在这次会议上也作了精彩发言。让我们痛心的是，2018年3月26日，她在台北不幸病逝。我们十分怀念她，纪念她的贡献。

开幕式上，江苏省和南京市社科联的两位领导作了讲话，热情祝贺研讨会召开。中国社会科学院近代史研究所所长张海鹏也在大会上发言，阐述了中国大陆民国史研究的发展。

会议进行了三天，至12月20日胜利闭幕。

5.初建民国史研究机构

如前所述，民国史由于其政治敏感性，一直无人问津。1973年，李新教授等，接受周恩来总理指示，在中国社科院近代史研究所，建立中华民国史研究室，组织力量，开展民国史研究。次年，也鼓动南京大学历史系投入这一研究领域。到1984年，南京大学历史研究所也建立了民国史研究室。至此，南北两地正式展开中华民国史研究。

自1984年至2000年，应该是民国史研究的初步发展时期。三次民国史国际学术会议的召开，大力拓展了民国史的研究范围和领域，也带动了海内外学者，尤其是年轻一代积极投入这一研究。

首次中华民国史学术讨论会之后，建立各类机构，组织研究力量，是当务之急。李新教授邀请了29位学者在南京举行座谈会，研究资料工作的协作问题。他强调民国史研究要克服分散状态，摆脱小手工业的工作方式，在全国范围内逐步建立和发展协作关系。他建议在资源两利的原则下，设置协作机构。大家表示支持李新的建议，决定建立"民国史研究和资料协作委员会"，机构设在南京，确定了第一批团体委员和委员会的常务委员。出版了内部刊物《民国史研究通讯》，编辑组由中国第二历史档案馆陈鸣钟研究馆员主笔。之后加入委员会的会员单位有武汉大学历史系中国现代史研究室、四川省博物馆、《民国档案》编辑部、郑州大学历史系中国现代史教研室、上海市档案馆、广州军区司令部百科编辑部、江西省社会科学院中国现代史研究室、辽宁师范大学中国现代史教研室等。

为了遵照实事求是的原则和百家争鸣的方针，广泛联系海内外学者，互相切磋，交流学术成果，促进学术繁荣，经过广泛协商，于1984年10月在南京中山陵成立了南京中华民国史研究会。学会确定由李新担任名誉会长，中国第二历史档案馆施宣岑副馆长担任会长，陈鸣钟、李炳钧与我为副会长，我还兼秘书长、李安庆为副秘书长。会址暂设中国第二历史档案馆。

中华民国史研究会是南京地区乃至全国成立较早的学术团体。自1984年至今已有30多年历史。在团结海内外学术界、推动中华民国史研究方面发挥了重要作用。它举行过多次大型学术会议，20世纪90年代，挂靠单位由中国第二历史档案馆转移至南京大学中华民国史研究中心，并由我担任研究会会长、陈红民任副会长兼秘书长。由于我年事已高，大约自2000年以后，陆续辞去各类学会、研究会会长职务。

由于中华民国史已经逐渐成为社会上广泛关注的热点问题，为了向广大民众传播民国历史知识，经过李新教授与我同江苏人民出版社协商，创办了《民国春秋》杂志，众多学者也帮助出版社办好这个刊物。不少著名学者撰文介绍民国历史人物、历史事件及各类历史问题。一时间，该刊物在国内各地产生重大影响，发行量迅速上升。十分遗憾，出版社为了经济经营考虑，后来停止出版《民国春秋》，将刊号转向出版小学生辅导读物。

六、寻求真实　坚守真理

1.全面认识历史人物

（1）关于历史人物评价的思考

历史是人类创造的，是人们进行生产劳动和社会活动的过程。历史学就是记录和分析这一历史进程。历史学研究历史，离不开人物这个基本要素。自古以来，人们都喜欢倾听或研读历史故事。而故事的核心也是人物的活动。人们常常歌颂和赞扬英雄，鞭笞或斥责坏人坏事。记得我小时候，喜欢看三国、水浒和七侠五义，那里面说的都是吸引人们崇拜的英雄和侠客。20世纪六七十年代，电视还极不普及，人们的精神生活，主要还是阅读苏联小说或中国红色小说，诸如《钢铁是怎样炼成的》《红岩》等。中央人民广播电台播送的评书，如刘兰芳的《岳飞传》，宣扬历史英雄岳飞的爱国事迹，深受听众喜爱，几乎家喻户晓。

在历史学领域，1958年，学者们要为曹操翻案，不管是中国史或世界史学科的教师们都被吸引，卷入讨论。大家都在谈曹操，以至于多年后曹操的墓葬地也成为人们关注和争论的热点。50年代，南大历史系的教师，也毫无例外地参与曹操讨论。由于翻案热过了头，舞台上的白脸奸臣曹操，几乎成了头顶各种桂冠的伟大政治家、军事家、文化名人，在民众认识上完全翻转过来，"奸雄"成了"英雄"。中央有关部门劝说这一讨论的推动者郭沫若停止讨论。然而，它的影响却是深远的。

1949年后，在相当长的历史时期，学术界不能科学地、实事求是地评述和判断历史人物，也包括当代人物，而且评论中也夹杂着许多意识形态观念的影响。

50年代，从批判电影《武训传》开始，到1954、1955年批判胡适、胡风，都是面对如何看待知识分子和知识界，特别是从旧社会走过来的一批知识人物；进入1957年，直到1960年，更是大面积地批判资产阶级"右派"分子和中共党内"走资本主义道路的当权派"。1949年后，在党的教育下成长起来的年轻知识分子，容易受到旧社会思想意识的影响，思想、立场不坚定，易于动摇。戏曲中的才子、佳人，多被描绘成为封建传统社会文化的遗毒，要加以清除。把王朝时代的农民运动、农民起义，以太平天国农民战争为代表，被说成是革命，洪秀全成为革命运动的领袖。当代农村中的农民，其不足处或弱点，都被掩饰起来，把贫下中农形容得完美无缺，成为时代的楷模。富农是农村中的资产阶级，要加以打击。戚本禹的《评新编历史剧〈海瑞罢官〉》，以及批判《李秀成自述》，揭开了"文化大革命"的序幕，也为"文革"期间中共党内抓叛徒、假党员，制造了舆论。这时候的历史学研究和历史人物评价，走向歧路。许多知识分子不理解这是政治暴风雨的前奏，南大历史系有一位老教师不同意戚本禹的史学观点，曾提出要与他"讨论讨论"。

"文革"结束后，各种学术活动慢慢恢复，最典型的是1979年纪念五四运动60周年、1981年纪念辛亥革命70周年。全国各地都举行纪念活动，并开始纠正一些不正确或错误的政治观点及学术认识。1981年11月，江苏省也在南京市太平南路中共江苏省委招待所举行了纪念辛亥革命70周年学术讨论会。时任中共江苏省委书记韩培信、著名的新四军和江苏省委老领导管文蔚以及南京大学校长匡亚明、前副校长哲学家孙叔平、江苏历史学会会长韩儒林出席。他们都坐在主席台上，管文蔚拍着韩培信的肩膀说："大家认识吧？这是我们的省委书记韩培信。"

记得全国性的纪念活动在北京举行，由时任中共中央总书记胡耀邦在纪念大会上发表讲话。讲话中提到一批曾跟随孙中山革命并作出历史贡献的著名人物如胡汉民、陈英士（陈其美）等。因为在此之前，这两位对民族民主革命有功的人物，曾被完全否定。陈英士被说成是上海青帮大流氓，而胡汉民也被称作国民党右派，"积极反共"。在南京研讨会会场，我们聆听胡耀邦在北京的报告时，茅家琦老师和我坐在一起，我向他讲，胡汉民可以研究了。会后不久，在陈英士家乡湖州，举行了陈英士学术研讨会，南京学者莫永明（复旦大学毕业）还编著了一部《陈英士纪年》，记载了陈的一生革命事迹。之后，我们动员研究生陈红民以胡汉民的后期历史为题材，撰写了一篇有学术价值的硕士论文，并在较长时间以胡汉民为学术研究方向。记得纪念辛亥革命70周年时，提出了"四个高举"的口号，其一是高举孙中山的旗帜，其二是高举辛亥革命的旗帜。另两个"高举"记不清了。1978年12月，中共实施改革开放的方针，以及这次纪念辛亥革命70周年活动，对推动中华民国史研究，实事求是地评述民国历史人物，起了重要作用。总之，我们认为研究历史人物，也包括民国人物，应该坚持实事求是的方针，应该掌握若干基本原则：其一，要考察人物的一生一世，而不是一时一事，要全面地、历史地、立体地、多角度多视角地、而不是片面地、局部地考察历史人物。其二，主要考察历史人物特别是领袖类人物，对人类社会发展、对国家民族和广大民众利益的关切和贡献，而不是维护一个阶级、一个政党、一个集团的私利，因此要摒弃阶级斗争观念和政党意识的影响。其三，坚持瑕不掩瑜的原则，观察人物要看主流，人无完人。其四，要掌握人物史料的原始性（第一性）、全面性、真实性；使研究工作建立在坚实基础上。其五，对于一个有影响的历史人物，其性格、情感、内心世界、处世手段也应该作为考察人物是非的补充，如蒋介石、毛泽东、冯玉祥等，都有十分鲜明的个性。

（2）伟人孙中山

孙中山是近代中国伟大的革命家，他毕生无私地奉献给中国革命，因而受到中国人民和世界各国人民的尊敬和景仰。20世纪50年代，毛泽东发表纪念孙中山的文章，赞扬他是中国民主革命的先行者、民族英雄。这一观点，成为我国多年来认识孙中山的指导方针。学术界一直说孙中山领导了旧民主主义革命，是资产阶级革命家。而资产阶级革命家，具有天生的革命软弱性和妥协性，不能领导革命取得彻底胜利，以至于最后失败。学界认为孙中山领导中国革命，实施反帝反封建，在革命的最低纲领上与共产党是一致的，但是，他最终要建立资产阶级共和国，在最高纲领上与共产党的共产主义目标是不一致的。

我个人认为，上述观点是不恰当的，也不符合孙中山思想和历史实际。孙中山是中国伟大的革命家。他和毛泽东、邓小平，是带领中国前进和影响中国发展前途的近代中国最伟大的历史人物。孙中山对中华民族和中国社会发展，作出了最杰出的贡献。其一，他领导中国民族民主革命，摧毁了坚如磐石般的封建专制主义制度，把中国从传统社会引向现代社会道路，把中国由封建专制主义社会，转向民族民主社会；其二，孙中山在世界东方亚洲建立了第一个民主共和制国家，提出了一系列民族民主共和制度，为中国建立现代国家指明了方向；其三，民族民主共和制度的核心，是人民至上，服务人民，孙中山在中国第一次提出官员要做人民公仆的思想及重要制度。

孙中山思想学说的精髓是"博爱"。有人统计，孙中山各种版本的"博爱"题词，达40余幅。孙中山说："为四万万人谋幸福就是博爱。"孙中山的博爱观，体现了对广大人民的爱，对全人类的爱。孙中山指导中国民族民主革命的理论基础是三民主义，即民族、民权、民生主义。孙中山善于跟上时代的发展，对其思想理论随时给予修正和发展，或重新解释。中国国民党第一次全国代表大会的"闭幕词"，对三民主义的重新解释，体现了孙中山"与时俱进"的精神。故三民主义有重新解释，而无新旧之分。孙中山的世界大同思想，代表了孙中山规划的中国人民的最高理想和要建立的人类最美好社会，它与中国共产党追求的共产主义社会是完全一致的。孙中山从未讲过，也并不追求建立资产阶级共和国。当然，孙中山要实施的经济制度，在经济社会还十分落后的中国，发展资本主义还是有益的和必需的。

中国大陆史学界一直宣传孙中山晚年提倡的"联俄联共扶助农工"三大政策。这一说法遭到台湾学者特别是著名史学家蒋永敬教授的质疑。他们认为，孙中山没有讲过三大政策，是共产党加给孙中山的。在双方几经争论冷静下来之后，认真查阅史料，确认孙中山没有讲过"三大政策"这个词，是中国共产党人在1926年后期至1927年初对孙中山的思想、政策，概括起来的。台湾学者认可"容共"，反对"联共"说，一方面，我认为"联共"和"容共"没有本质区别；另一方面，孙中山也未直接使用"容共"一词，也是国民党人修改孙中山的一次讲话时提出来的。我认为，后人对前人特别是重要政治人物的思想理论或政策方针，加以高度概括，是常有的事。譬如1978年以后，中国共产党第十一届三中全会对邓小平的社会主义理论和对内对外政策，高度概括为"改革开放"，不也得到全国人民和外国朋友的认可和支持吗？

孙中山是中国伟大革命家、民族英雄，民族民主革命的先驱，终生为中华民族的觉醒和伟大事业奋斗，我们并没有把他推向神坛，他一直生活在中国人民群众之中，得到广大人民的爱戴和衷心拥护。他的思想和理论，与人民共呼吸共生存。他与普通民众一样，有理想、有追求、有生活、有爱情，他始终把广大中国人民的利益放在首位。过去加给他的一些不实之词是不恰当的。

（3）蒋介石研究的起伏

蒋介石，是人人知晓的重要政治领袖，长期对其评价不一。民国时期，国共内战，共产党认定他为反革命、国民党反动派，共产党号召"打倒蒋介石，解放全中国"。蒋介石去了台湾，初期被称为"蒋匪帮""国民党残匪"，后来称"台湾当局"。民进党执政后，提出"去蒋化"把蒋介石视为眼中钉，不惜把他赶出宝岛，否定他对台湾发展和进步的贡献。蒋介石一生，历经风云变化，大风大浪，虽然至今对其仍有不同声音，然而褒贬并存，事实上早已盖棺定论。我和朋友撰写的《蒋介石全传》，尚称实事求是，但是1996年出版时，蒋介石档案（俗称大溪档案）和蒋介石日记，均尚未公开使用，故"全传"缺乏第一手的档案和有关史料，是十分遗憾的。

早年，蒋介石和民国史一样，都是研究禁区，无人敢于问津。20世纪50年代，有一部描写蒋介石的传记小说《金陵春梦》，流传甚广，对蒋的经历造成许多误解。其第一卷《郑三发子》，说蒋介石是河南人，后母亲改嫁，蒋随之去了浙江。几位河南籍的国民党军政官员，也曾在《河南文史资料》上撰写文章，回忆抗战时期蒋介石的"哥哥"郑发，去四川寻找蒋介石的经历，以及抗战胜利后河南省有关部门如何给郑发经济资助的状况。

但是，更重要的是1984年，我在查阅中国二档馆目录时偶然发现河南许昌郑发致蒋介石的两封信。当即请二档馆方庆秋研究员从库房调出。

第一封信说：

> 主席钧鉴：敬启者，窃郑发年62岁，原籍河南许昌灵沟镇人，于清光绪二十五年曾在开封郑老师福安馆内求学时与主席系属同学，别后数十年，始终不克一晤，到民十八年秋蒙主座临见，因发离家未遇，殊觉怅然，发分别来京晋谒无门，同学敬请崇安 民卜郑发拜启。

这封信是郑发自南京市昇州路糯米巷15号寄出。国民政府1946年12月

13日收文，总务局1946年12月14日收文，收文号1854号。

第二封信说：

> 大总统钧鉴：敬禀者，窃发年六十四岁，原籍河南许昌灵沟镇人，于清光绪二十五年曾于开封郑老师馆内求学时于总座同学，别后数十年始终未克一晤，至三十五年发奔至南京，蒙总座派吴秘书长（原文官长）鼎昌召见，感莫忘发，今再来京，因许昌"共匪"扰乱寻获郑发等语，迫不得已，发不顾生死，星夜奔至南京，以避危险，专呈一函恳求总座恩准召见，以解数十年渴望，幸得一见感恩之至。肃此
>
> 　　敬请
>
> 　　崇安
>
> 步兵少校　郑发鞠躬
> 5月23日

第二封信的信封书：

> 总统府文官处　吴秘书长鼎昌转呈
> 大总统蒋钧鉴

信由南京昇州路糯米巷16号寄出。总统府于1948年6月2日收文，第六局1948年6月4日收文。

上述两封信，国民政府（1948年5月之后为总统府）收到后，吴鼎昌以下的各级官员均十分慎重，并经过严格的办文程序收归档案保存。其间，蒋介石有无看过这两封信，或吴鼎昌有没有向蒋报告，均无从知晓，也无其他材料印证。信件内容虽然一定程度上与当年社会上的一些传言相

吻合，但仍不能说明蒋介石与郑发有什么关系。著名史学家荣孟源先生对蒋的历史有较多研究，他在1980年中国现代史学会成立大会的学术报告中说："事出有因，查无实据。"我也看过学者们在"文革"前和"文革"期间对蒋介石家世的一些调查报告手稿和口述访问材料。其调查十分广泛，包括溪口和蒋母家乡奉化地区的许多当年人物，都印证了蒋介石出生于溪口无疑。我之所以将亲自查阅过的两封信件抄录于此，是因为信件来源于国民政府原始档案。信封邮件、国民政府收发、办文、签署、归档手续，都是真实的、完整的。从信件内容、毛笔字的字迹观察，写信人的精神状况也是正常的。后来，方庆秋研究员就此信撰文发表（刊登于《民国春秋》杂志）时，我建议将此信件作为蒋介石家世的一个谜介绍给读者知晓，不宜以此为史学研究的根据。

蒋介石作为近代中国重要的领袖式人物，几乎在各个历史时期都有重大影响和不同作用。因此，厘清他一生活动的史实，判断他的作用和地位，是历史学研究不能回避的问题。

早在1949年前以及蒋去台湾后，都出版过一些对蒋赞扬性的传记著作，当然不够实事求是，不具科学性。1949年后，中国大陆出版过一些有关蒋的传记性著作，如陈伯达的《人民公敌蒋介石》《中国四大家族》，冯玉祥的《我所认识的蒋介石》以及荣孟源的《国贼蒋介石》等。1979年改革开放后，也有几部研究蒋介石的著作，如杨树标、严如平、王俯民等撰写的蒋传，虽然期望能实事求是看待蒋介石，但是，那时蒋的档案、日记均未公布，也无能为力。

如前所述，1979年在成都召开国家第六个五年计划的历史学规划会议上，我认领了1949年以后国家制定的第一个"蒋介石研究"项目，现在回想起来，各方面条件均不成熟，不仅史料严重缺乏，在政治上也难以突破。我接过这个烫手山芋，既吃不下，也丢不掉。当时也不知道哪里来的这股勇气，真有些自不量力。蒋介石的几顶大帽子还戴在头上，如"人民公敌""帝国主义在中国的总代表""四大家族官僚资本主义集团""国贼""投机革命"等。那时有一个不成文的共识"坏人不能立传",蒋介石还是"鬼""坏人",尚未变回人。我拟定的研究提纲,题目确定为"蒋介石其人",显然是不科学的,也不实事求是。我去北京时,顺道拜访了荣孟源老师。他说,他那本《国贼蒋介石》过时了。现在改写后,更名为《蒋家王朝》,由中国青年出版社出版。他抛弃了"国贼"之名。他告诉我,"文革"前毛泽东同志决定编纂《蒋介石全集》,他参加了这项工作,将来由中华书局出版。但是只编了第一册,"文革"就开始了。编纂工作也停顿下来。

回宁后,我想毛泽东同志决定编纂蒋介石全集,说明这项工作是有意义的。南京图书馆(民国政府时期的中央图书馆)和二档馆都保存了有关蒋介石的大量史料,我们可不可以再次启动编纂蒋介石的文集呢?我的这一想法,征求了江苏省出版部门的意见,并鼓动他们向中共中央宣传部发文请示。很快,中央宣传部批示同意。

在得到中共中央宣传部批准后,我和我的合作者南京大学历史系杨振亚教授、二档馆方庆秋研究馆员,在已有的工作基础上,努力扩大和加快蒋介石文献资料的搜集和整理工作,并对有关材料进行筛选。我们确实获得了丰富的蒋介石材料。南图和二档馆是蒋介石史料的宝库,大量材料从未有人使用过。

当具体开展实际研究时,我又开始犹豫起来。因为发现蒋介石的许多文章、讲话,对中国共产党充满敌意,特别是1927—1937年国共内战时期蒋的讲话、报告,对中共持完全否定的态度。"共匪""赤匪""毛匪"等词语,通篇皆是,几乎无法选择。在80年代的政治环境下,海峡两岸国共两党还处在政治对立状态,"选集"的编选工作面临极大的困难。历史研究的基本原则是尊重历史事实,即不能对原始材料进行任何更改。在这方面,马克思和恩格斯为我们树立了光辉典范。他们对随着政治变动而过时的观点和认识，采用加序的方法加以说明，而不是任意更改或删减原文。《毛泽东选集》在编选时也未坚持这一原则，编委会对毛泽东的一些文章做了许多修改。台湾中国国民党在编纂《先"总统"蒋公思想言论总集》这套大型文集时，对蒋介石文章的关键处，也有删节。我曾找原文做过对照。显然，更改原始材料的做法，是不恰当的，有违历史科学的规则。

怎么办？我十分纠结、困惑。编纂工作要不要继续进行下去，我犹豫不决。正在这时，传来消息，二档馆在香港举办孙中山珍贵档案文献展览会上，面对西方各国媒体，宣布二档馆和南大正在编纂《蒋介石言论选集》。西方新闻界十分敏感，立即引起了他们的关注。他们从政治上观察、思考中国的这类活动。他们迅速将消息传播出去。中共中央宣传部也得知消息，严厉地批评了江苏省有关部门。不知所措的我，决定立即放弃"选集"的编选计划。

20世纪70年代后期，至90年代初期，蒋介石研究走过了漫长曲折的发展历程，可以说是蒋介石研究的第一阶段，也就是初步恢复历史真实面貌的阶段。蒋介石开始"由鬼变回人"，上述几顶不当的帽子慢慢摘掉。

全面评价蒋介石，应取历史唯物主义的正确态度，我不赞同把蒋介石说得一无是处，但也不赞同有些朋友过于看重蒋介石日记的学术价值。不管日记的内容是否真实，它仅是研究历史人物众多史料中的一种史料，偏颇之处在所难免。历史研究，不能单靠日记对历史人物的活动下判断、定结论。这样做是危险的。对蒋介石必须以科学的态度，实事求是地加以认识和评价。

2.恢复历史事件的真相：以辛亥革命为例

1949年之后，历史学研究受政治环境和意识形态的影响，对许多历史事件不能给予客观公允的认识和评述。许多历史事件被曲解，甚至给予相反的评价。这种例子很多。我们仅以辛亥革命为例。

辛亥革命是近代中国发生的最重大的历史事件之一。它代表着中国由传统的封建社会向现代社会的转型。它的发生是世界潮流和中国社会激烈动荡和变化形势下的必然产物，是近代中国历史的重要转折点。

过去，我们以世界革命的传统理论为依据，把辛亥革命视为资产阶级革命。孙中山等革命党人是资产阶级革命派，他们代表了中国资产阶级的利益。它的革命目标，是要建立资产阶级共和国。它和中国共产党追求的社会主义与共产主义有着根本的区别。而且资产阶级本身所固有的软弱性、妥协性和革命的不彻底性，导致辛亥革命最终失败了。

上述观点，自20世纪50年代以来，在中国大陆流行甚广，而在台湾学界，则认为辛亥革命是全民革命。两岸学者曾在美国芝加哥举行的学术研讨会上，以章开沅、张玉法两位教授为代表，展开过争论。2001年，我和大陆一批教授学者去台北参加在圆山饭店举行的纪念辛亥革命90周年学术研讨会。我和金冲及教授同住一室，在我作报告之前，就此问题征求金老师的看法。他说，不是资产阶级革命是什么呢？后来，在南京举行的有关学术研讨会上，我们两人再次交换意见，基本上都赞同辛亥革命是民族民主革命的看法。当时，在大陆对辛亥革命性质持不同见解的老学者，还有杨天石、姜义华等教授。记得在广东翠亨村举行的研讨会和2011年在武汉举行的纪念辛亥革命100周年国际学术研讨会上，辛亥革命性质是资产阶级革命的认识，仍占主导地位。

回顾2001年10月9日在北京人民大会堂举行的纪念辛亥革命90周年大会，江泽民总书记作的长篇报告；2006年11月在北京举行的纪念孙中山140周年诞辰大会，胡锦涛总书记代表中共中央作的长篇报告，两位领导人都只字未提资产阶级革命和关于对中国资产阶级革命派的评议。两位在报告中，明确指出辛亥革命是一次伟大的民族民主革命。这样也更加坚定了我个人对辛亥革命性质的认识。

在这10年间，我在发表的涉及辛亥革命的文章、著作《共和肇始》和一些研讨会的学术报告中，均全面阐述了个人对辛亥革命运动的认识。[①]

1911年的辛亥革命，是以孙中山为代表的革命党人，在总结先进的中国人多年政治奋斗经验基础上，采取暴力手段，推翻了清王朝的统治。他们的奋斗目标和纲领，是建设独立、自由、民主、统一、富强的现代中国。辛亥革命的成功，改变了中国封建专制政治制度，把中国引向新的历史时代。它标志着中国由一个以自然经济占主导地位的、闭关锁国的、王权体系十分牢固的传统社会，转向以建设民主共和制度为主体的现代社会发展轨道；标志着中国进入新的社会转型期。它开辟了中国历史的新纪元，是中国社会进步的最重要里程碑。

辛亥革命有较长时间的演变过程。我们经常把辛亥革命单指或等同于1911年10月10日发生的武昌起义，历史上也习惯地将武昌起义视为"首义"，这显然是不够恰当的。

辛亥革命起于1894年孙中山建立革命团体兴中会，止于1912年1月1日在南京建立中华民国临时政府，是一个完整的革命运动过程。这一运动过程，可以划分为4个阶段。第一阶段为革命酝酿阶段，即从1894年孙中山在檀香山建立兴中会，至1905年同盟会成立。这一阶段，孙中山等先后建立兴中会、华兴会、光复会等革命组织，广泛联络革命志士，进而由分散的革命团体，实现革命的大联合，于1905年在东京成立同盟会，进一步完善革命纲领，提出革命理论三民主义。第二阶段为革命的发动阶段，自1906年至1911年间。革命党人试图以暴力手段，推翻清王朝统治。在南

---

①在辛亥革命100周年纪念前夕，于2011年7月受邀在《近代史研究》发表《新时期再议辛亥革命》一文，就辛亥革命的若干重大问题提出了个人的看法。次年1月，在南京大学出版社出版的《共和肇始》一书的"导论"中，再次较全面地论述了我本人对辛亥革命的认识，特别归纳了南京临时政府在中国历史上实现的"七个第一"，也全面评述了辛亥革命时期的袁世凯。

方各地和长江中下游连续发动武装起义。这些起义虽以失败告终，但却沉重打击了清王朝统治，推动革命运动走向高潮。第三阶段，为革命高潮阶段。它以四川保路运动为节点，进而发展成为大规模的反对清王朝的武装起义，宋教仁、陈其美等在上海组建同盟会中部总部，革命党人活动重心由南方沿海地区移向长江流域。武昌起义标志着辛亥革命的高潮，全国各省纷纷响应。第四阶段为中华民国成立。1912年1月1日，中华民国临时政府在南京成立。它是辛亥革命的胜利成果。它标志着中国走向民主共和的新时代。

2012年，北京举行了辛亥革命110周年大会。习近平总书记在大会上作了长篇报告，全面总结了辛亥革命的历史。这篇报告成为我们认识与研究辛亥革命历史的指导性文献。

3.民国史研究在艰难中发展

民国史研究在学界朋友们合力推动下，缓慢地向前发展。1984年前后，在邓颖超同志建议下，《人民日报》开辟了"学点民国史"专栏，传播民国史知识，帮助民众了解民国史。1986年适值政治理论课改革，原"中共党史"课程，改设"中国革命史"，在体系和内容方面有较大的变化。我曾应邀为南京地区党史学界讲解有关革命史和民国史专题。

1985年，有的朋友建议编著有关民国史的著作。

（1）奋斗十六载，编著《中华民国史大辞典》（以下简称《辞典》）

"辞典"是学术研究和学科建设的必需，各学科都编著了各种名目的"辞典"。中华民国史是当代通史，内容丰富，涉及面广，"辞典"的编著尤为需要。《中华民国史纲》出版后，友人即建议编著中华民国史辞典。我采纳了这一建议，当即与几位学者酝酿方案。恰在1986年春，中国社科院近代史所李宗一副所长与我联系，建议合作进行这一重要项目，我亦十分赞同。由于该学术工程较大，必须落实较多合作单位和出版社，我与江苏人民出版社总社高纪言老社长协商，他们愿意承担，并为此召开社委会专题研究。我也开始组织合作单位和编委会。计划除南京大学、中国社科院近代史研究所外，还邀请复旦大学、上海师范大学、苏州大学、江苏省社会科学院历史研究所和中国第二历史档案馆等单位参加，并组成编委会，组织编写队伍。

该辞典原计划设定2万个词条，600万字。在词条起草过程中，难以达到这一规模。后经过多次修改和广泛征求意见，最终在出版时，共收入1.6万词条，达450万字。其内容包括1912年至1949年间社会、经济、政治、军事、政党、团体、文化教育、中外关系、民族、华侨、历史人物、历史事件、战争、会议、组织机构、重要法令法规、财政金融、工矿农商、新闻出版、文献著作、典章制度、社会民俗、宗教寺庙等。

该项目工程浩大，参与撰写的作者达150多人，并且散落全国各地高校。没有任何单位支持与赞助经费。出版单位江苏古籍出版社给予极少量的工作活动经费，也使用了我个人的一点科研经费。全体成员完全凭着事业心和良心道德从事这项工作。

《辞典》从1986年酝酿到2001年完成出版，先后达16个年头。编委会成员都是利用每年的寒假和暑假时间，从全国各地来南京大学，战高温严寒，改稿编稿。临近春节，南大食堂休假，老师们就在街巷的小餐馆吃饭，几乎每年如此。

由于项目内容涉及面广，参与人员多，组织工作十分艰难复杂。在项目前期，一度几近夭折。那时恰逢李宗一副所长逝世，我也失掉信心。还是在高纪言社长和蒋才喜编审的不断督促下，重整旗鼓，继续撰稿、改稿，终于完成了这部大型著作，填补了民国史学科的空白，作出了重大的学术贡献。

（2）学者共著"中华民国史丛书"48卷

《中华民国史纲》出版后，在学术上产生了积极的影响，有利于带动民国史学科的发展。然而，它毕竟是纲要性的著作，不可能涉及民国史学术的方方面面，不可能深入探讨民国史各种问题。为此，我和朋友们商量，打算组织编写一套"中华民国史丛书"，并建议由河南人民出版社出版。河南方面也很感兴趣。确定成立编委会，并邀请李新、孙思白、陈旭麓、胡华、彭明教授为丛书顾问。由谁担任丛书主编？我建议请章开沅出任，毕竟他在近代史研究领域有较大的影响。1986年，我受邀去湖北武汉大学和水利电力学院为一批研究生讲授中华民国史和中国现代史史料学。我趁此机会，专程去华中师范大学拜访章开沅老师。两人在校长办公室会面，我转达了学者们的诚心邀请。章老师十分客气地回绝，建议由我们自己担任主编。回宁后，我报告出版社并与编委会老师们协商，大家确定由我担任。我感到担子很重，建议由我和复旦大学黄美真老师两人共同承担重任，大家一致赞同。

编委会由王学庄、方庆秋、史全生、李静之、杨凤阁、金普森、段云章、张文惠、张宪文、郭绪印、黄美真、蒋相炎、靳德行组成。编委会多次在南京等地举行会议，选定课题、制定工作方案，并且由编委们分别联系各地学者，承担编书任务。由于丛书课题涉及面广，作者分散全国各地，故决定分批组稿和出版。

丛书的课题有政治、经济、军事派系、政治派系、历史人物等方方面面。如有北洋时期的直系、皖系、奉系冯国璋、段祺瑞、张作霖军事、政治集团，有阎锡山、冯玉祥、西北五马、西南地方实力派、汪精卫集团，有蒋介石控制的黄埔系，有经济类企业等。

丛书作者在改革开放精神鼓舞下，思想逐步解放，学术认识和观点有较大进步。丛书于1987年后，陆续出版了48部，每部著作均在20多万字左右。这套书的出版产生了较好的社会影响，也推动了中华民国史研究的发展。

七、坚持民族大义 抗战研究出现转折

1.抗战研究新历程

日本侵略中国和中国人民奋起进行抗日战争，是近代中国最重大的历史事件，也是中华民族抗击外敌侵略取得的第一次伟大的胜利。抗日战争进行了十四年艰苦卓绝的浴血奋战，中国各族人民均付出了沉重的代价。对这段让广大民众终生难忘的历史，很久以来，国共两党存在着不同认识，甚至相互否定对方在抗日斗争中的作用。国民党说共产党在敌后游而不击，趁抗战抢占地盘，发展自己的力量；而共产党说国民党消极抗日，积极反共，实施不抵抗主义和片面抗战路线，丢失了大片国土。国民党发表了军事将领何应钦撰写的小册子《谁领导了抗战？》和《八年抗战之经过》，以及蒋纬国主编的《抗日御侮》，绝口不提共产党的抗日。虽然共产党领导的八路军、新四军与日军进行了上千次的大型战斗，而国民党只谈正面战场。共产党只强调抗日战争是共产党领导的，强调"人民战争"，强调全面抗战路线和敌后战场的主体作用。

国共两党关于抗日战争认识的严重分歧，对两岸学术界的观念产生了极为消极的影响。在20世纪六七十年代，台湾方面的学者编著了一批专题研究著作，如李云汉著《宋哲元与七七抗战》（传记文学出版社1973年版）、梁敬錞著《史迪威事件》（台北商务印书馆1973年版）和《开罗会议》（台北商务印书馆1978年版）等，影响最大的则是吴相湘著《第二

次中日战争史》（台北综合月刊社1973年版，上、下册），但是也主要论述正面战场，忽视由共产党八路军、新四军主导的敌后战场。而中国大陆方面，自20世纪50年代至70年代末（改革开放初期），关于国共两党的军事档案，均未开放。这一时期，只有一些口述史料出版，如专讲中共军事斗争的《星火燎原》系列，以及涉及国民政府军事活动的"政协文史资料"，还有一些论述抗日根据地的小册子、通俗读物等。历史教材中，基本上没有正面战场内容，顶多有七七卢沟桥事变、八一三淞沪抗战和台儿庄大捷等。武汉会战以后的许多重大战役，虽然多数以失败告终，但是国民党官兵浴血奋战、英勇牺牲的爱国精神，还是值得纪念的。这方面的内容在教材中销声匿迹。学生们对正面战场缺乏最基本的、真实的了解。青年一代，只知道地道战、地雷战、铁道游击队、敌后武工队等。影视片对他们的影响很大，如《平原游击队》《鸡毛信》等。

从20世纪50年代至改革开放前，中国大陆研究抗日战争的论著极少。1960年出版的李新等著《中国新民主主义革命时期通史》，是1956年高等教育部指示编写的高校历史系中国现代史教材，其第三卷抗日战争内容，仍然是中国共产党史、中国革命史的思路和框架。"文革"之后，出版了第一部《中国抗日战争史稿》，由北京师范大学和上海大学两位教授合著，其内容仍然无法摆脱传统史学体系和观点。当时，中国学术界从史实出发，真心研究抗日战争的学者寥若晨星。

在这种形势下，改进抗日战争的研究面貌，成为当务之急。1984年，中共中央主持意识形态工作的胡乔木同志，高瞻远瞩，向中国人民解放军军事博物馆作出指示，他说："你们那个抗日战争陈列馆，不能只反映八路军、新四军作战，应把国民党的抗日作战也放进去。"军博根据胡乔木的指示，迅速整理材料，调整博物馆陈列。当时，我赴军博搜集编著《中华民国史纲》的军史材料。军博副馆长、军史专家阮家新与我一起在军博研究员、根据地史研究专家阎景堂家里，共同商讨抗战馆的陈列大纲。除一些重大的战争数字一时尚无史料根据作变动外，整个陈列内容做了许多调整。正面战场的许多重要战役都陈列出来。豫湘桂不是一个战役，是由若干战役组合而成的，只能称豫湘桂作战，而不能称豫湘桂战役。国民政府军队在湖南地区英勇抵抗日军，作出重大牺牲，死伤惨烈，不能简单地称之为"一溃千里"。在湘南地区作战，蒋介石连发电报，指示对擅自弃地后退将领"就地枪决"。当我在编著《抗日战争的正面战场》时，书中引用了蒋介石的电令，一时拿不定主意，如何处理这两个电报。因为在20世纪80年代对蒋介石抗战的态度，学术界还存在不同认识。犹豫不决中，我从书稿中将两份电报删掉了。一直以来，我对这件事感到十分遗憾，未能坚持实事求是的态度。

军博陈列提纲还决定将国民党三次反共高潮删除，只讲历史事实。军博陈列的改变，在社会上引起广泛的反响。许多原国民党起义过来的将领参观后流下感动的热泪。他们说，陈列中虽没有我的名字，但肯定了我们那支部队在抗战中的作用。中共有些将领参观后心不愉快，说："把我们放到哪里去了？"因为过去馆里的陈列不管是八路军、新四军，或是第十八集团军，都是放在最突出、最明显的位置，而修改后的陈列，第十八集团军成为抗日战争第二战区若干集团军中的一个。

自1984年至1987年，是抗日战争研究的重要转折时期。在胡乔木的指示和军博抗战陈列的推动下，全国抗日战争研究逐步走向高潮。这一时期影响最大的学术问题，一是抗日战争领导权的问题；二是关于抗日战争正面战场的研究。

1984年，中共中央党史研究室在江苏镇江召开了抗日根据地的学术研讨会。会上，研究室的负责人代表研究室讲话，提出抗日战争是国共两党共同领导的。这一观点立即在全国学术界引起广泛影响。会议结束后，据说该研究室在北京受到了一些中共将领和革命干部的责难，不同意"共同领导"的观点。后来，会议的正式文件出版后，这一观点被删除。1985

年纪念抗日战争胜利40周年，全国各省市普遍举行了学术研讨会，发表了许多学术论文。以北京举行的全国性抗战研讨会为例，对抗日战争领导权问题展开了激烈的争论。归纳起来有各种观点，一说共产党领导，一说国民政府领导，一说共产党政治领导、国民党组织领导。各种观点，不一而足。在北京的研讨会上，中共中央党校党史教研室主任、著名党史专家马齐彬甚至把出席研讨会的全国党校系统的学者带到中央党校统一思想。可见，当时观点的分歧和争论的热烈。

江苏省也在南京丁山宾馆举行了全省的大型纪念抗日战争胜利40周年学术研讨会。我受会议邀请在大会上作了关于正面战场问题的学术报告。这类报告在当时还是极为少见的。当年，我和陈谦平老师根据国民政府军事档案写了学术界第一篇《简论台儿庄战役》的论文。可以说开启了抗日战争正面战场研究的先声。这篇文章发表在1984年第3期《历史档案》上。

2. 学术路上再现反复

1985年，纪念抗战胜利40周年，中共中央宣传部为了正确引导抗日战争研究的发展方向，向全国各省发布了指导性文件。文件指出：抗日战争是在中国共产党抗日民族统一战线旗帜下，以国共合作为基础，全国各民族、各阶级、各政党、各团体、工农商学兵、海外华人华侨共同进行的一次反对日本帝国主义侵略的民族战争。这一文件精神，体现了中国共产党对抗日战争认识的发展、从"人民战争观"向"民族战争观"的转变。

在这一转变时期，1986年国家实施第七个五年计划，在人文社会科学历史学重点研究项目中，第一次制定了"抗日战争研究"课题，可是全国各地没有人申请。规划组负责人、中国社会科学院近代史研究所副所长李宗一研究员来南京开会时，动员我认领这个题目。正巧这一时期，我为编著《中华民国史纲》，大量地查阅了中国第二历史档案馆保存的国民政府军事委员会的军事档案，对抗日战争的军事斗争有了较全面的新的认识。

李宗一说，可以资助您5万元经费。我说太多了，写一本书哪里需要这么多钱，三四万元就够了，否则朋友们会笑话的。因为那个年代，还是"万元户"时代，5万元就等于5个万元户。最后，国家规划办批准了3.5万元经费。由于这是一个大型项目，一个人在短期内无力完成，因而我组织了由年轻学者参与的学术团队。

经过3年多的努力，至1991年完成了《中国抗日战争史（1931—1945）》全部书稿，达100多万字（2015年修改再版，扩展至135万字）。

1985年纪念抗日战争胜利40周年前后，国内虽然开始重视正面战场各次战役的研究，也陆续发表了一些文章，但是尚未有一部完整、全面的正面战场的研究著作。由于我们正在编著《中华民国史纲》，同时也接受了李新教授的委托，计划编纂《中华民国史》抗日战争卷（由我和复旦大学历史系黄美真教授承担），再加上国家社科"七五"规划"抗日战争研究"等项目的需求，我和我的团队在80年代中期查阅了大量的军事档案，其中包括中国第二历史档案馆档案、北京有关军事部门的军事档案（主要是八路军档案），也力所能及地搜集了海外史料和台湾史料。由于我们掌握了较多的正面战场史料，1987年我们编辑出版了《抗日战争的正面战场》一书。这在当时来说是第一部正面战场图书。

1985年至1995年，是抗日战争研究飞速发展的时期，南京大学在抗战研究领域作出了应有的贡献，也有力地推动了抗日战争研究的发展。就全国而言，各地也发表了抗日战争研究的一些论文和著作，其中较多的是正面战场各次战役的研究，或有关正面战场的著作和图片。1995年，中共中央宣传部在河北省石家庄召开学习邓小平改革开放理论的研讨会，会议要求各省汇报有关纪念抗日战争50周年的准备工作。南京大学历史系钱乘旦教授主持的一套有关第二次世界大战的图书，原定由南京大学出版社出版，后转给了少年儿童出版社。我们编著的《中国抗日战争史（1931—1945）》，坚持实事求是的原则，运用了大量海内外军事档案，对正面战场和敌后战场作了客观评述，全面肯定了国共两党在抗日战争中的作用和贡献。应该说这部著作至今仍是一部对抗战研究有贡献的成果。但出版过程很不顺利，最后还是南京大学校领导给予支持，延至2001年11月才由南京大学出版社出版，并获得了江苏省人文社会科学研究一等奖。

又是10年的起伏，自1995年至2005年，抗日战争历史研究再次走向繁荣。2005年9月3日，中国纪念抗日战争胜利60周年，中共中央总书记胡锦涛在北京人民大会堂作了纪念报告。这次报告不仅进一步阐明中国抗日战争胜利的伟大意义，更明确地强调国民党在抗日战争中所发挥的重要作用。

八、建设国家科研基地　引领学术方向

1.建立民国史研究中心

为了推动中华民国史研究向更广阔、更深入的领域发展，李新教授认为有必要在南京、广州、重庆建立几个研究中心。当时他认为在北京建立较为困难，而广州地区虽然建立了中华民国史研究中心，并没有发挥作用。重庆也建立了研究中心，实际上变成了学术团体性质的研究会。1993年夏，李新教授委托中国人民大学的彭明教授写信给我，建议在南京大学建立中华民国史研究中心，并派近代史研究所王学庄研究员亲赴南京与我面商。我深表赞同，立即向学校打书面报告，要求在规模较小的历史研究所中华民国史研究室基础上扩大建成中华民国史研究中心。这一报告迅速获得书面批示，决定成立研究中心。

1993年6月18日，在南京大学文科楼历史系会议室举行了中华民国史研究中心成立大会。主管文科的校党委副书记陈文保出席会议。有来自北京、上海、广州、杭州、苏州、济南和南京等地的学者40余人出席了成立会议。因故未能来宁的李新、彭明、孙思白、魏宏运、来新夏等教授均来函祝贺。陈清坤先生亦从台中市赶来参加。中国社会科学院近代史研究所陈铁健研究员代表李新教授在会上讲话。与会学者一直认为，中心的宗旨在于广泛开展海内外民国史学者之间的学术交流，增进友谊，共同促进中华民国史研究的繁荣与发展。中心决定由李新教授担任名誉主任；南京大学历史系主任、历史研究所所长张宪文担任主任；中国社科院近代史研究所中华民国史研究室主任王学庄研究员、上海复旦大学历史系黄美真教授和中国第二历史档案馆副馆长万仁元研究员担任副主任。

陈清坤先生应聘担任中心顾问。

中心由陈谦平副教授、陈红民副教授、顾宁讲师担任主任助理。

中心由张宪文、茅家琦、崔之清、姜平、杨振亚、史全生等担任专任教授，还有一批专任副教授、讲师和助教。中心下面有一批攻读中华民国史方面的博士和硕士研究生。

2. 聘任客座教授

中心在中国大陆史学界聘请了一批著名的民国史学者担任客座教授，他们是：

李　新（中国社科院近代史研究所）

李　侃（中华书局）

孙思白（中国社科院近代史研究所）

金冲及（中共中央文献研究室）

魏宏运（南开大学）

来新夏（南开大学）

龚书铎（北京师范大学）

彭　明（中国人民大学）

章开沅（华中师范大学）

王桧林（北京师范大学）

王维礼（东北师范大学）

张　磊（广东省社会科学院）

王学庄（中国社科院近代史研究所）

杨天石（中国社科院近代史研究所）

陈铁健（中国社科院近代史研究所）

耿云志（中国社科院近代史研究所）

曾业英（中国社科院近代史研究所）

姜义华（复旦大学）

黄美真（复旦大学）

黄彦（广东省社科院）

金普森（杭州大学）

蔡德金（北京师范大学）

张同新（中国人民大学）

林家有（中山大学）

万仁元（中国第二历史档案馆）

方庆秋（中国第二历史档案馆）

陈兴唐（中国第二历史档案馆）

张圻福（苏州大学）

杨光彦（西南师范大学）

杨树标（杭州大学）

谢本书（云南民族学院）

杨立强（复旦大学）

毛　磊（中南财经大学）

郭绪印（上海师范大学）

靳德行（河南大学）

陈荣华（江西省社科院）

吕伟俊（山东大学）

中心也在台湾、香港地区和国外聘请了一批著名学者担任客座教授，

他们是：

张玉法（"中研院"近代史研究所）

陈三井（"中研院"近代史研究所）

蒋永敬（台湾政治大学）

李国祁（台湾师范大学）

胡春惠（台湾政治大学）

魏　萼（台湾中山大学）

王赓武（香港大学）

齐锡生（香港科技大学）

唐德刚（纽约市立大学）

陈志让（加拿大约克大学）

于子桥（美国伊利诺伊大学）

李又宁（美国圣若望大学）

闵斗基（韩国汉城大学）

野泽丰（日本骏河台大学）

池田诚（日本大阪经济法科大学）

卫藤沈吉（日本亚细亚大学）

山田辰雄（日本庆应大学）

姬田光义（日本中央大学）

中村哲夫（日本神户学院大学）

横山宏章（日本明治学院大学）

西村成雄（日本大阪外国语大学）

毕仰高（Lucien Bianco，法国国立社会科学研究院）

白吉尔（Maire-Claire Bergere，法国国立东方语言学院）

柯伟林（William C. Kirby，美国哈佛大学）

周锡瑞（Joseph W. Esherick，美国加州大学圣地亚哥分校）

费　路（Roland Felber，德国柏林洪堡大学）

罗梅君（Mechthild Leutner，德国柏林自由大学）

南京大学历史研究所早在20世纪80年代中期先后聘任4位民国史研究方面兼职教授，即李新教授、孙思白教授、山田辰雄教授、易劳逸教授（Lloyd E. Eastman，美国伊利诺伊大学）。

上述客座教授的聘任，对推动民国史研究的发展和南京大学与国内外的学术交流起了重大作用。许多教授、学者来南京大学讲学，对我校的博士、硕士研究生教育助益很大。

两年之后，民国史研究中心又新聘了一部分客座教授。

3. 出版高水平学术成果

中华民国史研究中心建立后，把编纂代表性的有较高学术价值的学术著作放在首位。这样才能显示"中心"的影响力。"中心"集中精力先后出版了如下著作。

（1）十年磨一剑，《中华民国史》（4卷本）出版

如前所述，1985年，《中华民国史纲》出版，受到学术界的欢迎和认可，在国内外产生了重大影响，改变了许多不恰当的传统历史认识。不可否认，当时受史料和传统意识的影响，书中有许多历史问题没有讲清楚。我采取"半步走"的方针，就是这个意思。从1985年至1996年，过去了10年。史料进一步开放，人们的观念意识有了很大进步，海内外学术交流也多了。我们认为修订"中华民国史纲"的时机已经成熟。为此，在国家第九个五年计划来临之际，1996年我向国家社科规划办公室申请编著200万字的"中华民国史"，这一动议获国家社科规划办公室批准，并列入重点研究规划。

由于这是一项大型的学术研究著作，非一个人的力量在规划办规定的时间内完成，我征求南京大学民国史研究中心部分年轻学者的意见，他们愿意参与这项研究。为此，我组织了一个小型研究团队，分工开展研究。这个研究项目，从规划办批准到2006年1月正式出版，先后花了10年时

间。其间写作、编辑、出版颇费周折。个别成员因其他事情退出写作，需要调整班子。由于本课题是国家社科重点研究规划，需报北京审稿，两次审稿，6位审稿人的审稿意见，有些看法我不完全赞同。我通过省规划办向国家规划办提出了坚持学术立场且有理有力的说明和意见。最后，国家规划办采纳并同意出版。

我对该项目提出了"三新""三性"的写作方针，即"新史料、新体系、新观点"和"现代性、国际性、历史的连续性"（后面我在民国史研究"五个坚持"中，再做解释）。

这部著作在学术上就《中华民国史纲》向前迈进一大步，基本上完成了《史纲》写作时留下的后半步。

这部书提出了基本符合近代中国发展主线的、较为合理的民国史学科体系。所谓近代中国的发展主线，即100多年来中国人民为之奋斗的目标，是建立独立、自由、民主、统一、富强的现代中国，把中国从封建专制的传统社会引向建立现代国家的道路。用这一主线构建民国史的框架、体系、社会和国家的发展脉络，能使我们更加清晰地看清民国历史上各阶段发生的各种历史问题、历史事件，并对它们的历史地位和作用，给予正确的判断和评价。

这部书在史料的运用上，更加丰富和多样化，更广泛地运用海外史料，拓宽了学术视野。

2006年，本书出版后，依然引起学术界的广泛关注，特别是台湾史学界和日本东京大学分别举行报告会和研讨会，对本书做了较为深入的评述。南京大学也曾将其列为三个标志性成果之一。2007年12月，获得江苏省第十届哲学社会科学优秀成果一等奖。

（2）教育部重大课题攻关项目《民国史研究》

教育部在2003年首次设立哲学社会科学重大课题攻关项目39个。12月30日，教育部社科司批准由我担任首席专家，主持攻关项目《民国史研究》。

依照教育部攻关项目要"严格管理，铸造精品"，"力争取得具有重大学术价值和社会影响的标志性成果"的指示，以及教育部评审专家组关于"强化创新意识，在现有研究基础上，突破攻关重点、难点，形成创新性突破"的要求，课题组以南京大学为主，组织复旦大学、北京师范大学、军事科学院、中国第二历史档案馆等学术单位和日本、美国、韩国等国学者，联合攻关。

课题组设计10个子课题，其名称为：

《民国史研究的五十年》

《民国档案研究》

《国民政府五院制度研究》

《民国军事制度研究》（1924—1949）

《民国行政区划与历史变迁》（1912—1949）

《国民党意识形态演变与传输》（1905—1949）

《北伐前后国民政府同英国交涉研究》

《上海银钱业变迁研究》（1927—1937）

《京津都市化与生活变迁研究》（1912—1937）

《汪伪政权统治模式研究》

这些子课题在本研究领域中具有重要的学术意义，有些甚少或根本没有研究过的专题。它涉及民国政治、经济、军事、社会等方面。课题实施老、中、青三结合及海内外学者相配合的研究模式，有的子课题选择博士研究生参加写作。

本课题经过4年潜心研究，于2008年6月完成初稿。经过专家审稿后，2009年4月呈送教育部结项。教育部组织专家组最终审查后，给予优秀成绩。

（3）出版《蒋介石全传》

如前所述，1979年在成都举行的全国史学规划会议上，我主动承担了国内第一个"蒋介石研究"项目。回宁后，我拟定了一个很不成熟的编写提纲，有很大的局限性，特别是当时正集中精力编著《中华民国史纲》，之后又忙于策划主编大型的"中华民国史丛书"，故蒋介石的研究并未展开。10多年之后，至1996年才完成"蒋传"书稿，并交给河南人民出版社出版。

蒋介石的研究是我一直关注并经常思考的问题，也十分注意有关蒋介石研究的动态。因为研究民国史离不开如何正确认识蒋介石，而要了解蒋介石的一生，撰写一部全面的、真实的、科学的蒋介石传记，是一项十分复杂的、重要的学术工程。这不仅要了解和掌握蒋介石各方面的史料，其中包括各类文献、档案、日记、函电等，著作者也应该具备相当的理论知识、学术素养、研究方法和冷静的治学态度。两岸真正能承担此项任务的学者甚为缺乏。美国易劳逸教授决心撰写蒋传，也十分合适，但可惜于1993年病故。蒋介石的最重要个人档案——俗称"大溪档案"于1997年2月才在台北"国史馆"正式公开。我是中国大陆第一个查阅该档案的学者。而蒋介石日记至2000年之后才在美国斯坦福大学公开允许查阅。因此，我们于1996年出版《蒋介石全传》时，既未看到蒋介石档案，更未看到蒋介石日记。这不能不说是十分遗憾的。在90年代之后，蒋介石的几项不当的帽子已经摘除，学术评论也较宽松，但台湾又出现"去蒋化""去中国化"，大陆对蒋的评述也摇摆不定，再加上掌握蒋介石全面史料的难度，因此撰写一部客观真实、能让学术界和社会上都能认可的蒋介石传记，是很不容易的事情。

虽然《蒋介石全传》在史料运用和对蒋的认识上，还存在着难以克服的缺陷和不足，但它出版后，在蒋传著作稀缺情况下，还是受到社会上的欢迎。由于印数较少，图书市场竟然有五六种盗版出现。我们曾想修订再版，但完成一部质量高的蒋传，谈何容易，故一直未启动修订工作。

（4）民国史研究中心专刊：《民国研究》

1993年，南京大学中华民国史研究中心成立后，为了在更大的范围内与广大学者进行学术交流，决定编辑《民国研究》专刊，半年一期。"中心"自行出资，先后在南京大学出版社、南京大学学报、社会科学文献出版社出版。该刊出版近30年来，在推动民国史研究、沟通海内外学者的联系方面发挥了重要作用。该刊多次评为社会科学文献出版社评比的CSSCI集刊类一等奖和特等奖。

4. 荣获教育部重点研究基地称号

南京大学民国史学科，创始于1974年，先后经历了40多年的发展历程，约4个发展阶段。第一阶段，自1974年至1984年。此一阶段，在李新教授的推动下，南京大学几位教师开始研究民国时期江苏籍或在江苏任职的一些官员和著名人士。第二阶段，自1985年至1993年，此一阶段，在历史研究所成立了中华民国史研究室，成员不多，有陈谦平、陈红民等，我任研究室主任。开始做一些规模不大的学术研究，并逐步加强与外界的学术交流。依照学校规定，并鉴于历史研究所是教育部批准设立的独立研究机构，有20个编制。历史研究所有3间独立的房屋，其中，民国史研究室使用1间。第三阶段，自1993年至2000年。此一阶段，在中华民国史研究室基础上，经学校批准成立了中华民国史研究中心。这一阶段是南京大学民国史学科蓬勃发展的时期。如前所述，"中心"集中力量编著有价值、有影响的著作，加强海内外学术交流。第四阶段，自2000年至今。这一阶段，中华民国史研究中心被教育部批准为人文社科重点研究基地。

1998年，教育部开始推动建立重点科研基地，以加强高校科学研究的深入发展。

最初，教育部拟建立10个基地。南京大学决定上报中文系现当代文学研究中心和历史系中国近现代史研究中心。中文系的机构被批准，而历史系的机构未被批准。教育部认为中国近现代史学科涵盖面太大。次年，教育部开始建立第二批科研基地。南京大学上报中华民国史研究中心。经过教育部派出专家组（由李文海教授为组长）实地考察，并经教育部审定后，2000年正式批准南京大学中华民国史研究中心为教育部人文社科重点科研基地。仍由我担任中心主任，崔之清、陈谦平、陈红民担任副主任。中心按照"教育部实施细则"开展工作，教育部全面加强151个基地的科研等项工作。

依照教育部规定，基地必须建立高水平的学术委员会。民国史中心先后两届由姜义华教授担任主任委员，成员先后包括李文海、章开沅、金普森、谢俊美等教授，本校由茅家琦、我和崔之清等参加。中心学术委员会成员给中心发展出谋划策，积极推动中心事业发展。

中华民国史研究中心在第四阶段进入大发展时期。在中华民国史、抗日战争史、南京大屠杀史和国民党研究等方面推出一大批学术成果，召开了第四、五、六次民国史国际学术讨论会。民国史研究中心成绩斐然，多次受到教育部社科司表扬。在教育部对基地的三次评估中，民国史中心两次获得优秀基地称号。在科研成果的评比中，民国史中心三次获得人文社科一等奖。

5. 继续举行重要学术会议

（1）在原总统府举行第四次中华民国史国际学术讨论会

自20世纪50年代以来，位于南京长江路的原总统府，长期有一批政府机关和群众团体在那里办公。其中包括江苏省人民政府、人大和政协。70年代，南京大学历史系全体教师曾签名呼吁各机关迁出，将该址建成为中国近代史博物馆。后来虽然设立了博物馆的筹备处，但始终未付诸实施。90年代后期，中共江苏省委决定各机关全部迁出，将原总统府整理开放，由江苏省政协成立管理建设办公室具体抓这项工作，我和茅家琦等教授、专家担任顾问。在中心大酒店研讨建设规划时，我建议将该原址称为中国近代史遗址博物馆，后来考虑这个名称也不完全合适，因为种种原因，该馆并未正式挂牌。

1949年4月南京解放时，总统府门楼上的"总统府"三块木牌已不知去向。管理建设办公室依照片重新做了"总统府"三个字，省政协主席曹克明经慎重考虑，决定将牌子挂上去。这一决策受到大家赞扬。其后，江泽民、李岚清等中央领导及广大民众前来参观，对此均未提出异议。

当时主管总统府修建工作的为省政协常务副主席胡福明，对民国史研究十分重视和支持。他与我相识已50余年。60年代初，他调来南京大学，在哲学系开设毛泽东著作研究，要我为哲学系学生讲授中国现代史，以配合他的课程。后来，他调离南京大学担任中共江苏省委常委、宣传部部长，也曾担任省委党校校长。他非常支持由省政协和南京大学共同举办第四次中华民国史国际学术讨论会，并由省政协向财政厅申请会议经费。经过认真的筹备，会议于2000年9月22日至24日在南京举行。开幕式在原总统府大礼堂举行，各项研讨活动在代表驻地"中心大酒店"分别进行。会议由曹克明（省委副书记、省政协主席）、胡福明（省政协常务副主席）、蒋树声（南京大学校长）、段绪申（省政协副主席）、胡序建（省政协副主席）、冯健亲（省政协副主席）等为名誉顾问。由金冲及、唐德刚、薛君度、山田辰雄、李国祁、张玉法、郭俊鉌、洪银兴、陈得芝、刘向东、周忠信、张宪文为学术顾问。出席会议的海内外代表和列席人员有152人，其中外国和中国港澳台地区学者有48人。

9月22日上午，在总统府原大礼堂举行开幕式。省政协副主席胡福明致开幕词，洪银兴副校长代表南京大学致辞，金冲及、唐德刚、张玉法教授在大会上作了学术报告。

由于出席会议的学者提供了许多内容丰富的学术论文，民国史博士生不仅承担会务，每人也向会议提供论文，故会议划分了36个场次进行报告与研讨。内容涉及民国政治、经济、社会、文化和人物等方面，学者间相互切磋，气氛非常活跃。让我十分感动的是会议曾邀请韩国汉城大学（今首尔大学）闵斗基教授出席，但是他因重病复发，乃派他的一批弟子来宁出席会议。闵斗基教授是韩国著名的历史学家，他在中国近现代史领域重点研究国民革命运动。他和他的许多弟子已在中国现代史研究中作出成就。20世纪80年代中韩尚未建交时，双方学者往来甚少。闵教授想来中国访问，他委托日本山田辰雄教授传递他的意向。很快，我和他在广东翠亨村"孙中山与亚洲"研讨会上会面。他邀请我和章开沅、骆宝善三人赴汉城大学出席中国近现代史史料学国际研讨会。不久，闵斗基教授这位韩国的史学大家、受中韩两国学者尊敬的友好朋友不幸逝世。后来，我专门写了一篇深切怀念他的文章。

会前，我曾写信邀请唐德刚教授出席会议，他对中央大学、南京大学怀有真挚情谊。他回信说，原不打算参加会议，因为您特别邀请我，我一定来。会议期间，我发现他走路已较缓慢，行动不太灵活，毕竟老了。没想到这是与他最后一次见面，几年后他在美国新泽西的寓所去世。我和德刚教授在中国、美国多次相会，他的逝世让我十分悲痛和怀念。

第四次中华民国史国际学术讨论会在中心大酒店闭幕。闭幕没有举行隆重仪式，只是邀请了海内外几位学者发言、抒发感想。最后由我作了会议的学术总结。这个总结经过修改，发表在《人民日报》"理论版"上，后由《新华文摘》全文转载。

（2）在溪口举行第五次中华民国史国际学术讨论会

2006年，中共浙江省奉化市委宣传部有意与南京大学中华民国史研究中心合作，在蒋介石家乡举行学术研讨活动。我们认为这很有意义，故采纳了他们的建议。双方经过多次往返协商、筹备，2006年7月28日至8月1日，在溪口举办了第五次民国史的研讨会。会议由南京大学民国史研究中心和溪口旅游集团共同主办。集团主要负责食宿、交通等会务。双方共同成立了组织委员会，由我主持。出席本次会议的学者仍有150人左右。按照教育部规定，中心的学术活动必须事先在网上公布。各地学者得知消息后，踊跃报名，申请者达30余人，我们选择了几位出席会议。会议一如既往，讨论内容较为广泛。由于在蒋介石家乡开会，涉蒋的研究问题较多。除外国学者外，我们邀请了较多的台湾学者出席，特别邀请了蒋家后裔蒋方智怡女士和宋子安儿媳宋曹琍璇女士出席，她们对整理蒋介石日记和孔祥熙档案作出了贡献。

由于蒋介石日记是研究民国史和蒋介石一生的重要史料之一，而这些日记后来转手收藏在美国斯坦福大学胡佛图书馆，许多台湾、大陆的历史学者不远万里，纷纷花高额旅费，赴美国斯坦福查阅蒋介石日记。我的朋友、胡佛研究所原所长马若孟教授来南京访问时，当面邀请我去斯坦福看蒋的日记，并主动说为我提供旅费。宋曹琍璇也几次对我说："您来啊！"他们的盛情都未动摇我。2005年，我几次邀请蒋方智怡访问南京，并聘她为南京大学兼职教授。南京大学党委书记洪银兴和校长陈骏院士均设宴款待蒋方智怡，目的是希望复印一份蒋介石日记陈列在南京，供大陆各地学者研究使用，并表示可提供一座大型楼房以陈列蒋介石的相关史料。最终双方未达成统一认识。而蒋家亲属也因对蒋介石日记归属的分歧导致在台湾的出版也最终流产。

讨论会开得很成功，学者们畅所欲言，表达了对民国史各种问题的认识。由于长期以来意识形态的影响，有人在观念上仍然放不开，对民国史研究还心有余悸。蒋介石家乡宁波地区有关部门对召开这次会议很犹豫。为了打消他们的顾虑，我们特别邀请了国务院台办和江苏省台办的有关领导出席会议，使会议得以顺利举行。

会议前，我曾邀请台湾秦孝仪先生出席会议，曾经担任蒋介石主要秘书的秦先生，十分乐意出席，并且他在两岸关系上也愿合作。他因健康问题，希望我们请国民党党史馆主任邵铭煌先生陪同，而此时邵先生正忙于党史馆搬家，不能陪同秦先生赴会。十分遗憾，秦先生因病于次年在台北逝世。

由于会议是南京大学主办，我们希望校领导出席以向海内外学者表示欢迎之意。可是因为会前我们未提早向学校报告，待会议举行时，学校校长助理以上的领导人由于各种原因均不在南京。我们邀请了身体欠佳的原校党委书记陆渝蓉教授代表南大致开幕词。

会议闭幕式除邀请若干海内外学者作大会发言外，主要由我作了会议的学术总结。总结谈了我对民国史研究中若干重大问题的认识。会议一结束，好友山田辰雄教授索要发言稿，我说，等我修改成文后寄给您，请您指教。后来这个发言以《再论民国史研究中的几个重大问题》刊登在2008年第5期《江海学刊》上。当年，《新华文摘》和《高等学校文科学术文摘》均转载，并被收入《百年风云——中国现代史学会三十年论文选》。

会议期间，南京大学与溪口方面多次协商，应进一步开展与加强民国史和蒋介石的合作研究，以推动双方学术研究的发展。最后决定建立南京大学中华民国史研究中心溪口研究所，挂牌成立，由陈谦平教授担任所长。

（3）世界顶级大学共办第六次中华民国史国际学术讨论会

2009年，我去教育部社科司汇报民国史中心的工作，同行的有张生教授。在张东刚司长的办公室，他与我们谈话半小时，主题是民国史研究中心要实现国际化，不仅要"走出去"，更要"请进来"。他说，你们民国史研究中心不是要在国内争第一，你们已经在这一领域处于领先地位，而是要使外国学者到中国来研究民国史，必须来南京大学。你们要创造各种条件实现这一目标。张司长对民国史研究中心十分了解，也寄予厚望。当时我说，张司长的谈话非常重要，我们回去一定向学校领导汇报，制定规划，努力争取实现教育部对我们提出的要求。返宁后，我给洪银兴书记、陈骏校长和张异宾副书记写了书面报告，汇报了张司长的谈话和对我们的要求。民国史研究中心经过多年的努力，有条件向这个目标发展，然而需要各方面的支持，否则困难很大。

为向国际化方向努力，我想先从与海外学界共同举办讨论会开始吧！2009年暑假，我写了几封信给哈佛大学、剑桥大学、牛津大学、东京大学和莫斯科大学的学者朋友，建议共同主办第六次中华民国史国际学术讨论会。当时我想，他们都是国际上顶级的大学，从学校的排名看，南京大学远远落后于它们。我有些犹豫，他们愿意和我们共办研讨会吗？不久，他们都回信，乐意与我们共襄盛举。

在南京中山陵园管理局局长王鹏善、副局长沈先金的大力支持下，第六次中华民国史国际学术讨论会决定于2010年8月21日至23日举行。会场、食宿均设在风景秀丽的中山陵园国际会议中心。会议由7家主办单位的代表担任联合主席，即南京大学张宪文教授、哈佛大学柯伟林教授、剑桥大学汉斯·方德万教授、牛津大学米德教授、莫斯科国立大学高念甫教授、东京大学川岛真教授和中山陵园管理局沈先金副局长。由瞿林东教授、张玉法教授、张磊教授、姜义华教授、章百家研究员、步平研究员和王鹏善局长担任学术顾问。还由20位知名学者、教授组成学术委员会。会议于8月21日上午举行开幕式。当日，南京大学正在汤山举行全校党政干部的重要会议。鉴于第六次民国史学术会议的重要意义，特别是世界多所顶级大学第一次在中国境内和南京大学共办会议，南大党委书记洪银兴教授决定暂停干部会议，由汤山专程赶来出席第六次民国史学术会议，并代表南大致开幕词。会后，洪银兴书记深情地说：这个会议很重要，我必须赶来参加。

出席会议开幕式的还有江苏省人民政府李小敏副省长、南京市人民政府陈刚副市长、江苏省孙中山研究会卜承祖会长和江苏省社科联廖进副主席。他们均在会议上先后致辞。许多著名学者如章百家、瞿林东、步平、川岛真、周勇、张玉法、何理、费约翰、鲁林、陈铁健、久保亨、张磊、吴景平、朴明照、林家有、姜义华、蒂姆·莱特、汉斯·方德万、施耐德等教授在大会上作了学术报告。会议还设立了16个分会场,由参会的学者分别报告了个人的论文和研究心得。

会议于23日上午举行综合讨论,由朱庆葆、陈红民、郑会欣、孙若怡、魏楚雄、左玉河等发表学术感言;由我在会上围绕本次会议的主题"民国社会转型"作了学术总结。最后,由中山陵园管理局王鹏善局长致闭幕词。

美国哈佛大学是会议的主要联办单位,著名学者柯伟林教授原定代表哈佛出席会议,但临时因故不能参加。会前,他发来热情洋溢的贺信。信中他阐述了对中华民国史研究的看法,以及多年来与中华民国史研究中心和我本人形成的深厚友谊,

自上20世纪80年代以来,我先后在中国现代史、中华民国史、辛亥革命、南京临时政府、孙中山、抗日战争、南京大屠杀、史料学等研究领域,主办或参与主办了一些学术研讨活动。

譬如规模比较盛大、研讨效果很好的纪念同盟会建立100周年的研讨会,原由江苏省政协举办,在一切准备就绪,海内外大批学者已写好论文的情况下,省政协突然因故决定不举行,导致整个工作十分被动。为了不在政治上造成不良影响,经我与中山陵园管理局协商,新任领导王鹏善局长当即答应接手承办。后来,这次会议开得十分圆满,产生了很好的政治和学术影响。

再譬如,2012年纪念辛亥革命100周年,中央决定依照惯例,由北京、南京、上海、武汉、广州举行相关活动。江苏省决定由省政协领衔,南京大学等单位参与主办,成立了由多家省级单位参与的组织委员会,并计划举办大型的国际学术研讨会,出版由我主编的《共和肇始》著作、由扬州大学周新国教授主编的《江苏辛亥革命史》新著。组织委员会负责人由省政协一位主管副主席担任,他十分认真地组织这项工作。省政协几位

中层领导还专程赴南京大学党委，希望协助开好研讨会。以后的事实证明研讨会开得非常成功，受到各方的好评。我在会议上作了学术方面的总结发言。

多年来，由我主持和参加操办的许多学术研讨会或学术活动，均坚持了正确的政治和学术方向，发挥了良好的作用。

6. 遵循"五个坚持"的学术方针

在多年来从事学术研究的道路上，我体会到要做好民国史研究，必须遵守"五个坚持"的研究方针。

第一，坚持基础性、引领性、创新性的学术研究

中华民国是近代中国的一个重要历史阶段，它是客观存在的，不容任何人抹杀。它是中国的断代史之一，我国史学界长期缺乏研究，许多方面还是空白点，亟待开发。要推动民国史学科的发展和进步，必须注重基础性的研究，夯实民国史学科的基础。作为民国史的重点基地，尤其要注重开展引领性研究，正确引导学术的发展方向。正是由于民国史是一个新兴学科，因此需要大力开展创新性的研究，不仅填补学术空白点，而且提出符合历史规律和科学的历史认识和观点。

第二，坚持国际性、现代性、历史连续性的学术研究

中华民国诞生于20世纪初叶，是当代国际大环境中的产物。它的发展、进步以及各种挫折都脱离不了国际环境对中国的影响。中华民国是国际大家庭的重要成员，要以国际视野来观察中国发生的一切，而不是孤立地看待中国发生的各种历史现象。20世纪世界已迈入现代社会，辛亥革命打碎了中国的封建枷锁，中华民国由传统的封建社会迈向现代化的道路。中国社会在发生着激烈的变动。传统与现代、新与旧相互交错。中华民国史研究必须以现代化的观念和视野，观察中国的社会变动，并以此构建中华民国史的架构和体系。与此同时，历史是一个不断变化中的整体，我们

应全面、系统地观察社会发生的各种现象和历史事件，而不是将纷繁复杂的各类问题割裂开来。以历史连续性的方针，观察一个时期历史的变化，才能得出科学的、正确的认识。20世纪90年代以后，南京大学和一些学校先后举办的40年代、30年代、20年代中国研讨会，就是基于这方面的认识而举办的学术活动，从而取得了良好的学术效果。

第三，坚持运用多学科的理论和方法，改变单一的历史研究法

传统的各种历史研究方法，是我们开展历史学研究的基础，但是随着科学研究的不断进步和学科间的相互融合和交叉，历史学研究应广泛采用其他学科的理论和研究方法，譬如采纳社会学、政治学、经济学、人类学、心理学、法学等学科的理论和方法，可以使我们对历史的认识更加全面、深刻，得出的结论也更加科学。自80年代以后，我在指导博士论文的过程中，均要求博士研究生必须去相关院系听课，以使博士论文的内容更加完善。

第四，坚持彰显史学功能，服务国家发展战略

如前所述，我在读书期间和留校工作之后，对历史学的社会功能根本不理解，也缺乏认识。在漫长的工作过程中，逐步地认识和深刻理解了历史学在国家革命和建设中的地位和作用，逐步改变人文学科学院式、学究式的研究思维和研究方法，走出学人学术研究的象牙之塔。历史学者必须明确和坚持服务国家、服务社会的理念，才能真正体会到历史学存在的重大意义。我在南京大学工作60多年，所从事的中华民国史研究、抗日战争史研究，以及南京大屠杀史研究，都与国家的命运和前途密切相关，因而也受到政府部门的重视。

第五，坚持严谨的治学作风和学术道德规范

历史学是中国传统的人文学科，老一辈学者在研究理念、治学态度等方面，都严守良好的风气，因而也做出了许多优秀的学术成果。可是，在当代商品经济大潮的冲击下，一些学人特别是部分中青年学者，不能坚持严谨

的治学态度，学术上急功近利、投机取巧，败坏学风，使人不能容忍。

我所主持的一些大型项目，为坚持优良的学术传统，做出令人信服的优秀成果，多数课题都坚持进行电脑查重方法，一旦发现有违反学术道德的现象，坚决予以改正和处理。在这方面，我们做得比较好，也得到大家的信任。

九、澄清史实　探求南京大屠杀"实证"

1.中日在"史实"上的长期斗争

南京大屠杀是日本侵略者在中国制造的最残酷的大规模屠杀暴行。他们违反国际法和人类的基本道义准则，在南京对中国居民和放下武器的中国战俘进行了长达一个半月时间的屠杀，手段极其残忍，屠杀范围遍及整个南京城乡。日军还实施了大规模的性暴行。对中国妇女，不管老幼病孕，进行强奸、轮奸，并建立了40多个所谓的慰安所，作为摧残侮辱中国妇女的场所。日军为了逼迫中国政府迅速投降，还对首都南京进行大规模的破坏活动。到处抢劫中国民众财物，焚烧商店房屋，导致许多街道一片瓦砾，断垣残壁。

南京大屠杀是世界最有影响的三大屠杀惨案之一。

日本为什么会在南京犯下如此滔天罪行？究其原因，我认为日军在上海这座中国最大城市与中国军民浴血厮杀三个月，其伤亡极为严重。日军产生了残酷的报复心态和变态心理，对杀害中国军民抱着无所谓的态度。日军第十六师团长中岛今朝吾中将1937年12月13日的日记中记载："今天中午高山剑士来访，当时恰有七名俘虏，遂令其弑斩。还令其用我的军刀弑斩，他竟出色地砍下两颗头颅。"

蒋介石为保卫首都南京，虽然调动10多万兵力进行防守，但是并没有长期作战打算，没有完善的战略布局。战争失败后，没有有效的撤退计划和安排，导致除部分军队撤往安徽和苏北外，大部分部队失去指挥，士兵无所适从，纷纷涌向下关江边，形成混乱状态。一些军人被日军俘虏，许多军人脱去服装，丢弃武器，潜入民间或国际安全区。

日本军方认为中国这些败逃或潜伏下来的中国军人是对日方最大的威胁，因而在其占领南京后，实施大规模的"扫荡作战"，到处抓捕中国军人。按照日方的方针，是"基本上不实行俘虏政策，决定采取全部彻底消灭的方针"。日方由于无法识别中国军人和一般中青年民众，乃采取统统抓捕和予以屠杀的方针。1938年6月调任日军华中派遣军第十一军司令官的冈村宁次也认为屠杀已成为日军的"恶习"。他在《阵中感想录》中说："到达'中支那'战场后，在听取了先遣官宫崎参谋、华中派遣军特务部长原田少将、杭州机关长荻原中佐等人的报告后才知道，派遣军前线部队一直以给养困难为借口，大批处死俘虏，已成恶习。南京战役时，大屠杀的人数多达四五万人之多，对市民进行掠夺、强奸的也大有其人。"

对于日本侵略军在南京犯下的这一大规模罪行，日本国内一直存在着否定的声音，政府对诸多历史问题多采取暧昧或含糊其词的态度。日本国内先后成立一些右翼组织，歪曲历史、否定东京审判、不断参拜靖国神社，说南京大屠杀是不存在的，是中国人制造的谎言。在日本的学术界也有一批右翼学者，坚持军国主义史观，否定侵略战争，否定南京大屠杀。他们的代表人物和代表著作有：铃木明的《"南京大屠杀"之谜》、田中正明的《"南京大屠杀"之虚构》、东中野修道的《南京大屠杀的彻底检证》、松村俊夫的《南京大屠杀的大疑问》等。这些右翼学者在日本民众中广泛散播否定南京大屠杀的种种谬论，造成很坏的政治影响。右翼学者的南京大屠杀研究著作达数十本之多，而我们学术界对他们的错误观点，批判十分不够。

日本自由民主党内右翼势力曾在1993年决定成立"历史研究委员会"，以总结"大东亚战争"历史的名义，先后邀请19位日本右翼学者，对国会议员作讲演，出席报告会的议员总人数达1116人次。报告全面否定自甲午战争以来日本的侵华战争，向议员们散布大量侵略谬论。譬如说，日军进占南京时，南京只有20万人，怎么可能杀死中国军民30万人呢？这是彻头彻尾、混淆视听的捏造。根据1937年南京政府的人口统计，战争以前有人口约100万人，战争前夕因各种原因导致人口流动，但南京人口尚有四五十万人（包括10余万中国军事力量）。

长期以来，日本国内也有一批学者，尊重历史事实，坚持正义，写出了符合南京大屠杀史实的研究著作，在日本坚守和传播正义的声音。他们甚至不畏右翼势力的威胁，坚持学术真理，维护了中日友好。这些学者毕生从事南京大屠杀研究，其中著名的历史学者有洞富雄（代表成果有《南京事件》《南京大屠杀的证明》）、藤原彰（代表著作有《南京大屠杀》），以及江口圭一、笠原十九司、吉田裕、本多胜一等。他们主持正义的学术行动，受到了中国人民和学者的尊敬。

面对日本政府和右翼势力不能正确处理中日历史问题，中国政府领导人江泽民、胡锦涛、习近平等曾在多次会见日本政府首脑时，一再严正指出，解决中日历史问题的基本原则是"以史为鉴，面向未来"，强烈希望日本正视历史事实，正视侵华战争给中国人民造成的深重灾难，汲取历史教训，坚持和平发展道路，避免重蹈历史覆辙。可是中国政府和人民的美好愿望，始终未能得到日方的回应。中日关系日益恶化。

2.艰难的求真路

澄清历史事实，揭示历史真相，批驳日本右翼势力的谬论，帮助人们正确认识南京大屠杀惨案，是中日两国历史学者的历史责任，更是中国学者的使命。

早在日本侵华战争后期和抗战胜利之初，南京国民政府和南京市政府就先后成立日本罪行调查委员会和抗战损失调查委员会，先后深入民间，甚至派人挨家挨户进行深入调查，整理出一批资料，档案部门也保存了相当一批日本屠杀后的埋尸记录。这些工作都是为了战后向日本政府讨还血债，讨回战争损失。

可是抗日战争胜利后，国共两党又再次陷入内战火海，国民党已经无精力处理中日两国的历史问题。新中国成立后，百业待兴，能记得那段惨痛的历史的人越来越少。档案馆保存的大量有关南京大屠杀史料也无人问津。1958年我大学毕业时，南京大学历史系中国近现代史学科，只有6位教师，其中现代史部分只有我和王荣先两位教师。那时我们的教学主线是讲授中国共产党如何领导人民打败国民党反动派的。南京大屠杀作为一个历史事件，重视不够。大约在1960年前后，我和本系日本史研究小组，经常会接待一些日本友好团体，特别是一些日本青年团体，我们会给他们介绍一些南京大屠杀简状。也正是这个时候，历史系世界史教研室的蒋孟引教授建议日本史小组开展南京大屠杀的研究。当时，日本史小组有4位教师，即高兴祖、胡允恭、吴世民、查瑞珍。教育部要求高校历史系开展亚洲史教学，为此高兴祖还被派去北京大学进修。之后，高兴祖就一直从事日本史研究和教学工作。他曾率领几个学生在南京做过一些大屠杀遗迹的调查，访问过受害的幸存者。限于人力、物力及对南京大屠杀的认识水平，调查研究工作都是小型的。没有条件发表研究报告或发表研究文章。大约在1972年，高兴祖老师等编了一个小册子，名"南京大屠杀"，其中载有几十张大屠杀和性暴行照片。此时正好碰上田中访华和中日建交，中日关系走上新的路程，双方强调友好。高兴祖等的"大屠杀"小册子也未能出版。"文革"结束后，上海人民出版社写信给我，建议我写一本关于南京大屠杀的书。我考虑已经转向中华民国史研究，乃请高兴祖老师承担这个项目。

20世纪80年代初期，随着日本右翼势力日益嚣张，日本国内历史教科书极力否认日本侵华历史和南京大屠杀，引起中国政府领导人的关注。

南京地区的学术界和幸存者举行了一系列会议批判日本侵略者罪行，许多幸存者控诉日军的屠杀行为。南京市政府市长张耀华高瞻远瞩，决定组织部分学者整理、编著出版了《侵华日军南京大屠杀史料》和《侵华日军南京大屠杀史稿》两部书，并且决定建立"侵华日军南京大屠杀遇难同胞纪念馆"。1984年在江东门屠杀遗址之上破土兴建。当时该处是一个高坡地带，上面农民种有各类蔬菜。我代表南京大学参加了破土仪式。纪念馆于1985年建成。当时限于政府经费和史料不足，纪念馆的史料陈列尚处在起步阶段。

不久，在南京市委、市政府支持下，成立南京大屠杀史研究会，由高兴祖担任会长，南京市政府秘书长张允然和我担任顾问，先后开展了一系列学术研讨活动。后来，高兴祖提出辞去会长职务，赴美国与其二女儿团聚。市委宣传部两位领导找我谈话，动员我继任会长一职，我虽然坚辞不就，无奈他们一再说服，我只好就任。

1990年，唐德刚先生由香港来南京。我带领他参观中美文化研究中心。其间，巧遇合肥老乡，一位打扫卫生的女服务员，两人如遇知己，用一口的合肥话交谈，甚为欢快，特别是"老母鸡"的乡音，令人哈哈大笑。

唐先生希望在南京举行大规模的纪念抗日战争的活动。我告诉他，我们学界只能组织学术研讨会，如若举行政治性的纪念活动，你必须找政府。他告诉我，次日省领导将请他吃饭。最后，他与政府商定举行南京大屠杀纪念与研讨活动。他回美国后，成立了"纪念南京大屠杀遇难同胞联合会"，并打算募捐50万美元作为基金，与南京大学共同开展南京大屠杀研究。

当时，江苏省委和省政协均向中央打了报告，请示举行上述活动。后来，中共中央外事领导小组和中共中央宣传小组分别发布文件，同意举办有关学术活动和纪念遇难同胞的活动。为此，江苏省和南京市的宣传部门、外事部门联合成立了会议领导小组，由市委副书记胡序建为首；又建立了组织委员会，由南京大学校长曲钦岳为主任委员、我担任秘书长，计划于1991年8月15日举行上述活动。会议规模议定200人以上，其中包括海内外社会人士和学术研究人员。省、市多次召开会议研究筹备工作。台湾李庆华先生也打电话给我，要求同意台湾人士也能出席会议，我在电话中同意他们的意见。一天，我和南京大屠杀遇难同胞纪念馆（省市有关部门都简称其为江东门纪念馆，因为它的全名实在太长了）的副馆长段月萍（南京大学1961年历史系毕业生），一起去中山东路钟山宾馆（省委招待所），向正在那里开会的江苏省委常委、宣传部部长王霞林请示会议的有关筹备事项。他主动表示将以江苏省对外友好协会会长名义出席会议。

唐德刚教授返回美国后，和邵子平先生一起组织在美的华人华侨出席南京的会议。邵子平先生经常于半夜12点（他和唐先生都在纽约，南京和纽约的时间正好相反，纽约是中午12点），给我打电话，商谈会议事宜。

但后来这次会议因故无疾而终，令人遗憾。

南京大屠杀惨剧成为中日两国历史问题的焦点，也直接影响着中日两国的外交关系和各方面交往。作为历史学者，有责任和使命，把这一事件厘清并作出贡献。

日本前首相村山富市对中国十分友好，对日本侵害中国坚持要向中国人民道歉，因此他受到中国政府和人民的尊敬。村山首相曾拨款10亿日元，组织日本学者研究中日历史问题。他也提出希望中国方面予以配合。之后，中国政府钱其琛副总理兼外交部长指示中国社会科学院成立了中日历史研究中心，由院党委书记王忍之同志担任中心主任，由著名历史学家刘大年担任中心学术委员会主任。学术委员会委员有张海鹏、张振鹍、王桧林、黄美真、张宪文、胡德坤、解学诗、关捷、刘楠来等。研究中心在全国各地组织出版了90多个研究课题，取得了一定的成绩。2000年，王忍之同志指出，不能只研究一般性或较小的课题，要研究并解决一些重大问题。如中国的人口伤亡问题、财产损失问题、南京大屠杀问题等。

由于学术委员会中南京方面成员只我一个人，大家指定我负责南京大屠杀研究。当时我感到十分作难，这么重大的研究课题，我一个人如何承担得了。我表示回南京后向省里汇报，请示解决办法。南大党委王云骏老师陪同我见了省委宣传部副部长，他表示支持这个研究项目。但是，经费如何办？未有解决。中国社会科学院中日历史研究中心提供了30万元研究经费，远远不够。南京市委宣传部吴静处长建议我写信给时任市委书记李源潮和市长罗志军，请他们帮助解决。李源潮书记很支持，第三天批示给罗志军；第九天罗志军批示给市委秘书长，决定由市委宣传部、市社科联和南京出版社共同抓这个研究项目。然而，在运作过程中，又出现波折。在南京市争取经费未获得成功。市委宣传部吴海山同志建议我写信给国务院新闻办公室赵启正主任，请新闻办支持。吴海山说，赵启正主任十分支持大屠杀研究，他有可能支持经费。后来，新闻办秘书回信，表示无力支持。我在走投无路的情况下，盲目地写了一封信给中共中央常委李岚清同志，因他主管这方面工作。然而，信件发出后杳无音信，石沉大海。我猜想他可能就没有收到这封信。当时，我想再向省里想想办法。我又写了一封信给江苏省委书记李源潮（已由市委调入省委）和省长梁保华。大约过了20天，省政府副秘书长朱步楼同志打电话给我，说："您写给梁省长的信收到了。他说支持这个项目，比支持写一部小说更重要。"请您做一个经费预算报过来，钱不要太多。我接到朱秘书长的电话很高兴，迅速与我的助手、学生张连红教授编制了一个预算方案，申请70万元。梁省长按照我们的预算70万元由财政厅拨至南京大学。这样，加上中日历史研究中心的30万元，我们有了100万元，就可以开始工作了。我立即写信给南京地区的一批学者朋友，欢迎他们共襄盛举。表示愿意参加研究团队的有南京大学、南京师范大学、江苏省社会科学院历史研究所、中共江苏省委党校、中国第二历史档案馆、南京市档案馆等单位的教授、研究员10余人。

我先后多次派研究学者赴日本、美国、德国、英国等国及台湾地区搜集有关大屠杀的文献和史料。俄国、法国、德国、意大利、西班牙的历史学者也直接参与了搜集史料、翻译和研究工作。大约有10年时间，我们团队走遍了这些国家的国家档案馆、图书馆和史料收藏机构。搜集到的各类史料大约有5000万字。由于史料涉及日本、英、德、法、俄、意、西班牙等国语言文字，先后参加史料翻译工作的教授、学者近百名。他们不计报酬，积极认真地参加了这批史料的翻译工作。赴国外搜集史料的团队成员更是节约经费开支，吃尽辛苦，想尽一切办法寻找史料，特别是日本的史料机构，如防卫厅防卫研究所和靖国神社等，收藏着许多日本侵华和南京大屠杀的相关材料，要从这里获取材料，十分困难。最终我们的团队成员还是得到了一些有价值的材料。相比之下，西方国家的国家档案馆如美国、英国、德国的档案馆，十分开放。我们从那里得到更多的文献材料，包括一些外交文件。

3.出版《南京大屠杀史料集》和《南京大屠杀全史》

我们将搜到的文献史料迅速整理、翻译、出版。自2005年至2010年，我们将有关材料整理后，交付江苏人民出版社出版，取名为《南京大屠杀史料集》，共计72卷，达4000万字。我们严格按照历史学治史的基本原则，保持了史料的原始面貌，对史料不加任何改动，而由利用者自行辨析，区别真伪。如东京审判中战犯辩护方材料以及各种否定南京大屠杀的材料，也原封不动地收入史料集，提供给研究者分析和参考。

《南京大屠杀史料集》分若干专题，汇集了来自各方面的史料[1]。其中，收录了日军连续不断轰炸南京和中国军队为保卫首都南京与日军顽强作战的档案史料。包括中方的作战计划、作战命令、蒋介石与南京战役指

---

[1]关于《南京大屠杀史料集》72卷收录内容的介绍，详见张宪文撰该"史料集"的"总论"。

挥官等的往来电文、战斗详报、战役总结等。

收录了日军大屠杀遇难者尸体掩埋情况的大批资料。埋尸记录资料，是日军实施大屠杀最有力的证据。

收录了大量侵华日军官兵的日记、书信、回忆和各种证言。他们作为加害者，是南京攻击战和屠杀罪行的直接参与者和见证人。譬如，收录了1938年任日军华中派遣军司令官的陆军大将畑俊六的日记，战争后期担任"支那"派遣军总司令的陆军大将冈村宁次的《战地随想录》，华中方面军司令官陆军大将松井石根的《阵中日记》，第十六师团长陆军中将中岛今朝吾的日记等。这些日记都是日军在南京实施暴行的真实记录。

"史料集"还收录了一批西方人士关于南京大屠杀的文字材料。当日军攻陷南京后，一批英、德、美等国的新闻记者、传教士、教授、医生、企业机构和使领馆人员，出于人道主义，以中立者的身份，留在南京成立南京安全区国际委员会，参与救助受难的南京市民。他们的日记、书信和各种文字材料，详尽真实地记载了南京人民所受的苦难。新闻记者也向海外真实地报道了南京被日军屠城的情景。这些材料都刊登在《纽约时报》《华盛顿邮报》《芝加哥每日新闻报》《泰晤士报》等国际著名的报刊上。这批第三方的亲历史料，也是日本屠杀南京人民的铁证。

该"史料集"还收录了一批中国幸存官兵、幸存难民的回忆等。也收集了远东国际军事法庭和中国国防部审判战犯军事法庭的法律文件和审判材料等。

战后，中国国民政府为了准备清算日军罪行并向日本索赔损失，从1945年至1947年初，曾成立各种机构，对日军的罪行、中国军民的伤亡和财产损失等。从不同角度，进行广泛深入的调查，留下了大量调查材料和统计数据等。本"史料集"也收录了一批这方面的珍贵史料。

《南京大屠杀史料集》的出版，是海内外100多位历史学者、档案工作者和外文翻译人员，为澄清这一重大历史事件的真相，恢复历史的真实面貌，作出的历史贡献。它所收集的真实文献史料，是日本侵略者屠杀罪行的实证。

中国学者为了深刻地揭露日军南京大屠杀的罪行，以铁的事实认识这一惨绝人寰、灭绝人性的灾难，组成研究团队，花费3年时间，潜心研究大屠杀史实，撰写了一部《南京大屠杀全史》（3卷本），于2012年12月由南京大学出版社出版。"全史"对日军的屠杀暴行、性暴行、城市破坏和掠夺暴行，进行了全方位的研究。这是一部严谨的史学著作，它可以帮助人们正确认识南京大屠杀这一人类的惨剧。

为了帮助人们更直观、有效地了解南京大屠杀惨案，更好地传承和记忆这段历史，在2016年我建议编辑一部《南京大屠杀实证》。这部书首次采用档案原件图文对照形式，即在呈现原始档案图片的同时，对重点文字材料进行节录，改变以往单纯以图片或文字证史的方式，使得历史档案能够直接与读者"见面"，以增强可读性和可信性。

研究团队成员从中央档案馆、中国第二历史档案馆、南京市档案馆、侵华日军南京大屠杀遇难同胞纪念馆、南京民间抗日战争博物馆、美国国会图书馆、耶鲁大学神学院图书馆、德国档案馆波茨坦分馆、英国国家档案馆、法国南特外交档案中心、日本国会图书馆等国内外档案馆、图书馆馆藏的大量档案文献中，挑选了中方、日方、第三方（西方）及战后审判的档案史料和历史图片近200件。采用以图正史、以档案史料传承记忆的叙事方式，编纂《人类记忆：南京大屠杀实证》。2016年8月是酷热的夏天，南京高温连续达40摄氏度。团队全体成员战高温，连续"作战"。南京艺术学院设计学院的师生团队也参与编纂工作。最终完成中文、日文、英文图片史料，由人民出版社正式出版。

4.海内外的热烈反响

大约自2000年以后，因历史问题、参拜靖国神社问题以及钓鱼岛问题，中日两国关系日趋紧张、恶化，特别是日本首相小泉纯一郎执政时期，日本右翼势力不断制造事端，挑衅两国关系。在这种形势下，海内外更加关注中日两国的历史问题特别是南京大屠杀这一焦点问题。南京地区的历史学者决心广泛搜集有关的文献史料加速研究南京大屠杀。我们的研究工作得到各方面的关注和支持。

《南京大屠杀史料集》72卷分三批出版。从2005年出版至今，一直受到海内外各方面的广泛关注，被认为是历史学界标志性研究成果。

（1）中共江苏省委、省政府十分重视和支持"史料集"的出版和我们的研究工作。每次召开"史料集"的新书出版发布会，省委常委、宣传部部长孙志军和南京市委常委、宣传部部长叶皓及南京大学党委书记洪银兴以及其他领导、专家学者均出席。省、市委宣传部对这一大型的出版项目，在经费上也给予大力支持。国家出版总署也拨付了出版资金。

为了有利于加强和深入地开展南京大屠杀研究工作，省、市委宣传部主动建议与南京大学共建南京大屠杀史研究所。2006年，三方签署合作协议，孙志军、叶皓、洪银兴代表三方在协议书上签字，并决定由我担任所长，张连红、张生担任副所长。

为了更持续深入地加强南京大屠杀史的研究工作，并为党和政府提供咨询建议，2016年3月，由省委宣传部、市委宣传部和南京大学共建了江苏省高端智库"南京大屠杀史与国际和平研究院"，由我担任院长、张建军担任执行院长，国内近百位各个学科的学者受聘为研究人员。

（2）南京大屠杀史研究团队做出了令中央有关部门满意的工作成效。2007年7月，中共中央外宣办和国务院新闻办，以"成功的、典型的外宣工作案例"，联合向全国各省区市委宣传部、外宣办发布专题文件，指出《南京大屠杀史料集》"是我国南京大屠杀史研究的重要突破，具有较高的学术价值和社会效益"，对"促进人类理性反思，真正实现中日友好及世界和平具有重要意义"。

对此，省委宣传部还向江苏省委写了专题报告。

（3）日本外务省十分关注《南京大屠杀史料集》的出版

2006年4月，在《南京大屠杀史料集》第一批书28卷出版后，我得到消息，日本外务省指令其驻上海总领事馆领事来南京大学，就南京大屠杀问题前来采访。平时，我接受日方新闻媒体和学者采访甚多，然而这次日本驻沪总领馆的采访，应属外事活动，我有意叫他们通过上海外办转江苏外办和南大外办。当时日方来了两位女领事，面谈一个多小时，姜良芹教授与我一起接待。我与这两位领事，以南京大屠杀史实，进行了阐述和交流。不久我们从日本外务省的网站上看到，外务省在对日本内阁会议的质询答辩书中称："根据截至目前公开的文献等进行综合判断"，"不能否定日军进入南京后，对城内非战斗人员进行的杀害和掠夺行为"。

2007年12月13日南京大屠杀遇难同胞公祭日不久，即2008年1月，日本方面再次派遣驻上海总领事馆两位副总领事和一名军方代表，来南京大学与我（张生、曹大臣参加）就南京大屠杀问题进行对话。

我们观察到，自2006年4月和2008年1月，日方与我两次对话之后，日本政府和官方活动中，不再公开否定南京大屠杀史实。然而，日本方面特别是右翼势力转而与中方纠缠南京大屠杀30万死亡人数问题。我认为，这是日本方面特别是右翼势力变换手法继续否定南京大屠杀这一历史事实。这是他们制造的一个"陷阱"，我们不能上当。中国第二历史档案馆、南京市档案馆都保存了南京沦陷后各个慈善机构、民间组织也包括部分日伪机构大量的埋尸记录，这些都是当时的原始材料，没有任何伪造，任何人都无法否认。

南京大屠杀可以由持有正义的历史学者，也包括日本学者，根据大量原始材料，运用科学的历史观和方法，作出正确判断，而不是任由日本右翼势力胡言乱语。研究的前提有三方面：第一，要承认南京大屠杀是一场大规模的屠杀行为；第二，要承认南京大屠杀是一场极端残暴的行为（有大量实证）；第三，要承认南京大屠杀是违反人类基本道义和人道主义的。

总之，正义终能战胜邪恶。

5.国内外媒体的采访和报道

近20年来，南京大屠杀成为海内外各方民众十分关注的热点，特别是国家公祭活动实施以后，加上《南京大屠杀史料集》大量史料的公布，国内外媒体十分活跃。众多媒体的大量报道，逐步使国外民众了解到大屠杀事实的真相。除南京大屠杀遇难同胞纪念馆是媒体采访的主要单位外，南京大学更是媒体记者关注的地方。先后来采访过的有日本共同社、《朝日新闻》《读卖新闻》《东京新闻》和其他一些报纸等。有18家日本地方媒体曾组团来访。多年来，我们接受过大量的国内媒体记者采访。其中如中央电视台、江苏省和南京电视台、中央人民广播电台、其他省区市的电视台，以及各地的大报小报等。《文汇报》《新京报》《大众日报》《人民日报》等都做过长篇报道。这和40年前人们不知道大屠杀事件的状况，不能同日而语。记得1995年，中央电视台吴子牛编导，由秦汉主演的有关南京大屠杀的电影拍摄时在北京街头询问许多年轻人，都不知道南京大屠杀这件事。民众认识的变化，不能不说是媒体的功劳。2000年，南京的地方报纸《现代快报》记者报道我们研究南京大屠杀经费困难时，一位小学生到《现代快报》社捐献了12元1角3分（12月13日是南京沦陷日）。小学生的爱国行为让我们十分感动。

欧美许多媒体也大量地报道了南京大屠杀事件。如美国的《纽约时报》《基督教科学箴言报》（曾连续两年前来采访）、英国的BBC等。他们的报道使西方社会与民众扩大了解侵华日军南京大屠杀罪行。

综上所述，中国和日本原是一衣带水的邻邦，在2000多年的历史长河中，双方曾在经济、贸易、文化、思想等领域有着友好的交往，对两国人民和社会发展起过良好的作用。可是，自近代以来日本对中国发动过两次侵略战争，以及如南京大屠杀这样的残酷暴行，给中国人民造成了极为严重的苦难。战争已经过去70余年，中国人民希望日本政府总结惨痛的历史教训，以史为鉴，和中国人民携手共创美好的亚洲，共同维护世界和平。中日友好永远是两国人民交流的主题。

十、走出国门　开展国际学术交流

1.出国访问的艰难手续

　　中国是东方大国，有悠久的历史文明，可是长期闭关自守，盲目自大。1840年，西方侵略势力强行打开中国大门，中国的先进分子发现我们落后了，要奋起直追。他们出国留学，去欧洲、日本、美国，学习先进的科学技术和文化，走过了艰难曲折的过程。1949年中华人民共和国成立，中国人民站起来了，中华民族成为独立自主的国家，被帝国主义任意宰割的日子一去不复返。而长期形成的保守、封闭的观念，仍然强烈地支配着我们，视西方大国为洪水猛兽。我们虽然自视"朋友遍天下"，但是在国际舞台上发言权还很有限。很多民众没有见过外国人，在大街上、闹市区，一旦看到外国人，就尾随不放，左观右望，成为当年城市一景。

　　1978年改革开放后，与西方国家的交往开始多起来。南京大学也陆续招收外国留学生或访问学者，但是90%以上是学习中国语言文学和历史文化。指导教师常邀请他们家访，请他们在家吃顿饭，教师要做许多准备。那时候常有外国团体来校访问，各系都要打扫卫生接待，实际上不少是旅游团来校参观，让各系忙活一阵。南京大学与国外交流的第一个大学是美国的威斯康星大学，全校各系都做了充分的接待准备，很隆重。由于该校访问团有历史系林毓生教授，他研究近代思想史和五四新文化运动，要留在南大讲学一个月，因此我和茅家琦老师也参加了校方的接待活动。在章德书记举行的欢迎宴会上，我和茅家琦都不会喝酒，连啤酒也喝不习惯，在餐桌上只喝橘子水。章德书记拿我们两人开玩笑，说："你看你们两人连酒也不会喝。"我们家乡山东很多人会喝酒，我的家族长辈们都会喝酒。我因年幼离开家乡，没有学会喝酒，至今仍滴酒不沾。

80年代，出国很难，全校文理科教师可以数得过来哪些人出过国。那时，文科出国较早并稍多的是历史系。主要有茅家琦、蔡少卿和我三个人。茅家琦第一个出访法国，当时他还不是教授。章德书记在全校教职工大会上说：茅家琦出国，给他戴上教授的帽子，回国后摘掉。年轻教师还没有人受邀出国，除非辞职出国读学位。

20世纪八九十年代，出国访问有两大难处。第一是经费问题，都是出访国家的基金会或有关学校提供路费和生活费。中国政府或学校都不可能支持任何费用。那时因公出国，都可以凭单位证明去国家外汇管理局，以人民币兑换在国外期间所谓的"零用钱"15美元。这点钱，如果在美国只可够吃一顿饭或理一次发的费用。章德书记访美时，是中国留学生为他理的发。为什么许多出国人员到了外国读书或工作，都设法去餐馆或商店打工赚点生活费，就是这个原因。后来我第一次去美国时，年轻的中国访美教师问我："张老师，你打工吧？我们可以给你介绍，每小时有5美元。"我说我不打工。我心想，我来美国讲学，给了我很高的礼遇和生活费，再去打工，给中国丢人。同时，我年纪大了（当时58岁），身体也吃不消。第二，是办理出国手续十分复杂艰难。一是要有出访国单位的邀请函件。信上要明确提供路费和生活费以及在外的活动日程，甚至连每天晚上干什么也要说清楚。二是学校要上报教育部审批（赴台湾或港澳，还要上报国台办或港澳办审批）。这个审批过程十分复杂、缓慢。教育部和台办要反复审查。批件下达后，要由单位党委去省里办理出国人员的政审手续。然后才能到省外办申请护照。

一般情况下，因公出国，都由工作单位协助办理相关国家的签证。

而因私出国如读书或探亲，必须由本人直接去使领馆（华东地区的外国领馆，多数设在上海）。那时，去美国的人比较多，美国驻上海总领事馆的门口申请人常排成长龙，基本上每天都会有一批人被拒签，说不出什么理由。记得我们一位教授的岳母赴美探望儿子，其他人都被拒签，唯独为这位没有文化的老年妇女办理了签证。签或拒签常是一瞬间的事情。

出国访问，要考虑自身的服装。80年代，国内穿西装的人逐渐多起来，但是没有品位。南京新街口闹市区的新百商店，专门设立了出国服务部，为出国人员做西装。在国外的大街上不用打听，一看西装就知道是不是中国人。记得在一次会议上，有位中国学者叫我帮他打领带，老是打不好。我问他，您这条领带多少钱买的？他说，一块五毛，在地摊上买的。我说怪不得打不出领结来。那时商店里已有领带出售，稍好一些的，也要卖几十块钱甚至100多块钱。领带已成为朋友间互赠的礼物。80年代我第一次去日本，家里没有像样的行李箱，街上商店也没有卖的。我跑遍南京找不到，只好向历史系考古专业借了一只学生实习用的大箱子。记得有一对南大教授夫妻去新加坡探望女儿，估计也没有行李箱，我在机场与其相遇，他们扛的是塑料蛇皮包，用绳子捆扎一下成行。

早年我们老一辈教授出国访问或讲学，都会受到所在国学者的礼遇和热情接待，这和在国内办出国手续时某些外事工作的冷眼相待，甚至给予种种刁难，有显著区别。有一次，我与某外事干部讲，你们连我们这些共产党培养的、对党充满感情的人都不相信，你们还信任谁呢！事实上，许多老一辈学者，虽然面对出国的艰难情况，但是在国外传播中华文化，推动中外学术交流方面发挥了重要作用。

80年代以后，我先后出访过日本、美国、韩国、西德、东德、英国、法国、意大利、俄罗斯、新加坡、朝鲜、澳大利亚等国家，以及我国台湾、香港和澳门地区。出访的目的主要是讲学、参加学术会议和学术交流。也曾顺访过罗马尼亚等国。我出访的国家和地区，基本上都是由对方提供机票、生活费或基金。在出国经费方面从未遇到过困难。最头痛的问题是如上所述办理出国手续的艰难和复杂。这与当今大量国人出国旅游不可同日而语。

2. 第一次出访日本

1988年，我第一次出访日本，庆应大学山田辰雄教授在日本为我申请了"国际交流基金"。除计划参加学术会议外，还要访问庆应大学和一些学术团体并作学术演讲。学术会议是当年5月1日在东京举行，我在国内办理报批手续，教育部来文件反复审查，待批件下达时已是4月26日。我急忙赴省外办办好护照，南大人事处为我去省里办好政审批件。我携带着相关材料赶往上海。当时规定华东地区各省出国人员都必须由上海外办协助办理签证手续，本人不能直接与相关国家的使领馆接触。我到达上海时已经是4月28日。上海外办工作人员告诉我，4月28日是日本天皇生日，领事馆的日本人均已返回日本休假。即使日本领事馆不放假，在5月1日前也来不及办好赴日签证手续。怎么办？我在上海与山田辰雄教授通了国际长途电话，商定放弃出席学术会议，延至7月1日赴日本进行短期讲学。听说国内遇到此类情况的人甚多，经常是文件批下来，对方的学术会议或学术活动已经结束，给出访人员造成极大的困难。

山田教授为我申请的日本"国际交流基金"，待遇还是比较优厚的。我如期于7月1日由上海启程赴日，山田辰雄教授亲自去成田机场迎接。它是日本最大的机场，距东京市中心45公里，机场大巴要开行一个多小时。山田把我安排在宾馆住宿，将访问日程做了周密细致的安排。15天时间，每天访问一所大学，作一次学术报告。第一场学术报告是在主请大学庆应义塾大学的地域研究中心进行，山田教授是该中心主任。这次报告会，我主讲中国抗日战争历史。墙上挂着一幅中国大地图。山田教授邀请了一大批年长资深的历史学者出席。其中，多数人是著名的研究中国历史的教授。他们热情地与我建立学术联系，后来赴中国进行学术访问和讲学。

多年来，我访问日本的次数最多，有近20次。到过东京、京都、神户、大阪、北海道、广岛、冲绳、金泽、岛根等城市。访问讲学的大学有东京大学、早稻田大学、亚细亚大学、京都大学、神户大学、广岛大学、中央大学、金泽大学、岛根大学、骏河台大学、日本女子大学、大阪外国语大学、甲南大学、东京经济大学等。日本有许多研究中国当代历史的研究会，如中华民国史研究会、辛亥革命史研究会等。仅中国现代史学会就有两个，一在东京、一在关西地区。还有地区性的研究学会，如南京学会等。我多次访问日本，也在这些学术团体中作过学术演讲或交流活动。日本学者对中国有深厚的研究基础，成果也很丰富。应该说在国际学术界，日本和美国是对中国历史研究最有成就的国家。

日本有一大批研究中国近现代历史造诣深厚的学者，如著名的野泽丰教授、卫藤沈吉教授、山田辰雄教授、久保田文次教授、藤井昇三教授、中村义教授、姬田光一教授、小岛淑男教授、横山宏章教授、狭间直树教授、西村成雄教授、久保亨教授、山极晃教授等。

在南京大屠杀研究方面，作出卓越贡献的代表性人物，如洞富雄教授、本多胜一教授、笠原十九司教授等，他们多次受到日本右翼势力的威胁，仍然坚持正义的态度，撰写许多有关日本南京大屠杀的研究著作，并与中国学者开展研究。

多年来，日本已经成长起一批中青年学者，继续耕耘中国历史，为中日两国人民的学术研究作贡献。

在80年代，中国刚刚改革开放，经济还比较落后，商品还不够丰富，品质也较差。譬如，我在东京看到我国的"上海牌"手表，摆在商店地摊上出售。当时我国的电器水平还不高，洗衣机还是单缸的、电视机还是14寸黑白电视机。出国人员在外一年，可以购买"八大件"回国。外访时间短的学者，由于手头外币短缺，常在国外买点小礼品带回国内馈赠亲友，一般都是圆珠笔、尼龙丝袜、领带等。早年，我们在国外不太敢请外国学者吃饭，因为口袋里钱少嘛！差不多到2000年以后，我国的经济水准大大提高。有一次，我赴日本访问前，经学校外办同意，我在东京宴请了对南大学术研究帮助很多的近20位日本教授，这真是很大的变化。当今，中国人出国旅游的多了。据日本政府宣传，仅2019年中国赴日本旅游的人数即达800多万人。日方决定加开中日间航班，以应旅客需求。外国商店里会讲中国话的营业员也多起来，高质量的中国商品也很多，中国人出国也无须购买"八大件"。中国经济的发展中外共睹。

3. 赴美国讲学和出席国际会议

1991年8月至1992年2月，我赴美国伊利诺伊大学讲学半年。是易劳逸教授和于子桥教授在美国为我申请的富布赖特基金重大项目支持的。富布赖特基金是美国政府出资的最重要的基金会。早年，美国政府拿出一笔钱，拟支援各国做各种研究工作。后来，美国议员富布赖特向政府建议，应该用这笔钱邀请各国人士到美国做研究，以便深入美国、了解美国，培养知美派，培养他们对美国的感情。美国政府接受了富布赖特的建议。中国每年都有一批学者通过各学校、研究单位申请，并经美国驻华大使馆面试后，赴美国进行研究工作，一般是半年至一年。

1991年夏，我收到美国的邀请函，告知赴美行程。我向校外办申请出国手续时，工作人员问我，你怎么会得到富布赖特的邀请，他们感到奇怪。我说这是美方直接邀请的，通常属于重大研究项目。一般由两位教授出面在美国申请。8月20日，我接到美国驻上海总领事馆通知，已为我买好机票（美方出钱购票），并将由文化领事与我在领事馆会面。会见时，领事告诉我，已经通知伊利诺伊大学，届时会派人去机场迎接我，并在我面前放了一个信封。我问这是什么？领事说信封内有100美元，供您在旅途中或转机时零用。美方从为我办理签证（不需要亲赴上海，只需派人将护照送去上海），到设法购买机票成行，都安排得细致周到。当时正值暑假后开学时间，赴美机票十分紧张，总领事馆在电话中告诉我，好不容易为我弄到一张旅客退票，否则难以按时成行。这种工作态度和我方外事部门形成鲜明对照！

那时，由中国飞美国的航班很少。华东各省的旅客多在上海成行。浦东机场尚未建设，只有规模较小的虹桥机场。航班多要中途转机，直达者甚少，这多半是飞机要在中途加油有关。我在上海虹桥机场登机后，途经东京成田机场停留3小时。成田机场很大，要乘机场巴士在机场内绕至另一候机厅。转机后直飞美国旧金山。在旧金山办理美国的入境手续，亦停留3个小时，然后飞往芝加哥，再停留3小时。后续乘螺旋桨小飞机飞往伊利诺伊大学所在地Urbana-Champaign。整个行程24小时，途中在飞机上吃了4顿饭。抵达目的地后，学校依照富布赖特基金会的电话通知，派几位中国访问学者前往机场迎接。他们都是我认识的青年朋友。

在伊利诺伊大学，易劳逸教授安排我住在校区内的教授客房，价格比校区外贵。易劳逸主要考虑我的安全和方便，有独立的厨房和卫生间。我与易劳逸、于子桥三人合开一门中国近现代史的课程。我主要讲授中国现代化的专题。易劳逸是美国著名的历史学家，享誉国际学术界，很多学者都很尊敬他。1984年，美中文化交流委员会给我的电报中，盛赞他是美国数一数二的民国史专家。他是费正清最早的弟子之一，他的代表性著作《毁灭的种子》和《流产的革命》两部书，研究中华民国史。他曾去台湾访问研究，结识了他的夫人。1984年来南京大学访问研究半年。南大把他当作一般学者对待，住在南园8舍，房间只有一张单人小床，一张两抽桌和一个小凳子，没有独立的卫生间和洗浴设施。后来他自己买了两把藤椅。他为人厚道，没有怨言，集中精力做学问，乘公共汽车去图书馆、档案馆查阅材料。回想起来，南京大学对他这位大学者，在生活安排上真有些不周到。1989年春夏之交的特殊时期，他和他的中国太太去了北京，飞机上和北京的宾馆中，外国人极少。他和夫人专程来南京看望我，然后再转赴台湾搜集资料，计划撰写蒋介石传。当时我认为他是为蒋介石作传的最合适人选。他的学术水平很高，观点也比较公正。但是当时也不可能看到"大溪档案"和蒋介石日记，在史料上也会有缺憾。可是，易劳逸抵台湾不久，时感头痛和昏昏欲睡，经医生检查患了脑癌。只好提前返回美国，直接住院进行手术。医生告诉他，只能生存半年，但是他并不悲观。我1991年8月去美国时，他的病情已较稳定，并决定继续为学生上课。其间，还常与我开车去郊区森林公园等处游玩。两人躺在松软的草地上，眼望青天白云，心旷神怡。在我结束美国讲学后不久，柯伟林教授写信告诉我，易劳逸教授因病情复发，于1993年逝世。我校迅即发了唁电悼念。多年来，我一直十分怀念这位史学大师，也是与我友谊最为深厚的美国朋友。

按照富布赖特基金会的规定，我不能只停留在美国一个地方、一个单位，必须到美国各地走走看看，以便深入了解美国。为此，我在易劳逸和于子桥两位教授的安排下，制定了一个在美国的出访计划。我花了一个半月时间，先后到哈佛大学、耶鲁大学、哥伦比亚大学、圣若望大学、斯坦福大学、圣路易斯华盛顿大学、加州大学伯克利分校、圣地亚哥分校以及夏威夷大学等高等学校讲学和访问交流。行前，易劳逸还为我写信给他的朋友们，因此我在这些学校受到热情友好的接待或宴请。与美国一批有重要影响的著名学者会面和学术交流，如马若孟教授、魏斐德教授、黎安友教授、范力沛教授、史景迁教授、裴宜理教授、李又宁教授、吴天威教授、叶文心教授、柯伟林教授等。我在纽约见到老朋友唐德刚教授，他在唐人街请我吃饭。

以上我在美国会见的各位教授，在美国学术界卓有影响，也享誉国际学术界，其学术成就推动了美国史学的发展，密切了中美学术友谊。

我在伊利诺伊大学讲学期间，起初在学校餐厅用餐，但是我不习惯长期食用西餐，因此较多的时间是自己烧菜煮饭。中国朋友借给我一部自行车，我可以骑车去商店购物，也可以去中国商店购买中国蔬菜等。那时中国学者比较节省，一家人平均伙食费每人不过80美元，已经很节省了。我一个人也不想省钱，每月开支大约300美元。住的环境不错，打开房门是一个广场，不断有管理人员开着汽车，检查不规范停车者，在汽车窗户上贴罚款单。门外有一排松树，常见小松鼠爬上爬下，甚觉好玩。我除掉每周上课或去校图书馆看书外，也多次乘公共汽车去郊外的超级市场购物。有一次我骑自行车去郊外超级市场，途经住宅区一条安静无人的马路，被一只较为凶猛的大狗盯上，不断向我发出吓人的吼叫声，我用自行车挡它，然而仍无法摆脱。此时恰一位中年妇女走过，帮我解了围。以后我再也不敢走那条路。Urbana-Champaign是一座大学城，有几万人在此生活、读书，许多中国著名的学者曾在这里留学。如南京大学副校长、化学家高济宇院士等。该大学城景色美丽，人口不多，秋天来临树叶由绿变黄，十分壮观，犹如黄金城。可是冬天很冷，房檐结冰，挂着一条条冰凌，和50年代的南京气候差不多。

在伊利诺伊大学讲学后期，我收到美方寄来的一封信和一张表格，让我考虑是否延长在美国访问的时间。这对当时许多人来说，是求之不得的，而我坚决不多停留一天。我访问过10多个国家和地区，想留在这些国家不是不可能的。而且我的年龄不过50多岁，尚称壮年，也有一定的学术素养。可是我基本未在国外多逗留过一天，这主要是因我遵守出国访问的承诺，再就是因我比较恋家。我在国内出差也是如此，好像人在外地犹如浮萍，不踏实，人在外，心在家。外出开会，会议一结束，就往家奔。年长后，更是多次拒绝会议邀请。1989年以后，有关部门就出国访问、留学制定了许多规定和新政策。历史研究所有几位青年教师，出国读书或访问研究，我作为研究所的领导，要为他们做书面担保，如果将来他们学成不归，不仅他们的家长要被罚款（当时规定5000元罚金），我也要承担政治责任。事实上，当年出国读书或访问研究的历史系青年教师学成后，绝大多数都未回国。他们都选择在欧美等地的大学从事教学工作，学校的惩罚成了一张空文。90年代以前中国的经济发展和人民的生活水平与外国还有较大的差距。年轻教师留在海外工作、生活也不容易，要在学术上做出一番成就，十分不易，要靠自己的努力奋斗才能在海外站稳脚跟。

1992年2月，我结束在美国本土的讲学，乘飞机飞往著名的檀香山，受邀顺访夏威夷大学，受到历史系主任蓝何理教授和夫人以及该系教师的热情接待。双方商谈了学术交流的事宜。南京大学历史系校友陈忠平也在这里攻读博士学位，后转加拿大工作。在此短暂的访问期间，我参观了重要的历史遗迹——珍珠港原美国海军重要基地。第二次世界大战初期，美国面对日本的侵略行径，采取了骑墙政策，甚至还向日本出售废铜铁，支持日本的军工业，并未站到人类正义一边，与各国人民共同打击日本侵略者。1941年12月7日，日本经过严密策划，偷袭了珍珠港，严重破坏了美国在太平洋上的重要海军基地，给美国海军以沉重打击，造成了极为惨重的损失。共炸沉炸坏美国各种舰船40余艘，击毁美军飞机260架，毙伤美军4500人。美国这才改变政治、军事战略，全力打击日本军国主义，与亚洲各国人民站在了一起，由此成为中国抗日的同盟国。过去，我们对美国发动太平洋战争认识不足，对美国与日本的作战行动了解甚少。2018年，我们组织编写"中国抗日战争专题研究"，将亚太地区的抗日战争也纳入进去。有专书介绍了太平洋战争。珍珠港已经成为揭露日本侵略行径的军事博物馆。当年，被日本空军击沉的美军若干艘战舰还残留在港湾水下，有的只露出舰艇烟囱。美国在被击沉的一艘军舰残骸上建造了一个纪念馆，馆内墙上陈列珍珠港事变牺牲的美军海军将士名单，使参观者肃然起敬！

我第二次赴美国，是1994年9月11日应邀出席柯伟林教授和法国白吉尔教授在哈佛大学费正清东亚研究中心联合举办的学术研讨会。会议主题是20世纪40年代后期至50年代初中国转变时期的历史。我和台湾张玉法教授夫妇同行，由上海搭机直飞波士顿。这是我第二次访问哈佛大学。第一次是1991年底由美国伊利诺伊大学启程，依照富布赖特基金会规定，访问美国一些大学，先由西部的大学，再转东部，访问了华盛顿，然后乘火车经费城，再达耶鲁大学，受到校友梁侃的接待，并在梁的家中巧遇章开沅教授。耶鲁大学是美国最著名的大学之一，培养了一批美国著名的政治家。我在耶鲁大学拜访了几位历史学教授。著名的历史学家史景迁教授在家里接待了我，并把他的学生请到家里与我座谈。梁侃也追随史景迁教授攻读博士学位。史景迁教授研究近现代中国，授课常常爆棚。为此他巧妙地将授课时间定在早上7:30，以减少听众。那次访问，是由耶鲁大学抵达哈佛。哈佛也培养了一批美国最有影响力和出色的政治家和各学科著名学者。费正清无疑是美国研究中国问题最具代表性的人物。他主编的《中华民国史》，联合多位国际学术界最具学术实力的历史学家通力完成。该书成为各国研究中国近现代历史的重要参考著作。哈佛大学图书馆收藏有关中国的图书达60万册，许多是珍本。我参观了它的书库，并在哈佛大学费正清研究中心作了有关蒋介石的学术报告，受到研究学者们的热情欢迎。

柯伟林和白吉尔主办的研讨会，出席者有魏斐德教授、叶文心教授、张玉法教授等一批著名学者。他们都住宿在哈佛大学宾馆。会场设在费正清研究中心。由我主持了会议的开幕式，并做了开幕式的发言，对部分论文进行点评。柯伟林教授原毕业于哈佛大学，后在圣路易斯华盛顿大学任教，并主管该校的成人教育。1991年冬，在他即将受聘西雅图华盛顿大学担任研究所所长前夕，著名教授费正清不幸病逝。柯伟林教授以优异的成就改聘哈佛大学，就任费正清研究中心职位，后任中心主任，一度担任相当于副校长的职务。柯伟林教授以研究中德关系享誉史学界。他的中德关系史著作成为这一研究领域的代表作。前几年，卸任副校长职务后，在哈佛商学院研究中国当代教育。早在20世纪80年代后期，易劳逸教授介绍他来南京大学访问研究，他和妻子怀抱幼子抵达南京大学，由我对他的研究工作给予协助。由于柯伟林教授正值盛年，学术成就突出，在哈佛大学这所世界顶级大学展现学术才华和领导才能。因此，我在这次研讨会的主旨发言中，赞扬他是"美国一颗冉冉上升的新星！"引起与会学者一阵鼓掌大笑。

我第三次赴美国访问，是1995年受邀去哥伦比亚大学出席对日抗战胜利50周年国际学术研讨会。这次会议于当年8月19日至20日举行，由美国"日本侵华史研究会"（台湾郭俊鉌先生捐资成立）等华人团体主办。由美国中国近代口述史学会主席唐德刚、北美二十世纪中华史学会主席徐乃力、哥伦比亚大学东亚研究所黎安友、海外华人作家笔会主席丛苏及一些著名人士如陈香梅、熊玠、王冀、吴健雄、吴相湘等参加筹办。中国大陆、台湾、香港以及加拿大、日本一批学者出席。是一次大型的学术盛会。

我向大会提供的论文，是关于抗日战争时期国民政府的经济战略问题。我于会议前一天抵达纽约，到哥伦比亚大学报到并安排好住宿已是傍晚，我只好到街上自行用餐。哥大毗邻纽约著名的黑人区，出校门是一条长长的街，商店并不繁华。我慢慢地寻找餐馆。街的两旁石凳上坐着或站着许多黑人。他们有的双手叉腰，黑暗中眼睛尤显明亮，更显得面黑、凶煞。我不敢再前行，急速返回哥大。那一晚只好饿着肚子，没有用餐。这一经历难以忘记。后来，李又宁教授告诉我，他们晚上经过黑人区，也甚感害怕，心里发怵。

会议由唐德刚教授主持。唐先生原籍安徽合肥，抗战时期就读于重庆沙坪坝中央大学历史系，后来远赴美国，长期在哥伦比亚大学、纽约市立大学任教。唐先生多次回国访问，与我友情甚笃。他在口述历史研究方面卓有贡献，最有影响力。他曾与胡适边吃饭边聊天。谈话18次，撰写了《胡适口述自传》这部名著。他所撰写的《李宗仁回忆录》，早在20世纪80年代在国内已经产生很大影响，特别是李宗仁和蒋介石关系方面，也算是提供了第一手史料。80年代初，唐来南大访问时，我与他谈及口述史的研究和其成就，他十分客气地说：那时在美国是为了混口饭吃。唐先生才华横溢，在美国华界首屈一指。所撰著述让人爱不释手。他虽留美数十年，但乡音未改，一口地道的合肥方言，是留美华人中最有影响力的人文学者。有一次在台湾，蒋介石接见一批学人，询问他们的学历，唐与蒋开玩笑说："我是天子的门生。"因为蒋介石在抗战时曾兼任中央大学校长。1990年夏，唐先生专程来南京，与我商量举办抗日战争纪念大会事宜。后决定举办南京大屠杀方面的研讨会和纪念活动（已如前述）。

唐先生是做张学良口述历史的最佳人选，两人有过一些接触和初步商谈，但是未进行下去。他来南京时还带着两人初步商谈的光盘。后来，我曾猜想两人的乡音均十分浓重，加之双方都"耳背"，难以顺畅交谈，实际并非如此。别人的插手和干扰也是原因。唐德刚这位口述史研究大家，未能做张学良的全面口述史，是张学良研究最为遗憾之事。因为口述是一门科学，不是所有的人都能做好的。采访者要有较强的口述史经验和较高的学术水平。要有充分的学术准备，才能挖掘出被访者深刻的材料。唐先生是中央大学留美校友会的负责人。东南大学因为中央大学历史传承问题，有一段时间与南京大学互争校友，其中包括文科和理科的校友。东南大学也争取留美物理学家吴健雄和袁家骝夫妇。（他们当年所在的物理系已随南京大学迁往鼓楼），他们也争取历史系的唐德刚先生，弄得海外校友十分难处，他们只好两面往来。

有一次，唐德刚先生来南京，住在金陵饭店，恰巧张玉法教授也来南京，我们三人约好共进晚餐。唐德刚告诉我，他刚出南京机场，就在出口处遇见东南大学外事办公室黄主任。唐很有礼貌地向黄打招呼，并说"你们也来接人呀！"黄说，我们是来接您的，唐很惊讶地说："你们怎么知道我来南京的！"事实上，东南大学得知唐先生抵达香港参加抗战史研讨会后，将要来南京。他们猜想唐先生来南京肯定住金陵饭店（1990年，南京的高档宾馆还很少）。又从金陵饭店狱悉唐先生预订了某一天的房间。这样才有东南大学人员去机场迎接唐先生的一幕。我对东南大学着力争取中央大学校友的行动，甚为感慨。我将情况报告南京大学校领导陆渝蓉和许廷官，他们在我的陪同下，去金陵饭店看望了唐德刚先生。

在哥伦比亚大学举办的抗日战争胜利50周年纪念学术研讨会，有大批学者出席。著名历史学家吴相湘教授也由芝加哥赶来参加。当时他已80多岁高龄，在会议期间多次与我携手长谈。吴老师早年参与整理国民政府关于抗日战争的战史档案。他是史学大家，著作等身，撰写的《第二次中日战争史》在台湾出版后，影响很大，是抗战研究代表性成果。由于在国共关系上的观点，与国民党官方认识不一致，因而吴相湘受到打击，乃出走新加坡，转赴美国，并长期居留在芝加哥。80年代初，我拟邀请吴相湘来南京大学讲学，他十分乐意，并想回南京乘机探望久卧病榻的弟弟吴相淦（南京农业大学教授），我为他作了安排。然而由于吴相湘教授自身病情，乃延至90年代初，才得以从美国来华。此时，吴相淦的病情更加恶化，不能认人。分离数十年的兄弟两人最终未能讲上话。吴相湘老师来南京大学历史系与师生举行了学术座谈会，受到热情欢迎。并巧遇老友蒋永敬教授，两人相见甚欢。他的女弟子李又宁教授（美国纽约圣若望大学亚洲研究中心主任）个人出资在南京大学和北京大学设立了吴相湘讲座。此一时期，我与吴相湘教授常通信交往。后来吴相湘教授病故于芝加哥老人院。李又宁教授为吴相湘老师出版了纪念文集。一代有卓越学术贡献的史学泰斗，驾鹤西去，使我们万分感慨。

我第四次访问美国，是应邀赴夏威夷出席于2000年1月15日至19日举行的"孙中山先生与中国改造学术讨论会"，同行者为南京大学朱宝琴教授。会议由香港珠海书院亚洲研究中心与夏威夷大学中国中心、孙中山和平及教育基金会主办。台湾方面主要有中正基金会参与筹办。出席会议者，台湾方面有秦孝仪、张玉法、邵铭煌、胡春惠等，大陆方面有北京、上海等地学者。夏威夷（檀香山）是孙中山领导民族民主革命的创始地。1894年孙中山在这里创建了最早的革命组织兴中会。这里的华侨积极支持孙中山领导的革命运动，市区保留了许多革命遗迹，在闹市区还建有一尊孙中山的铜像，反映当地民众及华侨对孙中山先生的爱戴。会议期间也参观了兴中会的旧址，并随学者们再次参观珍珠港事变美军基地。会议最后一天，大陆学者与中国国民党主席连战相会，留影纪念。会议结束后，我与朱宝琴教授经日本大阪回国。

4. 访问澳大利亚的曲折经历

1990年7月1日，我与同事蔡少卿教授受邀赴澳大利亚讲学一个月，并参加亚洲学会年会。我们两人均已在南京江苏省外办办理好出境的一切手续。机票是由澳大利亚墨尔本大学在中国购买。出国之前，我接到费约翰教授电话，告知澳方已购好机票，应在南京民航索取机票。那时，中国航空事业只有"中国民航"一家航空公司，没有像现在那么多的航空公司（比如中国国际、东航、南航等）。经与南京民航联系，他们告知不知道此事，更无机票。那一天是星期一，我们两人去澳大利亚的时间是星期四。机票尚无着落，我与蔡少卿不知如何是好。恰巧星期一中午，我收到一封明信片，通知我去北京民航取机票。那么，蔡少卿的机票又在哪里呢？经分析，估计也在北京。但当时，我和蔡少卿按规定都不能离开南京，决定请陈谦平老师代劳赴北京取票。当日下午蔡老师的夫人托关系弄到一张机票，陈谦平抵京时已是晚上，只好住下来，次日上午去北京民航取票。民航又告知，飞机是由上海起飞，经广州出国，必须去上海民航签注座位。周二下午，陈谦平又乘飞机由北京赴上海，抵达时已是傍晚，又住下来。次日（周三）在上海民航签好座位，下午陈谦平回到南京。这种乘飞机取机票签座席的经历真是天大的笑话，真可以载入中国民航史。它反映了当年中国民航事业的落后面貌，让人回味，也让人感叹！它与当代中国航空事业突飞猛进的发展不可同日而语。

星期四，我和蔡少卿乘火车赶赴上海。抵达后尚未出站，就遇上了黑车司机，他们抢过我们的行李箱，向车站广场西南方向奔跑。车站广场很大，我们两人跟在后面追赶，我已经跑得没劲了。一批黑车停在那里，车上计价器用毛巾盖着，我问为何？司机讲计价器"坏了"，只好讨价还价，把我们拉去桂林路上海师大旅馆住宿。

周五晨，匆匆吃过早餐，我们两人"打的"去虹桥机场。我们办好乘机手续，等候沈阳经上海去广州的航班。谁知该航班飞机晚点，我们将无法赶上由广州飞澳大利亚墨尔本的飞机。经与机场协商，同意我们换乘其他航班。我们问行李怎么处理？柜台办手续的小姐说，自己取。我问，到哪里取？小姐指指旁边的一个通道口说，自己进去取。我一望，是一个一米高的通道，里面黑黑的。我们两人已被折腾得完全没有主意，只好弯着腰，钻进去，取回行李箱，重新办手续。

那时出国，海关有严格手续，每人必须填写详细的"行李申报单"。项目甚多，主要是填空携出的照相机型号、牌子，以及携出的外币数额。按照规定，只能携出零用钱15美元，还要有当地外汇管理局的携出证明书。我和蔡老师分别携带了500美元。蔡夫人要他在澳大利亚买套西装，那时国内西装质量品味都很差。我打算买些礼品带回送朋友。蔡老师只填报15美元，我老老实实填写携出515美元。我想，这些钱是自己的，又不是偷来的，光明正大地填上去有什么关系。过海关时，工作人员要我出示证明，他们说携带证明只有15美元，其余500美元不许携出。我说要登机了，怎么办？他们指指旁边的"中国银行"说，存起来，回来时再取。我没有办法，只好照办。心想，老实人总要吃亏。记得有两次由海外回国，一次由法国回北京，一次由日本回上海，两个机场看了行李申报单后，都叫我将带回的外币出示一下。他们拿过去，认真地数了一下，然后放行。我想，真是奇怪，携出外币怕外币流失，可以理解；从国外带回外币还要检查，真有些说不通。

我和蔡少卿教授总算如期平安抵达澳大利亚墨尔本。澳大利亚此时的气候与中国正相反。7月的中国是炎热的夏天，而墨尔本虽不十分冷，但要穿较厚的衣服，记得我带了一件不太厚的皮夹克。澳大利亚是美丽的国家，气候常年宜人，城市绿荫葱葱。费约翰教授已在机场等候，把我们两人接到他家小住。

早年费约翰教授在澳大利亚跟随华人历史学家王赓武教授攻读中国现代史专业博士学位。1980年初两次赴南京大学访问研究，那时学校指定我在学术上给他指导。其夫人安东尼研究扬州历史，也一同来南大访问。是时，我们建立了深厚的学术友谊。费约翰后来在澳大利亚学界有了很大的学术影响力。

我和蔡少卿老师在澳大利亚期间，出席了亚洲学会的年会，宣读了各自的学术论文。我的论文题目是《新中国建立以来中国现代史研究的重大发展》，蔡少卿老师的论文题目是《民主革命时期中国共产党与秘密社会的关系》。我们先后访问了墨尔本大学、澳大利亚国立大学、布里斯班大学、悉尼大学，在这几所大学和博物馆举行学术座谈和学术报告；也会见了澳大利亚史学界的朋友，交流了学术状况。

在学术访问之余，澳大利亚的朋友陪同我们参观名胜与历史遗迹。我们参观了著名的海边旅游胜地黄金海岸，观看了澳大利亚特有的小企鹅。他们每天晚上由海里游向岸边，由企鹅首领带领着一队队走向岸上的窝，次日清晨再整队入海。它是澳大利亚著名的生态景观。一天，费约翰教授陪同我们参观墨尔本海岸风景，我听到熟悉的琴声。放眼望去，见一中国青年在岸边走廊一带拉小提琴，面前放着一个观众投币的饭盒，见状我忍不住流下了眼泪。这是我出国第一次见到这种状况，后来在各国城市，均见到一些人在街头、广场唱歌、跳舞、为人画像或按摩，收取报酬也就见多不怪了。

我帮着蔡老师选购西装，他挑来挑去，没有成交，也就算了。我看到商店有一个白色小挎包，品质、式样都不错，而且价钱不贵，打算买回家送朋友做礼物。我里外翻查，未发现是中国货，哪知带回国后，在包的夹缝中发现了"Made in China"。

一个月的访问很快结束，我与蔡少卿老师对澳大利亚的印象不错。这个国家的各大城市都很美丽，街道两旁一排排绿树，一幢幢红色瓦顶小洋房。他们说大型楼房是穷人住的，澳大利亚是移民国家，福利很好，但是一个月的工资，大量缴税和偿还购房款。群众失业，政府可补助半年生活费，保证了基本生活。我们两人赴澳访问的那两年，大量上海人赴澳念书和打工，因为一时找不到工作和住房，不少人睡在马路中央的绿地上。这些人逐渐被"消化"。澳大利亚民众生活比较平静、安逸，有"夜不闭户"之称。

我和蔡老师由墨尔本机场乘航班返抵广州。在机场迅速脱掉冬衣，换上单衣。一股热气扑面而来，印象深刻。蔡回南京，我由广州转往中山市翠亨村参加盛大的纪念孙中山的国际研讨会，这是我出国前早已向广东方面许诺的。而且会议只邀请了南京方面两位学者，虽刚返国稍感劳累，但也必须出席。那时广东交通也不甚方便，从广州抵翠亨村要乘数小时长途汽车。这次会议是由广东省和日本学术界共同举办的"孙中山与亚洲"国际学术讨论会，出席者不仅有一批日本著名学者，还有30余位台湾学者，组成大型团队前来参加。其中不少是我熟悉的老朋友，如蒋永敬教授、张玉法教授等。会议上，我主持了一场"孙中山与越南"的研讨会。主要发言人是蒋永敬教授和广西社科院的一位学者。席间，一批台湾学者涌入会场，讨论内容迅即变成了两岸间关于孙中山三大政策的辩论。后来蒋永敬教授在大陆的研讨会上，屡次抛出这个议题。也正因为如此，促使两岸学者追寻政策来由，从而在认识上达成一致。

5. 访问走向统一的两个德国

第二次世界大战暨世界反法西斯战争胜利后，战败国德国被分割成两个国家。西德称德意志联邦共和国，首都设在波恩，而东部称德意志民主共和国，首都在柏林（指东柏林）。由于不断的军事和政治冲突，筑墙将柏林城一分为二。东德民众不得随意跨过柏林墙进入西柏林。而外国人凭护照可以自由出入东西柏林。西德经马歇尔计划的扶植，经济迅速得到恢复和长足发展，成为西方资本主义社会的经济强国。仅从东西柏林观察，两德经济水平差异甚大。而德意志民主共和国在20世纪七八十年代则是社会主义阵营经济最强的国家，甚至超过苏联，但是仍不如西德经济发达。

我去过德国3次。最早的一次是1988年，当时两德尚未统一，还是德意志民主共和国时代。我和丁名楠（中国社会科学院近代史研究所研究员、著名的中美关系史研究专家）、章百家（时亦在中国社科院近代史研究所工作，后转中共中央党史研究室，担任副主任）、杜文棠（中国社科院世界史研究所研究员）等4位学者，应德意志民主共和国社会科学院和洪堡大学的邀请，赴柏林参加中德关系史研讨会。除德方学者外，中方学者只有我们4位。那时中国人出访机会甚少。

我们4个人在北京会合，乘飞机由首都机场出发。那时也可以乘火车赴欧洲，途经西伯利亚、莫斯科、波兰等地，时间约一周，是一种疲劳旅行。我们坐的航班穿越中国西部沙漠地带，到达巴基斯坦卡拉奇。飞机在机场稍停，旅客下机到候机厅稍事休息。我照了几张照片，候机厅甚小，有几处售物的商贩，有的甚至坐在地上，衣着不整。在再次登机进行安检时，海关人员发现了章百家的照相机，拿过去左看右看，最后打开电池盖，将电池取出扔去远处，退还了照相机。我们对这一举动甚感奇怪，也说不清楚为什么。飞机继续西行，穿过阿拉伯半岛西亚大片沙漠地区。从机舱窗户望出去，荒无人烟，只看到若干条管道，猜想是输油管道，因为这个地带盛产石油。经过一天旅行，天还未黑，飞机到达罗马尼亚首都布加勒斯特机场。当年罗马尼亚是社会主义阵营经济较发达的国家。但据我们观察，实际上也较落后。我们在布加勒斯特停留了一天半，被航空局安排住在一座小楼内。我们早上去参观菜市场，肉、菜、蛋、奶等并不丰盛，还有一些男人提着篮子排队买牛奶。在南京时，听外访人员作报告，说罗马尼亚很富有，龙头一开，牛奶就自然流出。这真是天方夜谭，实际并非如此。我们又去百货商场参观，发现商品也很不丰富，货架上稀稀拉拉，一排排酒瓶如我们的酱油瓶，一点也不精致。发现一处排队很长，我走过去一看，是购买电池，服务员用小电灯泡一个一个地为顾客检验。走过大街，人们很友善。汽车司机摆摆手，主动为行人让路。这在当时的中国还未看到过。

我们4位中国学者在柏林研讨会上都发表了有关中德关系的学术论文。早年出国，大家在学术上都会做认真准备。会上，费路教授的学术报告给我留下了深刻印象。他详尽地报告了近代以来中德文化的交流及其影响。会后，费路教授盛情邀请我们4人到他家做客。他是洪堡大学中国历史研究室教授，20世纪50年代中期留学北京大学历史系，讲一口流利的北京腔。费路教授在民主德国很有政治地位，也几次来南京大学参加学术会议。中德关系史研讨会议结束后，费路教授陪同我拜访了洪堡大学校长（是一位著名化学家），双方商谈了学术合作及人员交流问题。南京大学人事处决定每年派一名青年教师去洪堡大学访问学习，为期一年。南大派出的第一位是陈谦平。当时历史系几位教师都去外文系德语专业学习德语，以做出国准备。后来两德统一，政局动荡，陈谦平心中不安，迅速返回国内。费路教授不久在洪堡大学遭受打击，学校试图解除他的教授职务。费路呼吁国际学术界给予支援。我也写了一封信支持他留在洪堡工作。

中德学术研讨会后，我们4个人由柏林转赴魏玛，出席在那里举行的欧洲汉学家学术会议。会议研讨的内容包含中国文学、历史等方面，出席者有欧洲各国学者。苏联派出了由著名汉学家齐赫文斯基率领的庞大的学术代表团，我们和他们进行了友好的学术交流。其中也交谈了20世纪50年代中苏之间那段不愉快的历史，苏联学者做出了客观的评论。在魏玛会议上，我们作了发言，并见到了受邀出席会议的日本山田辰雄教授以及中国台湾学者陈永发教授和朱浤源教授。这是第一次与台湾学者会面。会上，大陆学者受到较高的礼遇，坐在会场中间第一排。我们主动把台湾两位学者请过来，坐在一起。

东德当时在社会主义国家中经济水平是最高的。领先于苏联，更优于中国。他们生产的小轿车，号称"火柴盒"，与在街上奔跑的西柏林"奔驰"轿车相比较，质量差很多。生活上，与一墙之隔（柏林墙）的西柏林比较，商品质量也有明显差异。东柏林的建筑很有特色，极具欧洲古典风格，十分典雅。在东柏林市中心广场，建有37层的大楼，是唯一的一座。我们抵达东德第二天，即住进这座高层宾馆。我们曾专程去参观了反法西斯战争胜利前夕，美、英、苏三国领袖杜鲁门、丘吉尔、斯大林在波茨坦会晤和发布促令日本投降的《波茨坦公告》的场所旧址。绵延数十公里的柏林墙，是二战后德国被大国分割为东西两德的象征。渴望统一的两德人民最终将其拆除。

两德统一后，社会经济进一步走向发展、复兴。至今，应该说德国是西方国家中除美国外经济最为发达的国家。德国商品精致、高超。德国人生性守规矩、守纪律，这是日耳曼民族的特性。记得有一天晚上，我路过一个红绿灯路口，马路上没有任何行人和汽车，我打算横穿马路。但见一位德国人静静等候在红灯面前，决不违规过路。此事让我很受震动。

两德统一后，我再次应邀赴德国出席国际会议和讲学。

1994年7月6日至9日，我应德国柏林自由大学邀请，出席中德关系史研讨会。为参加这次会议，我在中国第二历史档案馆工作人员帮助下，使用馆藏档案撰写了一篇中德关系史方面的论文。主办这次会议的主要是柏林自由大学罗梅君教授。出席会议的有洪堡大学费路教授、美国哈佛大学柯伟林教授，中国方面有山东大学、杭州大学、北京大学等研究德国史和中德关系史的专家。会后，罗梅君教授陪同我参观了德国古代的历史遗迹。这次赴德参会，是一次艰苦的旅行。会议结束后，我必须由欧洲去台湾参加即将在台北召开的两岸"中国历史上的分与合研讨会"。我从柏林出发，途经伦敦希思罗机场转机飞赴香港，与参会的大陆专家会合再去台北。机舱内十分拥挤，我得夹坐在另两人之间，只能直挺挺的，整个身体无法移动，真把我累坏了！从此以后乘飞机办手续，我绝对声明要求靠走道的座位。

1996年2月，我和中国第一历史档案馆馆长徐艺圃分别收到德国杜宾根大学历史系主任Hans Ulrich Vogel教授邀请函，请我们赴该校讲授中国近现代史料学和有关档案史料。该系办了一个研究中国历史史料的讲习班，主要招收欧洲地区研究中国历史的年轻学者参加。

我与徐艺圃馆长经过认真准备，于1996年2月25日由北京机场出发，途经德国法兰克福，转杜宾根大学所在地。法兰克福机场与巴黎戴高乐机场、英国希思罗机场，同为欧洲三大著名机场。法兰克福机场很大，我第一次经过此机场航站，上上下下，有点晕头转向，好在我们是两个人，也还顺利出站了。

在杜宾根大学讲课之后，还访问了海德堡大学。那里的建筑是典型的古城堡风格。紧接着，我和徐艺圃馆长转往柏林，再次参加中德关系史研讨会。会上，有两位曾任驻中国大使馆使节的与会者在发言中指责中国人权问题。我在会上据理反驳，并以费路教授为例，批评德国对他政治上不公，同时，也使他在洪堡大学时的助手安悟行讲师（后任柏林地区德国共产党市委书记）丧失工作机会。两位已退休的使节受批评后，晚餐时向我敬酒，表示友好。

在柏林参加会议以后，返程中途经巴黎，原想探望白吉尔教授和毕仰高教授，但两人退休后，白吉尔教授正在照顾产后的儿媳，无暇会面，而毕仰高教授移往农村休养，难免遗憾。在巴黎期间，徐馆长的一位友人开车陪同我俩参观了部分名胜古迹。

6. 访问韩国和朝鲜

自1953年朝鲜战争签订停战协定后，韩国一直保持着与台湾的"外交"关系。由于中韩之间贸易往来密切，至80年代双方仍在两国首都北京和首尔互设贸易代表处。那时，我侄女的丈夫就在中国驻首尔（当时称汉城）的中国贸易代表处工作。代表处实际上行使着外交事务工作。当时中韩之间民间往来已很频繁，双方交通渠道主要经青岛、烟台和大连的海上运输或绕道香港地区。

1986年，日本山田辰雄教授访问南京，我去他下榻的南京饭店探望。交谈中，山田辰雄教授说，韩国汉城大学闵斗基教授希望访问中国，可否帮忙邀请，我答应了山田教授的要求。1990年7月底，我自澳大利亚返回国内，直接经广州赴翠亨村参加由中日合办的"中国与亚洲"学术研讨会。会上，我与闵斗基教授第一次会面。他与弟子裴京汉先生与我合影留念。闵斗基教授当即邀请我出席将在汉城大学举行的"中国近现代史史料学国际学术研讨会"，我答应愿意参加。由于会期已经很近，我回宁后抓紧办理出国手续。那时去韩国的签证手续必须经中国外交部办理，出国人员不得个人与韩国驻中国贸易代表处直接接触。1990年时，我还在担任系主任，朱庆葆刚刚博士毕业留历史系工作，他帮助我赴北京办理这一系列繁杂的出国手续。其间，汉城大学东亚系主任也向韩国驻中国贸易办事处打了招呼，希望加快办理。

这次会议虽称国际学术会议，实际上只有章开沅、骆宝善（广州社会科学院历史研究所研究员）和我三位外国人。章开沅教授尚在美国访问，直接由美国飞汉城。1991年6月13日，我绕道广州经香港，与骆教授一起飞汉城。在香港启德机场（那时香港新机场尚未建成），我在帮骆教授寻找行李时，发现机场也把我的行李丢在旁边。我和骆教授经过大半天飞行，当日傍晚抵达汉城仁川机场。汉城大学的青年教师前来接机，我们三人住入汉城大学的宾馆湖岩馆（由三星财团捐赠）。研讨会于6月14日—15日在汉城大学举行。某系主任和闵斗基共同主持了这次研讨会。一大批汉城大学和其他学校的博士生、青年教师出席会议。他们都端坐在会场四周，认真聆听会议报告和讨论。我们三位中国教授都作了论文发言，都是关于中国历史史料学方面的内容。韩方向我们三位教授赠送礼品，每人一台时钟。章开沅教授开玩笑说，是赠送"计时器"，不是"送终"（"钟"的谐音）。闵斗基教授的业师、韩国汉学的前辈高柄翊（时任韩国放送委员会委员长，部长级领导人）在接待国宾的"朝鲜官"宴请了我们三位中国学者。会后，会议主办者带领我们参观了韩国最大的百货公司"乐天购物中心"和民俗村。6月19日，我与骆宝善教授一起返回中国。那时，中国改革开放还不久，广州是最大的对外窗口。进出口贸易和商业已十分繁荣，各种人员也很混杂。我在车站外与搭乘的出租车谈价钱时，发现放在身边的一个行李箱被小偷拎走，幸好未走远。我大喝一声，小偷丢下箱子跑了。

我第二次赴韩国，是2002年12月，受邀访问韩国国史编纂委员会，出席研讨中韩两国档案文献的编纂和研究工作。参会者中方有北京、上海等地学者如吴景平教授等，日方也有学者参加会议。韩国历史上与中国关系密切，并大量使用汉文，档案馆、博物馆保存有大量中文历史文献，其中包括明清皇帝颁布的圣旨、上谕和朝臣奏章等。20世纪，韩国去汉化，社会上广泛使用韩文，街头商店除中餐馆的店招仍保留汉字外，包括图书在内，汉字几乎绝迹。首都汉城更名为首尔，最著名的汉城大学亦更名为首尔大学。然而，原有的汉文化生活习俗，短时间试图将其消失是困难的。且这种文化底蕴的保留将会进一步加深中韩两国的传统友谊。为顺应时代发展的要求，1992年8月，中韩两国建交，一些曾在台湾就读的博士生、硕士生等转往中国大陆求学。一时间，韩国来华求学、做学术研究的学生和学者人数大增。韩国掀起了"中国热"，韩剧也广泛吸引着中国观众。

20世纪90年代初期，闵斗基教授甚至将韩国研究中国历史的学术会议搬到北京举行，并访问南京。国史编纂委员会学术讨论会后，我受聘担任了该委员会的海外委员。

2005年4月，我和朱宝琴教授应邀赴韩国济州岛出席由济州"4·3"研究所举办的"4·3事件和平人权论坛"。我在会议上发表了"不能忘记的历史——日军南京大屠杀研究"的学术报告。会后，我和朱宝琴教授由韩国康宗兰女士陪同，参观了美丽的济州岛。济州岛是韩国人休闲游览的胜地，许多年轻人常常到此度新婚蜜月。

我在韩国几次学术会议上发表的学术论文均由韩国学者译成韩文，公开发表。

第二次世界大战以后，朝鲜摆脱了日本帝国主义的统治，但是未能达成民族的统一，长期处在分裂状态，以三八线为标志，形成敌对的两个国家。韩国经济恢复较快，成为亚洲的四小龙之一。而朝鲜民主主义人民共和国经历三代领导人金日成、金正日和金正恩的治理，社会发展缓慢，经济落后，长时间受到美国的经济制裁和不断的军事威胁。政治上试图保持本身的统治方式，甚少与西方国家往来，经济投入不够，人民的生活处在较低的水平。

2015年9月，中国社会科学院科研局和中日历史研究中心受到朝鲜社会科学院的邀请，组团赴朝鲜进行学术访问和交流。有北京、天津、长春、延边等地学者组成访问团，于9月成行。我们由北京乘中国国际航空公司飞机直达平壤机场。机场航站楼甚小，候机厅大约有足球场一样的面积，从候机厅观察，电子屏显示只有三四个航班往返平壤。机场安检十分严格，我们有两位学者的电脑经过严格的检查。我个人担心麻烦，连手机、照相机也未带。朝鲜社科院的朋友乘大巴专车前来机场迎接。整个访问期间，我们代表团住在一座大型的高层宾馆，据说当年是为接待外宾修建的。这座大楼可能为了安全，只有一条道路通向宾馆。当晚，朝鲜社科院的领导设宴招待我们，精致的餐具和丰盛的菜肴，满足了我们的口福。以后也曾经在大的餐馆招待我们。研讨会举行前，社科院领导与中方学者会见，研讨会是在一座很大的大厅举行。朝方有100多位学者出席，双方均围绕中日关系和日本暴行进行发言。我在会议上作了日本南京大屠杀的学术报告。

在朝鲜期间，对方陪同我们参观了许多朝鲜有关纪念设施和中国人民志愿军的纪念馆、纪念碑。参观了许多国家包括中国赠送朝鲜领导人的纪念品。朝鲜高层建筑特别是超高层建筑很少，多数是多层建筑和小高层建筑。建筑质量普遍不高，略显粗糙。朝方带我们去一座商店购物，商品品种不多，很不精致，几乎无什么可购买的，大体上相当于我国改革开放前和改革开放初期的水平。平壤马路甚宽，公共汽车、电车和出租汽车甚多，但马路上不拥挤，也很畅通。小轿车看上去一般化，看不见高档轿车。街上商店不多，可以说很少。大约二三百米远，路边有一个类似中国报亭一样的小店，专门销售饮料、小食品。路边常看到有人排队购买面制食品。我们询问陪同的朝方学者得知，这种食品外国人不能购买，因为朝方民众的食品还实行计划供应。我们发现许多朝方学者都有手机，据他们介绍只能与国内人员通话，不能打往国外。工作单位有FAX，亦不能和国外联络。在中国国内听说朝鲜实行义务教育和免费医疗，民众住房也不要缴纳房租，果真如此，很好。朝鲜给人感觉仍较落后，要赶上新的历史时代，必须跟中国一样实行改革开放，这是国家走向发展的必然道路。

7. 巴黎、罗马和威尼斯之行

学习世界历史，除原始社会外，都是从研究古代希腊罗马开始，学术上形成了欧洲中心论。然而看古代欧洲，要观察希腊罗马，而要了解近代欧洲则离不开法国和英国。直至20世纪90年代，我们的世界史教师不少人还没有去过欧洲，讲授世界史只是"纸上谈兵"。最多靠一些图片介绍那时的社会面貌。我去欧洲时，多么想买一些实物图片赠送给我们的老师们。

1998年，我接到威尼斯大学萨马拉尼教授邀请，告知该校将与北美二十世纪中华史学会在威尼斯大学联合举办"民国时期在20世纪中国的角色：反省与再思索"国际学术研讨会。

那时，赴意大利威尼斯开会，乘坐的飞机航班必须经过巴黎或罗马。经过协商，我们将此两个城市列入我们的行程，弥补我们学习世界史的一些不足。赴威尼斯开会的旅费由对方提供。在巴黎和罗马的行程应是个人活动，费用自理。同行者有陈红民教授和梁侃教授，我夫人刘可文也自费同游。在巴黎，我校曾在联合国教科文组织工作过的钱佼汝教授帮助安排了住宿。在罗马，则住宿在校友宋黎明的家里，他还陪同我们参观。

巴黎是世界闻名的大都会，我们乘地铁活动，登上埃菲尔铁塔，鸟瞰巴黎繁华的全貌。我们经过香榭丽舍大街，试图过马路进入凯旋门，然而无论如何也找不到通道。我们违规了一次，横穿马路跑入凯旋门。往返的汽车一齐鸣笛向我们发出警告。我想，守纪的法国人一定会吼叫：这几个中国人为何违反交通规则！

我们花了一天时间，参观了著名的凡尔赛宫。它路途遥远，但凡尔赛宫具有重要的历史价值和历史意义。对历史有重要影响的凡尔赛条约就是在这里签订。每年有难以数计的各国人民前来参观。

我们由巴黎乘火车前往罗马。罗马不仅是现在的意大利首都，更是意大利著名的历史古城，保存了大量古罗马时期的建筑遗存。它们大多是十分破碎的残垣断壁，但可以让后世民众据此想象当年古罗马的历史风貌，给人以无限的遐想。我站在废墟旁边，恰遇一位南京来的旅游者，我问他对罗马有何感想，他对我说：罗马破破烂烂，没有什么好玩的。我对他的回答感到十分遗憾，显然他没有领略到蕴含其中的历史文化。

罗马另一个伟大之处，是它至今还保存着大量的古代油画，是任何国家、任何城市无法比拟的。油画不仅给我们以伟大的艺术享受，而且通过这些油画可以思索当年的人文社会面貌，给人们以历史的感悟。罗马众多的博物馆和各处保存的油画都是真正的无价之宝，是人类宝贵的精神财富。坐落在罗马城区的梵蒂冈，是世界天主教的中心，其历史悠久、雄伟壮丽的大教堂建筑，对所有天主教徒来说，是神圣庄严之所在，他们无不对它满怀无限崇敬之情！

我们路过佛罗伦萨，其河上横着一座著名的"老桥"。桥上一座座黄金饰品店，各国客人常来老桥购物。恰长子将于次年结婚，我们为其购买了一套精致的黄金饰品。

在佛罗伦萨，我们与宋黎明暂时分别，感谢他对我们的帮助。我们乘车直往威尼斯。威尼斯的确是闻名世界的水城。我们由火车站换乘轮船到达住地。

威尼斯一切均靠河流运输，它没有市内公共汽车，城内是弯弯曲曲的小巷，到处是卖小工艺品的小商店。船头翘起，极具特色的小游艇"贡突拉"深受游客们喜爱。不大的圣马可广场及其塔楼是威尼斯重要的城市标志。

出席本次学术研讨会的欧洲、美洲、亚洲等各国的学者，其中有我的学术密友、复旦大学历史系黄美真教授，我俩长期合作，作出了不少学术成就。

会议上，我作了民国史方面的学术报告，并主持了一场研讨会议。会议结束，我们乘船离开宾馆赶赴机场，乘航班返回国内。

8. 剑桥行

1997年，我收到剑桥大学东亚研究院汉斯·方德万教授的信函，邀请我出席由该校主办的民国军事问题的学术研讨会。我很高兴地接受了邀请，因为一方面剑桥大学是世界闻名的一流大学，很想去该校访问；另一方面在会前我还未去过英国，也想借此机会了解一下这个已日落西山的老大帝国。方德万教授在早期是由易劳逸教授向我介绍来南京大学访问研究的。当时他还是高级讲师，按照英国的教育制度，大学一个院系只有一名教授，这位教授辞职或其他原因离开岗位，他人才可以顶职上位。方德万教授是一位学有成就的中年学者，喜爱打球，来南京前不慎腿部受伤骨折，他是拄着拐杖来宁的。这段时间，我请陈谦平帮助他，两人建立了深厚的情谊。

剑桥大学的这场研讨会，邀请的学者不多，除英国、美国外，还邀请了台湾"中研院"历史语言研究所两位研究员。中国大陆出席者为杨天石研究员和我两人。11月10日，我们两人在北京机场会合，乘航班直飞伦敦，再乘车转剑桥。会议上，我发表的论文为"二三十年代蒋介石的军事、政治战略研究"。

在剑桥期间，我们参访了剑桥大学的有关研究机构和设施。剑桥基本上是一座大学城，各国前来留学的学生甚多。会议之后，我和杨天石教授转往伦敦，在伦敦住了两天。为了方便，我们两人住在一位华人夫妇家里，他将空闲的房间临时出租接待访英的客人。我和杨天石教授参观了泰晤士河大桥等伦敦的著名景点，最重要的是参访大英博物馆和图书馆。当我走进高大的图书馆阅览室时，眼望那么多珍贵图书陈列在书架上，回想当年我们的老师王绳祖教授、蒋孟引教授、曾昭燏教授，他们孜孜不倦地刻苦学习，用一张张卡片，辛辛苦苦地抄了那么多有价值的史料。我们读书时，不断地看到他们利用在英国所获的史料，发表着一篇篇论文。然而，曾几何时，在"文革"的疯狂时代，无知的红卫兵抄家，将蒋、王老师的资料抄走，付之一炬，造成无法弥补的损失，实在令人悲愤不已。

在伦敦停留两天后，我们乘飞机飞往北京。那天19点左右，我已经办好转飞南京的登机手续。在机场候机厅等候时，忽见机场大雾弥漫，逐渐整个机场内什么也看不见了。机场方面在喇叭中不断地宣布飞往各地的一个一个的航班停飞。我们这班飞南京的航班也被叫停。机场通知乘客登上巴士送往北京北郊的一座并不豪华的宾馆，两位旅客一间，就这样住下来。次日，观望天气，仍然大雾。旅客与机场方面均联系不上，心中着急，不知所措。最终大家还是拖着行李箱去机场等候消息。第二天的机场候机大厅一片混乱，旅客简直如逃难者一样。柜台上部贴满了一张张形形色色的白纸条，发布着各种各样的通知或信息。许多外国旅客站在行李旁，不知如何是好。本来我回南京后，还要去台湾出席民国历史档案方面的学术会议，是早已预定好的。我在机场打电话去台北档案学会赖泽涵教授，告诉他们我不能成行，要他们代我在会议上宣读我的论文。他们仍希望我由北京直飞台北。我说，没有办法，我的入台证还留在南京呢！不返回南京是去不了台湾的。

就这样在北京折腾了三天一晚，大雾终于消散，天气放晴，我才顺利地登上了飞回南京的航班。

9. 访问莫斯科

2006年5月，我接到莫斯科国立大学亚菲学院高念甫教授的来信，他代表莫斯科大学邀请我赴莫斯科出席该校亚菲学院建院50周年庆典。该院是莫斯科大学十分重要的学院，曾为苏联和俄罗斯培养了大批外交与政治人才。我对这次访问怀有特别的兴趣和期待。晚清以来，沙俄对中国的侵害和影响都很巨大。民国时期，国共两党的曲折关系，都与苏联的插手分不开。新中国成立后，我们处处以苏联为榜样。他们的集体农庄成为中国农村未来发展的"幸福"模式，但实际上在许多方面体现了苏联的大国沙文主义、民族利己主义。20世纪90年代，苏联解体，多国组成的庞大社会主义阵营迅速瓦解，国家经济迅速下滑，物质上陷入极度困难状态。一些在华俄罗斯学者回国时，都从中国带回大量食物和生活必需品。苏联幅员辽阔，有丰富的资源（如森林木材、石油、矿产和强大的重工业）和雄厚的国防力量，为什么那么短暂的时间就被西方资本主义冲垮，它留给世界人民怎样的深刻历史教训。这是不良的旧体制造成的必然恶果。当年我国学习苏联，强调发展重工业，一度也忽视轻工业的发展，后来毛泽东提出轻工业、重工业并举的方针，才未陷入偏颇的厄运。而俄罗斯毕竟有着丰富的物质资源和雄厚的工业基础，因此，解体后独立的俄罗斯迅速恢复元气，仍然雄踞于世界大国之列。

我们这一代人，是在苏联各种影响下长大的。20世纪50年代中国到处是苏联影响的痕迹，至今人们仍然会唱起"莫斯科郊外的晚上""喀秋莎"等脍炙人口的歌曲。小说《钢铁是怎样炼成的》更是鼓舞和影响了数代中国人的精神意志。

我到达莫斯科国立大学，就住在那座雄伟壮丽、高耸宽敞的大楼。走进楼内一眼望不到头，规模实在大。它不仅是莫斯科大学的象征，也是俄罗斯人民曾经有过的骄傲。半个多世纪过去了，那座大楼仍然十分壮观。我与亚菲学院的教授们在会议室交流了双方有关历史学的研究状况。师生们不少人研究中国，对中国的过去和现在有浓厚的兴趣。在大学的会见活动中，我再次会见了苏联/俄罗斯著名的齐赫文斯基教授，我们两人合影留念。他是研究中国历史最具代表性的学者。纪念庆典在莫斯科国立大学的大礼堂举行。会场坐满了各方人士，我坐在会场前排，回味着毛泽东当年接见我国留学生的情景，脑海中似乎再次响起毛泽东亲切、有力的话语："你们好比早上八九点钟的太阳，世界是你们的，也是我们的，但归根结底是你们的。"莫斯科红场是苏联和社会主义的象征，是当年人们十分向往的圣地。然而，当我踏进红场，感到眼前的它是那么的小，与我的想象差之千里。人们记忆中的检阅台，斯大林挥手检阅红军，他们从这里奔赴前线，驱走德国法西斯侵略者，捍卫了伟大的社会主义联邦共和国。这一幕幕记忆犹新的情景，都已消失在人们的头脑中。检阅台下是列宁的陵墓，从一个不大的墓门进入墓室，周边黑洞洞的，只有一束青色光亮打在列宁的遗体上。卫兵不许瞻仰者停步，只能鱼贯而过。对要不要保留列宁遗体，俄罗斯人民曾有过很大争论，也未取得一致意见。俄罗斯领导人普京采取冷处理态度，不展开争论，留给后人解决。但是对列宁和他的主义、学说，俄国政治家和学者早已不再把他视为经典和需要继承与发展的革命理论。列宁、高尔基和一些苏联著名革命领袖的铜像，被推倒后，堆放在一个公园内。许多革命人物的墓碑仍然安放在列宁墓后面的墓墙上。只有斯大林的遗体移出红场，葬到其家乡。家乡人民仍对斯大林怀有深厚情谊。毛泽东对斯大林给以三七开的判断。斯大林不仅在建设苏联社会主义政策和道路上有错误，并影响了中国等许多社会主义国家，而且在20世纪30年代的许多政治政策，使许多苏联人民遭受严重灾难。苏联人民和后世的俄罗斯，对斯大林和列宁以不同的政治态度是可以理解的。世界上人无完人，当希特勒的屠刀杀向苏联时，斯大林以英雄的气概带领苏联人民保卫了社会主义的伟大祖国。他的功勋我想苏俄人民是永远不会忘记的。俄罗斯人民对人物的评价甚至表现在墓地上。莫斯科郊区有一处著名的墓园，高念甫教授陪我专程前往参观，那里安葬着许多苏联时期著名的社会人士、文化人物。他们以形形色色的方式，纪念着逝去的人们。如中国共产党人王明也安葬在该墓园一处十分显眼的地方。其墓采用黑白分明的两种大理石砌成，反映了俄罗斯国人对王明一生的评价。俄罗斯人信奉东正教，到处是很具特色的东正教教堂。20世纪二三十年代，中苏合办莫斯科中山大学，培养了许多中国的革命者。这是一所不那么起眼的学校建筑，我留影纪念。我在莫斯科大学教师的陪同下，参观了克里姆林宫，它一直是苏联和俄罗斯领导人处理国事的场所。莫斯科的种种现实，让人们对社会主义的过去和未来抱以无限的思考。

离开莫斯科回国前，我专程访问了俄罗斯社科院远东研究所。该所对中国研究有雄厚基础和丰富的成果，我与所里一批老一代学者举行了座谈，交流了学术心得。

10. 初访东南亚

东南亚地区多小国，有的与中国为邻，双方往来密切。华人在这些地区占有重要地位，如新加坡、马来西亚、印度尼西亚民众多讲华语。历史上中国南方各省民众漂泊海外谋生，因地理上邻近中国，东南亚自然成了海外华人华侨最多的地区。他们世代在所在国繁衍生息，辛勤劳作，为当地社会经济发展作出了巨大贡献。改革开放后，普通老百姓开始去国外旅游，初期赴欧美旅游者还不多，新、马、泰三国成为中国人外出旅游的首选目标，而且往往是三个国家一起玩。我个人尚未赶这个热闹，直到进入新世纪，儿子才带我和夫人刘可文去马来西亚和泰国游玩了一趟，观赏了当地的风景和人文景观。比如在泰国，参观了很具代表性的种种佛教建筑遗存。人们常说去泰国旅游就是"看庙"，确实如此，佛教寺庙是泰国的象征和国宝，信众无数。在马来西亚，双子楼是代表性的建筑，享誉世界，我们经吉隆坡专程参观了马六甲海峡，这里是国际贸易必经之道。人们常说中国人出国是观光、参观，一天跑下来很累，两腿发酸，然后购买一些当地的产品回国送人。外国人的旅游是选择海边沙滩，沐浴着海水、阳光，十分惬意。我们在马来西亚专程乘飞机由吉隆坡去了一趟兰卡威。这里的海景十分漂亮，我们在此休闲了三天，好好享受了一下安静美好的惬意时光。

访问东南亚，真正有意义的学术活动，是受邀访问新加坡。20世纪七八十年代以来，它是亚洲四小龙之一。李光耀为新加坡的经济腾飞作出了杰出的贡献，受到各国人民的赞扬。

2012年10月是辛亥革命100周年纪念。新加坡华人世界隆重举行国际学术研讨会，以兹纪念这个伟大的节日。受邀出席研讨会的大陆学者还有章开沅、杨天石等，也有中国台湾和其他国家的学者。我的论文主张坚持辛亥革命是民族民主革命的观点。自2001年以来，在各种学术场合，我都坚持这种观点，然而被广大学者接受，还需要付出十倍的努力。

总之，从20世纪80年代后期至21世纪初，有20多年的时间，我先后访问了10多个国家，有的国家访问了数次或10多次，拓宽了视野，增长了见识，了解了不同制度国家的国情，学习了外国朋友的学术理念和研究方法，对个人的学术发展非常有益。但是，我自70岁之后，就甚少出国访问、讲学和出席国际会议，曾经多次婉言谢绝海外一些国家和地区的邀请，其中包括美国、英国、意大利、澳大利亚等的邀请。我一是感到自己已届高龄，不宜再做长途奔波；二来觉得作为一名学者，在较多的学术交流之后，更应该坐下来，深入思考、多研究、多总结，以此勉励自己。

十一、开展两岸学术交流与合作

1.首启两岸交流的大门

自南京国民党政权崩溃，部分残余部队在西南地区挣扎无果之后，蒋介石及其残存军政人员陆续退往台湾。自1949年至20世纪80年代，两岸关系紧张，基本上无任何往来。双方获得的对方文史哲等图书资料，都是作为"特藏"予以保存。少数民间人士经西方国家或中国香港前来内地做过短期逗留，报刊上亦不见披露。这种人士据官方统计有2000余人。我曾受政府安排，接待会见过个别人士，学界接触，少之又少。双方"大门"处于关闭状态。

1979年改革开放不久，南京大学等部分高校，开始接受各国留学生来华学习，其中主要是"访问学者"，来中国学习中国语言、文学、历史和中国医学。1981年，澳大利亚访问学者费约翰夫妇，曾两次到南京大学访问交流，分别研究中国现代史和扬州历史。学校安排我指导费约翰的研究工作。其间，因为研究的需要，费约翰将去台北搜集史料。行前，他询问我是否需要台湾方面的资料。我告诉他，台湾中国国民党中央党史委员会编纂出版了一套《革命文献》，当时已出版了77辑。大陆只北京、上海和广州有不完整的若干卷。我们希望得到这套文献集。

费约翰到达台北后，与中国国民党党史会研究员吕芳上先生进行了商谈。吕先生同意赠送南京大学一套《革命文献》，由费约翰先生协助经香港邮至南京。当时台湾方面，吕芳上先生提出希望南京大学提供《民国日报·觉悟副刊》和五四时期的重要刊物《星期评论》。这两个报刊，南京及各地大图书馆都有保存。我迅速地在南京大学图书馆复印好，等待邮寄。我们很快收到台湾方面寄出的《革命文献》一套若干包。而我方所拟交换的资料如何寄往台湾，成为很大的难题。南大留学生部请示学校领导，表示此事很有意义，但无人批示。南大再请示省委宣传部。宣传部副部长钱静人专程来南大"斗鸡闸"办公室，与南大党委副书记、副校长章德会商意见。我也参加了这次会见。双方都认为这项交流很有意义，但是双方都不敢表态承担资料寄出的责任。最后，南大只好请示当时的省委书记。所幸得到批示，才得以将该材料经香港邮往台湾。

在改革开放之初，这样的情况可以理解，毕竟才打开对外交流的大门。这件不大的工作，整整耗费我两个月时间。

2. 复杂的出境手续

早年，由于大陆和台湾处在政治上的敌对状态，双方没有往来，邮政不通，访问台湾简直是梦想。访问香港也不容易，去香港访问，办理出境手续少说也得花上四五个月时间。先是在学校办理相关材料，再报告教育部，教育部转国务院港澳办，再转香港新华社（代行相关职权），港英、香港方面同意后再转回北京，然后再层层下达至申报单位。这样反反复复的审查，公文履行，十分折腾人。但是，我有几次在海外办理赴港手续，就很简单。1992年，我在美国访学归国，美方富布赖特基金会给我的机票是由美国经香港返回南京的，上午在美国办赴港签证，下午即可取证。当时我十分欣赏这种办事的高效率。然而，今天从大陆赴港澳，手续更加简化，在公安局出入境管理处当场取证，半小时完成。回想当年我们的遭遇，人们是很难理解的。1992年经香港回宁，富布赖特基金会很关心，给我一张200美元的支票，以便支付行李超重费。有几位中国学者知道后，让我帮忙替他们带衣服、儿童玩具、礼品等许多物品回国。回宁后还要再转寄给他们家里。我原有两只大箱子，已不敷应用，只好花了180美元又买了一只大箱子。经过香港，朋友又赠送给我一些礼物。这样，我有三只箱子，三个大旅行包，还有一只小的手提包（放重要物品和旅行证件等）。我在机场（当时还是老机场启德机场），办完了手续将三只大箱子托运后，在送行的郑会欣、张铭滨（我的已毕业硕士研究生）和妻妹的陪同下，带着三个旅行包走向安检口。女性安检人员望望我，又望望送行的三个人，说：东西多了！我问怎么办？她说，托运。我只好去先前办登记手续的柜台，将一个包托运掉，然后回到安检口。安检女士又说包超高了，这真是刁难，我无计可施，只好再去办手续的柜台询问怎么办？那里的工作人员也生气了，对我说，给您一个红牌。红牌意味着放行，不得阻拦，我才顺利通过安检口进入候机厅。安检人员如此反复折腾我，我猜想当年他们对大陆同胞看不惯。眼见有三个人送行，想方设法让我将物品留在香港，他们才舒服。那时，在港英统治时代，机场工作人员都气势逼人，我在机场多次看到工作人员对旅客不耐烦的表现。初次离台返大陆探亲的台胞，途经香港，一切都很生疏。大陆方言与工作人员的粤语无法沟通，情急之下双方吵架，不在少数。有一次，一位中年台胞陪老人返大陆家乡探亲，拍着腰包，大声斥责工作人员说，我把钱给大陆也不给你们。那个年代，我对香港的印象也十分不好，多次过香港却极少停留。早年，大陆经济落后，老百姓生活水平不高是事实，但是不应瞧不起祖国的兄弟姐妹。记得茅家琦教授有一次访港讲学。香港教授宴请茅家琦教授和韩国教授后，让两人同搭出租车返宾馆，港大教授低声交代韩国教授支付车费。此话被茅家琦教授听到，一阵心酸，面子上有些下不来。多少年来，中国闭关自守，学者们奋力拼搏，科学技术自力更生，中华文化研究令世人瞩目。我们这一代学人出国传播中国文明，虽然腰包不鼓，但是学者们丰富的学术知识，在各种场合或各个国家都受到国外朋友的尊敬。1995年，在台湾举办纪念抗战胜利50周年学术研讨会，台湾朋友让我推荐了近20位大陆学者参加，其中有南京大学3位青年教师出席。他们都是第一次去台湾，行前，我给他们打"预防针"。那几年，双方交流还不多，南京大学曾经接待过两批由青年国民党人组成的代表团，会见中"盛气凌人"，表现了瞧不起大陆的姿态。当场受到我校崔之清教授的斥责。希望我们的年轻学者去台湾，也不要低三下四，要表现出青年学者应有的涵养。1991年我在美国，一次与美国教授闲聊，他问我工资有多少，我说大约相当于50美元。他听后哈哈大笑。我说您别笑，您虽然每月工资三四千美元，但大部分支付了房贷，而我的三室一厅住房，每月房租才相当于2美元。我们生活水平低，但是有保障。20世纪90年代，美国艾滋病蔓延，我们这些外国的访问者都十分担心，怕受感染，那时我不敢使用美国的公共厕所。中国机场对中国外访人员回国时（一般达2个月以上者），都抽血检查，生怕有人将艾滋病毒带回国内。有一天报载，一对德国年轻夫妇来华，女方是持中国护照的中国人，男方是德国人。海关只对女方进行医学检查，这位夫人很不愉快，向其丈夫表示，返回德国后，坚持加入德国籍。

3. 第一次赴台的印象

我曾多次赴台湾讲学与出席会议。首次赴台是1994年7月去台北出席"中国历史上的分与合学术研讨会"。而之前会议均夭折。1993年发生了"千岛湖事件"，一个台湾南部民众组成的旅行团，在游船上打牌，被当地的坏人盯上，抢了金钱并杀害了旅游的台胞。此事惊动两岸上层领导，时任台湾地区领导人的李登辉怒骂中共为"共匪"，几乎导致两岸断绝往来。两岸学术会议的筹备者之一的"联合报文教基金会"执行长邵玉铭，往返北京，经多次商谈，促使"中国历史上的分与合学术研讨会"按时于7月13日在台北"中央图书馆"大报告厅举行。这是两岸间第一次也是较高层次的史学方面的学术讨论会。台湾方面是开放式的会议，与会者达200多人。而大陆方面有9位教授出席，从先秦史至每一个断代，都有一个研究教授。双方的学术阵容都比较强大，台湾方面也很重视，会议由台北几个单位共同组织，"中研院"院长李远哲致开幕词。由于两岸间第一次举行这样大型的学术研讨会，双方间发言方式还不甚习惯，还不够和谐。有一位台湾学者是研究先秦史的，他话题一转，把矛头直指中共，致使大陆学者十分恼火。会上发言偶尔有失控现象，蒋永敬教授常讲一些公道话，甚受学者们赞赏和尊敬。

首次赴台，大家感受甚深。赴台的8位学者有刘家和、田余庆、王天有、朱瑞熙、李治亭、关捷、茅家琦等和我。他们都有生活在国民党大陆统治时代的经历。飞机在桃园中正机场一落地，我心想又到了国民党统治的地区。在候机厅，大陆学者被引至一个接待窗口，那里的资料和标志明示是"大陆灾胞救济总署"接待处。瞬间我们都成了大陆"灾区"的"灾民"。想当年，双方互相指责对方老百姓生活在统治者的"水深火热"之中。在台时期，我们向台方表达了抗议，后来，机场这个窗口被改为大陆人士接待处，消除了当年的政治气味。

会后，其他学者返回大陆，我受邀在"中研院"近代史研究所访问一个月。在此期间，我先后在近代史研究所、"国史馆"等学术单位作民国史方面的学术报告。时任台北故宫博物院院长的秦孝仪先生知道我来台湾访问。他通过近代史研究所所长陈三井先生邀请我吃饭。出席宴会作陪的有马树礼、蒋永敬、陈三井、李云汉、昌彼得（台北故宫博物院副院长、原"中央大学"校友）等。秦先生进入宴会厅与我热情握手，一见面就说，你们大陆研究民国史，是到1949年。秦先生的意思很清楚，当时是主人秦先生宴请，气氛友好，双方热烈讨论。我说，我们是分阶段研究，有人研究1949年前的中国，也有人研究1949年后的台湾和1949年后的大陆。将来这三段历史要汇合在一起，但是，我和秦先生恐怕都看不见了，秦先生当场没有再回应我。以后我去台湾也与他多次见面。有一次，居正孙女居蜜在上海图书馆展示居正的一些文件和信函，因秦孝仪与居正有较多的交往，也赴上海参加这次展示会，我再次与秦孝仪相会。我对他说："现在台湾是陈水扁当政，他们不要中国了。""我们合作吧！"秦先生很有诚意地说："好啊！你提个方案吧！"当时在场的还有我校张生教授。后来，2006年我们在奉化溪口举行第五次中华民国史国际学术讨论会，出席者有150位学者，台湾学者出席尤多。会前，我再次邀请秦先生出席，当时他身体欠佳希望由邵铭煌先生陪同，而邵先生正忙于国民党党史馆搬家，不能抽时间陪同。本想利用这次机会再次与秦先生商谈合作事宜，而秦先生因身体原因未能出席，失去了再次会面的机会。不久他因病逝世，这也是两岸学术交流的憾事。

当时已届高龄的马树礼先生，是国民党元老，江苏涟水人，对家乡怀有浓浓的感情。他在台北著名的五星级凯悦大饭店请我吃饭，他表示要赠送我一批图书资料，并由台北邮寄给我。他建议在南京大学设立奖学金，我回宁后向南京大学对台职能部门的主管汇报，该主管未接受马先生的建议。马先生的一片良好心愿未能实现。后来我再次赴台时，打电话向马先生问候，但是他已病卧在床，不久逝世。这些海外游子，几十年思念家乡，希望为家乡做点事，以表想念之情。然而未能如愿实现，深表遗憾。

在这里不能不提到"中研院"近代史研究所的沈怀玉女士，她为两岸的学术交流做了许多工作，起了桥梁作用。她最早于1989年秋与张朋园教授来南京大学访问。其后很长时间，沈怀玉女士帮助台湾"中研院"、各大学教授、研究人员访问南京，搜集民国史资料。在这方面，沈怀玉女士发挥了重大作用，作出了贡献。沈怀玉女士主持近代史研究所的口述历史研究工作，是这方面著名的有影响的口述历史研究专家，使郭廷以所长开创的台湾口述史研究得以延续。十分遗憾，沈怀玉女士不幸于2018年在台北逝世。

4. "中央大学"讲学半年

中央大学原设于南京成贤街，是南京大学的前身。1928年成立后，经过

20余年的建设发展，曾经成为雄冠亚洲的第一名校。1952年，国家对高等学校进行院系调整，中央大学的主体部分文理学院迁往鼓楼，与金陵大学合并，建立新型的南京大学。原中央大学的工学院各系科留在成贤街原址，建立南京工学院。20世纪90年代，南京工学院启用中央大学原校名东南大学。

国民党迁台后，在中坜市新建了一所大学，亦称"中央大学"，并称延续大陆时期中央大学的办学精神和学校传统。这样，南京大学、东南大学和台湾"中央大学"，成为传承原中央大学的姐妹学校。三校往来甚多，学术上亦多有交流。

1997年2月，我受台湾"中央大学"文学院历史研究所邀请，赴该校讲学半年。历史研究所没有本科生，只招收硕士研究生。我为该所讲授"中国现代史史料学"，每周两个半天。其间，曾带学生赴台北"中央图书馆"查阅各类中国现代史史料，发现该馆保存这方面图书、期刊等甚少，影响学者们学习研究使用。抵校不久，刘兆汉校长在中坜市宴请我本人。往返车费和餐费，均由他本人支付，绝不占用学校开支。刘兆汉校长一家五个博士，在台湾传为佳话。

在"中央大学"讲学，所长赖泽涵教授为我安排的课程不多，讲课较为轻松。为此，我有较多时间受邀赴其他大学作学术讲演，或会见较多的学界朋友。中坜市属桃园县，距台北市区如乘地铁约三十分钟可达台北车站。

在台期间，恰逢"国史馆"开放蒋介石档案公开使用。蒋介石档案一直珍藏，不向公众开放。国民党当局在当时在野党民进党压力下，将全部档案移交"国史馆"收藏，并于1997年2月向学者开放利用。有较多的时间，我每天早上6点钟在"中央大学"乘校车赴台北，在台湾大学附近吃过早餐，转乘公车（公共汽车），前往位于北宜路的"国史馆"，查阅蒋介石档案。

"国史馆"对我查阅蒋档十分客气，要我坐在他们的办公室，没有执行他们的查档规矩。在此期间，我查阅了不少档案，工作人员一车一车地推到我的面前。我在"国史馆"为研究人员专门做了一次查阅蒋档的体会座谈，受到他们的欢迎。当时，为了表示海峡两岸学者十分重视蒋介石档案，张玉法教授建议由我们4个人，即蒋永敬、李云汉、张玉法和我，同去"国史馆"查阅蒋档，并在"国史馆"的小楼租房住了两天。晚上四人促膝聊天，畅谈学界趣闻。后来，报纸上报道了我们四老查阅档案的消息。十分遗憾，蒋永敬、李云汉两位台湾学界前辈近两年先后仙逝，十分想念他们。

现在学界十分重视蒋介石日记，甚至不惜花费大量经费去美国斯坦福大学查档，而不甚重视蒋介石档案（即俗称"大溪档案"），这是不对的。实际上蒋档是其亲手所撰，其中有不少重要的历史信息，是研究蒋介石及其各种活动的重要根据。

我充分肯定蒋介石日记是研究蒋介石和民国历史的重要史料，因此当日记在斯坦福大学开放使用以后，我曾代表南京大学邀请蒋日记的收藏者，蒋孝勇的妻子蒋方智怡，几次来南京大学商谈有关蒋史料的陈列问题。南京大学党委书记、校长、副校长均专门与她会见，并表示可以在南京大学鼓楼校区的核心地区拨出一座四层大楼，作为陈列馆。然而，最终未能商谈成功，成为蒋史料研究的憾事。

5. 两岸学术合作的重大成果：共编《中华民国专题史》

2009年，教育部社科司司长张东刚教授在几位处长陪同下，来南京大学视察科研工作。在与南京大学党委书记洪银兴会面后的午餐会上，张东刚司长两次向我提出，可否与台湾学者合作编纂一部10卷本的《中华民国史》。我答应张东刚司长的指示，拟与台湾方面学者合作开展这项研究。

经与我的好朋友、台湾"中研院"院士张玉法教授联系，他十分赞同由两岸暨港澳学者共同进行。由于当时大陆和台湾在中华民国历史阶段的认识尚不一致，决定作中华民国专题史研究，将1912年至1949年划分为若干专题。每个专题都有大陆学者和台湾学者参加，以体现两岸在若干重大历史问题上，经过共同研究，达成了共识。我们认为这种研究方法很好。之后由我和张玉法教授分别在两岸寻找合作学者。

我们邀请的两岸暨港澳学者达70余名，都是学术上的中青年精英。我们利用召开学术会议的机会，请上述70位学者、教授来南京在中山陵国际会议中心和香格里拉宾馆，共同讨论专题史的编写原则、指导思想和编写大纲。专题史自2010年下半年开始编写工作，至2015年全部完成，由南京大学出版社出版，共计18卷。书名为《中华民国专题史》，总字数达800万至900万字。两岸在中华民国历史上较多的学术观点上达成一致，增进了两岸学者的友谊。2015年4月，在南京东郊紫金山庄，举行了隆重的《中华民国专题史》新书出版发布会。这项研究计划的最早倡导者、教育部张东刚司长出席会议并致辞。南京大学党委书记张异宾教授等领导出席并祝贺新书出版。有100多位海内外专家学者出席会议。众多的新闻媒体记者参加新书发布会。

该书的编写和出版，在两岸获得良好的反响，有重大的政治意义和学术价值。它是两岸间至今最大的学术合作项目。

这部著作由张宪文和张玉法两人担任主编。其18卷著作名称与作者名称如下：

第一卷：李金强、赵立彬、谷小水著：《从帝制到共和：中华民国的创立》

第二卷：潘光哲、欧阳哲生、张太原、简明海著：《文化、观念与社会思潮》

第三卷：马振犊、唐启华、蒋耘著：《北京政府时期的政治和外交》

第四卷：朱汉国、杨维真、林辉锋、陈佑慎等著：《国民革命与北伐战争》

第五卷：刘维开、陈红民、吴翎君、吴淑凤等著：《国民政府执政与

对美关系》

第六卷：卓遵宏、姜良芹、刘文宾、刘慧宇著：《南京国民政府十年经济建设》

第七卷：叶美兰、黄正林、张玉龙、张艳等著：《中共农村道路探索》

第八卷：赵兴胜、高纯淑、徐畅、杨明哲著：《地方政治与乡村变迁》

第九卷：江沛、秦熠、刘晖、蒋竹山著：《城市化进程研究》

第十卷：朱庆葆、陈进金、孙若怡、牛力等著：《教育的变革与发展》

第十一卷：张瑞德、齐春风、刘维开、杨维真著：《抗日战争与战时体制》

第十二卷：张同乐、马俊亚、曹大臣、杨维真著：《抗战时期的沦陷区与伪政权》

第十三卷：王川、张启雄、蓝美华、吴启讷等著：《边疆与少数民族》

第十四卷：任贵祥、李盈慧著：《华侨与国家建设》

第十五卷：陈立文、钟淑敏、欧素瑛、林正慧著：《台湾光复研究》

第十六卷：林桶法、田玄、陈英杰、李君山著：《国共内战》

第十七卷：张俊义、刘智鹏著：《香港与内地关系研究》

第十八卷：吴志良、娄胜华、何伟杰著：《革命、战争与澳门》

6.宋美龄研究的十年

宋美龄是中国近现代历史上著名的女政治家，她的人生轨迹跨越了三个世纪。她是中国妇女运动最有影响的推动者和指导者。她协助丈夫蒋介石，在许多重大历史问题上发挥了重要作用，也有一定的历史贡献，是一位值得研究的中国杰出女性。2003年10月24日逝世于美国时，中国政府的唁电，给她以高度评价。

2008年，台湾邱进益博士推动我们研究宋美龄，并于2009年1月引荐我和其他教授在台北与"妇联会"主委辜严倬云女士相会，确认共同开展宋美龄历史研究。当年，我组织了以我的女博士、教授为主的研究团队，开展这项研究。我的指导思想是由女性研究女性，对诸事容易理解，在研究工作上也方便与由女士们组成的台湾"妇联会"沟通。当我事后带领这个团队赴台开展研究工作时，在台湾学界引起广泛注目，说张宪文带了一批美女学者来台。

我们对宋美龄的研究，历时10年，其间也经历复杂的研究过程。团队曾在台湾"国史馆"等单位广泛搜集史料，并派员赴宋美龄留美的母校和斯坦福大学搜集史料，在北京、上海、四川、南京等地图书馆和档案馆搜集了各类原始材料。所集的材料达140万字左右。早期的宋美龄书信等材料，均为英文手写体，极难辨认。我们邀请了英语学界最为资深的钱较如教授、杨治中教授、吴世民教授和马祖毅教授，翻译宋美龄的相关材料，保证了译文的准确性。

由于宋美龄莅台初期，国共两党、大陆和台湾还处在十分尖锐的政治对立状态，有一些反共、反中国大陆的言论，因此，我们经过认真的清理，编成了约80万字的"文集"，我称之为"清洁本"。拟由重庆出版社报请有关部门批准，予以出版，然而没有成功。而最终由台北出版了五卷本的《宋美龄文集》。台湾图书市场十分狭小，出版量不多，也就无法发挥"文集"的影响力。

经过比较艰难的过程，由我们主编的一套宋美龄与近代中国研究系列图书8部，于2018—2019年先后由东方出版社出版。鉴于台湾"妇联会"处在民进党从政治上严厉打压的形势下，这套图书乃由我和邱进益主编，并组织编委会。

8部著作如下：

吕晶著：《我将再起：宋美龄的后半生》

张立杰著：《吾心吾力：政治视域中宋美龄的思想历程》

郭红娟著：《新民新风：宋美龄与近代中国社会改造》

陈英杰著：《东方魅力：宋美龄与展示中国外交》

杨菁著：《历史关口：宋美龄与西安事变》

张瑾著：《陪都岁月：重庆时期的宋美龄研究》

姜良芹、潘敏著：《家国春秋：宋美龄与宋孔家族》

朱宝琴、李宁著：《宋美龄年谱》

7.与港澳的交流和合作

当年，赴台湾访问，手续烦琐，主要是政治原因，双方均要反复审查。而赴港澳访问，没有政治上的困难，但是，办理访港手续却更加复杂，特别是港澳回归前，访港手续要上报教育部、国家港澳办、香港新华社（代行外事功能）和港英部门，反复折腾，没有三五个月时间，难以成行。故访问港澳和台湾，远不如赴国外访问手续简便。我多次由国外途经香港，一般不在启德机场停留或入境。

我在香港，只访问过香港中文大学、浸会大学和珠海书院，双方未做过深度交流。香港回归后，我受胡春惠教授邀请，赴珠江书院亚洲研究中心讲学一个月，并曾参加由该院与台湾妇联会主办的宋美龄学术研讨会及其他的学术研讨会等。

澳门方面，交流更少。仅受澳门基金会邀请，我与茅家琦教授于1993年赴澳门访问一周。基金会是澳门重要的文化教育机构，基金会负责人吴志良先生是葡澳政府的重要官员，与南京大学交流甚久。我与吴志良博士商定共同培养澳门研究方向的博士生。之后，娄胜华和查灿长选定了此研究方向。娄胜华毕业后，受聘赴澳门工作。

港澳回归后，与内地关系发生了天翻地覆的变化。大量内地居民赴港澳旅游，双方关系更加亲密。在南京公安局出入境管理处办理赴港澳手续，半小时内即可完成。这在80年代简直难以想象。期望港澳未来更加繁荣昌盛。

十二、建设中国现代史史料学

　　研究历史，必须掌握大量第一手的、最原始的、最可靠的史料，这样才能依靠科学的学科理论，以及运用正确的研究方法，对历史作出符合实际的判断和结论。

　　在历史发展过程中，由于长期的积累，史料如山，浩如烟海。而这些史料，不都是真实的，其中有真有假，真假混杂，必须进行一番筛选工作，对史料进行考订、校勘、辨别真伪，以取得可靠的、真实的、有价值的史料，服务于历史学研究工作。

　　史料学形成为独立的学科，也是历史学的辅助学科。无论是中国史学，或世界史学，前辈学者都十分重视史料学研究，形成了一整套的学科研究方法。而中国近代史史料学的形成，著名历史学家陈恭禄教授功不可没。陈恭禄教授在中国近代史研究方面曾作出杰出贡献。他1933年撰写出版的《中国近代史》被国民政府教育部审定为部定教科书，并因此在1950年被陈伯达定为"反动的资产阶级历史学家"，在政治上遭受批判，自20世纪50年代初至60年代，陈恭禄教授不能再从事中国近代史教学。陈先生学术造诣深厚，对中国近代史史料十分熟悉，他决定给学生开设"中国近代史史料概述"这门很有学术价值的课程。他对史料的掌握可以说是滚瓜烂熟，上课没有讲稿，手中只拿着一张小纸条，给同学们介绍各种史料及考证方法。我跟着陈老师学习史料学课程一个学期，受益匪浅。也正是因为已有近代史史料学基础，我打算研究中国现代史史料学。

中国现代史是一门新兴学科，其史料之多，远比近代史学科丰富。然而材料越多，越难驾驭，更难分辨是非曲直。加上中国现代史与现实政治关联度高，十分敏感，给史料的运用带来很多的困难。

1972年，尚处于"文化大革命"时期，南京大学开始恢复招生，连续几届都是工农兵学员，多数是从农村、工厂和部队直接进入高等学校学习。受"文化大革命"的影响，他们的专业知识、学术理论基础都十分欠缺。我对学生除开设中国现代史主课以外，还为他们讲授史料学的一些基本知识，启发他们如何做学术研究。那时候，中国现代史学科没有"史料学"，只有北京大学历史系张注洪教授编写并开设了"中国革命史史料学"。经过认真思考，我决心为学生开设并编写"中国现代史史料学"课程和教材。连续几年的讲课，至1979年，讲课内容受到各届学生的欢迎。那些年，学生的知识极度缺乏，更不太懂如何做研究。当时，我对史料学的讲课十分认真。讲课两小时，我要花费两天时间分小组进行辅导。举例说，马克思、列宁的著作有几十卷，如何从其浩繁的卷帙中找出你所需要的某一句话，这都需要一点点教给学生。直到90年代初，我将这门课移交给朱宝琴教授讲授，她非常认真，常带学生做史料学课程的实习。

我在各地各高校不断讲授中国现代史史料学。国家教委得知消息，发布文件要我将讲稿认真修改，出版后作为历史系课程教材，颁布使用。我的讲稿在1986年由山东人民出版社出版后，一直想进行补充修改，然而由于忙于其他学术事务，而没有定下心来完成这项任务，十分遗憾。且由于年龄关系，我已无精力再从事史料学的研究，看来将成为终生憾事。盼望以后有更多年富力强的历史学者继续从事史料学研究，为历史学作贡献。

十三、新时期拓展研究方向

1. 建立抗战研究协同创新中心与国际大学抗战研究联盟

为了大力开展我国科学技术和人文社会科学研究，在2010年代初期，教育部和财政部决定在全国建立一批以"协同创新中心"为标志的大型研究机构。2015年，南京大学党委副书记朱庆葆，带领王月清处长、范从来校长助理和我，专程赴北京向教育部汇报工作。社科司张东刚司长、徐青森副司长在会见中表示支持南京大学申报国家级的中国抗日战争研究协同创新中心，并建议建立世界大学抗战研究联盟，将各国抗战研究者"一网打尽"，全部吸收。

由北京返宁后，在朱庆葆副书记领导下，抓紧进行"协同创新中心"的筹备工作。按照教育部的规定，该中心决定联合北京大学、南开大学、武汉大学、中国社科院近代史研究所等单位共建。在筹建过程中，决定首先建立南京大学中国抗日战争研究协同创新中心。合作单位扩大增加复旦大学、浙江大学、山东大学。

2016年1月21日，在南京大学鼓楼校区匡亚明报告厅，举行了隆重的、大型的南京大学中国抗日战争研究协同创新中心成立大会。南京大学任命张宪文为中心主任、朱庆葆为管委会主任，聘请著名历史学家金冲及为学术委员会主任。南京大学校党委书记张异宾、校长陈骏和南开大学党委书记出席会议。教育部社科司张东刚司长专程赴会，并发表热情讲话。

出席会议的各地专家学者达150人。

会后，南京大学联合各兄弟院校积极制定"协同中心"工作实施方案，并于2016年7月7日在南京中山东路中央饭店召开大会，宣布成立"抗日战争研究国际大学联盟委员会"，由张宪文担任主席。会议向联盟委员会全体委员颁发聘任证书。

2. 主持编纂"抗日战争专题研究"100卷

2015年，在抗日战争暨世界反法西斯战争胜利70周年纪念活动前夕，7月30日，习近平总书记在中共中央政治局学习会上，就抗日战争研究问题，作了长篇讲话。

为了坚持贯彻习近平总书记关于大力开展和加强抗日战争研究的重要指示，8月20日，中共中央政治局委员、宣传部部长刘奇葆，在中央宣传部召开由中央各有关部委、有关部门领导参加的座谈会。高等学校有武汉大学胡德坤教授和我两人出席会议。我在会议上就中宣部关于抗战专项工程的实施方案提出了5条建议，主要是希望发挥全国高校的作用。

会后，中宣部国家社科工作办公室要求我们申报抗战研究课题。我希望能与台湾学者合作编著抗日战争史30卷，并与张玉法教授就这一研究项目通话协商。之后，北京方面希望研究"中国抗日战争史"，而建议南京大学和武汉大学分别与中国社科院近代史研究所进行海外抗战史料的翻译工作。为此，南京大学上报了4个有关翻译方面的项目，即：细菌战研究，传教士费吴生（费奇）研究，国联调查团资料研究，美国驻华使领馆史料研究等。这4个项目分别获得抗战史专项的经费支持。

我们壮心不已，仍想进行抗战史的研究。中国那么大，各国研究抗日战争的学者那么多，抗日战争史的著作可以不止一部。我向学校党委提出，要继承、发扬老校长热爱学术研究的精神。匡校长花费20年，带领大批学者编著了"中国思想家评传"200部，在海内外产生重大学术影响。

我们可以在"评传"200部精神基础上，再开展"新200卷"的研究。其中，100卷研究抗战，100卷研究"百年中国"。我一时心血来潮，给南京大学校长陈骏院士和党委书记张异宾教授写了一封信，表示要组织撰写"抗日战争专题研究"100卷。当时两位领导立即批示给时任常务副校长吕建和校党委副书记朱庆葆，要他们支持我实施该研究项目。

经过一段时间筹备，2017年7月7日，在南京中央饭店召开全体作者会议，确定成立编委会，由张宪文、朱庆葆担任主编，由南京大学、北京大学、南开大学、武汉大学、复旦大学、浙江大学、山东大学和台湾中国近代史研究会8个单位合作，并担任副主编。编委会聘请著名历史学家金冲及、章开沅、魏宏运、张海鹏、张玉法、吕芳上、杨冬权、姜义华、胡德坤、王建朗为学术顾问。由海内外七八十所大学、研究机构100多位教授、研究员，承担撰写任务。该书不做"发展史"研究，而就抗战史上若干专题开展研究。该书坚持民族战争、全民参与、国共两党合作为基础，在正面战场、敌后战场共同开展抗日战争。专题涉及日本侵华和抗日战争的方方面面，希望在若干专题上做出创新。

南京大学经过党政联席会议决定，该项目作为高校"双一流"建设卓越研究计划，支持1000万元为研究经费。教育部将其列为重大委托项目，国家出版总局对本项目亦给予大力支持。本项目由于工程浩大，参加学者多，组织工作十分艰巨。然而经过编委会的不懈努力、全体作者的奋力拼搏，目前已完成100卷书稿，约3000万字，进入编辑出版流程，争取成为高等学校代表性、标志性成果，在抗日战争学术研究上作出新的贡献。

3. 主持南京大屠杀史与国际和平研究院

在新的历史时期，如何进一步开展南京大屠杀史的研究工作，是国际形势和中日关系发生变动的情况下，需要深入思考的新问题。2016年3月，中共江苏省委宣传部、南京市委宣传部与南京大学经过协商，决定共建南京大屠杀史和国际和平研究院，由张宪文担任院长、张建军担任执行院长。研究院作为江苏省高端智库，要向政府直至中央提出建言，发挥资政作用。同时，作为研究机构，需要正确认识和处理中日之间历史和现实的关系。一方面，我们不能因为中日之间政治关系有所缓和、回暖，而放松或放弃对双方历史的研究，这样会违背历史学作为一门科学的基本原则；另一方面，我们也应从加强中日友好关系角度出发，正确认识当今的日本。中国要了解日本、了解日本人民，要加强探讨日本政治、政党以及日本与美国和各国的关系。中国对日关系，不能一根筋走到底。

　　研究院建立后，先后聘任了百余名研究员或兼职研究员，开展了多次研讨会，制定与开展了多种研究课题，发挥了有益的智库作用。前几年，一批资深的南京大屠杀研究专家，编纂了一部《南京大屠杀实证》，精选最重要的海内外原始档案影印而成，以中、日、英三国文字向国内外发行。我相信它的重要作用将会日益显现。

十四、怀念逝世的海内外师友

几十年来，我们学术成长和人格进步，得益于海内外众多师友的支持、帮助和共同努力。我的老师韩儒林、王绳祖、陈恭禄、蒋孟引、赵理海、王栻、胡允恭、刘毓璜，对我辛勤教导和培养，把我引向历史学科的知识海洋。他们早已离我而去，但音容笑貌已深深地印在我的脑海中，还有许多学术造诣深厚、曾为我国学术事业作出过重大贡献的著名学者、师友、亲密朋友，也渐渐逝去。他们的逝世，是海内外学术界的重大损失。我十分怀念他们，决心沿着他们艰难开创的学术事业继续奋进。

1.中国近代史和民国史学界

黎澍　中国共产党新闻事业的开创者和奠基人，马克思主义理论家。曾任中国社科院近代史研究所副所长、《历史研究》和《中国社会科学》主编、中国现代史学会会长和监事长、教授。

李新　中共中央党史研究室副主任，曾任中国人民大学教务长、中国社科院近代史研究所副所长、教授、研究员，主持国家项目"中华民国史"多卷本的编著，曾任中国现代史学会会长。

彭明　中国人民大学中共党史系教授，在中华民国史和中共党史领域作出突出学术贡献，是五四运动史研究专家。

章开沅　曾任武汉华中师范大学校长、党委书记、资深教授，20世纪

80年代潜心研究辛亥革命，与金冲及教授同时为辛亥革命史研究作出了杰出贡献。后来访问耶鲁，发现《贝德士文献》，并据此研究南京大屠杀，卓有成就。

陈旭麓　上海华东师范大学教授，在晚清史、中华民国史研究领域有杰出贡献。其学术、人品，深受学界和学者崇敬。逝世时，有近500人出席告别仪式。

来新夏　南开大学历史系教授、图书馆馆长，是我国地方史志研究专家，开创了我国北洋军阀史研究。

魏宏运　南开大学历史系教授，长期致力于中国现代史、革命根据地史的研究。晚年担任中国现代史学会名誉会长。

丁守和　中国社会科学院近代史研究所研究员，担任中国文化史研究会会长，一生致力于中国现代文化史研究，出版一批五四时期文化史研究著作。

丁日初　上海社会科学院经济史研究所研究员，著名的经济学家，其经济史研究有重大影响。

李宗一　中国社会科学院近代史研究所副所长，长期研究中华民国史，著有《袁世凯传》。

刘敬坤　原中央大学中共地下党员，1949年后在南京大学历史系从事中国近代史教学工作，后转中国社科院近代史研究所研究中华民国史。

王学庄　毕业于上海复旦大学历史系，后在中国社科院近代史研究所担任中华民国史研究室主任。他是近代史所和南京大学民国史研究中心沟通的使者。

2.中国现代史学界

中国现代史是新中国成立后新兴的学科，一批中老年教授为开创中国现代史学科，付出了艰辛的劳动。他们的努力，十分值得学界朋友赞扬。

十分可惜，也有一批师友离我们而去。我非常想念这些在艰苦条件下与我共同奋斗的朋友。

王桧林　北京师范大学历史系教授，博士生导师，研究方向为中国现代政治思想史，其主编的中国现代史教材，受到学界推崇。曾担任中国现代史学会副会长。

王维礼　东北师范大学历史系教授、博士生导师，研究方向为中国现代政治史。其弟子遍布东北各地区。曾担任中国现代史学会副会长。

王宗华　武汉大学历史系教授，是高校中国现代史研究领域年长的学者，潜心研究国民革命史，曾担任中国现代史学会副会长。

张建祥　陕西师范大学历史系教授，是一位敦厚的年长学者。学会由其主管西北地区中国现代史学者的研究。

郭德宏　中共中央党校中共党史教研部教授，研究中共党史和中国现代史。早年在《红旗》杂志任编辑，曾担任中国现代史学会会长，为中国现代史研究的发展和学会工作作出了突出贡献。

3.中国台湾历史学界

蒋永敬　安徽定远人，早年赴台湾后，在中国国民党党史会担任编纂工作，后转政治大学历史系担任教授，是台湾历史学界代表性学者，深受海峡两岸学者的尊敬，与南京大学历史系师生建立了深厚的友情，往来密切，多次为南京大学师生讲学。其个人藏书均捐赠给了南京大学中华民国史研究中心。

李云汉　山东昌乐人，早年入台后，在中国国民党党史会从事编纂工作，后任党史会副主任委员、主任委员。在台湾为资深历史学者，学术造诣深厚，著有6卷本的《中国国民党史述》，是台湾代表性历史学家。是我的好友和老乡。

秦孝仪　曾任蒋介石秘书，并担任中国国民党中常委，后任台北故宫博物院院长。曾计划赴溪口出席第五次中华民国史学术研讨会，以协商合作研究民国史，不幸于2007年在台北逝世。

郭俊鍒　金陵大学化学系校友、留校任讲师。抗战时期协助老师戴安邦往四川成都搬迁。后来在台湾自办企业，有强烈的爱国心，协助在美国的华人开展日本侵华历史研究。南京大学中华民国史研究中心建立后，将其大批日本侵华研究图书捐赠给中心，并资助经费研究日本侵华史。

李国祁　长期在台北师范大学任教授，研究中华民国历史，并多次出席大陆民国史学术研讨会，多次接待大陆学者赴台北访问研究和讲学，有深厚学术造诣，和大陆学者建立深厚友谊。

马树礼　江苏涟水人，系国民党元老，对家乡怀有深厚感情。本人赴台访问，受到其热情招待。马先生向我赠送一大批图书，并希望在南京大学建立奖学金，以资助学生学习。因高龄，难以回家乡探望，不久在台湾逝世。

胡春惠　河南人，初担任台湾政治大学历史系教授，90年代后转香港珠海书院亚洲研究中心从事教学研究工作，是台湾研究韩国历史的著名专家，与大陆学者建立深厚友谊，经常合作举办学术研讨会。

沈怀玉　长期在台湾"中研院"近代史研究所主持口述历史研究，出版一批口述历史著作，是台湾口述历史研究专家。早年从事国民政府职官制度研究。20世纪80年代末，与张朋园教授一起最早访问南京大学。长期以来，帮助台湾学者访问大陆，从事学术研究，受到两岸学者的尊敬。

4.国外历史学界

易劳逸　美国伊利诺伊大学历史系教授，费正清第一代弟子，长期研究中华民国史，在国际上享有学术声誉。其代表作为《流产的革命》和《毁灭的种子》，已译为中文。易劳逸早年访问台湾，结识了他中国籍的夫人。20世纪80年代访问南京大学半年，与我建立深厚的友情。90年代因病不幸逝世，是学术界重大损失，十分痛惜。

唐德刚　安徽合肥人，早年就读中央大学历史系，后留学美国，在纽约市立大学历史系任职，并担任教授，是华人中的才子。常赴台湾、大陆访问，与两地学界交往深厚。是著名的口述历史专家，其为李宗仁、胡适所做口述历史，享誉海峡两岸。21世纪初不幸逝世于美国新泽西州寓所，十分惋惜。

吴相湘　著名的历史学家，尤长于军事历史研究，《第二次中日战争史》是其代表作。早年，在台湾因与国民党政治观点不同，出走新加坡，后长住美国。90年代，不幸逝世于芝加哥老人院。

薛君度　旅居美国，与两岸学术界交往甚密，帮助亦多。薛系黄兴女婿，曾受邓小平等领导人接见。多次赴南京大学等高校访问，曾在南京大学和北京大学开设讲座。

费　路　两德统一前，在东德洪堡大学历史教研室担任教授。早年留学北京大学历史系，讲一口流利的北京话。曾与南京大学、中国第二历史档案馆合作开展中德关系研究。两德统一后，费路遭受政治打击，他向国际学术界呼吁并得到支持。后因心脏病逝世。

闵斗基　汉城大学（今首尔大学）东洋学科教授，长期研究中国国民革命史，培养了大批中年一代中国历史研究学者，与中国学术界往来密切，是韩国学术界的领袖式学者。他学术造诣深厚，与中国十分友好，不幸于21世纪初逝世。

野泽丰　日本著名中国近代历史研究学者，在日本学术界享有盛誉，并受大家尊敬。野泽丰教授个人出资编撰著名的《近邻》杂志，深受日本学术界和国际学术界赞扬和欢迎，在传播中国学术方面发挥了重要作用。

卫藤沈吉　原东京大学名誉教授，后任亚细亚大学等高等学校校长。卫藤先生研究国际政治和中国历史、中国政治，常访问中国，受到中国官方和学术界欢迎。

第 三 篇

学术纪年（1954—2023）

学术纪年，记录了张宪文自1954年踏入历史学科经历的学术事业，直至2021年的点点滴滴。

1954年夏，报考大学，志愿为北京、上海、沈阳三所财经学院。8月18日，意外收到南京大学历史学系的新生录取通知书和一封该系学生会欢迎新同学的来信。从此，与历史学结缘。8月24日，由济南乘火车踏上去南京的旅途。

⋯⋯

2021年4月8日，受聘"中国社会科学院中日历史研究中心"顾问。10月23日，在南京出席2021凤凰作者年会，获金凤凰奖章。12月30日，国家出版总局宣布国家"十四五"重点出版规划。《抗日战争专题研究》项目在列。

1954年　　夏，报考大学，志愿为北京、上海、沈阳三所财经学院。

8月18日，意外收到南京大学历史学系的新生录取通知书和一封该系学生会欢迎新同学的来信。从此，与历史学结缘。

8月24日，由济南乘火车踏上去南京的旅途。

1955年　　5月20日，南京大学校庆纪念大会上，表彰了全校160名成绩优秀的学生。张宪文和历史系共12名同学，亦在表彰之列。

12月10日，学校在大操场召开全校学生大会，由李方训副校长宣布1954至1955学年优秀生和优秀班级名单。甲级优秀生有历史系陈得芝、乙级优秀生有历史系孙应祥和张宪文。张宪文获得奖章一枚和奖金10元。

是年，加入中国共产主义青年团。

1956年　　1月14日至20日，中共中央在北京召开关于知识分子会议，向全国发出"向科学进军"号召。高等学校开始招收副博士研究生。

是年，周恩来领导制定我国十二年科学发展规划，号召研究、编写"中华民国史"。

1958年　　4月3日，与瞿季木、宋堃等7位同班同学，参加南京博物院组织的第三次南京北阴阳营新石器时代晚期遗址的发掘。历时约两个月，清理出大量原始社会的文物，此为江南地区新石器时代代表性遗址。结束后，张宪文在著名考古学家尹焕章研究员指导下，以该遗址为主题，撰写毕业论文，题目为《新石器时代晚期遗址特征》。该论文曾由南京大学提供参加教育部高等学校科研成果展览会。

6月，与吕作燮老师、同班同学瞿季木等，赴南京东郊十月农业合作社进行社会调查，撰写了《十月农业合作社史》。该社以毛泽东曾亲临视察而闻名。

7月4日，加入中国共产党。

7月，毕业留校任教，被分配教授中国现代史课程。

11月7日至12月30日，带领1955级同学7人，赴徐州矿务局贾汪煤矿调研，编写了《贾汪煤矿史》。

秋，国家开始实施新的教育方针：教育为无产阶级政治服务，教育与生产劳动相结合。学生开始走出校门去工厂、矿山参加劳动锻炼和社会调查。

秋，与吕作燮老师带领历史系同学在南京上海路西侧空地，建小高炉，开始"大炼钢铁"活动。中文系同学则由陆锡书老师带领。

1959年

春，和蒋孟引、王荣先、洪家义等老师，与江苏省历史研究所的研究人员以及其他借调人员，共同参加编写了《江苏十年史（1949—1959）》初稿。

5月4日，纪念五四运动40周年，初步尝试进行学术研究，完成两篇关于五四运动的文章《谈谈五四运动的领导问题》与《五四运动在南京》，由历史系印刷，但未正式发表。

秋，带领1956级几十位同学，赴南通唐家闸大生纱厂进行社会调查，整理、制作了大批有关张謇和大生纱厂的资料卡片，耗时两个多月。"文革"中，该资料流失。陈恭禄、王栻两教授也参加了这次调查活动。

1960年	"大跃进"的错误逐渐显露，国家经济进入困难时期。南京大学教职工开始在校园内种菜。
1961年	中央提出"调整、巩固、充实、提高"的八字方针。历史系初步扭转教学中"左"的倾向。改变"抛纲教学"，给学生补课。 　　秋，周恩来、陈毅在广州文艺工作座谈会和故事片创作会议上讲话，纠正文艺工作中"左"的倾向，取消戴在大部分知识分子头上的"资产阶级知识分子"帽子，称"脱帽加冕"。 　　秋，纪念辛亥革命50周年大会，董必武提出"重修清史，研究民国史"。 　　是时，毛泽东提出"千万不要忘记阶级斗争"，无人敢于响应董必武编写民国史的号召。
1963年	是年，与王荣先合撰论文《从中国新民主主义革命的形成看五四运动的性质》，发表于当年《南京大学学报》第2期。
1964年	是年，撰写论文《五四时期中国人民对帝国主义的认识》，交南京大学学报编辑部，因文章较多涉及传言有"变节"行为的李大钊，故不予发表。
1966年	春，南京大学党委决定调张宪文赴湖南分校校长办公室任职，暂留南京负责迁校工作。 　　6月1日，北京大学发生聂元梓事件；6月2日，南京大学匡亚明校长在溧阳分校受批判。全国"文化大革命"开始，初称

"文化革命"，停课半年闹革命，其后一发不可收拾。

秋，南京大学全校停课。中国现代史，改为中共党史，再改为中共两条路线斗争史，再改为十次路线斗争史。

1969年

10月17日，林彪发布一号命令，实施战备，城市疏散人口。

11月，南京大学全校师生步行100公里，用4天时间抵达溧阳果园农场，参加劳动和政治运动。历史系教职工两次赴农场，于1972年春返回南京。

整党后，返回历史系。

1972年

是年，南京大学恢复招生。历史系招收第一届工农兵学员共25名。担任该届学生政治辅导员，多次受派带领学生下厂、下乡劳动并进行社会调查。

是年，周恩来总理在中央政治局会议上，再次提出编写中华民国史。

1973年

中国科学院社会科学学部（后为中国社科院）近代史研究所李新研究员，受命组织研究人员开展民国史研究。

1974年

是年，李新委派尚明轩、李静之来南京大学与张宪文商谈参加中华民国史项目事。南京大学开始了中华民国史的研究工作。

1976年

是年，中国不平凡的一年。

1月8日，周恩来逝世，北京市民长安街送别。

3月28日，南京事件。

4月5日，"天安门事件"。群众献花圈、祭文、诗词、张贴传单。

7月6日，朱德逝世。

7月28日，唐山大地震。

9月9日，毛泽东逝世。

10月，"四人帮"被清除。

1978年

7月，教育部决定恢复高校全国统一命题招生考试。张宪文受命赴青岛参加历史试卷的命题。时间两个月，集体转庐山休息后返校。是年，全国考生800万，录取40万人。

是年，在《南京大学学报》上发表《李大钊同志是坚定的马克思主义者》。此文为"文革"后最早客观评价李大钊的文章，引起学界广泛关注。

年底，为撰写《渡江与解放南京》一书，与杨振亚赴北京中央档案馆、军事科学院等单位搜集史料。虽持中共江苏省委介绍信，仍被拒绝查阅档案。回宁后决定放弃中共党史研究，全面转向中华民国史研究。

1979年

3月底至4月初，与韩儒林、洪焕椿、茅家琦乘火车赴成都，出席全国第六个五年计划历史学规划会议。这是史学界最有影响的一次学术大会。在民国史研究规划中，第一次提出"蒋介石研究"这一重大课题。张宪文认领了此敏感项目。

是年，张宪文在《南京大学学报》丛刊上，发表《五四时期的陈独秀》，研究了陈独秀民主主义革命思想的演变过程。"文革"期间，陈独秀被视为叛徒集团；改革开放后，拨乱反正，逐步给予陈独秀以正确评价。

1980年

5月，在郑州大学召开中国现代史学会成立大会，180位学者出席，陆定一受聘为名誉会长，黎澍任会长。蒋相炎担任秘书长，王桧林、王维礼、王宗华、张建祥、张宪文、陈善学等担任副秘书长。孙思白、荣孟源、丁守和、彭明、陈旭麓等在成立大会上作学术报告。其后，李新改任会长，萧克将军担任顾问。

学会成立40年来，为中国现代史学科的发展发挥了重大的引领和推动作用。大批中国近现代史著名历史学家作出了很大贡献。许多老一辈学者已经过世。目前学会已经完成新旧交替，魏宏运、张宪文仍担任名誉会长。

1981年

8月，与章德（南京大学党委副书记、学会顾问）、姜平、杨振亚赴大连出席学会第二次学术年会。因辽宁突发洪水，铁路中断，受阻于沈阳。张宪文组织会员乘小飞机或换乘火车、长途汽车，绕道丹东市转赴大连。在丹东鸭绿江铁路边，远望对岸朝鲜新义州，甚为感叹。南京大学4位教师留影纪念。

是年，与姜平共同筹备成立了江苏省中国现代史学会，在扬州举行成立大会。张宪文是创始人，自愿担任理事。多年后，该学会更名为中国近现代史学会，张宪文受聘为学会顾问。

是年，横山宏章教授由安徽来南京大学访问，交流陈独秀学术研究成果。横山为日本第一位访问南大的历史学者。

是年，南京大学访问学者、澳大利亚费约翰，利用赴台湾搜集史料的机会，协助南京大学与台湾国民党党史会学者吕芳上进行史料交流。这是两岸间第一次进行史料交换，具有开拓意义。是项活动得到中共江苏省委书记许家屯的大力支持。

1982年

9月11日，中国现代史学会在西安西北大学举办讲习班，学员来自全国各地，达100多人，时间3个多月。授讲人有李新、彭明、丁守和、王维礼、王桧林、张同新、林茂生、蔡德金、黄逸平等。张宪文在学习班上讲授了"史料学"。应各地学员要求，学会和教育部又在昆明、青岛举办了第二期和第三期讲习班。

11月4日，中国现代史学会在厦门举行第三次学术讨论会，会议的主题是研究第二次国内革命战争时期的历史问题。由于出席会议的学者达100多人，学会经费困难，学者往返全国各地的交通十分不便，给学会组织工作造成重大影响。会后，赴福建改革开放试验地区泉州石狮参观。

是年，与南京大学马洪武、王德宝等教师，编制了中国革命史教学挂图。该项目的完成，在当时形势下，较为艰难，为此，中宣部、教育部、文化部联合在北京举行审稿会。著名中共党史专家胡华、廖盖隆、马齐彬、缪楚黄、彭明，以及军史专家阮家新、阎景堂等出席审稿。

1984年

1984年至1986年，中华民国史、抗日战争史、蒋介石等民国人物研究，均有重大变化。这一阶段也是张宪文学术思想和学术成果向前发展的转折时期。

春，国家教育委员会批复了南京大学关于建立中国史研究所和世界史研究所的申请报告，同意建立历史研究所，编制20人。南京大学根据批复，在历史研究所内建立六朝史、明清史、太平天国史和中华民国史4个研究室。茅家琦任所长，蒋赞初、洪焕椿、茅家琦、张宪文分任研究室主任。后又增设当代台湾研究室，由崔之清任主任。

5月5日至10日，南京大学联合江苏省社会科学院、中国第二历史档案馆、中国社会科学院近代史研究所、全国政协文史资料研究委员会和中国现代史学会，共同主办了中国大陆首次中华民国史学术讨论会，与会学者达200人。这次会议由中共中央书记处杨尚昆、乔石等批准召开，许多著名中国近现代史学者如孙思白、陈旭麓、彭明、李宗一、来新夏等出席，会议对中华民国史研究的开拓与发展有重要意义。张宪文是会议的主要负责人。李新和南京市市长张耀华分别致开会辞。应美中友好委员会要求，会议邀请了易劳逸等5位美国学者出席。

秋，胡乔木指示中国人民解放军军事博物馆，修改其抗日战争馆的陈列内容，要求全面反映正面战场和敌后战场中共和国民党在抗日战争中的地位和作用。张宪文参与了由阮家新、阎景堂主持的军博抗战馆陈列方案的修订。此项活动对国内抗战史研究影响巨大。

中共江苏省委经与国家档案局及国务院有关部门协商，拟调张宪文任职中国第二历史档案馆馆长兼党组书记（正厅级）。经多次谈话，张宪文婉拒，仍愿留南京大学从事教学与研究工作。

是年，张宪文与陈谦平合撰论文《简论台儿庄战役》，发表于《历史档案》1984年第3期，为1949年后中国大陆最早研究正面战场的学术论文。

1985年

8月，江苏省在南京丁山宾馆举行纪念抗日战争胜利40周年学术研讨会，全省各地学者出席。张宪文应邀在大会上作了关于正面战场的学术报告。分组讨论中，约有三分之一的学者仍不接受国民党抗战的观点。

10月，主编的《中华民国史纲》由河南人民出版社出版，陆续引起海内外的广泛关注和媒体报道。

11月，《中国现代史史料学》由山东人民出版社出版。教育部发布文件将其列为高校历史系课程教材。

11月17日，中国现代史学会第二届会员代表大会暨第四次学术研讨会，在成都举行，由四川大学承办会务，李新出席，并转任会长。

1986年

7月15日，新华社向海内外播发了《中华民国史纲》出版的电讯。美联社总部闻讯，指令驻北京分社采访。随后，分社记者对张宪文进行了采访，连续发布3篇报道。美国《华盛顿邮报》，中国香港《南华早报》《明报》等，均发表了评论。

7月21日，新华社再次编发《参考资料》，转载了美联社的报道。

9月20日，新华社以"《中华民国史纲》的出版受到中外有关方面关注"为题，专门编发了一期呈送中央的"内参"。

9月25日，张宪文曾建议江苏省有关部门，向中共中央宣传部申请编纂《蒋介石言论选集》，中宣部批示同意，指示出版后内部发行。

张宪文开始主编《中华民国史》丛书，由河南人民出版社陆续出版，达48卷，对推动民国史研究，影响甚大。

在中山东路江苏省委招待所举办的1987年民国史研讨会的筹备会议期间，张宪文邀约著名经济学家丁日初商谈改变"中国四大家族"的概念和认识。丁日初向张宪文表示支持，并由丁于1987年先后发表两篇相关文章。此后，"中国四大家族"的概念，在中国史学教材中逐渐消失。

当年，参加安徽省马鞍山市社科联举办的纪念孙中山大会和江苏省政协纪念北伐战争大会，在会上就"蒋介石投机革命"这一传统的错误观念，依据大量档案史料，作了修正，并查找了错误解说的来源，指出：蒋介石在孙中山的影响和带动下，参加了民族民主革命，是一个民主主义革命者。

全国社会科学规划办公室，在"七五"规划中制定了唯一的一项抗日战争重点研究课题，可是无人承担。中国社会科学院近代史研究所副所长、规划办负责人李宗一研究员，动员张宪文承担了这一重大项目。

1986年至1987年前后，由于《中华民国史纲》《中国现代史史料学》的出版和"中华民国史丛书"的影响，张宪文受邀先后赴北京、上海、武汉、杭州、长沙、合肥等地高校讲学。

1987年

1月16日，《文汇报》报道，认为《中华民国史纲》"对民国人物作出比较客观公正的评价，对民国时期的一些历史事件作出全面分析这一实事求是的学术态度，引起海内外学者的广泛兴趣"。

5月，美国华人期刊《台湾与世界》发表长篇书评，认为"《中华民国史纲》是目前所见大陆唯一一本完整的民国史通论著作，就这层意义而言，其重要性实不可小视"。台湾方面，则持两种不同看法，有的学者对《史纲》表示赞同，有的则持批评态度，认为这是中共史学家的"宣传"。《"中央日报"》在头版头条消息中指出张宪文"不得不承认蒋公的伟业"，"仍是中共对我（指台湾）统战策略的一个新方式"。

6月，主编的《抗日战争的正面战场》在纪念抗日战争全面爆发50周年前夕出版。这是中国大陆第一部研究抗日战争正面战场的著作。

10月7日至10日，在南京金陵饭店举行第二次中华民国史国际学术讨论会，即民国档案与民国史学术讨论会。这次会议由国务院万里、田纪云批准召开，邀请20多位国际一流的著名史学家出席。张宪文担任会议组织委员会副主任兼秘书长。会议闭幕式上，张宪文作了学术总结，后发表于《历史研究》杂志。会议期间，鉴于台湾已经开放大陆探亲活动，张宪文在齐锡生教授帮助下，写信邀请台湾张玉法、张朋园、张忠栋三位教授访问南京，从而开启两岸历史学者交流访问的大门。

1988年

6月14日，南京大学校长曲钦岳发出职务任免书（南任字〔88〕22号），任命姚大力为历史系主任，张宪文为历史研究所所长，聘期两年。根据茅家琦本人请求，免其所长职务。

7月1日，受邀第一次赴日本进行短期讲学，由上海启程。先后在庆应大学、东京大学、亚细亚大学、东京女子大学、京都大学、神户大学及日本一些学术团体，如中国现代史学会、中华民国史研究会、孙文研究会、辛亥革命史研究会等，进行学术讲演。其后约20年间，访问日本15次以上。

9月12日，第一次受邀访问德意志民主共和国（东德），出席中德关系史学术讨论会，会议由东德社会科学院和洪堡大学主办，由中国和东德学者出席。其间，会见洪堡大学校长，商谈双方学术交流事宜。会后，赴魏玛出席第32届欧洲汉学家学术会议，规模宏大。

1989年

6月初，在校党委书记陆渝蓉教授率领下，与茅家琦、崔之清、刘仲民等赴海南省海口市，出席由南京大学与海南共建的南南台湾研究所成立会议及学术研讨会，开启了双方合作的先声。

8月，台湾"中研院院士"张玉法教授，首访南京大学，开启了两岸学者学术交流的大门，迈出了两岸往返第一步。

8月，赴山东泰安，出席由华东师大与山东党史学界在山东农业大学举办的教师讲习班，报告民国史。

秋，参与组建中国近现代史史料学学会，初任副会长，后受聘为名誉会长。

12月，出席在宁波大学举办的中国现代史学会第五次学术讨论会。会议选举张宪文等为副会长。

1990年

5月22日，南京大学书面通知，经校特聘委员会批准，张宪文等3位教师已具备教授任职资格。时间由1990年3月16日起。

7月1日至28日，受邀与蔡少卿教授一起赴澳大利亚访问、讲学。几经折腾，于7月1日由上海出发，经广州转机，抵达澳大利亚墨尔本。期间，参加亚洲学会年会，两人均作学术报告,后转悉尼大学、布里斯班大学、澳大利亚国立大学访问讲学。

28日,返国抵达广州,转赴中山市翠亨村,参加由日本和广东省合办的"孙中山与亚洲"国际学术研讨会。这是出国前早已确定的日程。

1991年

1月23日,在北京人民大会堂成立中国抗日战争史学会。会长刘大年,执行会长兼秘书长为白介夫,名誉会长为胡乔木。

春,经中共江苏省委、省政协分别报告中央,决定于8月15日,在南京召开南京大屠杀史国际学术研讨会及有关纪念活动。规模宏大,中国香港、台湾及美国、日本将有200余人受邀出席。省、市设立了筹备机构,并确定由南京大学曲钦岳校长任组委会主任委员,张宪文任秘书长。后接到文件通知暂停举行。

3月13日,南京大学曲钦岳校长,发布任免令,由张宪文任历史系主任,聘期4年。姚大力免历史系主任职。

6月14日,受韩国汉城大学(今首尔大学)闵斗基教授邀请,首次赴韩国参加中国现代史史料学国际学术研讨会。同时与会的中国学者还有章开沅、骆宝善教授。三人是中国大陆最早赴韩访问的历史学者。是时,中韩两国尚未建交,需绕道香港转飞汉城。

8月20日,受美国富布赖特基金会邀请,启程赴美国伊利诺伊大学讲学半年。其间,依美方安排,先后赴哈佛大学、耶鲁大学、哥伦比亚大学、圣若望大学、斯坦福大学、加州大学伯克利分校和圣地亚哥分校、圣路易斯华盛顿大学等校作学术讲演。1992年2月,经访问夏威夷大学后返回中国。

| 1992年 | 回国后，继续任职历史系主任、历史研究所所长。是年，获国务院颁发的政府特殊津贴。 |

| 1993年 | 4月，在参加台儿庄大战研讨会之后，与蒋永敬、唐德刚、张玉法、王学庄等教授，赴曲阜拜谒孔子，参观孔府、孔庙、孔林。

上半年，李新教授委托彭明写信，建议南京大学成立中华民国史研究中心，以联合国内外学者共同开展民国史研究。此议获学校批示同意，确定由张宪文担任主任，王学庄、黄美真、万仁元担任副主任，李新任名誉主任，并邀请一批海内外知名学者担任客座教授。

6月18日，中华民国史研究中心举行成立大会，各地专家教授40余人出席。中心的成立，推动了学术交流与发展。会议决定出版《民国研究》杂志，正式创刊，出版第1期。

11月中旬，赴福建永定出席中国现代史学会第六次学术讨论会。永定地区建有大批民众群居性的土楼，为独具特色的中国民间建筑。

11月11日，南京大学研究生院根据国务院学位委员会学位〔1993〕39号、学位办〔1993〕60号文件，公布经国务院学位委员会评审通过的第五批博士、硕士学位授权学科、专业点及博士生指导教师名单（含张宪文等）。

| 1994年 | 7月6日至9日，赴德国柏林出席由柏林自由大学主办的中德关系史学术研讨会。提供的论文为20世纪30年代中德关系研究，主要运用了中国第二历史档案馆的馆藏档案。出席会议的还

有山东大学、杭州大学等高校的德国史研究学者。会议结束，由柏林经伦敦希思罗机场，直达中国深圳。这是一次十分艰苦的旅行。抵达深圳后，又与大陆学者汇合，赴台湾出席学术会议。

7月13日，首次赴台湾，参加"中国历史上的分与合学术研讨会"。这是两岸间第一次大型历史学研讨会。双方都以比较强的学者阵容出席。双方第一次进行论文交锋。大陆学者9人出席，台湾旁听者达100余人。会后，张宪文受"中研院"近代史研究所邀请访问了1个月。其间，在几所大学和"国史馆"作学术讲演。在台期间，受原国民党中常委、台北故宫博物院院长秦孝仪宴请。作陪者有国民党元老马树礼，著名学者陈三井、蒋永敬、李云汉等。

9月10日，第二次赴美国，受邀出席哈佛大学费正清东亚研究中心"中国革命转变时期历史"国际学术研讨会，并主持开幕式和进行学术评论。出席者有魏斐德、叶文心、柯伟林、白吉尔（法国）、张玉法等。

12月18日至20日，在南京举行第三次中华民国史国际学术讨论会。此次会议在台湾实业家陈清坤先生支持下，由南京大学中华民国史研究中心主办。台湾学者首次出席大陆举办的民国史学术会议。南京大学曲钦岳校长致开幕词，张宪文在闭幕式上作了学术总结。

是年，获中共南京市委宣传部、市社科联颁发的"发展南京社会科学事业特别奖"。

1995年　　　是年为抗日战争胜利50周年纪念日，中共中央在北京举行纪念大会，国内外学术活动频繁。张宪文受各方邀请，参加学术活动，并发表3篇学术论文。

7月，《求是》杂志第13期刊登了张宪文的论文《评"大东亚战争史观"》。受国务院新闻办公室和外交部指示，全国各省市20余家国家级和省级报纸，同日全文转载。新华社以5种文字向海外播发。

8月，张宪文赴日本早稻田大学文学部访问，作"民国时期的民众运动"学术讲演。是时，中日两国学者共同开展两国民众运动研究，多次进行学术交流。

8月14日，侵华日军南京大屠杀史研究会成立。南京大学历史系高兴祖教授担任会长，张宪文为顾问。

8月18日，赴美国纽约哥伦比亚大学出席由华界相关机构举办的"对日抗战胜利五十周年国际学术研讨会"，并提交论文《试论抗战时期国民政府经济战略的转变》。会议期间再次与吴相湘、唐德刚、李恩涵、李又宁、吴天威等著名华人史学家相聚。

9月，赴台北出席"庆祝抗日战争胜利五十周年学术研讨会"，提供论文《抗日战争时期中国高等教育评析》。这是大陆学者出席台北学术会议最多的一次，达30余人。双方在抗日战争研究方面形成了较多的共识。

是年，《历史研究》1995年第2期，刊登了张宪文的论文《民国史研究述评》。

是年，历史系主任职，任期届满，卸任。仍担任历史研究所所长，兼中华民国史研究中心主任。

1996年

2月下旬，受邀赴德国图宾根大学历史系出席由该系主办的欧洲学者讲习班，讲授中国历史史料学。后转柏林出席中德关系史学术研讨会。会议结束后，经巴黎，与同行的中国第一历史档案馆徐艺圃馆长返回北京，再转南京。

是年，张宪文等主编的《蒋介石全传》由河南人民出版社出版。当时，虽然蒋介石档案（俗称大溪档案）和《蒋介石日记》尚未公开，本书史料不可避免地存在一些局限性。

1997年　　2月，应台湾"中央大学"邀请，赴该校历史研究所讲学半年。其间，受刘兆汉校长宴请。台湾史学界著名学者蒋永敬、张朋园、李国祁、刘绍唐、王寿南等教授也举行宴会欢迎。此时，蒋介石档案由阳明山转"国史馆"收藏，并开放阅读。张宪文为使用该批档案的第一位大陆学者。为表示两岸史学界重视该档案，在张玉法院士的建议下，蒋永敬、李云汉、张玉法、张宪文4位教授同住"国史馆"，查阅蒋档。台湾媒体对此事作了报道。

7月，张宪文从台北返回南京。在台期间，张宪文先后赴政治大学、台湾师范大学、淡江大学及"中研院"社会科学研究所等单位作学术讲演。

12月，受邀请赴英国剑桥大学参加由该校东亚研究院主办的"中国军事思想与战争实践学术研讨会"。会上，宣读了论文《试析二三十年代蒋介石的军事政治战略》。同时与会者有杨天石教授。会后，访问大英博物馆、图书馆。在幽暗的阅览室内，感慨我早年的老师王绳祖、蒋孟引教授留学英国研究学术的艰苦情景。

1999年　　1月，赴香港珠海书院讲学1个月。是时，胡春惠教授受聘担任该校亚洲研究中心主任。

6月，《五十年来的中国大陆史学》发表于台湾《近代中国》第131期。该文总结了近百年几代中国历史学家不同时期历史研究的发展历程和学术贡献。

6月30日，自上海出发，经巴黎、罗马、佛罗伦萨、威尼斯，参加由威尼斯大学主办的"民国时期在20世纪中国的角色：反省与再思索"国际学术研讨会。同行者有黄美真、梁侃、陈红民、刘可文、蔡杰儿等。会上除主持一场研讨外，并作了关于中国近代历史学发展的学术报告。赴欧途中，在驻法大使馆工作的钱佼汝教授和驻罗马的校友宋黎明对我们的行程作了妥善的安排，使我们深入地领略了古希腊、古罗马和当代欧洲的历史文明。

2000年

9月22—24日，南京大学和江苏省政协共同举办第四次中华民国史国际学术讨论会，与会中外学者达152人。省政协副主席胡福明致开幕词。南京大学校长蒋树声、副校长洪银兴出席了会议。会议研讨的主题涉及民国史政治、经济、社会等方方面面。出席会议的台湾学者有张玉法、李国祁、陈鹏仁、陈三井、吕芳上、张力、邵铭煌、张哲郎、周惠民、李恩涵等。会议曾邀请韩国著名中国历史学家闵斗基教授出席会议。闵教授因病不能出席，乃派遣其8位弟子参会，并提供学术论文。不久，闵斗基教授不幸逝世。我写了一篇文章，追思他长期研究中国历史及对中国的学术友谊。本人作为会议的主要筹办者之一，在闭幕式上作了学术总结。后以"民国史研究的几个问题"为题，发表于2000年11月2日《人民日报》。《新华日报》予以转载。

2000年10月，民国史研究中心被教育部批准为重点研究基地。南京大学举行隆重揭牌仪式。出席仪式者有蒋树声校长、洪银兴副校长、韩星臣党委书记及省政协胡序建副主席、卜承祖秘书长等。

是年，中国社会科学院中日历史研究中心，决定组织有关抗日战争的人口伤亡、财产损失和南京大屠杀史料三项大型课题，开展研究。学术委员会做了分工，委员们指令张宪文负责南京大屠杀史料研究项目。由此开展了历时10年的大型大屠杀史料搜集和研究工作，受到政府和海内外的广泛关注。

2001年

1月，出席在夏威夷举行的"孙中山先生与中国改造学术研讨会"。出席者主要为中国大陆和台湾学者。张宪文在会议上就孙中山研究的相关问题作了学术发言。会后与学者们一起，再次赴珍珠港美军海军基地考察。

8月，张宪文等主编的《中华民国史大辞典》由江苏古籍出版社出版，后获教育部第四届人文社会科学优秀成果三等奖。该辞典从酝酿到编成出版历时16年，近150名学者参与，收录词条16000条，约450万字，是研究中华民国史的重要的、宝贵的工具书，内容十分丰富，涉及民国时期各类问题。由于该项目没有经费来源，所有编纂活动均靠张宪文微薄的课题经费支持。每次编纂修改工作，均选在寒暑假，甚至正月初五即开始集中工作，学者们的学术奉献精神应予肯定。

9月9日，南京大学中华民国史研究中心、南京市社会科学界联合会及中国第二历史档案馆等单位，共同举办了纪念辛亥革命90周年学术研讨会。出席会议的有南京地区的学者和中国台湾、香港地区学者，还有国外学者出席。张宪文是会议的主要筹办者之一。

10月9日，"辛亥革命90周年纪念大会"在北京人民大会堂举行。中共中央总书记江泽民在大会的报告中指出，辛亥革命是一次伟大的民族民主革命。他的报告，指引了辛亥革命研究的发展方向。

10月22日，赴台北出席纪念辛亥革命90周年学术研讨会。会议在圆山大饭店举行。连战出席、秦孝仪致开幕词。大陆学者金冲及、章开沅、张宪文等出席。

10月，发表《南京临时政府评析——纪念辛亥革命90周年》，载《南京社会科学》2001年第10期。

11月，张宪文主编的《中国抗日战争史（1931—1945）》，1992年写作、修改完成后，因出版等原因，几经周折，最后由南京大学出版社出版，并获江苏省哲学社会科学优秀成果一等奖和江苏省"五个一工程"奖。该书坚持全面反映国共两党、两军、两个战场、全国各族人民共同抗日的民族战争思想，受到学界好评。

12月13日，赴日本神户出席"纪念辛亥革命90周年国际学术讨论会"。会前，赴甲南大学做辛亥革命研究学术报告。会议期间，再次会见了野泽丰、卫藤沈吉、久保田文次、横山宏章、山田辰雄、安井三吉、中村哲夫等日本学界老朋友。

2002年

11月27日，中国社科院中日历史研究中心代表团访问日本，一行10余人，在首先访问广岛大学、岛根大学进行学术交流之后，乘坐汽车沿日本北海岸考察日本农村之后，于12月2日抵达东京日中友好会馆，与日方的学术团队进行工作交流与会谈。

12月16日至18日，应韩国国史编纂委员会邀请，赴汉城（今首尔）出席"东亚历史编纂传统与各国史料编纂研究"学术会议。有中、日、韩三国学者出席。张宪文在会议上报告了民国史料的编纂与研究状况。会后，张宪文受聘担任该委员会海外委员。

是年，为筹集搜集、整理南京大屠杀史料的启动资金，张宪文以个人名义多方求援无果。后向国务院新闻办、南京市委市政府、江苏省委省政府请求支持。年底，梁保华省长收到张宪文信函，批示"支持这个项目比支持写一部小说更重要"，要求上报预算。对此，梁省长根据预算，如数批复经费70万元。张宪文带领团队正式开始了大屠杀项目的研究工作，自此，持续10年之久。

论文《辛亥革命若干问题的再认识》，发表于《复旦学报》本年第2期。

2003年

8月，暑假期间，张宪文组织有各院校、研究机构、档案馆学者参与的学术团队，分别奔赴日本、美国等国家和我国台湾地区，搜集南京大屠杀的相关原始材料。经过努力，吃尽千辛万苦，团队成员逐步搜集了大批材料，并加以整理和翻译出版。

也是由本年度开始，在经过两年多的酝酿、准备之后，在政府的支持下，团结带领学术团队，全力投入了南京大屠杀问题的史料和研究工作。其后发挥的重大影响，是始料未及的。

中国历史学者作出了历史的贡献。

12月，《中国抗日战争史（1931—1945）》获2001—2002年度江苏哲学社会科学优秀成果一等奖。

2004年

1月，教育部社科司在人文社会科学领域首次启动了重大课题攻关项目。第一批设计了39个攻关项目。在历史学方面启动了唯一的项目《民国史研究》。经过评估，由南京大学、复旦大学、北京师范大学、中国第二历史档案馆和军事科学院合作攻关，由张宪文担任该项目的首席专家。

3月26日至31日，赴台北中山纪念馆出席"第七届孙中山与现代中国学术研讨会"，发表学术论文《辛亥革命前后孙中山建设现代国家的理论与实践》。

8月9日至14日，参加主办"中国近现代史史料学国际学术研讨会"，在烟台举行，一批台湾学者出席。在研讨会上，张宪文作了史料学理论和研究方法的学术报告。会后出版了论文集。

是年，与澳大利亚拉筹伯大学的学术合作项目正式启动，先后派出多名教师赴澳大利亚进行学术研究。

2005年

1月，主持教育部重大项目"民国时期长江三角洲地区中等城市发展类型分析"。参加者有朱庆葆、马俊亚等。

3月31日至4月1日，访问韩国济州岛，出席纪念"4·3事件"和平人权论坛。在讨论会上，发表有关南京大屠杀的学术报告。同行者有朱宝琴教授。

8月10日，"12·13——侵华日军南京大屠杀史实展"在北京国家博物馆举行。在有中央和北京有关部委领导出席的隆重开幕式上，中共江苏省委副书记任彦申和专家代表张宪文发表了讲话。

8月19日至21日，与中山陵园管理局共同举办"纪念同盟会成立100周年暨孙中山逝世80周年学术研讨会"。有100多位海内外学者出席，其中包括金冲及、林家友、冯祖诒、萧致治等著名学者。台湾著名历史学家李云汉第一次来南京出席学术会议，深受学者欢迎。会议提交论文80余篇，是一次十分成功的学术研讨会。张宪文在闭幕式上作了学术总结讲话。

12月27日，张宪文主编的《南京大屠杀史料集》第一批28卷，由江苏人民出版社正式出版，并在南京举行首发式。中共江苏省委常委、宣传部部长孙志军和有关领导出席。中共江苏省委书记李源潮、江苏省省长梁保华担任该书名誉顾问，孙志军和洪银兴（南京大学党委书记）担任顾问。"史料集"出版后，在海内外引起强烈反响，也引起中央和省、市领导的高度重视。

是年，侵华日军南京大屠杀研究会换届，张宪文由于年逾七十，坚辞会长一职。江苏省委、南京市委原拟加强该研究会领导，由孙志军任会长，后经协商，改由南京市政协副主席张伯兴为会长。省委、市委宣传部动员张宪文留任副会长，不便再辞。

张宪文等著的《中华民国史》（4卷本），由南京大学出版社出版。该书为国家"九五"重点规划项目。1996年申请批准，2005年出版发行。其间，为保证学术质量，由9名博士生花费2个月时间，逐条核对史料，于2006年第二次印刷。作者坚持新史料、新体系、新观点，坚持国际化、现代化的认识。本书是在《中华民国史纲》基础上的发展，后获江苏省人文社科优秀成果一等奖。

是年，发表学术论文《关于抗日战争几个问题的思考》，载《南京大学学报》第4期。

当年，被评为"全国优秀博士论文指导教师"。

是年，获"南京大学先进工作者"称号。

2006年

3月，被评为第四届江苏省优秀哲学社会科学工作者。

3月13日，《中华民国史》（4卷本）出版，举行首发式。省出版局局长徐毅英、省社科联党组书记孙艳丽、南大洪银兴书记出席。

4月，日本外务省指令其驻上海总领事馆派领事两名，来南京大学，就南京大屠杀问题采访张宪文。中方由张宪文协同姜良芹与其对话。随后，日本外务省在向内阁会议的质询答辩书中，称"根据截至目前公开的文献等进行综合判断"，"不能否定日军进入南京后，对城内非战斗人员进行的杀害和掠夺行为"。该答辩书，刊登在日本外务省网站，时间甚久。

4月29日，鉴于中日双方关系和历史问题研究的需要，中共江苏省委宣传部、南京市委宣传部，决定与南京大学签署协议，共建南京大屠杀史研究所，以推动南京大屠杀历史的全面研究。孙志军、叶皓（市委宣传部部长）与洪银兴、张异宾出席签字仪式。张宪文被聘为研究所所长。

5月26日，受莫斯科大学邀请，赴俄罗斯参加该校著名的亚非学院建院50周年庆祝典礼。当日，在毛泽东访苏时会见中国留苏学生发表重要讲话的大礼堂举行了隆重的庆典活动。其间，张宪文与该学院教师作了学术交流，还访问了俄罗斯科学院远东研究所，与一批研究中国历史和中苏关系的老专家举行了座谈会，并再次会见了俄国著名老学者齐赫文斯基。在莫斯科期间，赴红场晋谒了列宁墓。列宁、斯大林、高尔基等一批苏联早年革命领导人，在当今俄国已完全失去了昔日的光辉。

7月28日至8月1日，南京大学中华民国史研究中心与浙江奉化市溪口旅游集团，共同主办了第五次中华民国史国际学术讨论会。出席会议的国内外学者约140名，其中有金冲及、章开沅、蒋永敬、张玉法、陈三井、山田辰雄、费约翰、余传韬、邱进益等。张宪文主持大会，南京大学党委原书记陆渝蓉教授致开幕词。会议由张宪文作了学术总结，其讲话稿经修改后，发表于《江海学刊》2008年第5期，题目为《再论民国史研究的几个重大问题》，并被《新华文摘》和《高等学校文科学术文摘》等刊物转载。

9月，《南京大屠杀史料集》获南京市人民政府颁发的"十大文化精品奖"。

10月，《南京大屠杀史料集》获第20届华东地区优秀哲学社会科学优秀图书特等奖。

11月4日，台北"中研院"近代史研究所和中国近代史学会，就《中华民国史》（4卷本），联合举办"南京观点的'中华民国'学术讨论会"，一批台湾学者出席。

11月6日，在南京向全国人大常委会副委员长、民革中央主席何鲁丽赠送《中华民国史》（4卷本）。

11月10日—12日，承办"江苏省纪念孙中山先生诞辰140周年学术研讨会"。江苏各地70多位学者出席。闭幕式上，张宪文就孙中山研究的若干问题作了总结发言。

2007年　　2月3日，日本东京大学举办《中华民国史》合评读书会，会期一天，就张宪文主编的这部书，发表评论文章10篇。该读书会文章，以"特集"形式，发表于日本《中国研究月报》2007年5月号。

7月20日，中共中央对外宣传办公室和国务院新闻办公室，以"成功的、典型的外宣工作案例"，联合向全国各省、区、市委宣传部、外宣办发布文件，指出《南京大屠杀史料集》"是我国南京大屠杀史研究的重要突破，具有较高的学术价值和社会效益"，对"促进人类理性反思，真正实现中日友好及世界和平具有重要意义"。

8月6日，中共江苏省委宣传部就"《南京大屠杀史料集》编辑出版情况"向江苏省委写了专题报告。

12月3日，在南京大屠杀历史事件发生70周年前夕，由张宪文主编的《南京大屠杀史料集》第2批第29至55卷，在南京出版，并举行首发式。省委常委、宣传部部长孙志军，南京市委常委、宣传部部长叶皓，及南京大学党委书记洪银兴等出席首发仪式。

12月11日，美国《基督教科学箴言报》记者就南京大屠杀问题采访了张宪文。

在南京大屠杀事件发生70周年前夕，如《纽约时报》、英国广播公司（BBC）、韩国KBS广播公司和爱尔兰电视台也作了专访和报道。中央电视台一套《新闻联播》和四套《东方时空》，以及新华社、《人民日报》等作了大量采访和报道。

12月14日，张宪文在《光明日报》发表《永恒的记忆——写在南京大屠杀70周年之际》。

12月17日，张宪文在江苏省哲学社会科学界学术大会上，作了《南京大屠杀史研究的理性思考》的学术报告。

12月23日，日本《每日新闻》上海支局、日本共同社记者，就南京大屠杀问题专题采访张宪文。

是年，在《南京大学学报》第1期，发表了《"南京大屠杀史料集"的学术价值与政治意义》。

是年12月，《中华民国史》（4卷本）获江苏省第十届哲学社会科学优秀成果一等奖。

2008年

1月，日本官方再次派遣其驻上海总领事馆两名副总领事和军方代表一名，赴南京大学与张宪文教授就南京大屠杀问题进行对话。中方参加者还有张生教授、曹大臣教授。

1月，日本岩波书店出版的《世界》杂志，刊登张宪文《实证与认识》——纪念南京大屠杀事件的文章。

12月，《中华民国史纲》获南京大学"改革开放以来南京大学文科有重要影响的学术著作"荣誉证书。

12月，南京大学中华民国史研究中心，被评为南京大学优秀学术团队。

2009年

1月，张宪文、朱庆葆、陈谦平、姜良芹受南京大学洪银兴党委书记委托赴台湾，在邱进益先生的陪同下，拜会了连战、吴伯雄两位国民党荣誉主席，并邀请他们访问南京大学。在台期间，在邱进益先生的介绍和支持下，张宪文等专程赴台湾妇联会，与辜严倬云主任委员等协商合作开展宋美龄系列研究，顺利达成合作协议。其间，与朱庆葆等拜会海基会高孔廉秘书长。

5月下旬，吴伯雄率中国国民党代表团拜谒中山陵，以纪念孙中山奉安80周年，并赴南京大学接受名誉博士学位。南京大学举行了隆重的学位授予典礼。吴伯雄以新校友身份发表了热情洋溢的讲话。

5月31日，在中山陵国际会议中心隆重举行纪念孙中山奉安80周年学术研讨会。由张宪文主持，蒋永敬、胡春惠等出席。会议的举行，以实际行动批驳了一些人的无知谬论。

8月4日至10日，接受党中央、国务院邀请，作为新中国成立60年来创新创业创优60名代表之一，赴北戴河休假，并出席中央组织部部长李源潮召开的人才问题座谈会。到达与离开，受到隆重接待与欢送。

9月，张宪文带领8位女博士、女教授赴台湾，再次拜会辜严倬云主委，查阅宋美龄有关史料，引起台湾史学界关注，期间，曾赴淡江大学和东华大学作学术讲演。研究团队从中国大陆、台湾和美国搜集了宋美龄各个方面书信、日记、文章等十分珍贵原始资料。后，出版《宋美龄文集》（5卷本），宋美龄研究著作及《宋美龄年谱》8卷。在台期间，与郝柏村将军就抗日战争问题举行座谈会。

12月30日，教育部在人民大会堂召开全国高校人文社会科学优秀成果颁奖大会，并举行科研成果和图片展览。《南京大屠杀史料集》获一等奖。张宪文作为获奖代表在大会上发言。中共中央政治局委员、国务委员刘延东和教育部领导出席了颁奖大会。

是年，张宪文任首席专家的教育部重大课题攻关项目成果《民国史研究》（10卷）完成，经教育部专家组在北京召开会议鉴定，评定为"优秀"成果。

是年，教育部宣布第二次重点研究基地评估结果，南京大学中华民国史研究中心被评为"优秀"基地，在历史学科基地中，评估指标名列前茅。

7月7日，张宪文主编的《南京大屠杀史料集》72卷全部出版，共约4000万字。在南京西康宾馆举行新书出版发布会。南京大学校领导和省委宣传部领导出席并讲话。10年间，课题组成员先后赴日本、美国、德国、英国、法国、俄罗斯、意大利、西班牙和海峡两岸档案馆、图书馆，广泛搜集史料。参与这项工作的历史学者、档案学者和各种语种的翻译人员达110人。他们为中华民族和人类的正义事业作出了重大贡献。

8月21日，南京大学联合哈佛大学、剑桥大学、牛津大学、东京大学、莫斯科国立大学，共同举办第六次中华民国史国际学术讨论会。会议在南京中山陵国际会议中心举行。讨论主题为民国社会转型研究，由6家主办单位担任联合主席。江苏省副省长李小敏出席。适时，南京大学正在汤山举行重要工作会议。党委书记洪银兴决定汤山会议停止半天，赶赴研讨会会场致开幕词。会议闭幕式上，张宪文就"民国时期社会转型的若干问题"作了学术总结。多所国际一流大学与南京大学共同举办学术研讨会，这在中国学术史上还是第一次。会议取得良好效果，在海内外产生很好的学术影响。

是年，教育部社科司司长张东刚来南京大学检查工作，认真地多次向张宪文建议联合台湾学者共同编纂"中华民国史"（当时建议规模为10卷本）。是年，经过张宪文与台湾"中研院"张玉法院士多次电话沟通，确定由海峡两岸暨香港、澳门的学者共同编纂，范围限于1912—1949年，以专题史形式，设计22个专题，每个专题均由两岸学者共同参与。

两岸学者利用出席第六次民国史国际学术讨论会的机会，面商编写大纲等问题。该专题史有两岸暨香港/澳门70余位教授、副教授等参与。由张宪文、张玉法两人担任该书的主编。

2011年

4月，获南京市第二届"十大文化名人"荣誉称号。

6月20日，举行"文化名人"颁奖会。

7月，为纪念辛亥革命100周年，《近代史研究》杂志组织几位老学者撰文。张宪文发表《新时期再议辛亥革命》，载该刊2011年第4期。

10月9日，胡锦涛总书记在北京人民大会堂举行的纪念辛亥革命100周年大会上再次指出，辛亥革命是一次完全意义上的民族民主革命。当年，有些官员和学者仍然坚持辛亥革命是资产阶级革命。

10月10日，江苏《新华日报》刊登张宪文的文章《传承辛亥精神 建设现代国家》。

10月16日，江苏省暨南京市举行"纪念辛亥革命与南京临时政府成立国际学术讨论会"。有较多的台湾学者出席，并提供学术论文。张宪文参与了由江苏省政协等单位共同组成的会议筹委会，参与了会议的筹备工作，会议取得了很好的学术效果。张宪文在会议上就辛亥革命的若干问题作了闭幕讲话。

11月，受邀请赴新加坡出席纪念辛亥革命的学术研讨会。出席研讨会的有章开沅、杨天石等各方学者。这是第一次赴这个华人人口占多数的城市国家。

12月8日，参加南京大学文科特聘教授的评审会。文科评出18位特聘教授。

是年，南京大学出版社出版"人文社科优秀学术团队丛书"。张宪文主编《民国政府与中国社会转型》列入丛书。

是年，张宪文鉴于已届高龄，辞去侵华日军南京大屠杀研究会职务。

2012年

1月，《共和肇始》一书，由南京大学出版社出版，并入选"国家新闻出版总署纪念辛亥革命100周年20种重点出版物"。

2月，张宪文、姜良芹编著《宋美龄、严倬云与中华妇女》，由台湾黎明文化事业出版有限公司出版。

4月25日，就白先勇著有关白崇禧著作，在总统府会议室举行座谈会。

5月，获江苏省"五一劳动奖章"。

5月20日，南京大学110周年校庆。上午，历史系师生在逸夫馆举行系庆会。下午，全校举行庆祝大会，张宪文团队获"南京大学卓越贡献奖"并登台领奖。

5月23日，赴北京参加教育部后期资助评审会。

5月25日，下午由北京赴山东大学历史文化学院，出席博士论文答辩会。27日上午，为山东大学历史文化学院师生作民国史学术报告，当日晚返宁。

6月20日，出席范鸿仙诞辰130周年纪念会，并拜祭政府修缮后的范鸿仙墓葬。

8月10日，日本共同社驻上海分社，再次来南京大学采访，张宪文接待。

9月17日至21日，赴北京出席国家社科基金办公室举行的社科项目评审会。

12月6日，《南京大屠杀全史》（3卷本），由南京大学出版社出版。南京大学党委书记洪银兴教授亲赴北京主持了新书首发式。在京有关部门领导和著名历史学家出席了仪式，中央电视台及国内各主要媒体进行了采访和报道。该书代表了中国学者对南京大屠杀的正确认识，产生了重要影响。

是年，发表了《构建科学的中国现代史学科体系》论文，载《安徽大学学报》2012年第1期。

2013年

4月13日至14日，赴杭州，出席浙江大学蒋研中心举办的"蒋介石与近代中国研究"中青年学者研讨会，在开幕式上作主题演讲——"关于历史人物研究的思考"。

5月，获"全国五一劳动奖章"。

5月22日，中共江苏省委、省政府评定"江苏省社科名家"第一批名单10名，即沈立人、宋林飞、张宪文、茅家琦、周勋初、胡福明、洪银兴、顾焕章、蒋赞初、鲁杰。省委、省政府举行表彰大会。省委书记罗志军、省长李学勇出席。省委常委、宣传部部长王燕文主持会议，副省长曹卫星宣读表彰决定。张宪文在会上代表获奖者讲话（见《新华日报》5月23日第1版A）。获奖者获奖章、奖状和奖金20万元。

5月，与南京市档案馆合作编著的《南京百年城市史》（13卷）完稿，进入审稿阶段。

夏，海峡两岸暨香港/澳门学者合著的《中华民国专题史》18卷，统稿完毕，进入查重与审稿阶段。

暑期，宋美龄资料搜集达140万字，选定80万字，编成《宋美龄文集》5卷，台湾出版。

9月9日，教师节，上午，省委书记罗志军赴仙林校区召开"科研工作调研座谈会"，张宪文出席。会上，罗志军指示省教育厅厅长沈健支持民国专题史研究。

10月27日，在双门楼宾馆举行张宪文80岁生日庆祝会，南京大学校党政领导及南京市有关部门领导和张宪文弟子百余人参加。有关领导发表热情洋溢的讲话。弟子们出版《民国史巨子——张宪文教授学术生涯纪传》。校党委书记洪银兴作序祝贺，校长陈骏院士致贺词。众弟子也著文致贺。

11月8日，飞赴重庆大学，出席纪念抗日战争学术研讨会。会上作有关抗日战争若干问题的学术讲话。

2014年　　3月29日，赴成都做学术考察，再次与丁金平学长相会，她原在本校中国近现代史教研室教授中国近代史。后因家庭团聚（其丈夫为南京军事学院时期中共党史教研室主任，后为军级职），调任四川大学教授革命历史，影响了她的学术发展。丁金平是我1958年参加共产党的入党介绍人之一。

在成都期间，赴建川博物馆参观。其规模宏大，占地千余亩，设各种展馆，陈列各类当代历史文物，数量之多，令人感叹，未来都是无价之宝。它是中国唯一的此种物品、文物、文献的陈列馆。樊建川先生甚有历史眼光，本想借机商谈抗战研究的合作事宜，因恰逢周日而未能相遇。在成都期间，专赴大邑参观刘文采家宅陈列馆。此时的陈列内容，已纠正了以往的一些不实传言。

4月7日，带"宋美龄课题团队"赴海南省海口市，出席海南有关方面召开的"宋氏家族精神遗产及其价值"学术研讨会。张宪文在大会上作了有关宋美龄历史研究的学术报告。会后，赴南海研究院参观有关南海历史陈列。系友、海南省委领导李秀领专程由外地赶回海口相会。

11月，参与南京大屠杀历史全民读本的审定工作。

12月3日，在南京凤凰台宾馆，举办了南京大屠杀史论坛。

12月9日，日本共同社驻上海分社，再次来访。

12月20日，新中国外交史研究与教育学术研讨会，在南京大学中国南海研究协同创新中心举行。张宪文就南京大屠杀史研究与中日关系中的现实问题予以回应。

12月，在南京大屠杀遇难同胞国家公祭日前夕，出版了一系列有关南京大屠杀历史文献和研究著作。其中有：《南京大屠杀重要文证选录》（张宪文、崔巍、董为民编），《见证与记录：南京大屠杀重要史料精选》（上、中、下卷，张宪文、吕晶编），《南京大屠杀史》（35万字，张宪文等著）。

当年，国家社科后期资助项目《南京大屠杀史》，立项号为14FZS043，由南京大学出版社出版。其间，中共江苏省委常委、宣传部部长王燕文要求翻译出版南京大屠杀史著作。后邀请中国学者、美国学者，以及其他学者翻译出版了英文版、日文版和韩文版等南京大屠杀著作。其他语种著作亦在翻译中。是年，《南京大屠杀全史》获江苏省第十三届哲学社会科学优秀成果奖一等奖。

2015年

4月18日，《中华民国专题史》18卷，经过海峡两岸暨香港/澳门70多位历史学者、教授等，在主编张宪文、张玉法带领下，花费5年时间编纂完成，终于由南京大学出版社出版。这是一部有重大政治意义、学术价值的著作。该书将会在海内外产生重大学术影响。新书发布会在南京紫金山庄举行。该书编著的倡导者、教育部社科司司长张东刚与南京大学党委书记张异宾教授莅会祝贺新书出版。海内外学者胡春惠、陈鹏仁等

100余人出席会议。

5月28日上午11时，中共江苏省委书记罗志军，在省委常委、秘书长樊金龙，省委常委、宣传部部长王燕文等陪同下，前来南京大学中华民国史研究中心，亲切看望中心主任张宪文。南京大学党委书记张异宾出面迎接并参加会见。罗书记讲话，对张宪文等的研究工作给予高度评价、鼓励和指导。会见后，罗书记等深入察看了民国史研究中心自20世纪70年代建立以来编著的丰富的中华民国史、抗日战争史和南京大屠杀史等方面的科研成果。

6月27—30日，南京大学中华民国史研究中心，组织本校历史学科已获博士学位的研究生举办博士论坛，并成立博士研究所，目的是引导他们开展民国史学术研究。

7月8日，赴台北出席纪念抗日战争胜利70周年学术研讨会。在会上发表学术讲话。

7月18日，日本共同社加盟社一行18人，在该社上海分社带领下，来南京访问。在民国史研究中心会议室，张宪文与记者、编辑们交流了对南京大屠杀和中日关系的看法。

7月30日，在纪念抗日战争暨世界反法西斯战争胜利70周年之际，中共中央政治局举行有关抗日战争问题的学习会。会上，习近平总书记发表了重要讲话，对如何推动抗日战争历史研究，做了具体指示。

8月20日，中共中央政治局委员、宣传部部长刘奇葆，在中宣部会议室举行有关抗日战争历史研究的座谈会。会议出席者有中央各有关部委、中国社科院、国家图书馆、档案馆等单位的领导人。高等学校有武汉大学胡德坤、南京大学张宪文两位教授出席。教育部一位副部长和社科司司长张东刚出席。会上，各部委领导发表了意见。张宪文在座谈会上提出了五条建议。会议宣布了实施抗战史专题研究的具体方案。方案重点内容集中在建立抗战资料数据库和资料搜集整理方面。

根据中宣部抗战专项工程的具体分工，要求各单位上报研究项目。张宪文与台湾张玉法协商后，拟由两岸合编中国抗日战争史（30卷）并上报了简单的目录。之后，国家社科办电话告知，这个项目拟由北京方面组织实施（由步平负责）。规划办要求南京大学和武汉大学及中国社科院组织翻译国外关于抗战的史料。

对此，南京大学上报4个史料翻译性质的抗战类项目，分别是日军细菌战、李顿调查团史料整理、传教士费吴生个人史料整理、美国驻华使领馆史料翻译。

是年，教育部对150个人文社科重点研究基地进行第三次全面评估，南京大学中华民国史研究中心再次被评为优秀基地。

是年，南京大学中华民国史研究中心调整领导班子。张宪文不再担任主任，而由朱庆葆担任中心主任，张宪文专任名誉主任，并报教育部社科司备案。

张宪文由于年届高龄（2015年81岁），多次主动提出不宜再担任主任。早在2004年，南京大学党政联席会议（常州会议），决定聘任张宪文、茅家琦、董健3人为资深教授。是时，南京大学依照教育部社科司指示，由张宪文继续担任教育部重点基地中华民国史研究中心主任。在此后10余年间，张宪文承担了许多重大的、有影响的科研项目。多次参与南京大学有关教师聘任、评审、研究生培养、学科建设及各类重大典礼活动。

是年12月，美国《基督教科学箴言报》资深记者就南京大屠杀问题于8年后再次来访。

2016年

1月21日，在南京大学鼓楼校区匡亚明会议厅举行"中国抗日战争研究协同创新中心"成立大会及揭牌仪式。教育部社科司司长张东刚专程来宁出席会议，并发表讲话。南京大学党委书记张异宾、校长陈骏及海内外专家学者约150人出席会议。

会后，南京大学中华民国史研究中心、中国抗日战争研究协同创新中心与合作院校通力协作，整理材料，准备申报国家级抗战研究协同创新中心。

3月1日，由江苏省委宣传部、南京市委宣传部和南京大学共建的江苏省高端智库"南京大屠杀史与国际和平研究院"在南京成立。该院成立主旨为进一步开展南京大屠杀史和国际和平学术研究，向国家和政府提供建言和咨询意见。该院由张宪文担任院长、张建军担任执行院长。

6年，获得国家社科基金抗日战争研究专项工程项目。《日军细菌战海内外史料整理与研究》拓宽日军暴行研究的又一领域。

是年，《南京大屠杀全史》（上、中、下卷），荣获教育部文科人文社会科学优秀成果一等奖。

2017年

7月6日，南京大学在中山东路中央饭店举行会议，研讨开展抗日战争研究问题。南京大学是中国抗日战争历史研究的重要基地。自20世纪80年代以来，学术贡献尤多。在新的历史时期，应继续作贡献。为此，张宪文向党委书记张异宾、校长陈骏写信建言，希望继承老校长匡亚明组织《中国思想家评传》（200卷）的高尚学术精神，开展抗日战争专题研究100卷的研究，以响应习近平总书记关于加强抗战研究的指示。陈骏和张异宾两位校领导，于收到信件的第二天，即批示给时任常务副校长吕建院士和党委副书记朱庆葆协助与落实该项研究。

7月7日，南京大学继续在中央饭店举行会议。与合作单位北京大学、南开大学、武汉大学、复旦大学、浙江大学、山东大学及台湾中国近代史学会，具体讨论编书的有关事宜。决定成立编委会，由张宪文、朱庆葆担任主编，各合作院校及台湾中国近代史学会派员担任副主编。并聘请学术顾问。

会议期间，全国各地高校教师及海外学者（包括台湾学者在内）约150位学者提出各类研究课题，经过不断协商，最后确定140个课题，纳入研究范围。

会议期间，按照教育部社科司领导多次指示，建立抗日战争研究国际大学联盟委员会，并给各位委员颁发证书。

9月4日，南京大学召开党政联席会议，确认抗日战争研究项目作为南京大学"双一流"建设卓越研究计划第一个项目。学校将分批投入总额约1000万元，支持该项目研究。这在南京大学文科发展历史上是破天荒的举动。

12月，要求参与抗战专题研究的作者，完成编写大纲。对大纲的要求：高水平、有创新、有超越。

2018年

自2017年下半年开始，张宪文以耄耋之年的老人，全身心地投入抗日战争专题100卷（暂扩展至140卷）的项目研究。由于该项目规模宏大，参与研究的人员众多，成员分布海内外，组织工作及经费使用十分复杂。这种困难始料未及。张宪文曾自嘲自己是自讨苦吃。整个2017年至2021年，张宪文全力以赴地处理该项目方方面面工作。包括琐碎的事务工作到学术内容的思考，非常艰难。期望早日完成出版工作，向中国共产党成立100周年献礼。

2018年元旦，突感胸部不适，经医生检查治疗后发现，有一根重要的心脏血管堵塞。一年后，即2019年8月3日，经儿子朋友介绍，由日本一位最著名心内科专家做了检查治疗，血管全部畅通。医生开玩笑说，您可以去爬长城了。

7—8月，开始启动个人书信整理工作。交代吕晶带领研究生分类整理编辑。

2019年

是年，由张宪文、张玉法主编的《中华民国专题史》18卷，荣获教育部文科人文社会科学优秀成果一等奖。（2020年12月10日颁布奖状）

是年，日本学术界出版研究专著，全面评论《中华民国专题史》18卷。

是年春，南京大学校党委、校行政经过评定，奖励文科、理科10个学术研究团队，每个团队获奖100万元，民国史研究中心也在获奖之列。这笔奖金分配给中心每一位成员（含已退休或调离者）。

是年教师节前夕（9月9日），中共江苏省委书记娄勤俭同志在其他省委领导同志陪同下，专程前来南京大学中华民国史研究中心探望张宪文。南京大学党委书记胡金波、校长吕建陪同接待。

是年，张宪文继续全力以赴组织编纂《抗日战争专题研究》，逐步组织审稿。

是年，与妻子共祝钻石婚纪念日。

2020年　　　春节，赴香港度假。节后，经澳门赴日本，游京都、大阪，转东京。复查心脏后，在东京休息20余天。2月29日由东京返国，经上海回南京。

由于自国外回宁，街道社区告知，不可自由行动，仍须在家休息7天。街道卫生机构来家做了两次核酸检测，一切正常。

4月13日，获南京大学突出贡献奖。

约至暑期，南京疫情趋于缓和，各方面工作和活动渐渐恢复正常。

7月30日，协同江苏人民出版社申请"抗日战争专题研究"项目国家出版资助。

9月后，依江苏省出版局规定，"抗日战争专题研究"项目，约30卷须由省出版局呈送国家新闻出版署，分别交由中央各有关部门审稿。后又增加近20卷送北京审稿。这极大地影响了出版进度。

2021年　　　3月23日，校党委在仙林校区召开纪念大会，向王颖、张宪文等10位中共老党员颁发"感谢状"。感谢"为党的教育事业和南京大学改革发展做出的重要贡献"。

4月8日，受聘"中国社会科学院中日历史研究中心"顾问。

10月23日，在南京出席2021凤凰作者年会，获金凤凰奖章。

是年上半年，"抗日战争专题研究"项目，每卷课题经过五次审稿、二次"查重"，已完成100卷。每卷平均30万字，总字数约达3000万字，是一项重大的学术贡献。

课题书稿自2月起已分批交付江苏人民出版社编辑出版。

12月30日，国家新闻出版署宣布"十四五"时期国家重点出版物专项规划。《抗日战争专题研究》项目在列。

2022年　针对书信整理工作，接受历史学院学生的采访，回忆书信背后的故事。

2023年　下半年，江苏人民出版社将出版"抗战专题研究"项目，著作达40部。

第四篇

国家关爱与奖掖

　　1954年，作为一名20岁的小青年，各方面都很稚嫩，从家乡齐鲁故里，来到著名的六朝古都南京。在南京大学读书、生活、治学、工作，约70年。接受了党和国家以及学校师长们无微不至的关怀和培养，一步一步努力攀登学术高峰。与南京大学中华民国史学科的全体教师，为国家民族的学术事业作出了应有的贡献，打造中华民国史研究中心成为海内外学术界广泛认可的重要科研基地。

　　近70年来，获得了从国家至省市、从教育部至学校的各种奖励和荣誉，张宪文表示深切的感谢。

一、重要的获奖

1. 国务院奖励

1992年，获得国务院政府特殊津贴。

2. 教育部奖励

2009、2015、2020年连续获得教育部第五届、第七届、第八届高等学校人文社会科学研究优秀成果奖一等奖。

3. 江苏省政府奖

（1）5次获得江苏省哲学社会科学奖一等奖。

（2）《中国抗日战争史》获江苏省"五个一工程"奖。

4. 南京市政府奖

（1）1994年，获"发展南京社会科学事业特别奖"。

（2）2006年9月，获南京市委、市政府"十大文化精品奖"。

5. 南京大学奖。

（1）2012年5月，获南京大学"卓越贡献奖"。

（2）2020年4月，获南京大学"突出贡献奖"。

二、重要荣誉称号

1. 2011年4月，南京市委、市政府授予南京"文化名人"荣誉称号。

2. 2012年4月，获江苏省"五一劳动奖章"。

3. 2013年4月，获全国"五一劳动奖章"。

4. 2013年5月，中共江苏省委、江苏省人民政府授予"江苏社科名家"称号。

5. 2014年5月，获评为南京大学人文社会科学"荣誉资深教授"。

三、中央及国家有关部门的关爱

1. 1995年第13期《求是》杂志，发表张宪文著文《评"大东亚战争史观"》。国务院新闻办公室及外交部指示新华社以5种文字向海外播发，全国20多种省、区、市级党报同日全文转载。

2. 2008年8月，受党中央、国务院邀请，作为新中国成立以来创新创业创优60名优秀人才代表之一，由中央组织部组织赴北戴河休假并参加人才座谈会。

3. 《南京大屠杀史料集》出版后，受到中共中央对外宣传办公室和国务院新闻办公室的充分肯定，以"成功的、典型的外宣工作案例"，向全国31个省、区、市委宣传部、对外宣传办公室发布正式文件，肯定《南京大屠杀史料集》的学术价值和政治意义，指出是南京大屠杀研究的"重要突破"。

四、两届中共江苏省委书记的关心探望

1. 2015年5月28日，中共江苏省委书记罗志军在省委常委樊金龙、王燕文陪同下，看望张宪文老师。南京大学党委书记张异宾陪同见面。

2. 2019年9月9日，中共江苏省委书记娄勤俭同志看望张宪文老师。南京大学党委书记胡金波、校长吕建陪同。

五、南京大学领导祝贺八十寿辰

1. 校党委书记洪银兴为《民国史巨子》作序

著名学者张宪文教授在南京大学学习工作已经有六十多年了，为推动我校历史学科的发展作出了重要贡献。

张宪文教授1934年10月生于山东泰安，1954年考入南京大学历史学系，1958年毕业后留校任教至今。他历任南京大学历史研究所所长、历史学系主任、教育部高等学校历史学科教学指导委员会委员。虽然已近耄耋之年，但他始终以极大的热情活跃在学术舞台上，担任教育部人文社科重点研究基地南京大学中华民国史研究中心主任、中国现代史学会名誉会长、中国近现代史史料学学会名誉会长、南京历史学会名誉会长、南京中华民国史研究会名誉会长、南京档案学会名誉理事长等多项职务，至今仍在学术道路上孜孜求索、笔耕不辍。他先后独立完成或主编了《中华民国史纲》《中国现代史史料学》《抗日战争的正面战场》《蒋介石全传》《中国抗日战争史（1931—1945）》《中华民国史大辞典》《中华民国史》《南京大屠杀史料集》《南京大屠杀全史》等一系列具有广泛影响的学术著作。2013年，张宪文教授荣获中华全国总工会授予的"全国五一劳动奖章"，并入选江苏省委、省政府评选的首届"江苏社科名家"。

在长达六十年的学术生涯中，张宪文教授潜心治学、精心育人。早在改革开放初期，张宪文教授就在国内高校中率先开展中华民国史的研究，由其主编或撰写的一系列著作构建了民国史研究的基本轮廓。他积极推动学术交流与科研合作，创建了南京大学中华民国史研究中心，并使之逐步发展成为南京大学文科学术建设的一面旗帜。同时，他探索并形成了"名家+团队"的运作模式，打造了一支以南京大学中华民国史研究中心为核心，汇聚海内外知名学者的民国史研究团队，被学界誉为中华民国史研究领域的"南京学派"。

值得一提的是，张宪文教授秉承中国历史学研究的优良传统，坚持真理、维护正义，表现出较强的学术责任感。为了还原历史真相、捍卫历史尊严，他毅然承担起南京大屠杀史料搜集整理的重任。在他的擘画下，南京地区数十位学者通力合作，远赴台港和世界各地，对南京大屠杀史料进行全面系统的搜集整理，以无可辩驳的史料，展示了侵华日军实施南京大屠杀暴行的铁证。在此基础上，他又率领研究团队撰写并出版了我国首部南京大屠杀"全史"，坚持从客观历史事实出发，对南京大屠杀历史作出科学判断，不仅有利于进一步澄清历史事实，驳斥日本右翼势力的谬论邪说，而且为促进中华民族乃至人类文明进步的正义事业作出了积极贡献。

作为一位历史学家，张宪文教授数十年如一日，始终以严守师道、作育英才为己任。他以言传道、以行垂范，奖掖后学、诲人不倦，先后培养硕士、博士研究生和进修学者近百名，其中不少已经在各自的学术领域崭露头角，成为推动相关领域学术发展的重要力量。

南京大学是张宪文教授学术之路的起点，他的毕生精力也奉献于此。作为一所历史悠久、底蕴深厚的高等学府，南京大学在110余年的办学历程中，坚持以国家富强、民族复兴为己任，为传承和发扬中华优秀传统文化而努力奋斗。跨入新世纪以来，南京大学哲学社会科学研究坚持"顶天立地"战略，积极打造"南京大学学派"，涌现出一批具有高显示度、高影响力的哲学社会科学研究成果，形成了一批具有南京大学特色的大型文科研究集群，有力促进了我国哲学社会科学的大繁荣、大发展。

教师是高校办学发展的骨干力量，南京大学今天的办学成就离不开全体教师的辛勤工作、无私奉献，张宪文教授就是其中的代表之一。在张宪文教授八十岁寿辰来临之际，记录其一生学术踪迹的《民国史巨子》一书即将付梓出版。我相信，张宪文教授的治学精神将会激励更多的年轻学人不断进取，努力取得更多一流的学术成就。

是为序。

洪银兴

2013年9月20日于南京大学

2.校长陈骏院士的贺信

尊敬的张宪文先生：

欣闻先生八十寿诞，我谨代表南大全体师生向您致以崇高的敬意和衷心的祝贺！

作为海内外享有盛名的历史学家，先生在中华民国断代史、抗日战争史特别是南京大屠杀史研究领域，做了大量开创性的工作，取得了丰硕的学术成果。您主编的《南京大屠杀全史》为还原历史真实，维护国家民族利益和人类进步事业作出了重大贡献；即将出版的《中华民国专题史》又将是推动两岸文化认同、推动文化传承创新的传世之作。

您倾心投入教书育人，甘为人梯，桃李满天下。您先后培养的海内外硕士、博士研究生和进修学者近百名，成为相关领域和所在单位的栋梁之材。

您积极推动学科建设，创建了南京大学中华民国史研究中心并逐步发展成为我校文科建设的一面旗帜，所汇聚的研究团队被誉为中华民国史研究领域的"南京学派"。

您在南京大学学习工作60年，为南京大学的事业发展作出了杰出贡献。先生的治学理念、方法与教书育人的经验、特色，是南京大学的宝贵财富；先生所秉持的学术信念和人文精神，更是学校进一步发展的强大动力。

憾因公务在外，不能躬临为先生贺寿。谨此恭祝先生生日快乐，健康长寿，阖家幸福，八秩春秋不老，学术之树常青。

南京大学校长　陈骏

2013年10月27日

第五篇

师生情谊 砥砺前行
——硕博弟子录

20世纪80年代，南京大学历史学科建立中国近现代史学位点。张宪文指导中华民国史和中国现代化两个研究方向。几十年来，先后培养了53位博士、20余位硕士和一批国内外访问学者。

目前，除少数弟子已届退休外，多数仍奋斗拼搏，以高超的学术水平，积极奉献于国家的高等教育事业或党政部门。他们都是祖国的好儿女、优秀的教育工作者。

查灿长

查灿长，男，1954年10月生，籍贯上海。现为上海大学新闻传播学院广告学系主任、教授、博士生导师。

1983年7月毕业于东北师范大学历史系，获史学学士学位。1988年7月毕业于东北师范大学历史系，获史学硕士学位。2000年9月考入南京大学，师从著名民国史大家张宪文教授，博士学位论文《转型、变项与传播：澳门早期现代化研究》，2004年9月获史学博士学位。

主要学术研究方向：西方传媒与现代化、现代广告与跨文化传播、国际传播与公共关系。

主持和承担的主要研究项目：国家社科基金项目《新媒体广告规制研究》、国家体育总局社科项目《奥运后效应：跨文化传播的策略及其运作模式研究》、上海市社科规划项目《中美比较视阈下的新媒体广告政府规制研究》、山东省社科规划研究项目《现代广告与城市文化》、上海市教委重点教改项目《基于创新人才培养的教学科研一体化团队建设》等近10项。

个人代表性著作：《转型、变项与传播：澳门早期现代化研究》《新媒体广告规制研究》《现代广告与城市文化》《国外高校广告教育研究》《数字化时代的广告产业与广告教育》《广告理论与实务读本》《公共关系学》（教育部"十一五"国家级规划教材）等10余部。

个人代表性学术论文：《现代政治广告的内涵与边界辨析》《第四种力量的崛起：网民舆论监督助推新媒体广告行业自律》《美国高校广告教育的课程体系与师资构成刍议》《对国内〈路牌广告史〉和〈早期广告史〉研究中若干问题的勘

正》《英国：19世纪末20世纪初世界广告中心之一》《美国的广告教育理念》《奥运的商业价值与广告效应》《公益广告的二元性刍议》《抗战时期的澳门报业》《鸦片战争前后澳门生存路径的选择》等CSSCI期刊论文40余篇。

曾先后在意大利、美国和墨西哥作短期访问和学习。

2016年，被上海市广告协会授予"杰出贡献奖"。

2017年，被中国广告协会学术委员会授予"中国广告学术发展杰出贡献人物"。

陈红民　　1958年生，山东泰安人。历史学学士（1982，南京大学）、历史学硕士（1985年，南京大学。学位论文：《九一八事变后的胡汉民研究》）、历史学博士（2001年，南京大学。学位论文：《函电里的人际关系与政治——哈佛燕京图书馆藏"胡汉民往来函电稿"研究》）。

现为浙江大学求是特聘教授、蒋介石与近现代中国研究中心主任、陈香梅资料与研究中心主任。博士生导师。政府特殊津贴获得者。国家社科基金历史学科评审组成员。浙江省历史学会副会长。曾任南京大学历史系教授、教育部人文社科重点研究基地南京大学中华民国史中心副主任。2006年起调动至浙江大学任教。

主要从事中国现代史、中华民国史与当代台湾史的教学与科研工作。重点涉及过的研究课题包括：（1）胡汉民、蒋介石、胡适与蒋廷黻等重要近现代人物；民国政治史与国民党史；抗日战争研究；当代台湾史研究等。出版过《函电里的人际关系与政治》《蒋介石的后半生》等论著、译著20余部（含合著），在中外学术刊物上发表《九一八后的胡汉民》《台湾时期蒋介石与陈诚关系探微（1949—1965）》等论文百余篇。研究成果多次获得省部级科研优秀成果奖励。主持过国家社科青年项目、重点项目与重大项目。

学术交流方面，多次赴境内外学术单位参加学术会议、访问交流与任教，4次获选美国哈佛-燕京学社访问学者（1996—97，2002、2009、2011）、韩国高等教育财团访问学者（2004—05）、斯坦福大学胡佛研究所访问学者（2008、2010、2017）、香港中文大学联合书院访问学人（1995、2004）、台湾政治大学客座教授（2007）、东华大学客座教授（2013）、意大利威尼斯大学（2019）。先后去加拿大、日本、奥地利、新加坡、英国、澳大利亚、巴西等国家及中国的台湾、香港、澳门地区进行学术访问与交流。主持与美国哈佛燕京学社、斯坦福大学胡佛研究所、圣约翰大学、澳大利亚昆士兰大学、意大利威尼斯大学、日本蒋介石研究群合作举办的学术会议或工作坊。担任国家社科重大项目"蒋介石资料数据库建设"的首席专家。

陈 櫓　　陈櫓，1962年10月生于河南息县，河南信阳师范中文专业，武汉大学历史系硕士研究生，1999年2月进入南京大学历史系张宪文先生门下攻读博士学位。硕士论文题目为《清末新政改革与辛亥革命的爆发》。博士论文题目为《民国时期上海地区苏北人问题研究》。主要学术研究方向：近现代政治社会化问题。现任南京理工大学教授。主持和承担的国家级或省、市级科研项目：中国国防工业史研究（国防科工委项目）。主要的或个人代表性的科学研究成就和学术论文：《地缘生态对日本民族形成外倾性心理倾向的作用》《论发展中国家片面追求经济发展的后果》《主体与目标的错位：辛亥革命与传统因袭》《近代中国自由主义的思想偏差及其原因分析》《价值理性缺失与明清之际中国士人的传统导向》《论地缘生态环境对中国文明的制约》《信仰——跨文化传播视野下的马克思主义中国化进程》。曾赴加拿大多伦多大学访学。

陈谦平　　　陈谦平，男，籍贯江苏扬州，1955年2月10日生于南京市。1982年1月毕业于南京大学历史系历史专业本科（七七级），1994年攻读南京大学历史系中国近现代史专业博士研究生，2002年3月获历史学博士学位。1982年2月留校任教迄今，历任南京大学历史（系）学院讲师、副教授、二级教授、特聘教授。2006年1月至2014年5月任历史系主任。

　　现任南京大学特聘教授、南京大学中华民国史研究中心学术委员会主席。社会兼职有中国历史研究院学术咨询委员会委员、中国史学会理事、中国抗日战争史学会副会长、江苏省历史学会副会长，担任国家社会科学基金学科规划评审组专家、国家社科基金抗日战争专项基金评审委员。曾任国务院学位委员会第六届历史学科评议组、第七届中国史学科评议组成员，教育部高等学校历史教学指导委员会副主任。

主要从事中国近代史、中华民国史研究，研究领域涵盖中华民国时期政治、经济、军事、边疆民族关系和对外关系等方面。

独著或合著有《抗战前后之中英西藏交涉（1935—1947）》（独著，生活·读书·新知三联书店）、《中华民国史》（张宪文主编，本人为副主编，南京大学出版社2006年版）、《民国对外关系史论（1927—1949）》（独著，生活·读书·新知三联书店）、《中国正面战场》（陈谦平、张连红、张生合著，华夏出版社）、《西藏百年史研究（中册）》（主编、主撰，社科文献出版社2015年版）、《中国抗日战争史》（张宪文、陈谦平等著，化学工业出版社）。译著有〔美〕易劳逸《流产的革命》（陈谦平、陈红民等译，中国青年出版社）、〔美〕柯伟林《蒋介石政府与纳粹德国》（陈谦平、陈红民等译，中国青年出版社；江苏人民出版社再版）；编译有《南京大屠杀史料集·德国使领馆文书》（陈谦平、张连红编译）和《南京大屠杀史料集·英国使领馆文书》（张连红、陈谦平编译）。《清初诗选五十六种引得》（谢正光、陈谦平、姜良芹合编，社科文献出版社）、《翁文灏与抗战档案史料汇编》（上下册，独编，社会科学文献出版社）。参加编著有中宣部马克思主义理论研究和建设工程重点教材《中国近代史》（第2版，首席专家为张海鹏、郑士渠，本人为主要成员，高等教育出版社2020年版）。

在国内外发表《新时代中国近代史研究与学科建设的新

使命》《西藏革命党与中国国民党关系考》《1943年中英关于西藏问题的交涉》《蒋介石与一·二八淞沪抗战》《抗战胜利后国民政府收复南海诸岛主权述论》《开罗会议与战后东亚国际秩序的重构》《国际化发展：中华民国史研究的新视角》《条约体系与多民族国家的构建：国际化视域下的民国对外关系史》《国际关系视野下的中国抗日战争研究》《近代中国南海九段线的形成》《济南惨案与蒋介石绕道北伐之决策》《上海解放前后英国对中共的政策》《"论'紫石英号'事件"》《抗日战争研究的新史料与新视角》《抗战初期的中德钨砂贸易》，"Foreign investment in Modern China: an analysis with a focus on British interests"，"The Nationalist government's efforts to recover Chinese sovereignty over the islands in the South China Sea after the end of World War Two"，《民国史研究多国史料的运用与国际化视角》《全面抗战时期蒋介石评价的几个问题》等学术论文70余篇。

2004年9月本人获全国优秀博士论文奖励。2007年2月获国务院颁发的政府特殊津贴。2003年12月以来，本人主撰或参与撰写的《中国抗日战争史》《抗战前后之中英西藏交涉（1935—1947）》《中华民国史》先后获得江苏省哲学社会科学优秀成果一等奖；《民国对外关系史论（1927—1949）》获江苏省社会科学优秀成果二等奖。2009年7月《南京大屠杀史料集》（作为主要参加人员）获得教育部高校科学研究优秀成果奖（人文社会科学）一等奖。本人参与的"'阅读经典计划'——重塑大学阅读文化的育人路径新实践"获2018年高等教育国家级教学成果一等奖（本人排名第三）；中宣部马工程重点教材《中国近代史》（第2版）获首届全国优秀教材（高等教育类）一等奖（本人排名第三）。

四、本人先后承担的科研项目有：国家教委1993年度"优秀年轻教师"基金项目"二三十年代的外国投资与沪宁杭地区经济"，1993年独自承担国家教委"八五"社科青年基金项目"抗战前后英国在西藏的侵略与扩张政策"，2000年独自承担2000年国家社科基金规划项目"民国时期英国在西藏的侵略与扩张"，2001年主持教育部重点研究基地重大项目"日本在华东地区统治研究"，2003年参与张宪文教授主持的教育部重大课题攻关项目《民国史研究》（本人的子课题为"民国时期的中英政治交涉）"，2005年承担全国优秀博士论文基金项目"国民政府时期中英关系史"，2009年参与由西藏自治区社科院牵头的国家社科重大委托项目"西藏百年史研究"（担任中册主编和写作任务），2010年主持国家社科基金重大委托项目《新疆通史》子课题"新疆三区革命研究"，2014年承担国家社科基金重大项目《民国江苏司法档案整理与研究》子课题《民国江苏司法制度与社会变迁研究》，2018年承担国家社科基金重大项目《二十世纪中国收复南海诸岛历史主权研究》（任首席专家），2020年参加《新编中国通史》纂修工程（担任"中华民国卷"副主编）。

陈仁霞　　　陈仁霞，女，1965年出生，江苏高邮人。现由南京大学借调在中国驻德国大使馆工作。1988年7月，毕业于南京大学外文系德语专业，获文学学士学位，留校外事办工作。1996年3月，在职获本校德语文学研究方向文学硕士学位。1996年4月至1997年7月获德国巴登符腾堡州奖学金资助，在图宾根大学德文系做访问学者。1988年3月，考入南京大学历史系中华民国史研究中心，师从张宪文教授在职攻读博士学位。其间，1999年9月至2000年8月，由"中国—欧盟高等教育合作项目"资助，留学德国弗赖堡大学政治学系。2003年1月，获南京大学史学博士学位。主要研究方向为二战时期以中国为中心的国际关系，曾在《历史研究》《抗日战争研究》《民国档案》等刊物发表学术论文10余篇。2003年9月，以博士学位论文《1936—1938年中德日三角关系研究》为基础的同名专著由生活·读书·新知三联书店出版。2005年，博士学位论文获"南京大学优秀博士学位论文奖"。

陈　勤　　　陈勤，男，1963年7月生。祖籍湖北武汉。1985年7月本科毕业于中山大学历史系。1990年1月研究生毕业于南京大学历史系中国近现代史专业，获得历史学硕士学位。1996年9月入张宪文先生门下攻读博士，2001年9月获得历史学博士学位。2002年在广西师范大学晋升为教授，2005年任广西师范大学政治与公共管理学院教授，博士生导师。同时兼任广西师大出版社总策划，参与过多个图书系列的制作营销创意策划工作。2009年1月调入北京印刷学院新闻出版学院担任传播学、新闻学教授。 主要研究领域包括：中国现代化研究、国情研究、中外文化研究、大众传播等几个方面。曾出版专著11部，主编教材2部，发表学术论文110余篇。曾应邀担任过《经济观察报》《财经》《南方周末》等政经类媒体的专栏作家，撰写时事评论数十篇。曾在CCTV，香港凤凰卫视和国务院新闻办五洲传播中心担任策划人，参与策划制作过多个电视节目。 2000年担任大型电视文献纪录片《世纪——中国的现代化》策划兼第一撰稿人。该片在中央电视台连续播出后，反响颇大。2001年先后获中宣部"五个一工程"奖和第19届中国电视金鹰奖优秀纪录片奖。曾在央视《百家讲坛》栏目任兼职总策划，推出过易中天、于丹等著名主讲人。2001年10月到2004年1月，在从事繁忙的教学科研工作的同时，受聘于香港凤凰卫视，先后担任《回首辛亥革命》节目的总撰稿和大型外宣栏目《纵横中国》的助理总策划。 2005年3月起，应邀兼任中国经济体制改革杂志社助理总编辑，主要承担《中国改革》月刊和《改革内参》主笔的工作。 2011年起担任《易中天中华史》学术顾问。2013年起任《易中天中华史绘本版》总策划。目前兼职担任新浪微博历史文化频道和今日头条文史频道的学术顾问。2016年和2020年，撰写出版的《简明美国史》和《简明日本史》，入选年度学术普及类畅销书排行榜单。

陈希亮　　陈希亮　男，汉族，1966年8月出生，湖北潜江人，民革党员。现为南京图书馆研究馆员。1988年毕业于厦门大学历史系，获文学学士学位。1990年9月入南京大学历史系攻读硕士学位，师从张宪文教授，研习中华民国史（硕士论文题目《三青团述论》），1993年7月获历史学硕士学位。1997年至今在南京图书馆工作。2008年被评为研究馆员。社会兼职有南京市人大代表、江苏省孙中山研究会理事。主要从事民国文献的编目、整理与研究。参编著作有《动荡转型中的民国教育》（撰稿）、《中国近现代人物像传》（编写组组长）、《江苏地方文献书目》（撰稿）、《南京图书馆藏民国文献珍本图录》（执行主编）、《江苏著述志（近代）》（主撰）等；为《江苏文库》《镇江文库》《扬州文库》等撰写书目提要100余篇；在《史学月刊》《历史档案》《民国档案》《大学图书馆学报》《新世纪图书馆》等刊物发表《也论西安事变中的"讨伐派"》《国民党与三青团关系之考察》《1931年宁粤上海和会述评》《晚清民国文献编目中的若干问题》《徐森玉与国立中央图书馆》等论文40余篇，其中多篇被《新华文摘》《高等学校文科学术文摘》、"人大报刊复印资料"论点摘编或全文转载。曾获江苏省图书馆学情报学学术成果一等奖3次。

傅光中

傅光中，1963年11月生，山东青州人。现任齐鲁书社编审、总编辑。兼任中国编辑学会理事、山东省历史学会理事等职。1986年获北京师范大学历史学学士学位；1986年8月—1991年8月，中国矿业大学社科系任教。1991年9月至1994年8月，入南京大学历史系攻读中国近现代史专业中华民国史方向硕士研究生，师从张宪文教授。1994年9月进入山东画报出版社工作，2012年担任该社总编辑，2018年2月转任齐鲁书社总编辑至今。1994年获南京大学优秀毕业生称号，2004年获山东省优秀编辑称号。作为专业出版人士，出访欧美、俄罗斯、日本、韩国等10余个国家，参加国际书展及开展版权合作业务。

硕士学位论文题目为《论国民革命军的党代表制度》，该文被收入《中华民国史新论》（生活·读书·新知三联书店2003年版）发表。在省级及以上报刊发表文章100余篇。其中，《考古发现的偶然性与必然性》，发表于台湾《历史》1999年第12期；《揭示"文明的真相"》《战争，残酷的人类话题》，发表于《光明日报》2003年1月30日、2004年8月26日C第2版；《日本侵华战争的"自供状"》，发表于生活·读书·新知三联书店《读书》2017年第6期；《罪恶昭彰 铁证如山——就〈日本侵华图志〉访山东画报出版社总编辑傅光中》，刊载于《人民日报》2015年8月13日。

先后出版《民国山东文化志》（台湾山东文献社）；《读图识国家丛书》（5卷，济南出版社）；《历史故事88》（明天出版社）；主编《西方人性格地图》《漫画中的历史》（山东画报出版社）等。策划出版张宪文主编《日本侵华图志》（25卷本），李继锋、雷国山主译《日本侵华自供状：中国事变画报》（10卷本），"剑桥插图史系列"20种、"公众考古学书系" "国家清史工程：编译丛刊系列" "培生人文经典系列"等。为国家社科基金、国家出版基金项目《中国出版通史》特邀编辑。担任主要策划和编辑的《日本侵华图志》，入选 "十二五"国家出版规划、国家改革发展项目、山东省宣传文化出版专项基金资助项目，获中华优秀出版物提名奖。任统筹和责编的《日本侵华自供状：中国事变画报》，入选山东出版传媒公司募投项目。担任策划、责编的图书，有20余种获得省级及以上出版奖项，有10余种输出日本、韩国以及中国台湾、香港等地。

刘孟信　　刘孟信，山东潍坊人，1964年10月生。1982—1986年山东大学历史系学习，1990—1993年南京大学历史系中华民国史方向硕士研究生。硕士论文题目：《1927—1937年南京市政府行政制度研究》。主要从事中国近现代历史，特别是军事历史和军事文化研究，目前正在进行中国空军航空勤务历史研究。曾任中国人民解放军空军勤务学院政治工作教研室主任、社科部主任，现任该院教授、硕士研究生导师。是空军首批高层次科技人才、全军优秀教师、军队院校育才金奖获得者，军委训练管理部教学评价专家。先后主持和承担《当代英模精神研究》国家社科基金项目、《欠发达地区文化创造性转化研究》江苏省社科基金项目，全军、空军课题研究20余个。主要学术成果：《民国山东通志·家族志》（山东文献杂志社2002年版）；《中国现代化历程》（译著，山东画报出版社2014年版）；《人民军队党管党员党管干部研究》（中共党史出版社2018年版）；《英雄文化丛书》（12本，蓝天出版社2016年版）；《人民军队红色文化丛书》（3册，金盾出版社2019年版）；《全面抗战时期的空军保障工作》（《军事历史》2015年第4期）。

谷小水　　谷小水，男，1973年3月生，安徽省当涂县人。1997年师从张宪文教授攻读博士学位，2000年10月获历史学博士学位。现为中山大学历史学系副教授，中国史专业中国近现代史方向博士生导师。主要研究方向：近代中国思想文化史、中华民国史。专著有《"少数人"的责任：丁文江的思想与实践》《孙中山史事编年》（第6、7卷）。合著包括《辛亥革命与新中国》《从帝制到共和：中华民国的创立》《孙中山社会建设思想研究》《广东革命史》（上卷）等。编有《中国近代思想家文库·朱执信集》《孙洪伊集》《各方致孙中山函电汇编》（第4、5、6卷）等。在《史学月刊》《抗日战争研究》《中山大学学报》《广东社会科学》等刊物发表论文30余篇。科研项目有：《"少数人"的责任：丁文江的思想与实践》（广东省人事厅博士后基金项目，2000—2002年）；《民国时期的学者与政治——以丁文江为中心》（中山大学青年课题，2003—2004年）；《知识阶层与五卅运动》（高校基本科研业务费中山大学青年教师培育计划项目，2010—2013年）；《孙中山史事编年》（国家社科基金重大项目，2013—2017年参与）；《广东革命史》（上卷）（广东省哲学社会科学规划项目，2019—2021年）等。

郭红娟　　郭红娟，1965年出生，女，汉族，河南孟津人，中共党员，教授。1990年6月毕业于河南大学，研究生学历、硕士学位。1990年7月到洛阳师范学院工作至今，历任洛阳师范学院政法学院副院长、经济与贸易系副主任（现在商学院的前身）、管理科学系主任（后来撤系并院）、历史文化学院院长（兼任河洛文化国际研究中心常务副主任）等职，现任洛阳师范学院河洛文化国际研究中心常务副主任，历史文化学院党委正处级组织员。

2001年9月至2005年1月在南京大学历史学系攻读博士学位。受南京大学民国史中心资助，2005年3月至2005年4月，到澳大利亚亚太历史文化研究中心做访问学者，2009年9月至2009年10月，到台湾进行学术交流。曾获"河南省巾帼建功标兵""河南省教学标兵""河南省高校青年骨干教师""洛阳市优秀教师"等荣誉称号。

主要从事中国近现代史方面的研究。先后在《中国经济史研究》《史学月刊》《民国档案》《晋阳学刊》《中州学刊》《郑州大学学报》《河南大学学报》等国内核心期刊发表论文20余篇；代表性著作2部：《资源委员会经济管理研究——以抗战时期为核心的考察》（中国社会科学出版社2009年版），《新民新风：宋美龄与近代中国社会改造》（东方出版社2018年版）。近几年，关注河洛文化研究，主持和参与"中原根文化的历史传承与创新研究""中原根文化传承创新载体研究""近代河南军事力量与地方社会"等地方特色项目研究。

洪小夏

洪小夏，女，1954年8月出生，祖籍湖南省临澧县，出生地湖北省武汉市。中共党员。华中师范大学历史专业大专毕业，中南财经政法大学中共党史专业硕士毕业。南京大学中华民国史研究中心博士研究生1999年秋季入学。硕士论文题目：《毛泽东发动"大跃进"运动的理论原因研究》。博士论文题目：《抗日战争时期国民党敌后游击战争研究》。主要研究方向：中国近现代史、中华民国史、中共党史；具体研究方向：中国近现代军事史、中外关系史、中华人民共和国史、当代台湾史等。历任武汉理工大学文法学院讲师、副教授、教授（兼任思政研究所副所长、马克思主义理论和思政教育专业硕士生导师）；上海师范大学哲学与法政学院教授（兼任中共党史硕士点学科带头人、中共党史和党建研究所所长）。现兼任上海师范大学都市文化研究中心研究员。还兼任多个全国性学术团体的常务理事、理事、会员，上海市多个学术团体的副会长、理事、会员；以及上海淞沪抗战纪念馆高级顾问、上海市教委中学历史培训基地顾问、上海市委讲师团成员等。主持教育部社科基金规划项目《国民党敌后抗战研究》，上海市社科基金重大课题特别委托项目《上海抗战暨世界反法西斯战争研究》之子课题等多项。出版《重探抗战史（第1卷）》《血祭金门》《日据台湾五十年》《中国抗日战争大辞典》（合著）等著作、教材、论文集、工具书等共20部；在《近代史研究》《抗日战争研究》等各类各级刊物上发表《对金门战斗"三不打"的质疑与考证》《抗日战争时期中美合作所论析》《淮海战役总前委辨析》《中国与联合国永久会址的确定》等学术论文90余篇。曾到台湾"中研院"近代史研究所、美国斯坦福大学胡佛研究所中期访学各2次；另出国、出境参加国际或两岸学术研讨会或短期查阅资料、短期访学等共20余次。

江 沛

江沛，男，1964年生，广东梅县人，本硕博均在南开大学，历史学博士，教授，博士生导师。现任南开大学中外文明交叉科学中心执行主任，专业学会兼职中国史学会理事、中国现代史学会副会长、天津历史学会副理事长等。

2005年以来，先后任日本广岛大学、爱知大学，台湾东华大学、政治大学客座教授，日本大阪大学特任教授。2006年，入选教育部新世纪优秀人才支持计划。2014—2020年，任南开大学历史学院院长。

著有《战国策派思潮研究》《红卫兵狂飙》《晚清民国史》《国民党结构史论》（下卷）、《中国历史》（第5卷，民国部分）等；合著有《中华民国史专题研究之九：城市化进程研究》《民国史纪事本末》第3卷、《20世纪三四十年代冀东农村调查与研究》等；主编有《现代中国社会变动与东亚新格局》（第1、2辑）、《20世纪的中国社会》等，编有《中国近代铁路史资料选辑》（104册）、《近代中国地理志》（60册）、《中国交通资料汇编》（60册）及《雷海宗林同济卷》《雷海宗文集》等史料集，在国内外发表学术论文百余篇，承担过国家社科基金项目、教育部重大招标项目等省部级项目，独立或合作获得国家级教学成果一等奖、教育部高校人文社科优秀成果奖二等奖等多项省部级科研及教学类奖励。目前承担有国家社科基金抗日战争专项重大项目《日本侵华作战相关资料的整理、翻译与研究》，任首席专家。主要从事民国史、中国近代政治、社会史等方向的研究。

姜良芹

姜良芹，女，1972年生，南京大学历史学博士。现任南京大学中华民国史研究中心执行主任，历史学院教授、博士生导师；兼任中国现代史学会副会长、江苏省孙中山研究会副会长等职务。主要研究方向为中国近现代史、中华民国史。先后承担国家社科基金抗战专项工程项目"哈佛燕京图书馆藏费吴生档案整理与研究"等课题多项，出版《南京国民政府内债问题研究》（独著）、《南京大屠杀全史》（合著）、《宋美龄、严倬云与中华妇女》（合著）等著作。在《历史研究》《近代史研究》等刊物发表学术论文60余篇。先后荣获教育部高等学校人文社科优秀成果一等奖、江苏省哲学社会科学优秀成果一等奖等奖项。2012年获教育部新世纪优秀人才称号。2013—2015年哈佛大学费正清中国研究中心访问学者。

金亨洌　　　　金亨洌，1971年5月出生于韩国首尔，本科、硕士研究生毕业于釜山大学（韩国），2001年入南京大学攻读博士学位。硕士论文题目为《李大钊民主思想的发展过程——以民众观的转型过程为中心》；博士论文题目为《近代济南经济社会研究——以近代济南商业发展为中心（1895—1937）》。主要学术研究方向为中国近现代思想史、中国近现代城市史、东亚史。现就职于东义大学中文系（韩国釜山），历任东义大学历史系专任讲师、助教授、副教授，中文系正教授。并担任东义大学博物馆馆长、中国史学会总务理事、研究理事，釜山庆南史学会总务理事。主持国家级科研项目《在东亚近代文学里描述的近代城市文化的交流和变相》。主要科学研究成就有：参加韩国中国城市史学会创立组织，成为近现代山东地区城市史研究领域的专家。

已发表科学研究学术论文：《青岛的开埠与山东内地经济结构的变化》《近代济南的人口流动与城市问题》《近代山东城市教育文化环境的变化》《日本的青岛经略与青岛城市经济的发展》《德国的青岛经略与殖民空间的扩展》《明清时期山东的水利环境与沿岸城市的经济发展》《南京大屠杀与记忆的政策》《近代山东地区海防政策与海洋基地的建设》《近代日本殖民城市的妓院形成与娼妓业》《龚自珍的经学论与历史认识》《新文化运动时期李大钊的调和思想与政治认识》《毛泽东文化理论的理论背景与民众文化观》。

曾于2014年6月至2015年8月赴美国俄勒冈大学访学研究一年。

雷国山

雷国山，男，1971年2月出生于重庆市垫江县。本科毕业于四川外国语大学（1994届）。硕士研究生毕业于北京外国语大学（1997届），硕士论文题目为《明治政府的"贱民解放令"与孙中山临时政府的"贱民开放令"》。2001年入南京大学攻读博士学位（师从张宪文教授），博士论文题目为《从"东亚新秩序"到"大东亚共荣圈"：以日本侵华决策史为中心》。主要研究方向为日本文化史、近代中日关系史。现任南京大学外国语学院副教授、硕士生导师。

主持和承担项目：（1）国家级：中译《清代水利与区域社会》（清史工程）、中译《云冈石窟》（文化古籍工程）、日译《南京大屠杀档案》（国家出版基金），课题《太平洋战争研究》（重大立项）。（2）省级：译编《南京大屠杀史料集》（多卷）、日译《南京大屠杀研究》。

代表性论著：（1）专著：《日本侵华决策史研究：1937—1945》（独立著作）、《太平洋战争研究》（第一通信作者）。（2）编纂：《南京大屠杀史料集》日方资料若干卷。（3）译著：《南京大屠杀研究》（汉译日，第一通信作者）。（4）论文：《关于"陶德曼调停"研究的几点遗留问题》。

1996年3月至9月，在一桥大学社会学部留学（护照身份为进修）；2008年9月至2009年8月在日本大学共同利用机构日文文化国际研究中心任外国研究员。

曾荣获人民日报社教育论坛论文征文比赛一等奖；参编的《南京大屠杀史料集》获得教育部研究类一等奖。

李继锋　　　李继锋，1962年生，江苏高邮人。现为江苏省委党校党史党建教研部教授、硕士生导师，兼任江苏省历史学会副会长、中华口述历史研究会副会长、江苏省口述历史研究会会长等。1979年9月考入南京大学历史系本科，毕业论文题为《论戴季陶主义》，获学士学位；1983年9月攻读南京大学历史系中国近现代史专业硕士课程，毕业论文题目为《论抗战初期国民政府的军事战略》，1986年毕业并获硕士学位；1989年考入南京大学历史系中国近现代史专业，攻读博士课程，博士论文题为《近代中国地方主义与省制的嬗变》，1992年毕业并获博士学位。本科、硕士与博士论文的指导老师均为张宪文教授。

主要研究领域为中国近现代史、中华民国史、中共党史等，其中对抗日战争史、中共建党史等着力尤多。曾赴日本、美国、丹麦、芬兰、挪威、瑞典、冰岛等国访学。主持过江苏省社科基金项目2项。独撰有《影像与断想：抗战回望》《从沉沦到荣光：抗日战争全记录（1931—1945））》，合作撰有《袁振英传》《近代中国妇女运动史》《共和肇始：南京临时政府研究》等，参写有《抗日战争的正面战场》《中国抗日战争史（1931—1945）》等；主编有《图片中国百年史》《1934：沉寂之年》《1935：危机再现》等；主译有《中国事变画报》《清代社会经济史》等。主要论文有《分合之际：二十年代初省宪运动背景之研究》《民国初年中央集权与地方分权之争》数十篇。担任30多部大型历史纪录片的策划与撰稿，主要有《百年中国》《一个时代的侧影：中国1931—1945》《辛亥革命》《抗战》《蒋经国在赣南》《东方主战场》《大后方》《西安事变》《广西抗战纪事》《中国影像方志》《峥嵘岁月：建川博物馆聚落》《风云百年》等。作品曾两获中宣部"五个一工程"奖、江苏省及辽宁省宣传部"五个一工程"奖。

李建军　　李建军，1972年10月生，安徽砀山人，编审（2012年获评）。

1991年至1995年本科就读于安徽大学历史学系，1995年至1998年硕士就读于南开大学历史学系，分别获历史学学士、硕士学位。1998年至2001年博士就读于南京大学历史学系，师从民国史专家张宪文教授研习民国史，获得历史学博士学位。

攻读博士学位期间，受到良好的史学训练。博士学位论文题目为《胡适政治观研究》，于2007年3月由香港新世纪出版社出版，书名为《学术与政治——胡适的心路历程》，余英时先生、耿云志先生作序；2016年4月由广西师范大学出版社出版，列入该社品牌图书"新民说"，书名为《容忍即自由——胡适的政治思想历程》。

博士毕业后，在从事出版工作的同时，笔耕不辍，在《随笔》《读书》《书屋》《书品》《安徽史学》《胡适研究》《胡适研究论丛》《胡适研究通讯》《中华读书报》等发表论文、书评文等20余篇。另外，经过近20年努力，新著有《理性、常识与政治民主——论胡适的思想》，约120万字，将于近期在台湾出版。

李　峻　　李峻，1970年10月出生，江苏句容人，解放军南京政治学院法学硕士，1999年秋入张宪文老师门下。博士论文为《日伪统治上海实态研究》，于2004年正式出版。现主要研究方向为中共党史与党的建设，为国防大学政治学院教授、大校7级、博士生导师。主持国家社科基金项目《新四军党的领导与党的建设》、全军重点课题《习主席点赞的革命精神》，省级社科基金重点项目《国民党江苏抗战史》等。出版著作、教材10余部，其中全军统编教材《中国近现代史纲要》被评为全军政治理论成果特等奖，主持《中国近现代史纲要》被评为军队院校优质课程。在《中国军事科学》《江海学刊》《光明日报》等报刊发表《抗日战争时期人民军队党的建设论析》《抗战时期上海地区日伪关系探析》《从大别山精神中汲取信仰之钙党性之魂》等论文近百篇。分别入选全军党史学习教育宣讲团、上海市委讲师团，先后被遴选为中央军委党史军史专家库成员、中央军委政治理论专家库成员。荣立三等功一次，获原总政系统杰出贡献奖、军队优秀专业技术人才岗位一类津贴，被评为"四有"优秀军官。

刘慧宇

刘慧宇，女，1966年出生，北京人。现任福建江夏学院经济学教授、副校长。曾任辽宁师范大学讲师、宁德市蕉城区人民政府副区长、宁德市政协副主席、宁德市人大常委会副主任。兼任福建省政协委员、民革福建省委会常委等职。1989年7月四川大学经济史研究生毕业后参加工作。1997年南京大学历史学博士毕业，师从张宪文教授。2000年厦门大学应用经济学博士后，2003年南开大学理论经济学博士后，2007年至2008年留学加拿大新不伦瑞克大学经济系。主要从事区域金融史研究。主持或主要参与国际社科基金项目、国家自然科学基金项目、省部级科研项目10多项。出版《中国中央银行研究：1928—1949》等著作9部，发表学术论文数十篇。其中《经济全球化与中国农业发展》一书于2003年荣获四川省精神文明建设"五个一工程"第九届"入选作品奖"，同时荣获四川省2002年度最佳图书奖。

娄胜华

娄胜华，1965年5月出生，安徽省马鞍山市人。现为澳门理工大学公共行政学教授、博士生导师。

2000年9月进入南京大学攻读中国近现代史专业博士学位。2004年3月取得史学博士学位。博士学位论文题目为《转型时期澳门社团研究——多元社会中法团主义体制解析》。曾分别于东北师范大学取得法学硕士学位，于南开大学取得管理学学士学位。硕士学位论文题目为《毛泽东探索中国现代化建设的方法论探析》。目前主要研究方向为NGO与社会治理、政治发展与公共政策。

工作单位及职务变动情况：2004年9月至2015年8月，澳门理工学院副教授、教授兼课程主任；2015年9月至2020年8月，澳门特区政府行政法务司司长办顾问；2020年9月至现在，澳门理工大学公共行政学教授、博士生导师。

曾承担多项港澳办、中联办及澳门特区政府相关部门的课题，包括《完善澳门特区廉政监督机制研究》（中联办，2021年）、《澳门社会结构现状及公共需求研究》（港澳办，2016年）、《构建面向未来的澳门青年公共人才培育机制（EOPPA模式）》（特区政府政策研究室，2014年）、《澳门社团现状及未来发展趋势研究》（澳门基金会，2013年）等。

近年来，出版多部学术著作，包括《转型时期澳门社团研究——多元社会中法团主义体制解析》《澳门公共行政案例研究》《新秩序：澳门社会治理研究》《自治与他治：澳门的行政、司法与社团（1553—1999）》等。发表《"邻避运动"在澳门的兴起及其治理》《合作主义与澳门公民社会的发展》《澳门政府规模的实证研究》等学术论文100余篇。其中，《转型时期澳门社团研究——多元社会中法团主义体制解析》《新秩序：澳门社会治理研究》分别获得第一届与第三届澳门人文社会科学研究优秀成果著作类一等奖。

教学研究之外，亦曾兼任多项社会职务，包括澳门特区政府社会工作委员会委员、澳门特区政府可持续发展策略研究中心非全职顾问、全国港澳研究会理事、中华慈善百人论坛召集委员、澳门社会治理研究学会会长、澳门学者同盟副会长、国家行政学院客座教授等职。曾先后前往美国、德国、比利时、葡萄牙以及中国台湾、香港等地访学及参会。

吕 晶

吕晶，女，1976年生。南京大学历史学院副教授、硕士生导师，南京大学历史学博士。担任中华民国史研究中心副主任，南京大屠杀史与国际和平研究院副研究员等。

主要从事中华民国史、抗日战争史等方面研究，主持或承担国家社科基金一般项目、国家社科基金抗战专项工程项目、教育部人文社科研究攻关项目《医学伦理视角下的日军侵华细菌战研究》、教育部人文社科研究基地重大项目和境外合作项目等10项，出版《宋美龄的后半生——找到真实的第一夫人》（专著）及其他合著、资料汇编20余部，在《光明日报》《江海学刊》等海内外报刊发表10余篇论文，获得教育部高等学校科学研究优秀成果奖（人文社会科学）一等奖等。

马俊亚

马俊亚，男，1966年3月生，江苏沭阳人。1984—1988年在苏州大学历史系读本科，1988—1991年在苏州大学社会学院读硕士，1996年在苏州大学社会学院获得历史学博士学位。1998年在南京大学历史学博士后出站，导师张宪文先生。1998年担任南京大学副教授，2006年被聘为教授、博士生导师，2019年获教育部"长江学者"特聘教授。

独立承担或主持的省部级以上课题：《大运河与中国古代社会研究》《近代中国社会环境历史变迁研究》《中国抗战经

济研究（1931—1945）》《从沃土至瘠壤：淮北地区社会生态变迁研究》《中国地区性社会发展与社会冲突比较研究》《中国区域社会生态的比较研究：以江南、淮北为例》《花园口决堤后黄泛区社会生态变迁研究》《江苏地域文化的历史演变》《江南与淮北社会性社会形态研究》《江苏风俗史》《江苏家族史》《国家政策与徐淮河社会生态变迁》。

潘　敏　　潘敏，1975年9月生，安徽肥西人，1997年9月开始在华中师范大学历史文化学院攻读历史学硕士学位，论文题目是《基督教女青年会与中国妇女权利运动》；2000年3月开始在南京大学历史系攻读博士学位，博士论文题目为《江苏日伪基层政权研究》。主要研究方向：中华民国史研究、极地政治与国际关系研究、北极原住民研究。2003年6月以来先后在同济大学社会学系和国际关系系任教，现为国际政治方向教授。主要主持和承担的课题有："新时期我国参与极地治理研究"（国家重点研发计划专项子课题），"国际政治中的南极"（国家社科基金课题）以及10余项省部级课题。主要著作有：《江苏日伪基层政权研究》（上海人民出版社2006年版）、《国际政治中的南极——大国南极政策研究》（上海交通大学出版社2015年版）、《北极原住民研究》（时事出版社2012年版），并在国内外SSCI、CSSCI等期刊上发表中英文论文60余篇。曾赴加拿大、美国、瑞典、挪威、新西兰等国访学和讲学。

齐春风

　　齐春风，1970年1月生，辽宁省北票市人。本科毕业于辽宁师范大学历史系，硕士毕业于东北师范大学历史系，论文题目为《金人华夷观研究》。1997年3月到南京大学历史系攻读博士学位，毕业论文题目为《中日经济战中的走私活动（1937—1945）》。目前在云南大学历史与档案学院工作，任历史系教授、博士生导师。承担的项目主要有：教育部人文社会科学规划基金项目"抗战时期大后方与沦陷区间经济战研究"，国家社科基金项目"民国城市社会冲突及其解决研究""国共民众争夺战研究（1924—1937）"，国家社科基金重大项目"中国近代民众运动全史（1919—1949）"等。发表的主要论文有：《国民党中央对民众运动的压制与消解（1927—1929）》（《中国社会科学》2016年第8期）；《陈德征失势缘由考》（《历史研究》2012年第6期）；《北平党政商与济南惨案后的反日运动》（《历史研究》2010年第2期）；《国民革命时期的反帝问题再探讨——国民党中央与济案后反日运动关系辨》（《历史研究》2007年第5期）；《党政商在民众运动中的博弈——以1928至1929年的北平为中心》（《近代史研究》2010年第4期）；《抗战时期大后方与沦陷区间的法币流动》（《近代史研究》2003年第5期）等。曾获江苏省第十五届哲学社会科学优秀成果一等奖。

邱进益

　　邱进益，男，汉族，1936年出生，浙江嵊泗人，曾任台湾"总统府副秘书长及发言人"、海峡交流基金会副董事长兼秘书长、台湾"考试院铨叙部部长""公务人员抚恤基金管理委员会主任委员""财团法人日月光文教基金会董事长"。

现仍为两岸关系和平发展而努力。早年毕业于台湾大学外文系，毕业后在台湾外事部门工作。在担任台湾当局要职后，于1984年、1985年之间，曾三次陪同李登辉去南非、乌拉圭等国，成为台湾当局高层的重要幕僚。1993年3月，出任台湾海峡交流基金会副董事长兼秘书长。是年4月上旬访问北京，与海峡两岸关系协会常务副会长唐树备进行"汪辜会谈"预备性磋商，并代表海基会与海协会在钓鱼台国宾馆草签了《两岸公证书使用查证协议》《两岸挂号函件查询、补偿事宜协议》。其后不久，在新加坡与海协会常务副会长唐树备、邹哲开等举行会谈，达成了"汪辜会谈"的具体地点、主要议题和会谈后发表文件的基本内容。2003年9月来南京大学，拜张宪文教授为师，攻读中国近现代史专业博士学位，经批准入南京大学学习，2009年6月毕业。所撰写的博士论文《从国统纲领到汪辜会谈》以一个历史亲历者的身份，回顾并点评了台湾政坛围绕两岸关系的政治决策、政策博弈和实施过程。

任 桐　　任桐，1967年9月出生，江苏扬州人，中共党员，博士研究生学历，高级编辑（正高二级）。为享受国务院政府特殊津贴专家、中宣部文化名家暨"四个一批"人才、全国广播影视百优理论人才、江苏省有突出贡献中青年专家、江苏省"333工程"人才，获评戈公振新闻奖。现为江苏省广播电视总台（集团）党委委员、副台长、副总经理兼江苏卫视频道总监、江苏广电国际传播有限公司董事长。

从事广播电视新闻宣传、内容生产、国际传播及相关管理工作30余年。以"时政是最大的民生"的报道理念创新新闻宣传，让非事件性主题报道"动"起来，提升了主流媒体的引导力和影响力。主导江苏卫视打造科学类、情感类、益智类、音乐类、文化类五大节目矩阵，其传播力始终位列全国省级卫视三甲，牵头主持全国卫视制作的《思想的田野》受到习近平总书记肯定，获颁"TV地标"年度人物。长期致力国际传播研究与探索，推动《非诚勿扰》成为中国对外交流的一张文化名片，主导《超级战队》开创了中国原创节目模式向海外输出的先河，主创的《你所不知道的中国（第三季）》首次实现了省级媒体新闻纪实节目在西方主流平台英国广播公司（BBC）和国内同版同步播出，主持完成多个国家级国际传播工程项目，实现了从"走出去"到"走进去"的跨越。

主创的作品2件获中国新闻奖一等奖、1件获中国电视金鹰奖、2件获亚洲电视大奖、1件获艾美奖，另有60余件（次）获省级政府一等奖及以上奖项。在全国及省级核心期刊发表论文20余篇，其中7篇（次）获省级政府一等奖，著有《徘徊于民本与民主之间》《见证共和》等。

任银睦　　任银睦，1965年4月生，山东青岛人，1995年9月入南京大学历史学系，师从张宪文教授攻读中国近现代史博士学位，博士论文题目为《青岛城市现代化研究（1897—1922）》，1998年6月毕业获历史学博士学位。现供职于青岛市委党史研究院，任二级巡视员，研究员职称，主要从事地方史、区域经济社会发展研究。

申晓云

申晓云，1951年7月25日出生于江苏无锡。中国人民大学中共党史系硕士毕业。入学时间为1984年9月，硕士论文题目《四十年代末中美调整关系评析》。在南京大学历史系任教在职期间攻读博士学位，学位论文题目为《民国时期的山东工业研究》。

硕士生毕业后，到南京大学历史系工作，先后任讲师、副教授、教授（博士生导师）。主要从事中国近现代史、中华民国政治史、外交史、文化教育史等方面的研究，在南京大学历史系任教30年，在此期间，曾先后担任主要课题主持人的有教育部基地重大项目3项、国家青年社科基金项目1项、江苏省社科重点项目1项。作为参与者承担撰写任务的有国家社科重点和基地重点合作项目3项，共计出版有独著4本、参著4本、编著4本（担任主编或副主编）、译著2本（合译），由韩国新星出版社出版有个人文集1~4辑，并在国内外重要史学刊物《历史研究》《近代史研究》《南京大学学报》《浙江大学学报》《民国档案》《江苏社会科学》、台湾《近代中国》，以及新加坡国立大学东亚研究所《东亚论文》等一些著名学刊上发表学术论文80余篇，在学校和系里独立开设有本科生课程5门，研究生课程2门，指导硕博研究生60余名，并曾先后应邀赴美国斯坦福大学东亚研究中心、美国格林奈尔大学历史系、英国剑桥大学东亚研究中心、韩国延世大学历史系、新加坡国立大学东亚研究所、德国自由大学东亚研究所，中国香港浸会大学以及台湾"中研院"近代史所、东海大学历史系等著名高校和研究机构作过时间长短不一的访学、讲学和合作研究。

宋开友

宋开友，1976年5月生，山东临沂人。本科毕业于曲阜师范大学历史教育专业，2001年硕士研究生毕业于南京大学中国近现代史专业，同年考入南京大学攻读民国史方向博士研究生。硕士毕业论文《日本币原对华外交》、博士毕业论文《北洋政府时期日本对沪纺织业投资研究》。

现任鲁东大学马克思主义学院讲师，纲要教研室主任。主要从事民国史、胶东抗战史、海洋问题等领域研究。承担本科生《中国近现代史纲要》《科学社会主义》和研究生《新时代中国特色社会主义理论与实践》《国内外热点问题研究》等课程教学。承担或参与《价值重构与社会转型：山东抗日根据地的文化建设》《近代外国对华投资的影响》省级校级课题。

发表《日本帝国主义挑起侵华战争溯源》《日本近代大陆政策的演变——以北洋时期日本对华外交为中心的分析》《20世纪20年代日本对华外交之逆转》《袁世凯与日本对华"二十一条"谈判》等论文多篇。著有《近代外资与中国现代化：北洋时期日本对沪纺织业投资研究》（中国社会科学出版社2014年版），获烟台市社科优秀成果二等奖。多次获得鲁东大学先进工作者、优秀共产党员等荣誉称号。

田 玄

田玄，1954年9月出生于上海市。解放军政治学院政教专业师资班毕业；1984—1986南京大学与南京政治学院联合培养中近现史专业研究生班毕业。博士论文为《转型社会权力重构中的中国军人角色研究——兼论中国政治制度的生成、类型和结构取向（1924—1949）》，国家社科博士论文资助，已出版。主要学术研究方向为中共党史、中国现代军事史、中共重要人物研究。

1978年后任南京政治学院、南京军区步校、高级陆军学校教员。90年代任军事科学院军史部研究员，军委战史军史编辑室研究员，大校军衔，兼任国家主席办公室华南地区重大历史问题调研专员、军委重大历史项目组组长，复旦大学韩国研究中心研究员、中央党史研究室研究员、中央党史重要历史问题审议专家、北京师范大学历史学院特聘教授。20世纪80年代至今，参加国家社科"六五""七五""八五""九五""十五""十一五"等规划项目数十种，参加和主持军委重大社科项目数十项，教育部重大攻关项目2项，国家社科基金重点项目2项，主持国家社科资助项目5项（共20余卷），参加中央党史重大项目多项。

个人主要代表著作有《转型社会权力重构中的中国军人角色研究——兼论中国政治制度的生成、类型和结构取向（1924—1949）》《中国现代军事制度研究——以中华民国军事制度为主线的考察（1924—1949）》《中国抗日战争军政组织史（1931—1945）》《中国抗日战争战略指导研究（1931—1945）》《中共中央和中央红军长征湘江战役研究新探——中国共产党领导南方苏维埃运动的重大历史性转变》、原中央主要领导同志年谱（长编）等。

个人曾立三等军功1次、集体一等和三等军功2次，获全军科研先进工作者称号2次、参战奖章1次、"在党50年"章1次、南京大学交通控股奖1次、国家图书奖（课题组）3次、国家图书提名奖2次、解放军图书奖1次、全军特等奖2次、军事科研最高奖1次、全军最受欢迎的图书奖1次，参加中央党史基本著作，获奖项多次。

王　杉　　王杉，女，1971年9月生，黑龙江省密山市人，1996年9月进入南京大学历史系攻读博士学位，师从张宪文先生研究中华民国史，1999年6月毕业，获得历史学博士学位，博士论文题目为《1912—1931年东北移民问题研究》。目前担任中共上海市徐汇区委党校副校长、上海徐汇区行政学院副院长、副教授、上海市委党校当代社会主义研究所徐汇研究室研究员。主要从事党史党建、城市管理与社会治理等相关理论与实践的研究工作。主讲的《强化宗旨意识　践行群众路线》获评上海市委党校（行政学院）系统精品课，连续获得上海市委党校（行政学院）系统课题立项，撰写的研究报告多次获得徐汇区委、区政府领导的肯定和好评，两次获评上海市徐汇区学科带头人、徐汇区"三八红旗手"、优秀共产党员等荣誉称号。

王生怀　　王生怀，安徽怀宁人，1969年3月19日生，现任中共安徽省委党校理论研究所（中共安徽省委战略研究所）党组书记、所长。本科就读于安庆师范大学，北京大学硕士研究生毕业，2000年考入南京大学历史系攻读博士学位，获历史学博士学位。先后多次在中共安徽省委党校、中共中央党校接受培训、轮训。接受实践锻炼，先后参加支教、扶贫、挂职、援藏等。从基层、内地到边疆，为党、国家和人民的发展事业衷心服务。

王云骏

王云骏，男，1963年4月生，江苏南京人。现为东华大学党委副书记、纪委书记；南京大学政府管理学院教授，博士生导师。主要从事公共管理学、中国政府与政治、非政府组织发展等领域的教学与科研工作。

1981年考入南京大学地理学系学习，本科毕业后担任地图自动化研究及《地图投影学（数学制图学）》课程助教。对文史知识有天然爱好，在本科阶段即跨系修完历史学系《中国通史》3个学期的全部课程。1990年考入历史学系中国近现代史专业攻读硕士学位，师从新成立的政治学系的马洪武老师、王德宝老师和许光愫老师学习中国革命史。硕士论文题目为《华中抗日根据地的参议会制度》，指导教师为王德宝老师。1996年春季，跟随张宪文教授攻读博士学位。2000年4月，完成题为《民国南京城市社会管理》的博士论文，后于江苏古籍出版社出版。2002年，赴我国首个公共管理博士后流动站——复旦大学国际关系与公共事务学院从事博士后研究。2007年、2010年先后赴美国格林奈尔学院、芝加哥大学进行学术访问。

1995年后陆续出版《伦理新论：中国市场经济体制下的道德建设》《探索与奋进的80年》《南京百年城市史（社会管理卷）》《解放还是侵略——评〈"大东亚战争"的总结〉》等著作多部。发表《执政党的社会性功能及其建构》《从自治到保甲：民国时期社会管理的政治学分析》《中国非政府组织发展的限定性条件分析》《论行业协会权力的获取和权利的保障》等学术论文数十篇。主持并完成国家哲学社会科学基金重点项目《政府购买公共服务与事业单位改革的衔接机制研究》、教育部人文社会科学重点研究基地重大项目《现代国家建设与党国体制实践——南京国民政府时期地方党政关系研究》；国家哲学社会科学基金一般项目《我国社会团体与非政府组织管理研究》等科研项目近十项。曾获江苏省哲学社会科学优秀工作者称号。先后3次获江苏省哲学社会科学优秀成果奖；1次获江苏省"五个一工程"奖。

吴伟荣　　吴伟荣，男，1964年9月生，江苏丹阳人。1982年9月进入南京大学历史系历史专业学习，1986年7月毕业，并以中国近现代史专业入学考试总分第一名师从张宪文老师攻读中华民国史方向硕士研究生，1989年7月毕业，硕士论文题目为《论抗战时期的后方经济》。同年8月至中国第二历史档案馆研究室工作，主要学术研究方向为抗日战争史、民国人物及中国国民党史，参与张老师主持的国家社会科学"七五"计划重点研究项目《中国抗日战争史（1931—1945）》部分章节撰写，合著《蒋介石与黑社会》，参与撰写《中国国民党大事记》《民国史人物大辞典》等，合译《晏阳初文集》，曾在《近代史研究》《民国档案》等刊物发表《论抗战时期后方农业的发展》《初论抗战初期的国共关系》《沈宗翰传略》等文。1992年1月至中共江苏省委台湾工作办公室工作，先后任研究室副主任，联络处副处长、处长，副巡视员，现任副主任兼任机关党委书记，同时担任江苏省孙中山研究会副会长、江苏省台属联谊会会长。曾在《两岸关系》《海峡广角》《群众》及中央、省委和民革中央等相关内部刊物上发相关工作研究与建议等。2011年6月获评全国对台工作先进个人，2021年10月获中央台办颁发的对台工作荣誉纪念章。

吴永明　　吴永明，男，1970年生，南京大学史学博士、中国人民大学法学博士后。现任江西省委宣传部副部长（正厅长级），转任江西省教育厅厅长，兼任南昌大学教授、博士生导师。2000年考入南京大学历史系，追随张宪文教授研究中国近现代史，2003年获博士学位。主要研究方向为近现代法律与社会史、中共党史与党建等。先后承担国家社科基金重大招标项目"中央苏区民间史料整理与研究"等课题多项，出版《理念、制度与实践——中国司法现代化变革研究（1912—1928）》（法律出版社，2005）、《太阳旗下的罪恶——侵华日军上饶细菌战揭秘》（江西人民出版社，2005）等著作。在《中国社会科学》（内部文稿）、《人民日报》（理论版）等发表多篇理论文章，先后荣获山东、江西等省部级优秀成果一等奖。入选江西省新世纪"百千万人才工程"一、二层次人选，江西省哲学社会科学领军人才，享受省政府特殊津贴。

武　菁　　武菁，女，汉族，广东客家人，1958年4月生于南京。现为安徽大学历史系教授、博士生导师。1999年考入南京大学历史系攻读博士学位，师从张宪文老师。主要教学和研究方向为民国史、抗日战争史及安徽社会文化史。在读博期间及毕业后主持或参与了教育部基地重大项目"民国淮河治理与民间文化流变"，国家社科重点项目"抗日战争研究""清史文献""清史文物"等课题研究。合作进行了《宋美龄文集》《中华民国史》等著作的撰写，主编《抗日战争纪事本末》。先后在《民国杂志》（美国）、《民国研究》《安徽史学》《安徽大学学报》等学术期刊发表学术论文20余篇。1997年7

月及2000年10月应邀赴台北及纽约出席"抗日战争史及华族与美国的历史"国际学术讨论会。2001年10月、2009年9月、2012年4月先后赴台湾政治大学历史系、台北"中研院"近代史研究所及台湾逢甲、静宜、铭传等大学进行学术访问。

谢晓鹏　　　谢晓鹏，男，汉族，1969年7月生，河南洛阳人。1987—1994年，在河南大学历史系学习，先后获历史学学士和硕士学位，硕士论文题目为《蒋介石与孙中山训政思想之比较》。1994—1998年，在洛阳工学院工作。1998—2001年，在南京大学历史系学习，获历史学博士学位，博士论文题目为《理论、权力与政策——汪精卫的政治思想研究（1925—1938）》。2001年至今，在郑州大学工作。现任郑州大学历史学院副院长、教授、博士生导师、近现代河南与中国研究中心副主任。学术兼职有中国现代史学会副会长、抗日战争研究国际大学联盟委员会委员、南京大学中华民国史研究中心兼职研究员、河南省政协文史馆特聘专家等。主要从事中华民国史、河南近现代史的研究及教学工作，曾获得河南省高校青年骨干教师、教育厅学术技术带头人、郑州大学"三育人"先进个人等荣誉称号。自参加工作以来，先后发表学术论文50余篇，出版著作9部，主持或参与完成省部级以上科研项目8项，荣获多项科研奖励。代表性论著有《理论、权力与政策——汪精卫的政治思想研究（1925—1938）》（独著）、《中华民国史论集》（独著）、《近代郑州城市变迁研究（1908—1954）》（主编）、《日伪对河南沦陷区的统治》（合著）等。

徐　畅　　徐畅，男，1965年9月生于安徽省金寨县。1987年7月山东大学历史系毕业，获历史学学士学位。1996年12月山东大学历史系毕业，获历史学硕士学位。1997年3月考入南京大学历史系，跟随恩师攻读中国近现代史专业中华民国史方向博士学位，2000年6月获历史学博士学位后，到山东大学历史文化学院工作至今。2005年评聘为教授，2007年评聘为博士研究生导师。

硕士、博士论文题目分别是《近代中国粮食进口研究》和《1927—1937年华中地区农村金融研究》。研究方向一为近代中国经济史（"近代中国农村金融"和"近代中国粮食问题"）；二为中共抗日根据地史（"日军'十八秋'鲁西作战调查"和"抗战时期鲁西冀南历史"）。此外，对山东大学校史和近代鲁商也有所涉猎。主持教育部一般项目《战争·灾荒·瘟疫：抗战时期鲁西冀南地区历史研究》1项，国家社科基金重点项目2项（《近代中国粮食进口问题研究》《民国时期中国粮食安全问题研究》）。在《近代史研究》《人民日报》等报刊发表论文60余篇。独立出版《二十世纪二三十年代华中地区农村金融研究》（齐鲁书社，2005年）和《战争·灾荒·瘟疫——抗战时期鲁西冀南地区历史管窥》（齐鲁书社，2019年）等著作4部；合作出版多部。获山东省社科三等奖2次，二等奖1次。

薛　恒　　薛恒，男，汉族，籍贯扬州，1957年1月出生于江苏省盐城市。曾任南京信息工程大学公共管理系教授、硕士生导师、系主任，兼为中国现代史学会会员、江苏省科社学会理事、党史学会理事。曾在盐城市政协、中共盐城市委党校暨盐城市行政学院工作，先后任盐城市政协文史委助秘、盐城市党校副教授、教授、教研室副主任、主任。

1978年9月至1982年7月在南京大学历史系读本科。2001年9月至2005年2月在南京大学历史系攻读中国近现代史专业博士学位，师从张宪文先生。2005年曾到澳大利亚国立大学作短期访问学者。主要从事中国近现代史、政府管理的教研。先后主持国家哲学社会科学规划办、教育部、江苏省哲学社会科学规划办、中国气象局等研究项目8项，南京信息工程大学《行政管理学》精品课程1项。出版专著《民国议会制度研究（1911—1924）》《南京百年城市史：1912—2012 市政建设卷》；与张宪文恩师等合著出版《共和肇始：南京临时政府研究》；主编出版《公共气象管理学基础》教材1部；参加撰写《中华民国史》等著作5部。先后在《近代史研究》《世界宗教研究》《江海学刊》《民国档案》《江苏社会科学》《南京社会科学》《中州学刊》《江苏行政学院学报》《人文研究》（韩国）等刊物及报纸上发表文章近50篇。曾获得江苏省教育厅哲学社会科学研究优秀成果三等奖、南京市哲学社会科学研究优秀成果奖、南京信息工程大学教学名师称号、江苏省党校系统科研优秀成果二等奖等。

杨冬梅

杨冬梅，女，1967年12月生，出生地江苏徐州。本科就读于南京大学历史学系历史专业（1985—1989），硕士就读于南京大学历史学系中国近现代史专业（1991—1994年），师从张宪文教授，毕业论文《民国时期南京市民文化研究》（发表于《南京大学学报》2000年第3期）。

硕士毕业后留南京大学从事管理工作，1994—2003年在商学院，任辅导员、团委书记、学工办主任、党委副书记，其间2003年晋升副教授；2003—2009年在继续教育学院，任副院长；2009—2015年在发展委员会，任办公室主任、教育基金会副秘书长；2015—2017年在南京大学后勤服务集团，任后勤党委书记、集团副总经理；2017年1月起，在政府管理学院，任党委书记，2021年7月起改任政府管理学院与国际关系学院党委书记。

杨家余　　　杨家余，汉族，1966年9月生，安徽肥东人。

1982—1985年在安徽省肥东师范学校学习（中专），1985—1988年在安徽省肥东县元疃中学任教；1988—1990年在安徽省合肥教育学院史地系脱产进修（大专）；1990—1993年在东北师范大学历史系学习，获历史学硕士学位，论文题目是《华北事变期间社会主要矛盾问题研究》；1999年3月—2002年在南京大学历史系学习，拜于恩师门下，获历史学博士学位，论文题目是《内外控制的交合——日伪统制下的东北教育研究》；2004—2007年在山东大学历史文化学院博士后流动站学习，在站期间研究课题是《伪满社会教育研究》。

1993年起，先后在合肥炮兵学院、炮兵学院、陆军军官学院、陆军炮兵防空兵学院从事教研工作。曾任学院党史军史教研室主任、学院大别山红色文化研究所常务副所长、陆军党的创新理论学习研究中心特聘研究员。

现为陆军炮兵防空兵学院教授、硕士研究生导师，大别山红色文化研究所常务副所长，专业技术五级，军队优秀专业技术人才岗位津贴获得者，荣立个人三等功2次，多次被评为优秀干部、科研工作先进个人、优秀共产党员、优秀党务工作者等。主要从事中国近现代史、党史军史和红色文化等方面教研工作，主持和承担包括国家社科基金后期资助项目、军委重大立项课题、原总参以及陆军、安徽省社科项目等在内课题20多项，出版《内外控制的交合——日伪统制下的东北教育研究》《伪满社会教育研究》《邓小平江泽民胡锦涛军校教育思想研究》《大别山地区我军军事斗争史》《安徽著名将领军事教育思想研究》等著作10余部，在《解放军理论学习》《国防大学学报》《中国军队政治工作》等刊物上发表文章80多篇。

杨　菁　　杨菁，女，博士，教授，1967年7月出生，浙江温州人。

1989年7月毕业于杭州师范大学历史系，获学士学位；1992年7月毕业于杭州大学历史系，获硕士学位，硕士论文题目为《论建国前夕中国共产党对美国的政策》；1992年9月—1995年7月就读于南京大学历史系，获博士学位，博士论文题目为《四联总处与抗战时期的中国金融》。

1995年8月—2004年1月，在杭州大学历史系（1998年合并为浙江大学）任教。2004年2月至今，在浙江工业大学任教，讲授中国近现代史，任中国近现代史所所长。

主要研究方向为中华民国史。主要研究成果有：《论

"四一二"前后江浙财团同蒋介石的关系》（《杭州大学学报》1991年第3期）、《论建国前夕中国共产党对美国的政策》（《杭州大学学报》1994年第1期）、《四联总处与战时金融》（《浙江大学学报》2000年第3期）、《论蒋介石与抗战期间的军事会议》（《史学月刊》2005年第7期），《中国战区"最高统帅"——抗战时期的蒋介石》（合著，广西师范大学出版社1996年版）、《宋子文传》（独著，河北人民出版社1999年版）、《百年宋美龄》（合著，江西人民出版社2002年版）、《蒋介石与日本的恩恩怨怨》（合著，人民出版社2008版）、《宋美龄与西安事变》（独著，东方出版社2018年版）、《抗战时期的外国友人》（独著，江苏人民出版社2021年版）。

姚群民　　　　姚群民，1965年4月生，江苏昆山人，1986年毕业于苏州大学历史系，1993年毕业于南京大学中国近现代史专业（硕士研究生），2010年南京大学中国近现代史专业博士研究生毕业。硕士、博士论文题目分别为《1927—1934年南京国民政府的禁烟运动》《南京高校知识分子群体研究（1927—1937）——以中央大学、金陵大学为中心的考察》。现任南京晓庄学院新闻传播学院教授，历任南京晓庄学院历史系副主任、人文学院党总支书记兼副院长、马克思主义学院院长等，兼任江苏省高校思政课《中国近现代史纲要》教材指导委员会副主任委员、江苏省中共党史学会常务理事等。江苏省高校"青蓝工程"第二期计划省级优秀青年骨干教师培养人选。主持国家社科基金项目1项、江苏省社科基金重点项目1项、江苏省高校人文社会科学研究项目多项，在《党的文献》《中国社会科学报》《江海学刊》《民国档案》等学术期刊（报刊）发表论文40余篇。曾赴台湾华梵大学、嘉义大学等地访问。

叶美兰

叶美兰，女，汉族，1966年2月出生，江苏泰兴人，博士，教授。1983—1987年本科毕业于南京大学历史系。1996—2000年博士毕业于南京大学中国近现代史专业，论文题目为《柔橹轻篙——扬州早期城市现代化之路》。

1987—2007年在扬州大学工作，2002年任扬州大学教务处副处长，2007年5月任淮安经济开发区管委会副主任（挂职），2007年7月任南京邮电大学副校长，2012年9月至12月在美国加州大学伯克利分校跟岗培训，2016年1月任盐城工学院院长，2019年3月任南京邮电大学校长。

现任中国国民党革命委员会中央委员、民革江苏省委副主委，江苏省妇联副主席（兼）。第十、十一届江苏省政协委员，第十二届江苏省政协常委，中华全国妇女联合会第十二届执行委员会委员。兼任教育部高等学校历史学类专业指导委员会委员、中国高教学会高教管理研究会常务理事、江苏省高等教育学会副会长、全国邮政职业教育委员会副主任委员、中华民国史学会副会长。

主要从事中华民国史、中国近现代邮政史研究。主持和参加国家规划课题、国家社科基金课题、教育部重大课题、江苏省规划课题等20多项。获国家教学成果二等奖、江苏省研究生教改成果一等奖、江苏省哲社优秀成果一等奖等奖项10多项。专著《中国邮政通史》获教育部人文社会科学二等奖。

岳谦厚　　岳谦厚，1969年10月出生，男，山西偏关人。1991年山西师范大学历史系本科毕业，1996年和1999年获南开大学中国近现代史专业硕博士学位。1999年9月进入南京大学中华民国史研究中心博士后流动站学习，研究报告《民国外交官人事机制研究》。主要关注领域为中华民国史、20世纪中国革命史。2000年晋升教授。2006年日本大东文化大学访学，2012—2013年中国人民大学访学，2016年中国井冈山干部学院学习。1999—2003年任山西师范大学历史学院院长，2002—2020年任山西大学近代中国研究所所长及历史学院副院长（2002年聘博士生导师、2010年聘二级教授、2016年聘山西省"三晋学者"特聘教授），2021年任南京大学历史学院二级教授、博士生导师。出版《顾维钧外交思想研究》《民国外交官人事机制研究》《20世纪三四十年代的晋陕农村社会》《边区的革命（1937—1949）》《日本占领期间山西社会经济损失的调查研究》《太行山和吕梁山抗战文献整理与研究》《从集体化到"集体化"》等专著24部，发表学术论文200余篇，主持完成教育部哲学社会科学研究重大课题攻关项目、中国科学技术协会创新战略研究重大招标课题、国家社科基金重点及一般项目13项、省级重要课题21项，独立或主持获教育部和山西省社科研究优秀成果一等奖2次、二等奖2次、三等奖2次及教育部霍英东青年教师奖（教学类）。入选国务院政府特殊津贴专家、百千万工程国家级人才计划、国家有突出贡献中青年专家、教育部新世纪优秀人才等。

张　瑾　　张瑾，1963年4月生，出生籍贯地：重庆市。1981年9月至1988年在四川大学历史学系攻读本科、硕士研究生。1996年秋考入南京大学历史学系攻读中国近现代史专业博士，1999年9月博士毕业，获历史学博士学位。重庆市市级"五个一批"理论类人才，重庆市首届学术技术带头人后备人选，重庆市高校首批优秀中青年骨干教师，重庆市第三届学术技术带头人。现任重庆大学新闻学院教授、硕士生导师。主要领域为民国史、城市史、抗战陪都史和新闻史。近20年来，专注于海内外档案文献与媒介文本中的抗战重庆新史料的发掘与整理研究。主持过国家社科基金项目重大项目子课题、国家社科基金一般项目、国家留学基金项目、教育部人文社会科学重点研究基地重大项目，以及省部级社科重大项目等。代表著作《权力、冲突与变革：1926—1937年重庆城市现代化研究》和《抗战时期中国共产党在重庆的舆论话语权研究》分别获得重庆市第四次、第九次社会科学优秀成果二等奖。曾赴美国康奈尔大学东亚研究中心和佛蒙特州立大学亚洲系做访问学者，是哈佛大学费正清中国研究中心富布赖特访问研究学者。

张立杰　　张立杰，女，1973年5月生于黑龙江省鸡西市。本科就读于黑龙江大学历史系历史学专业；硕士毕业于哈尔滨工业大学人文社会科学学院中共党史专业，毕业论文题目为《蔡元培先生的教育思想研究》；2001年9月师从张宪文先生，2005年5月获得历史学博士学位，毕业论文题目为《南京国民政府盐政现代化改革研究》。现任中共天津市委党校（天津行政学院）科学社会主义教研部教授，主要从事中国近现代史和中共党史、党的理论方面的教学与研究。主持天津市哲学社科学规划项目"南京国民政府的盐政改革研究"，出版《南京国民政府的盐政改革研究》《吾心吾力：政治视阈中宋美龄的思想历程》等专著，先后在《浙江学刊》《民国档案》《抗日战争研究》《历史教学》《人民日报》等有影响的学术期刊和报刊上发表学术论文多篇。曾赴中国台湾和美国、德国等地访问学习，曾获得天津哲学社会科学优秀成果三等奖、天津市党校系统优秀教师称号。

张连红　　张连红，1966年11月出生，江苏东台人。南京师范大学历史系教授、南京大屠杀研究中心主任。曾任南京师范大学社会发展学院副院长、强化培养学院院长、教务处处长、党委宣传部部长，挂职内蒙古科技大学担任副校长，现为南京师范大学党委常委、副校长，兼任南京师范大学中北学院党委书记、院长。

　　1989年毕业于南京师范大学，获文学学士学位。1992年和1997年毕业于南京大学，先后获历史学硕士、博士学位。硕士学位论文为《国民政府战时外交体制研究》，博士论文为《民国时期中央与地方财政关系研究（1927—1937年）》。工作以来一直从事中国近现代史的教学与研究，主要研究方向为中华民国史、抗日战争史。主持国家社科重大项目《抗日战争老战士口述资料抢救整理》和国家社科基金项目《南京大屠杀时期南京安全区研究》《南京大屠杀对南京市民社会心理影响研究》等，在《历史研究》《南京大屠杀研究：历史与言说》《近代史研究》等刊物上先后发表100余篇论文，出版《整合与互动：民国时期中央与地方财政关系》《南京大屠杀研究：历史与言说》《烽火记忆：百名抗日老战士口述史》等专著，曾先后应邀前往美国、英国、德国、日本、韩国、澳大利亚、奥地利、以色列等国家参加学术会议和访问交流。

成果曾获国家教学成果奖一、二等奖各1项（排名第三）、教育部高等学校科学研究优秀成果奖（人文社会科学）一等奖（排名第二、第三各1项）、教育部高等学校科研研究优秀成果普及读物奖，江苏省哲学社会科学优秀成果一、二、三等奖等多项。入选江苏省优秀中青年骨干教师、教育部全国优秀青年教师、江苏省中青年领军人才（333工程培养人选第二层次）。

张佩国

张佩国，男，1966年9月生，山东成武人，上海交通大学人文学院历史系长聘教授，博士生导师。

1984年9月至1988年7月，在聊城师范学院政治系学习，学位论文为《当代中国的政治认同与政治发展》，获得哲学学士学位。

1990年9月至1993年6月，在复旦大学国际政治系政治学专业学习，学位论文为《青年毛泽东政治伦理观研究》，获法学硕士学位；1995年9月至1998年6月，在南京大学历史系中国近现代史专业学习，学位论文为《地权分配·农家经济·村落社区——1900年—1945年的山东农村》，获历史学博士学位。1993年7月至1999年7月，在青岛大学社会学系任教，1998年破格晋升为副教授；1999年8月至2001年6月，在复旦大学历史学博士后流动站工作，博士后工作报告题为《近代江南乡村地权的历史人类学研究》；2001年7月—2020年5月，在上海大学文学院社会学系及社会学院任教，2001年9月被破格聘为教授，2003年9月被评为博士生导师；2020年6月至今，在上海交通大学人文学院历史系任教，受聘为长聘教授。

学术交流方面，2006年3月，任台湾清华大学当代中国研究中心客座教授，讲授"20世纪中国乡村社会研究"课程；2008年8—2008年12月，美国怀俄明大学人类学系访问学者；2015年1月—2016年1月，美国加州大学洛杉矶分校中国研究中心访问学者；2018年3月，香港中文大学历史系访问教授。承担课题有：2017年度国家社会科学基金一般项目（批准号17BSH001）"明清至民国地方善举的历史人类学研究"、2008年度国家社会科学基金一般项目（批准号08BSH056）"林权与民间法秩序"、2004年度国家社会科学基金一般项目（批准号04BSH038）"统筹城乡发展中的农村支持体系"、2004年度上海市教育发展基金会"曙光学者"人才计划项目"城市化进程中的乡村财产关系及其变迁"、2012

年度上海市哲学社会科学规划项目（批准号2012BSH003）"产权改革与乡村社会管理机制创新"、2013年度教育部人文社会科学一般项目（批准号13YJA840035）"公共产权与乡村合作机制研究"。

获奖成果有专著《地权分配·农家经济·村落社区——1900—1945年的山东农村》（齐鲁书社2000年版）获上海市第六届哲学社会科学优秀成果三等奖（2002年9月）；专著《近代江南乡村地权的历史人类学研究》（上海人民出版社2002年版）获上海市第七届哲学社会科学优秀成果三等奖（2004年9月）；专著《林权、坟山与庙产》（中国社会科学出版社2014年版），获上海市第十三届哲学社会科学优秀成果著作类二等奖（2016年11月）；论文《祖先与神明之间——清代绩溪司马墓"盗砍案"的历史民族志》（《中国社会科学》2011年第2期），获上海市第十一届哲学社会科学优秀成果三等奖（2012年9月）；论文《传统中国福利实践的社会逻辑》（《社会学研究》2017年第2期），获上海市第十四届哲学社会科学优秀成果论文类二等奖（2018年11月）。

代表作有：《祖先与神明之间——清代绩溪司马墓"盗砍案"的历史民族志》《传统中国福利实践的社会逻辑——基于明清社会研究的解释》《共有地的制度发明》《公产与私产之间——公社解体之际的村队成员权及其制度逻辑》《林权、坟山与庙产》。

张神根　　　张神根，1963年8月出生，安徽桐城人。1985年7月安徽师范大学历史系本科毕业，1990年7月云南省社会科学院研究生部硕士毕业，1993年7月南京大学历史系博士毕业。硕士研究生毕业论文题目：《论胡适的容忍观》，博士研究毕业生题目：《袁世凯统治时期北洋政府的财政变革（1912—1916）》。现任中央党史和文献研究院第四研究部主任、研究员。

　　　主要从事中共党史和中国近现代史研究。先后参与《中国共产党的九十年》《中国共产党新时期简史》《第三代领导集体与跨世纪的中国》《中国共产党新时期历史大事记》《中国共产党历史》（第二卷）等书的编写。曾赴日本、朝鲜、坦桑尼亚、英国、美国、加拿大等国访问。

张　生　　　张生，1969年6月生，安徽天长人。1994年获得南京大学历史学博士学位。曾在澳大利亚、美国、日本、奥地利、英国、瑞士、巴西等国和中国香港、澳门、台湾地区访学。

　　　现任南京大学历史学院院长，南京大学新中国史研究院院长，中国历史研究院学术委员会委员，侵华日军南京大屠杀史研究会会长，《历史研究》编委，《日本侵华南京大屠杀研究》《史地》主编，中国抗日战争史学会常务理事，江苏历史学会副会长，南京历史学会副会长，中国抗日战争研究协同创新中心副主任。

　　　在《求是》《历史研究》《近代史研究》等刊物发表学术论文90余篇，出版《钓鱼岛问题文献集》（10卷本）、《李顿调查团档案文献集》（19卷本）、《南京大屠杀史研究》（上下册）、*The Rape of Nanking: A Historical Study*，《华东地区日伪关系研究（1937—1945）》《南京国民政府的税收（1927—1937）》等著作10余种（含合作）。主持国家社科基金重大项目"《钓鱼岛问题文献集》及钓鱼岛问题研究"和国家社科基金"抗日战争研究"专项工程、教育部人文社科重点基地重大课题攻关项目等课题10余项。担任《南京大屠杀史料集》（72卷）副主编。

2004年入选江苏省"青蓝工程"优秀青年骨干教师。2007年入选教育部"新世纪优秀人才支持计划"。2008年12月入选南京大学首届"优秀中青年学科带头人"。2012年获得"南京大学建校110周年卓越贡献奖"。2009年、2015年两次获得教育部高等学校科学研究优秀成果奖（人文社会科学）一等奖。获得教育部二等奖2项。两次获得江苏省政府社科一等奖。获得"郭沫若中国史学奖"。2019年入选江苏省"社科英才"。

2012年12月15日至2013年12月18日，奉派在海南省五指山市挂职担任副市长。

张燕萍　　　张燕萍，1965年8月出生，女，山西太原人。历史学学士（1986年，南开大学）、历史学硕士（1989年，南京大学。学位论文《三十年代国民政府剿共政治战略》）、历史学博士（2006年，南京大学。学位论文《抗战时期国民政府经济动员研究》）。

现为南京工程学院教授，西南财经大学兼职博士生导师。主要从事中国近现代史、中华民国史、抗日战争史的教学与科研工作。重点涉及过的研究领域有：（1）抗战时期国民政府经济动员的研究，包括抗战时期国民政府工矿业政策、抗战时期西部农业改造与发展、抗战时期国民政府人力资源动员等；（2）抗战时期军事有关问题的研究，包括抗战时期国防经济理论与实践，抗战前国民政府的经济备战，抗战时期国民政府的兵员动员、战费筹措、军粮供应等。（3）南京百年城市史，特别是南京百年发展中的国际化进程问题的研究。主持、参与国家社科基金项目9项，出版《抗战时期国民政府经济动员研究》《南京百年城市史——国际化进程卷》等10余部著作，发表学术论文数十篇，多次获得省部级哲学社会科学优秀成果奖励。

张玉龙　张玉龙，男，生于1963年12月，湖南泸溪人。教授、硕士生导师。主要学术兼职有陈云研究会、邓小平研究会理事、四川文理学院革命老区研究中心、广东嘉应学院中央苏区研究中心等机构特聘教授，江西省省情专家等。1993年进入贵州师范大学历史研究所，师从导师吴雁南教授攻读中国近现代史专业硕士学位，硕士学位论文选题为《抗日战争时期的西南交通建设与城市近代化》。1996年毕业于贵州师范大学历史研究所，获中国近现代史专业硕士学位。2000年进入南京大学历史系，师从导师张宪文教授攻读中国近现代史专业（民国史方向）博士学位，博士学位论文选题为《蒋廷黻社会政治思想研究》，2003年毕业，2005年获中国近现代史专业博士学位。先后在漳州师范学院科研处、赣南师范大学江西省高校人文社科重点研究基地——中央苏区研究中心及广东韶关学院马克思主义学院工作，现为广东韶关学院马克思主义学院教授。主要研究方向为民国政治思想史、中共党史（苏区史）。先后承担和完成国家社科基金项目（13XDJ008）《中央革命根据地历史亲历者调访资料收集、整理与研究》、国家社科基金重大招标项目（17ZDA204）《中央苏区民间史料收集、整理与研究》子课题"中央苏区历史亲历者口述史料收集、整理与研究"、赣闽粤三省发改委重大招标项目《中央苏区的范围、历史贡献与发展现状》等各类课题近10项。在《当代中国史研究》《历史教学》等学术刊物发表《华人华侨与"一国两制"理论的提出、实践和发展》《体制内自由知识分子与战后中国自由主义运动》等学术论文近50篇，出版《蒋廷黻社会政治思想研究》《中央苏区政权形态与苏区社会变迁》等学术专著3部，主编、参编《中央苏区研究丛书》等学术著作10余部。研究成果具有一定的学术影响。《中央苏区范围、历史贡献与发展现状》（2010）调研报告，得到赣闽粤三省发改委的肯定。多篇文章为人大复印资料《中国现代史》《历史学文摘》等转载，专著《蒋廷黻社会政治思想研究》获江西省第十三次优秀社科成果三等奖，主编著作《中央苏区研究丛书》获江西省第14次优秀社会成果一等奖。教学方面，主讲的《中央苏区历史专题讲座》立项为国家精品视频公开课程，获江西省优秀教学成果一等奖1项（排名第二）、教育部优秀教学成果二等奖1项（排名前三）。

赵兴胜　　　赵兴胜，1968年生，山东泰安人，聊城师范学院本科（1987—1991年），南京大学硕士研究生（1991—1994年，学位论文《抗战时期国民政府国内公债问题研究》）、博士研究生（1994—1997，学位论文《南京国民政府时期国营工业研究》），历任山东大学历史文化学院讲师（1997）、副教授（1999）、教授（2005）、博士生导师（2008）、副院长（2003），以及山东大学图书馆馆长（2018）。

主要研究方向中华民国史、中国近现代社会经济史，曾承担国家社科基金青年项目、国家社科基金重大课题子课题、教育部人文社科研究基地重大课题、山东省社科基金重大课题等多项，在《历史研究》《近代史研究》《史学理论研究》等期刊发表论文数十篇，曾出版《传统经验与现代理想：南京国民政府时期的国营工业研究》《新词语新概念：西学译介与晚清汉语词汇之变迁》等各类专著、译著、论文集、文献资料等10余种，独立或参与获得省部级人文社科优秀成果奖7项；曾先后至香港中文大学（2002）、澳大利亚拉筹伯大学（2007）、台北"中研院"近代史所（2008）、日本外务省情报研究所（2013）和大阪大学（2017）、韩国首尔大学（2018）、意大利威尼斯大学（2019）等从事访问研究或学术交流；曾入选"教育部新世纪优秀人才支持计划"（2013）和中共山东省委宣传部"齐鲁文化英才工程"（2020），兼任山东省历史学会理事长（2018）、中国史学会理事（2021）、中国图书馆学会理事（2020）、中国口述史学会副理事长（2020）等职。

郑明武　　　郑明武，现任安徽省委宣传部副部长、省政府新闻办公室主任，安徽省政府新闻发言人。

1989年从安徽大学历史专业本科毕业后，进入南京大学历史系，师从张宪文教授，攻读中华民国史。1992年硕士毕业后，旋即进入安徽省委宣传部工作，其间，1997年挂任安徽省六安市霍邱县临水镇副书记，重点负责扶贫工作，2009至2010年挂任安徽省滁州市委宣传部副部长，参与组织了凤阳县小岗村原第一书记沈浩同志先进事迹等重大宣传工作。30年弹指一挥间，我经历了改革开放新时期中国对外宣传事业波澜壮阔发展的全过程。

牢记"诚朴雄伟 励学敦行"的南京大学校训，遵循宪文恩师既严谨求实又开拓创新的治学精神、既严于律己又宽厚待人的处世之风，30年来始终不渝地多渠道对外传播安徽发展变化和发展成就，多手段对外宣介安徽自然风光和人文魅力，多途径对外拓展安徽对外文化交流与合作，为向海内外展现创新、共进、美丽、开放、幸福的现代化美好安徽崭新形象倾注了汗水、作出了贡献，也得到了收获。

钟 声　　　钟声，1963年11月生，湖南湘阴人。1985年本科毕业于湖南师范大学历史系，获学士学位。1985年8月至1987年8月在湘阴一中工作。1987年至1990年，为南京大学历史系攻读硕士学位研究生，毕业论文题目为《试论南京国民政府训政时期的党政关系（1928—1936）》。1990年9月至1997年8月在岳阳师专（现为湖南理工学院）工作。1997年9月开始，在湖南师范大学历史系攻读中国近现代史博士学位研究生，毕业论文题目为《从重商思想到实业振兴思潮——清末民初实业振兴思潮研究》，2000年6月获历史学博士学位。2000年7月至今，一直在湖南师范大学历史文化学院工作，现为湖南师大历史文化学院教授、博士研究生导师，院长，兼任中国史学会常务理事，湖南省历史学会副会长，湖南省辛亥革命史研究会会长，湖南省教育学会学校文化研究专委会理事长。主要从事中华民国史、中国近现代环境史等方面的研究。主持国家社科基金项目"1949年以来洞庭湖区环境变迁史料整理与研究"、教育部人文社科基金项目"1929—1933年世界经济危机与中国社会的变动"，湖南省社科基金项目、湖南省教育厅重点项目等10余项。主编"十三五"国家重点图书出版规划项目"洞庭湖区生态环境变迁研究"丛书；出版著作《从重商思想到实业振兴思潮》《洞庭湖区生态环境变迁（1840—2000）》《洞庭湖区基层环境治理与社会变迁》《洞庭湖区环境变迁与文化演进》；在《近代史研究》《光明日报（理论版）》《史学月刊》《广东社会科学》等刊物发表论文多篇。曾赴俄罗斯喀山大学、意大利威尼斯大学、加拿大拉瓦尔大学、法国图尔大学、西班牙穆尔西大学等国外高校讲座或开展学术交流。

周宗根　　　周宗根，历史学博士，经济学副教授，产业经济学硕士生导师，研究方向为区域经济史、企业史等。1998年考入南京大学历史学系攻读中国近现代史专业硕士学位，开始涉足抗日战争时期沦陷区研究。2001年以《粮食政治：从华中的米粮统制透视日汪关系（1937—1945）》完成答辩，获得历史学硕士学位。同年，考入南京大学中华民国史中心，师从张宪文教授，攻读中国近现代史专业博士学位。2006年12月以《地方主义与民族主义：南通绅商与战时政治（1937—1949）》论文完成博士论文答辩，2007年3月获得历史学博士学位。2006年12月进入江西师范大学财政金融学院任教，从事经济学基础课程教学和经济史研究。主持国家社科基金项目（理论经济）、省社科基金规划项目等4项，在《南大学报》《抗日战争研究》等刊物发表学术论文多篇，指导学生获得"挑战杯"赛国赛一等奖（2019）。